Kiss of the Night
by Sherrilyn Kenyon

真夜中の太陽——ウルフ

シェリリン・ケニヨン
佐竹史子・訳

ラズベリーブックス

真夜中の太陽——ウルフ

主な登場人物

カサンドラ・ピータース……アポライト。
ウルフ……ダークハンター。
カット……カサンドラのボディーガード。
ストライカー……スパティのダイモン。
ユリアン……ストライカーの息子。
フィービ……カサンドラの姉。
クリス……ウルフの従者《スクワイヤー》。
モルギン……女性のダークハンター。
アケロン(アッシュ)・パルテノパイオス……ダークハンター。
アルテミス……月の女神。
アポリミ(デストロイヤー)……アトランティス大陸の女神。

伝説《トリオス》

アトランティス。

伝説となっている神秘のパラダイス。謎のベールをまとった大陸。輝かしい魔法の島。

アトランティス大陸など存在しなかったという人々もいる。

さらには、テクノロジーと武器の現代に生きている自分たちに恐いものはないと考えている人々もいる。古代の邪悪なものに脅かされることはないと。彼らは妖術師や兵《つわもの》やドラゴンは、大昔に滅んだとすら思っている。

科学と論理が自分たちを守ってくれると思いこんで、それらにしがみついている愚かな者たち。彼らは自由でもないし、安全でもない。自分の目の前にたしかに存在しているものを直視しようとしないかぎり。

なぜなら、古《いにしえ》の神話と伝説はすべて真実に根ざすものであり、ときとして真実はわれわれを自由にしてくれないからだ。ときとして真実は、われわれをさらに囚《とら》われの身にする。

でも、善良なる人々よ、ここに来てわたしの話に耳をかたむけよ。史上まれにみるすばらしいパラダイスの歴史についての話を。ヘラクレスの柱（ジブラルタル海峡の入口にある岬につけられた古代の地名）のはるか向こう、広大なエーゲ海にかつてすばらしい大陸があった。あとにもさきにもないほど高度な文明をもった人々を誕生させた大陸が。

はるか古代、原初の神アルコンがこの大陸をつくったとき、姉の名前アトランティアにちなんでアトランティスと名づけた。アトランティアとは〝優美〟という意味である。アルコンは伯父である海の神イドールと妹のエダ（大地）の協力のもと、この大陸を出現させて妻アポリミに捧げるつもりだった。そうすれば自分たち夫婦の神の子どもたちをこの土地に住まわせることができる。子どもたちが広い国土のなかで思う存分走り回りながら成長できる、と。

妻のアポリミは夫からのこの贈り物を、涙を流してよろこんだ。その涙は大地に満ちて、アトランティスを〝都市のなかの都市〟にした。五つの水路に囲まれた、おなじ形のふたつの島にしたのである。

彼女はそこで不老不死の子どもたちを生むはずだった。

しかしほどなくして、偉大なる破壊者《デストロイヤー》アポリミが子どもを産めない体であることが判明した。アルコンの求めにより、イドールはエダに話をもちかけ、ふたりでアトランティス人をつくって大陸に住まわせ、アポリミの心にふたたび喜びをもたらそうとした。

その計画はうまくいった。

アポリミに敬意を表してつくられた、美貌を誇るブロンドのアトランティス人はほかの種族よりもはるかにすぐれていた。アポリミに喜びをあたえ、この偉大なるデストロイヤーをほほえませることができるのは、彼らだけだった。

古代の神々と同様に平和を愛し、公正を重んじたアトランティスの人々は戦うことを知らなかった。貧困も知らなかった。心霊術や魔術を使って、自然とバランスよく共存した。海の向こうからやってきた異邦人をだれかれなく歓迎し、彼らを癒してもてなした。

しかし時が経つにつれ、ほかの神々や人々が戦いをいどんでくるようになり、自国を守るために戦《いくさ》をせざるをえなくなった。

アトランティスの神々は自分たちの人民を守るために、そのころ台頭してきたギリシアの神々と間断なく対立した。アトランティスの神々にしてみれば、ギリシアの神々はよく理解できないものを手に入れようとして戦う子どものようなものだった。むずかる幼子をなだめる親のように、彼らはギリシアの神々に接しようとした。公平に。辛抱強く。

しかしギリシアの神々は、古代の知恵に耳を貸そうとしなかった。なかでもゼウスとポセイドンはアトランティスの富と平和をうらやんだ。

とはいえ、アトランティス大陸をもっとも欲しがったのはアポロンだった。

残忍で狡猾《こうかつ》な神アポロンは、古代の神々からアトランティスをうばいとる計画を実行した。父ゼウスや伯父のポセイドンとはちがい、正攻法で戦っても自分たちギリシア軍に勝ち目はないことをアポロンは承知していた。高度に発達したこの古代文明を打ち負かすには、内側から攻めていくしかない、と。

そういうわけで、アポロンお抱えの純粋なギリシア人の戦闘集団アポライトをゼウスがギリシアから追放したとき、アポロンは自分の子どもともいうべきアポライトたちを率いて、海の向こうのアトランティスに連れていった。

超能力をもつ、神のような種族アポライト。ギリシア人に迫害された彼らに、アトランティス人は同情した。アポライトを親族のように感じて、彼らがアトランティスの法律を守って問題を起こさないかぎり、彼らを歓迎した。

アポライトは命じられたとおりのことをした。アトランティスの神々のためにわが身を犠牲にする一方で、父であるアポロンとの約束をけっして破らなかった。毎年、自分たちの種族のなかでもっともうつくしい処女をアポロンの神殿デルフォイに送りこんで、あらたな住《す》処《か》をあたえてくれた厚意にたいする感謝を示した。アポライトたちは、いずれ自分たちが神となってその住処を治めるつもりでいた。

紀元前一〇五〇〇年、貴族出身の美貌の娘クリエがアポロンの神殿に送りこまれた。アポロンは一目見るなり彼女の虜になり、五組の双子を生ませた。

アポライトの愛人クリエとその十人の子どもを通して、アポロンは自分の運命を予見した。最終的には、彼らのはたらきで自分はアトランティスの王位につくだろうと。

アポロンがクリエと子どもたちをアトランティスにもどすと、子どもたちはみな王家出身の者と結婚した。アポロンの年長の子どもたちはすでに生粋のアトランティス人と結婚し、アポライトとアトランティスの血を混合させることで、さらに強くなっていたから、王家の人々と結婚した子どもたちも力をもつはずだった。王家と血縁関係を結びつづければ、アポロンの権力とアトランティスの国王のアポロンへの忠誠心は絶対的なものになる。

アポロンは子どもたちを利用し、アトランティス征服をもくろんでいた。彼らを駒《こま》にして全世界を支配し、父親のゼウスを権力の座から引きずりおろすつもりだった。かつてゼウス本人が、息子のアポロンの目の前で父のクロノスを追放したように。

アポロンみずからが代々の女王のもとに通い、アトランティスの男子の継承者を生ませた、といわれている。

長男が生まれるたびに、アポロンはこの息子はアトランティスの神々を倒す人物になるかどうか、神託をあおいだ。

答えはずっとノーだった。

紀元前九五四八年までは。

アポロンはいつものように、アトランティスの女王のもとをおとずれた。女王の夫である国王はすでに一年以上前に亡くなっていた。女王が亡き国王の夢を見ているあいだに、アポロンは夢魔となって彼女のベッドに忍びこんだのだ。そして彼女を懐妊させ男の子をさずけた。

おなじ年、アトランティスの神々は自分たちの運命を自覚するようになった。アトランティスの神々の女王アポリミが、アルコンの子どもを身ごもっていることに気づいたからだ。

自分の子を何世紀も前から望んでいたデストロイヤーは、ようやく願いがかなった。その日、アトランティス島は熱気につつまれ、かつて類《るい》をみないほどのお祭りムードで盛りあがった、といわれている。神の女王は自分が身ごもったことをほかの神々に知らせ、幸せな気分で祝宴をひらいた。

運命の女神たちはこの知らせを耳にするや、アポリミとアルコンに目を向けて、このさき生まれてくるアポリミの息子は彼らを死に追いやるだろうと公言した。

運命の女神三人は、代わる代わる予言の言葉を口にした。

「われわれが知っているこの世界は、滅亡するでしょう」

「われわれの運命はすべて、その子の手のなかにあります」

「この子は神として、わがまま放題のことをするでしょう」

予言に恐れおののいたアルコンは、子どもを殺すよう妻に命令した。

アポリミは拒んだ。長いあいだ望みつづけてようやくさずかった子どもだ。嫉妬《しっと》深い運命の女神たちの予言を信じて、この子を無駄死にさせるわけにはいかない。妹の援助のもと、アポリミは息子を未熟児で生み、人間界に送りこんだ。アルコンには異常妊娠による化石胎《たい》児《じ》が生まれた、ということにしておいた。

「あなたの浮気や嘘にはもううんざりよ、アルコン。きょうこの日から、あなたにたいするわたしの気持ちは、あなたのせいで硬くこわばってしまった。あなたがわたしから得られるものといったら、せいぜい化石化した子どもくらいなものよ」

怒ったアルコンは妻をカロシス（人間世界と神の世界のあいだの冥界）に閉じこめた。

「息子が死ぬまで、そこに入っていろ」

それで、アトランティスの神々はアポリミの妹をつかまえて、ほんとうのことを白状させた。

「月が太陽を飲みこみ、アトランティスがまったくの闇につつまれたとき、あの子は生まれるでしょう。母である女王は、あの子の誕生を恐れて涙を流すでしょう」

神々はそれから、アトランティスの女王のもとへ向かった。折しも女王も臨月となっていた。予言どおり、月の動きによって日食がはじまり、彼女は産気づいた。じきに生まれた息子を、アルコンは殺害すべきだと主張した。

女王は涙にくれて、アポロンに助けを求めた。息子は父親のあなたに対面する前に、古の神々によって殺されてしまうんですよ、と。

しかしアポロンはその願いをききいれなかったため、女王は目の前で生まれたばかりの息子が殺されるのをなす術もなく見ているしかなかった。

女王は知らなかったが、アポロンはこのような展開になることをすでに耳に入れていた。女王が生んだのはアポロンの息子ではなく、息子を救うために子宮のなかですりかえた替え玉だったのだ。

双子のきょうだいのアルテミスの力を借りて、アポロンは息子をデルフォイの神殿に引きとっていた。男の子はそこで、アポロンに仕える巫女《みこ》たちに囲まれて成長した。

年月が経つにつれ、アポロンがアトランティスの女王のもとに通って子づくりをすることはなくなり、女王はアポロンへの恨《うら》みをつのらせていった。殺された子どもにとって代わる赤ん坊をさずけてくれないギリシアの神アポロンを、彼女は憎んだ。

一人息子を目の前で殺害されてから二十一年後、女王はギリシアの神アポロンがべつの女性に子どもを生ませたことを知った。

その女性はギリシアの王女だった。アトランティス人と戦争をしていたギリシア人が神の恩寵《おんちょう》を期待して彼女をアポロンに捧げたのだ。

その知らせが女王の耳に届くや、心の奥底で苦々しい思いがふくらみ、いつしか彼女は復讐の鬼と化した。

女王は司祭を呼んで、自分の帝国の後継者はどこで見つかるかきいた。

「アトランティスの後継者はアリクレスの家におります」

それは、アポロンの最近の子どもが生まれたまさにその家だった。

女王はその答えを聞き、アポロンが自分の子どもたちですら裏切ったことを知って、怒りのあまり声を張りあげた。アポロンがギリシア人女性とのあいだにあたらしい種族をつくっているとき、アポライトの血を引く子どもたちは忘れ去られていたのだ。

女王は護衛をギリシアに派遣して、アポロンの愛人となったギリシアの元王女とその子どもを殺させた。そのどちらも、自分のお気に入りの玉座にすわらせるつもりはなかった。

「野生の猛獣にやられたように見せかけるために、連中をずたずたに引き裂きなさい。疑いをすこしでもかけられることがないように」

しかし、すべての仇討《あだう》ちの例にもれず、女王の悪事も暴露されてしまった。

嘆き悲しんだアポロンは、かつて自分が選んだ種族を呪った。「アポライトとして生まれた者全員に、災いあれ。すべておまえたちの身から出たさびだ。おまえたちは全員、亡くなった私の大事なリサよりも、長生きできないようにしてやる。みな二十七歳の誕生日に、もがき苦しみながら滅びるのだ。おまえたちはみなけだもののような習性があるから、実際けだものにしてやろう。これからは単一の種族のなかで子をなせ。二度と私の領域に足を踏みこむな。おまえたちを見たら、裏切られたときの記憶がどうしてもよみがえってくるからだ」

呪いの言葉を吐いてはじめて、アポロンはデルフォイにいる自分の息子を思いだした。アポロンは愚かにもほかのアポライトとともにその息子にも呪いをかけたことになる。

この手の事柄はいったん口にした以上、かならずやそのとおりになる。

しかしそれ以上に、アポロンは自滅の種をみずから植えてしまっていた。アポロンがもっとも目をかけていた身分の高い巫女と息子が結婚する日、アポロンは息子に大切にしているものをすべてあずけた。

「おまえの手に、私の将来をゆだねよう。おまえには私の血が流れている。おまえとおまえの将来の子どものなかに、私は生きつづけるのだ」

その拘束力のある言葉と、かつて怒りにかられて吐いた言葉のせいで、アポロンはみずからを破滅に追いこんだ。アポロンの言葉は、息子の血筋が絶えればアポロン自身も息絶えて、同時に太陽も姿を消してしまうことを、意味していたのだから。

知ってのとおり、アポロンは太陽の源であり、全宇宙のバランスをその手に握っているのだ。

アポロンが死ねば、地球とそこに住まう生命すべてが死に絶える。

そして西暦二〇〇三年のいま、古代の神アポロンの血を継ぐアポライトの子どもは、この世にたったひとりとなっていた……。

1

二〇〇三年二月　ミネソタ州、セントポール

「ねえ、ちょっと、ものすごくいい男がいる。右側に」

カサンドラ・ピータースはミシェル・エイブリーの物欲しげな口調に笑って、混雑する店内に顔を向けた。目に入ったのは、黒い髪のごく平均的な風貌の男性。彼女たちのお気に入りの地元のバンド、ツイステッド・ハーツが演奏しているステージをじっと見ている。

カサンドラは音楽に合わせて体を揺らし、ロングアイランド・アイスティーをちびちび飲みながら、しばしのあいだその男性を観察した。「ミルクマンね」容姿、立ち居振る舞い、ランバージャケット等、男性の〝特徴〟にすべて目を走らせてから結論づける。

ミシェルは首を横にふった。「ううん、せめてクラッカーにしてよ」

カサンドラは自分たちが考えだした男性の値踏み方法に、にやっとした。その評価は、ベッドをともにした女の子に嫌われないようにどのくらいのサービスをしてくれそうか、とい

う基準によって決まる。ミルクマンは、そこそこ魅力的で、いつでもベッドに牛乳をもってきてくれそうな男、という意味。クラッカーはそれよりひとつ上のランク。クッキーはかなりいい男。

しかし、最高にセクシーな男性は、パウダードーナツと呼ばれる。パウダードーナツはあつかいづらいばかりか、日々ダイエットを気にかけている女心を混乱させて、いいから一口かじってごらんと女性を誘惑する。

これまで生身のパウダードーナツに会ったことはない。でも、そういう男性がいつかはあらわれるだろうという望みは捨てていなかった。

ミシェルはブレンダとカットの肩をたたき、問題の男性をそっと指さして目をむいてみせた。「クッキー？」

カットは首を横にふった。「クラッカーね」

「ぜったいにクラッカー」ブレンダがきっぱりいった。

「ちょっと、どうしてそういいきれるの？　あなたには彼氏がいるからって」ミシェルがブレンダにいった。曲がおわって、バンドが一息ついた。「まったく、みんな辛口なんだから」

カサンドラはまた男性に目をやった。友人と話をしながら、瓶ビールを飲んでいる。ときめきは感じない。彼女をそういう気持ちにさせる男はめったにいなかった。とはいえ、あの男性は気さくで感じのいいタイプではあるし、笑顔もさわやかですてきだ。ミシェルが気に入ったのもうなずける。

「わたしたちの意見なんてどうだっていいじゃないの」ミシェルにいう。「いいと思ったら、声をかけなさいよ」

ミシェルはたじろいだ。「そんなことできない」

「どうして」と、カサンドラ。

「デブだとか、不細工だとか思われたらどうしよう」

カサンドラはあきれて目を白黒させた。かなりスリムでブルネットのミシェルほど、不細工という言葉が当てはまらない女の子はいないのに。「人生は短いのよ、ミシェル。ものすごく短いの。もしかしたら、あの男性はあなたが待ちに待った理想の男性かもしれない。でも、なにもせずにぐずぐずしていたら、それもわからないままになるのよ」

「まあね」ミシェルはため息をついた。「失敗したときのことを考えてうじうじしないあなたが、うらやましい。わたしはそうできないから」

カサンドラはミシェルの腕をつかむと、人混みを抜けて男性がいるほうへ引っ張っていった。

男性の肩をたたく。

彼はなにごとかとふり返った。

最初にカサンドラを見て、おどろいた顔をした。身長百八十五センチの彼女は、奇異な目で見られることには慣れている。その男性の名誉のためにいうと、彼はカサンドラが自分より五センチ以上背が高いことに気を悪くしている様子はなかった。

それからミシェルを見下ろした。彼女は百六十センチとごく普通の背丈だ。

「はじめまして」カサンドラが口をひらいて、男性の視線を自分のほうへふたたび引き寄せた。「ちょっと質問させてもらうわね。結婚してる？」

男性は眉をひそめた。「いや」

「つきあっているひとは？」

怪訝《けげん》な表情でそばにいる友人をちらっと見た。「いや」

「ゲイなの？」

口をあんぐりあけた。「なんだって？」

「カサンドラ！」ミシェルが声を張りあげた。カサンドラは動ずることなく、逃げようとするミシェルの腕をつかんだ。「女性は好きよね？」

「ああ」気分を害したようだった。

「よかった。というのもね、ここにいる友だちのミシェルがあなたのことを、すごくかっこいいっていっていってるのよ。おつきあいしたいって」ミシェルを男性の前に押しやる。「ミシェル、こちら……」

どぎまぎしているミシェルを見て、男性はほほえんだ。「トム・コーディだ」

「トム・コーディね」カサンドラは繰り返した。「トム、こちらミシェル」

「はじめまして」トムが握手を求めてきた。

ミシェルはカサンドラを絞め殺してやるべきなのか感謝すべきなのか、わからないような表情をしていた。

「はじめまして」ミシェルは口をひらくと、握手をした。

トムとミシェルはそれなりに相性がよさそうだ。トムが最初のデートで失礼な真似をすることもないだろう。カサンドラはそういったことを確認すると、彼らをふたりだけにして、ブレンダとカットのところへもどった。ふたりとも口をぽかんとさせて、信じられないといった表情を浮かべてカサンドラを見ている。

「ミシェルにあんなことするなんて、信じられない」席に着くなり、カットがいった。「あの娘《こ》に殺されるわよ」

ブレンダは身をすくませた。「あんなことをされたら、あたしだったらあんたを殺すわ」

カットはブレンダの肩を抱くと、ぎゅっと抱きしめた。「好きなだけこの娘に怒りをぶちまけてもいいけど、あなたに彼女を殺させるわけにはいかないわ」

ブレンダはカットが本気でいっているのに気づかないのか、けらけら笑った。カットはじつはカサンドラの極秘のボディーガードで、この五年間ずっと彼女と行動をともにしているのだ。これは記録的な長さだった。カサンドラのボディーガードのほとんどは、せいぜい八カ月つづけばいいほうだった。

ボディーガードたちは任務の途中に死亡するか、カサンドラの命を狙っている者を目にしたとたんに仕事を辞めるかのどちらかだった。カサンドラの父親が払う法外な報酬を手にしたとしてもこんな危険な目にあうのは割りに合わない、と彼らは思うようだ。

でもカットはちがう。彼女ほど粘《ねば》り強く、度胸がある人間をカサンドラは知らない。加えて、知っているかぎり、カサンドラより背が高い唯一の女性だった。身長百九十センチで、目を見張るほどの美貌を誇るカットは、どんなに入場制限がきびしい店でもすんなり入れる。肩までのブロンドの髪。現実のものとは思えないほど澄んだ、緑色の瞳。

「ねえ」トムとミシェルが談笑しているのをながめているカサンドラに、ブレンダがいった。「あんたみたいに自信がもてるんだったら、あたしはどんなことでもしたい気分よ。自信を失ったこと、これまでにある？」

カサンドラは正直にこたえた。「いつだって自信はないわよ」

「とてもそんな風には見えないけど」

友人たちとはちがって、カサンドラは余命八カ月あるかどうかわからない身だ。恐れたり、臆病になったりする余裕が彼女にはもうない。両手につかめるだけのものをもって、逃げきろう、というのがカサンドラのモットーだった。

彼女は実際、これまでずっと逃げてきた。隙あらば彼女を殺そうとする連中から逃げつづけてきた。

しかしなによりも、自分自身の運命から逃げつづけてきた。避けられない運命を、なんとかして回避できないかと思いながら。

六歳から世界各地を転々としてきたカサンドラだったが、昔の母がそうだったように、自分が背負っている運命の真実を発見することはできないままだった。

いまでも毎日、日暮れ時になると期待せずにはいられない。二十七歳の誕生日に命が果てることはないといずれだれかがいってくれるのではないか、と。数カ月、いや数日でもいい、ひとところにとどまることがいつか可能になるかもしれない、と。

「やったね！」と、ブレンダ。目を丸くして出口を見ている。「クッキーを見つけたわよ！しかもなんと、三名」

大げさな声音がおかしくて、カサンドラは声を上げて笑った。ふり返ると、信じられないくらいにセクシーな三人の男性がクラブに入ってくるのが見えた。三人とも百八十センチをゆうに超える背丈で、艶《つや》のある日焼けした肌といい金色の髪といい、ハッとするほどのハンサムだった。

不意に体がぞくぞくっとして、カサンドラは笑うのをやめた。これまでにも、よく経験したことがある感触。

心に恐怖を焼きつける、不吉な予感とでもいえるだろうか。

値の張りそうなセーターとジーンズにスキー・ジャケットという格好の三人は、狂暴な捕食動物のように店内の人々に視線を走らせている。カサンドラはふるえた。人々は自分たちがどれほど危険な状態にあるか、まったく気づいていない。

ひとりとして。

ああ、どうしよう……。

「ねえ、カサンドラ」ブレンダがいった。「わたしをあの三人に紹介してよ」カサンドラは警告をうながすべくカットと目を合わせて、かぶりをふった。ブレンダを男たちから、彼らの飢《う》えたような暗い視線から引き離さなくては。「あの男たちは厄介よ。すごく厄介だわ」

アポライトの血が半分流れているおかげで、カサンドラは母とおなじ種族の者を見抜くことができる。今回はさらにぴんとくるものがあった——女たちに魅惑的な笑みを向けながら人々のあいだを縫《ぬ》って歩いている男たちは、単なるアポライトではない。

アポライトの邪悪な亜種、ダイモンだ。短い寿命を延ばすために、人間を殺害してその魂をうばう連中。

ひとを惹きつけてやまないダイモン独特の魅力と、獲物となる魂を狙っているぎらぎらしたエネルギーを、全身から発している。

連中は狩りのためにここに来たようだ。

カサンドラはパニックをのみこんだ。なんとかしてここを出なくては。近寄ってきた男たちに正体を見破られてしまう前に。

バッグのなかの小ぶりのピストルに手を伸ばし、逃げ道をさがす。

「裏口から」カットがいって、カサンドラをクラブの裏のほうへ引っ張った。

「何事?」とブレンダ。

一番背が高いダイモンが、いきなり足をとめた。

それから彼女たち三人に顔を向けた。

目を凝らして、カサンドラに冷ややかな視線をじっと注いでいる。気持ちをさぐるために心のなかに入ろうとしている。阻止しようとしたが、遅かった。

男は連れのふたりの腕をつかんで、カサンドラたちのほうを顎《あご》でしゃくった。

ううっ。面倒なことになったわ。

冗談じゃなく。

店内は混雑しているから、銃を発砲するわけにはいかない。カットにしてもそうだ。手榴《しゅりゅう》弾《だん》は車のなかだし、短刀は車のシートの下に置いたままだった。

「釵《さい》をもってるっていってくれると、いまはありがたいんだけどね」

「もってない。そっちは鎌《かま》を身につけてきたでしょ？」

「ばっちりよ」小さな草刈《くさかり》鎌のような武器を思い浮かべて、苦笑しながらこたえる。「家を出る前にブラにいくつか忍ばせた」

カットがなにやら冷たいものを、掌《てのひら》に押しつけてきた。視線を下にやると、折りたたんだ戦闘用扇子《せんす》が目に入った。鋼《はがね》でつくられていて、ひらくと先端がとがっている。切れ味のいいナイフとおなじくらい危険な武器だ。折りたためば長さ三十センチほどのごく普通の扇子になるが、カットやカサンドラがもつと破壊的な道具となる。

カサンドラが扇子を握りしめると、カットは彼女を非常口のあるステージのほうへ引っ張った。非常口付近の人だかりのほうへゆっくりと移動する。ダイモンを避け、ブレンダからも遠ざかる。ダイモンが攻撃してきたときに、彼女を巻きこみたくない。

カサンドラはカットと自分の長身を呪った。わたしたちは、どこにも身を潜められない。ともかく目立ってしまうから、これほどの人混みであっても、うまくまぎれこんでダイモンたちの視界に入らないようにすることができないのだ。

カットがはたと立ちどまった。またべつのブロンドの長身の男が、彼女たちの行く手をさえぎっている。

二秒後、周囲が騒然となって、ふたりはダイモンが三人だけではないことに気づいた。すくなくとも十人はいる。

カットはカサンドラを非常口のほうへ押しやり、ダイモンにキックを見舞った。ダイモンはこの突然の大混乱に悲鳴を上げている人々のなかに、突っこんでいった。

べつのダイモンがハンティングナイフを手に襲いかかってきたから、カサンドラは扇子を広げた。扇子の骨のあいだでナイフをとらえてうばいとり、敵の胸に突き刺す。

ダイモンはたちまち崩れ去った。

「このあま、これでも食らえ」べつのダイモンが怒声を発して突進してきた。

カサンドラを救おうとした男性客たちもいたが、ダイモンたちにあっという間に殺されてしまい、ほかの客は非常口へ向かった。

カットは四人のダイモンに囲まれた。

カサンドラは加勢するためにカットのそばに駆けよろうとしたが、できなかった。ダイモンがカットに強烈なパンチを見舞って、近くの壁にたたきつけた。

カットはどさっという音とともに、床にくずおれた。カサンドラはカットを助けたかった。でもそうするには、ダイモンたちをこの店から追いやって、友人から遠ざけるのが一番だろう。

逃げようとして踵《きびす》を返したが、真後ろにダイモンがさらにふたりいた。

ダイモンに衝突したせいで注意力がおろそかになり、もうひとりのダイモンに扇子とナイフをうばわれてしまった。

倒れそうになったカサンドラを、そのダイモンは抱きかかえた。

背が高く整った顔立ちのそのブロンドのダイモンは、女性を惹きつけてやまないまれにみるセクシーなオーラを発している。こういった魅力があるからこそ、彼らは人間を効率的に餌《え》食《じき》にできるのだった。

「お姫さま、どこか行こうか?」ダイモンは両手でカサンドラの手首を握って、武器をうばいかえせせないようにした。

カサンドラは言葉を発しようとしたが、男の底なし沼のような深い色合いの瞳にすっかり魅せられていた。彼のパワーが心のなかに入り込んで、彼女の逃げる力を麻痺《まひ》させているのを感じた。

ほかのダイモンたちが集まってきた。

それでも、目の前にいる男はカサンドラの手首を離さず、蠱《こ》惑《わく》的な視線を彼女に向けている。

「いやはや」一番長身のダイモンが口をひらくと、冷たい指でカサンドラの頬《ほお》をひとなでした。「獲物をつかまえに外に出たときは、われわれが追っている行方不明の女相続人を見つけられるとは思ってなかった」

カサンドラは男の指から逃れようと、顔をそむけた。「わたしを殺したって、あんたは自由になれないわよ」彼女はいった。「あんなの迷信にすぎない」

手首をつかんでいた男が彼女を回転させて、ボスである長身のダイモンと向きあうようにした。

ボスは大笑いした。「迷信といえば、われわれの存在そのものがそうじゃないか。この店にいる人間に、ヴァンパイアは存在するかどうかきいたら、どういう答えが返ってくるだろうね」邪悪な目でカサンドラを見ながら、自分の長い犬歯を舌でなぞった。「さあ、外でだれにも迷惑かけずに死ぬか、それとも、ここにいるお友だちたちもついでにわれわれに提供してくれるのか、どっちかにしてもらおう」

獰猛《どうもう》な肉食動物の視線を、ミシェルに向けた。彼女はかなり離れていてトムに夢中だから、混雑している広い店内の隅で乱闘騒ぎがあったことすら気づいていないようだった。「あのブルネットは強い気を発してる。あの女の魂をいただいたら、それだけですくなくとも半年は生き延びられそうだ。それとあのブロンド女は……」

床に伸びているカットに視線を転じた。人間たちが周りを取りまいているが、彼女がどうして負傷したのかわかっていない様子だ。人間に邪魔されたくないダイモンたちが、そのパワーで人々の記憶を消しているようだ。

「まあ、いずれにせよ」ダイモンのボスが、凄《すご》みをきかせていった。「軽く食ったところで、ばちは当たるまい」

ボスが彼女の腕をつかんだのと同時に、それまで彼女をつかまえていたダイモンが手を離した。

このままおとなしく殺されるわけにはいかない。カサンドラは、常ひごろの徹底したきびしいトレーニングを思いだした。背後にいるダイモンのほうへバックして、足の甲を踏みつける。

ダイモンが罵《ののし》り声を上げた。

目の前にいるダイモンの腹に拳骨《げんこつ》を見舞い、ほかの二名のあいだをすり抜けて、ドアに向かって走る。

超人的なはやさで一番長身のダイモンが、行く手をさえぎった。残忍な笑みを浮かべて、あからさまな悪意を見せて立ちふさがっている。

カサンドラは脚を蹴りだしたが、ダイモンはうまくよけた。

「やめろ」低くて男らしいうっとりするような声だが、したがわなければ血を見るぞと言外に語っている。

カウンターの数人がふり返って彼らを見たが、ダイモンの狂暴な目ににらまれて見て見ぬふりをした。

だれも彼女を救おうとしない。

みな腰が引けている。

でも、まだ希望はある……カサンドラは降参するつもりはなかった。

つぎなる攻撃をしかけようとしたまさにそのとき、クラブの正面入り口のドアがばたんとひらいて、冷ややかな風がさっと吹きこんできた。

自分よりも邪悪なものの存在を感じとったのか、ダイモンはドアへ顔を向けた。

そして、ぎょっとして目を見ひらいた。

カサンドラはふり返って、ダイモンを愕然とさせたものを目にした。彼女も視線をそらすことができなくなった。

雪まじりの風が店のエントランスに渦を巻き、身長二メートル近いひとりの男が立っている。

マイナス十度の戸外を歩くときの一般的な格好とはちがって、店に入ってきたその男は、薄くて黒いロングのレザーコートしか着ていなかった。その裾《すそ》が風にはためいている。黒一色のセーター。バイカー・ブーツ。黒いレザーのタイトなズボンが引き締まったかたい体をぴったりつつんでいる。ワイルドでセクシーな経験をお約束しますよ、と誘っているような肉体。

無敵な男の自信に満ちた、ふてぶてしい物腰。やれるもんならやってみろと、無言で語っている。

歩くさまは、捕食動物のよう。

カサンドラはぞくっとした。

男の髪がブロンドだったら、このひともダイモンだと思っただろう。でも、彼はダイモンとはまったくちがう種族のようだ。

肩までの長さの漆黒《しっこく》の髪が後ろになびき、彫りの深い整った顔が見えた。カサンドラの胸が高鳴った。黒い瞳は冷ややかだった。非情な目。感情をいっさい見せない、無表情な顔。気障《きざ》なところや、女々しいところはまったくない。正真正銘のパウダードーナツ。彼とベッドをともにしたらドーナツを食べる必要はもうない。

その男性は爆撃機を誘導するホーミング・ビーコンのように店に入ってくる。店内にいる人々にはまったく気をとめない様子で、ダイモン一人ひとりに狂暴な視線を向け、最後にカサンドラの横にいる男にひたと目を当てた。

男性の整った顔に不吉な笑みがゆっくりと広がっていき、牙の先端がちらっとのぞいた。まっすぐカサンドラたちのほうへ向かってくる。

ダイモンは舌打ちすると、自分の前に彼女を突きだした。

カサンドラは逃げようとしてもがいたが、ダイモンがポケットから銃を出して彼女のこめかみに当てた。

悲鳴と叫び声がいっせいに聞こえて、人々は身をかくす場所を求めて逃げまどった。

ほかのダイモンたちが横にやってきて、戦闘隊形のようなものをつくった。

店にやってきた男性は不敵な低い笑いをもらすと、彼らを値踏みした。漆黒の瞳に浮かんでいる光を見れば、彼が乱闘を楽しみにしているのがわかった。

実際、その目つきはダイモンたちを刺激した。

「人質をとるのはよくねえな」耳に心地のいい訛《なま》りのある声が、雷さながらに轟《とどろ》きわたった。「どっちみちおれに殺されるって、おまえらだってわかっているんだから」

その瞬間、この男が何者であるかカサンドラはぴんときた。

ダークハンター――人間の魂をうばうダイモンたちを永遠に追跡して処刑する、不老不死の戦士。ダークハンターは人間たちの守り手だが、カサンドラの種族アポライトにとってはサタンの化身だ。

幼いころからダークハンターの話は聞かされてきたが、子どもを誘拐する鬼《ブギーマン》とおなじで、都市伝説にすぎないと思っていた。

しかし目の前にいる男性は、カサンドラの想像の産物ではない。実際に存在していて、その風体はどこをとっても昔から聞かされているダークハンターにぴったり一致している。

「どけ、ダークハンター」カサンドラをつかまえている男がいった。「さもなければ、この女を殺す」

ダークハンターは脅し文句をおもしろがっている様子だった。むくれた子どもをたしなめる親のように、首をふっている。「なあ、あともう一日、抜け穴にいてくれりゃあよかったものを。今夜は『バフィー〜恋する十字架〜』の放映日なんだ。再放送じゃないやつでね」

ダークハンターはいったん口をつぐみ、いらだたしげにため息をついた。「おまえたちを始末するために、凍《こご》えるほど寒い外に出なきゃいけないなんて、おれがどれほど腹を立てているかわかるか？　ほんとだったら、家のなかでぬくぬくして、ホルタートップ姿のサラ・ミシェル・ゲラーが大活躍しているのを見ていられたのに」

ダイモンは腕をわななかせ、カサンドラをつかむ手に力をこめた。「殺せ！」

手下のダイモンたちがいっせいに襲いかかった。ダークハンターが最初に飛びかかってきた男の喉元をつかんだ。それからなめらかな身のこなしでそのダイモンをもちあげると、胸倉をつかんだまま壁にたたきつけた。

ダイモンは情けない声を出した。

「おまえはなんなんだ、ぼくちゃん？」ダークハンターがきいた。「このさきも人間を殺しつづけるつもりなら、おまえにできることといえば、せいぜい威厳をもった死に方を学ぶことくらいだな」

さらなるダイモンがダークハンターの背中に突進してきた。ダークハンターが下半身をねじると、ブーツの爪先から鋭いナイフが飛びでてきた。彼はダイモンの胸の真ん中にナイフの刃を沈めた。

つぎの瞬間、ダイモンは粉塵《ふんじん》と化した。

ダークハンターに胸元をつかまれているダイモンが長い犬歯をちらっと見せると、彼に噛《か》みついてキックをしようとした。ダークハンターはそのダイモンを、あらたに飛びかかってきたダイモン目がけて放り投げた。

二名のダイモンは衝突してよろめくと、一緒に床に倒れた。

あわてふためいて立ちあがろうとするダイモンたちを見ながら、ダークハンターはあきれたように首をふっている。

ひきつづきダイモンたちが襲いかかってきたが、ダークハンターはやすやすと敵をかわした。その身のこなしはぞくっとするほど見事で、恐ろしくもあった。

「なあ、どこで腕を磨《みが》いたんだ?」さらなるふたりを片づけながら、ダークハンターがいった。「花嫁学校か?」軽蔑もあらわに鼻を鳴らした。「おれの妹が三歳だったころのパンチのほうが、おまえたちのより強力だぜ。ダイモンになるんだったら、せめて喧嘩《けんか》の腕を磨いてくれよ。おれのこの退屈な仕事を、もうちょっとは楽しいものにするためにも」不満げにため息をもらすと、天井をあおいだ。「スパティのダイモンはどこにいるんだろう。こっちは連中を必要としてるのに」

ダークハンターの注意がそれているあいだ、カサンドラをつかまえているダイモンは彼女のこめかみから銃を離し、彼に四発発砲した。

ダークハンターはひどくゆっくり、ダイモンと彼女のほうをふり返った。

激しい怒りの表情を浮かべて、自分を撃ったダイモンをにらんでいる。「おまえには礼儀というものがないのか? 常識が? 脳みそはないのか? おれは銃では死なない。まったく、むかつくぜ」

出血している横腹の銃創《じゅうそう》を見下ろしてからコートを引っ張り、レザーにあいた穴の具合をたしかめるために照明にかざした。いまいちど舌打ちした。「大のお気に入りのコートも、台無しにしてくれたな」

ダークハンターはダイモンに怒鳴った。「こうなったら、死んでもらう」

カサンドラに逃げだす余裕もあたえず、ダークハンターは彼女とダイモンに向かって手をさっと動かした。細くて黒い紐が飛びだしてきて、ダイモンの手首に巻きついた。

ダークハンターはまたたく間にカサンドラをつかまえているダイモンとの距離を縮め、ダイモンの手首をぐいっと引っ張って腕をねじりあげた。

カサンドラは体をよじってダイモンから離れ、巻きこまれないように壊《こわ》れたジュークボックスに身を寄せた。

ダークハンターは片手でダイモンの腕をつかんだまま、その胸をつかんでもちあげた。それから優雅な弧を描くようにしてテーブルにどさっと放り投げた。ダイモンの体重で、ガラスの食器が粉々になった。拳銃がかたい冷ややかなゴトンという音とともに、木の床に落ちた。

「おれたちの息の根をとめるには、切り刻むしかないって、ママに教わらなかったのかい？」ダークハンターがいった。「拳銃じゃなくて、丸太を粉々にするウッドチッパーをもってくるべきだったな」

自由になろうと必死になってもがいているダイモンを、彼はにらみつけた。「さて、おまえが盗んだ人間の魂を、解放するとしよう」ダークハンターはブーツから折りたたみ式ナイフを取りだすと、かちっとひらいて、ダイモンの胸に刃を沈めた。

ダイモンは一瞬のうちに崩壊し、あとにはなにも残らなかった。

残りの二名がドアのほうへ逃げだした。

ふたりがいくらも行かないうちにダークハンターはそくざにコートの下から投げナイフを出して、逃げて行く敵の背中に恐ろしいまでに見事に命中させた。ダイモンたちは自爆し、ナイフが禍々《まがまが》しく床に落ちた。

信じられないほど落ち着きはらった物腰で、ダークハンターは出口へ向かった。途中、ちょっとだけ立ちどまって床からナイフを拾った。

そして、入ってきたときと同様に、あっという間に音もなく出て行った。

カサンドラが息苦しさを感じてあえぐなか、店にいた人々はかくれていた場所から出てきて、いっせいに騒ぎだした。ありがたいことに、カットですらなんとか起きあがって、おぼつかない足どりでカサンドラのほうへやってきた。

友人たちも駆けよってきた。

「だいじょうぶ？」

「さっきの男性がなにをしたのか、見てた？」

「あなたはもう助からないと思った」

「よかった、生きてて！」

「あの男たちは、なんであんたを狙ったの？」

「あいつら、何者？」

「あの男たちに、なにが起こったわけ？」

友人たちが早口でいっせいにまくしたてたから、だれがなにを質問したのかわからなかった。カサンドラの心にはまだ、自分を救ってくれたダークハンターの姿が鮮烈に残っていた。どうしてわたしを助けてくれたのだろう？

彼のことを、もっと知らなくては……。

自制心をはたらかせる暇《ひま》もなく、カサンドラは彼のあとを追って、この世のものとは思えない男性を求めて駆けだしていた。

外に出るとサイレンの音があちこちから聞こえてきて、徐々に大きくなってきた。店の従業員が通報したのだろう。

その区画を半分ほど行ったところでダークハンターに追いつき、引きとめた。

ハンターは例の底なし沼のような翳《かげ》のある瞳で、彼女を見下ろした。まるっきりの無表情。彫りの深い顔の周りで髪が風になびき、彼の白い息がカサンドラのそれと混じりあった。

外は冷えこんでいるようだったが、彼の前だと体が火照って、寒いとも思わなかった。

「警官のことはどうするつもり？」カサンドラは口をひらいた。「きっと、あなたをさがすわよ」

ダークハンターは口の端を吊りあげて、苦々しい笑みをうかべた。「あと五分もすれば、あのクラブにいた者は全員、おれを見たことを忘れるさ」

カサンドラは耳を疑った。そのことはダークハンター全員に当てはまるの？「わたしも忘れてしまうのかしら？」

彼はうなずいた。

「だったらいまお礼をいうわ。救ってくれてありがとう」

ウルフは言葉を失った。ダークハンターの任務にたいして感謝の言葉をもらったのは、これがはじめてだった。

彼女をじっと見る。癖《くせ》の強い赤みがかったブロンドの豊かな髪が、卵型の顔の周りに無造作にかかっている。後ろのほうは一本の三つ編みにして背中に垂らしている。茶色がかった緑色の瞳が、明るいバイタリティーとやさしさに満ちていた。

ものすごい美人というわけではないが、ひとを魅了してやまない魅力にあふれている。

ウルフはいけないと思いつつも手を伸ばし、彼女の耳のちょうど後ろをさわった。ベルベットよりもやわらかい肌に、かじかんだ指があたたまった。

最後に女性に触れてから、だいぶ経っている。

最後に女性を味わってから、とても長い歳月が経っている。

思わずかがみこんで、かすかにひらいた唇に自分の唇を重ねた。

彼女の唇のすばらしい感触にうめき声がもれ、一瞬のうちに体が活気づいた。蜜《みつ》そのものの唇。これほど甘いものを味わったことはいままでなかった。彼女は清潔なバラの香りがした。こんなに心地よい匂いをかいだのは、はじめてだった。

舌と舌がからまりあう。彼女の手がウルフの肩をつかみ、自分のほうへ引き寄せた。体のほかの部分はどのくらいやわらかいのだろうかと想像して、ウルフの体が自然とかたくなっていく。

つぎの瞬間、自分でもおどろくほどに彼女が欲しくて仕方がなくなった。これほど激しくなにかを求めたことは、じつに、じつに久しぶりだった。

ダークハンターとの思いがけない口づけに、カサンドラはめまいを感じていた。こんなに力強くて貪欲なキスは、これまでしたことがなかった。

彼の体にはサンダルウッドのかすかな匂いが染みこんでいて、唇はビールの味とともに、一筋縄《ひとすじなわ》ではいかない荒々しい男の味がした。

野蛮人《バーバリアン》のような。

彼を形容する言葉といったら、それしかない。

カサンドラの口をわが物顔で侵略している。彼女の体にまわしている腕の筋肉が、ぴくぴく動くのがわかった。

このひとはダイモンにとってだけ致命的な存在ではない。女性の感覚にとっても致命的だ。心臓が早鐘《はやがね》を打って、体がかっと火照る。この男性の力漲《みなぎ》る狂おしい味を、自分のなかに取りこみたい。

カサンドラは無我夢中で唇を押しつけた。

彼は両手でカサンドラの顔をつつみ、彼女の唇を歯で嚙んだ。鋭い犬歯で。そして不意に、さらに強く唇を吸うと、両手を背中に回して自分の引き締まったスリムな下腹部にカサンドラを押しつけた。そこは彼女を求めて、すっかりかたくなっていた。

カサンドラは全身で彼を感じていた。女性ホルモンがいっせいに、色めきだった。自分でも恐ろしくなるほど猛々《たけだけ》しい欲望を、彼にたいして感じていた。こんなに激しい、気が遠くなるような欲望を感じたことはいちどもない。まして、相手はまったく知らない男性なのだ。

彼をはねのけなくては。

でも、できなかった。それどころか、岩のようにかたい広い背中に腕を回して強く抱きしめた。手を下に伸ばして彼のズボンのジッパーをひらき、彼を求めてうずいている部分に彼自身を導かないようにするのが精一杯だった。

街中でも構わないと心のどこかでは思っていた。いまここで彼が欲しい。いますぐにでも。だれかに見られたってかまうもんですか。こんなことを思うなんて、普段のわたしじゃない。自分のなかの見知らぬ部分にカサンドラはおびえた。

ウルフは自分のなかの性急な欲望と戦っていた。横にある壁に彼女を押さえつけて、長くきれいな脚をおれの腰に巻きつけさせたい。罪つくりなまでに短いスカートを太ももの付け根までたくしあげ、彼女の体に深く身を沈めたい。彼女がおれの名前を呼びながら、甘やかに昇りつめるまで。

ああ、困った。この女をおれのものにしたくて仕方ない。

しょせん、かなわぬ夢だけれど……。

後ろ髪を引かれる思いで身を離す。親指で彼女の腫れた唇をなぞりながら、組み敷かれて悶《もだ》えている彼女の姿を想像した。

困ったことに、ものにしようと思えばできる状況だった。彼女の欲望はじゅうぶんに感じていたのだから。でも、ひとたび別れたら、彼女の記憶からおれはすぐに消えてしまう。おれの感触を忘れてしまう。おれのキスも。

名前も……。

彼女の体がおれの体をなだめてくれるのは、ほんの数分だけ。

そんなことをしても、胸のうちの孤独は癒せない。だれかの記憶に残りたいと切に願っているこの心の孤独は。

「さよなら。かわいいひと」ささやいて彼女の頬をさっとなでてから、彼女に背中を向けた。

いまのキスをぜったいに忘れない。

彼女はおれをきれいさっぱり忘れてしまうのだろうが……。

カサンドラはその場に立ち尽くしていた。ダークハンターが遠ざかっていく。

その背中が夜の闇に消えたころには、カサンドラはもう彼の存在をすっかり忘れていた。

「わたしったら、どうしてここにいるのかしら?」そうつぶやくと、身を切るような寒さをはねのけようと両腕で自分の体を抱きかかえた。
そして、歯をがたがたさせながらクラブに引き返した。

2

ウルフはダークグリーンのフォード・エクスペディションを車が五台駐《と》められるガレージに入れながら、名前も知らないあの娘のことを想っていた。奥の壁際に赤いハマーがあるのを見て眉をひそめ、車のエンジンを切った。

クリスのやつ、うちでなにをしているんだ？　今晩は彼女の家なのだと思っていたが。

ウルフはたしかめるべく、家に入っていった。

クリスは居間にいて、なにやら……大きなものを組み立てていた。金属製のアームがついている。お粗末なデザインのロボットのような代物だ。

クリスの癖のある黒髪の前の部分が、いらだってかきむしったみたいにつんつん立っている。さまざまな工具とともにいろんな部品や紙が部屋中に散乱している。

ウルフは心のなかで意地悪くにやっとして、クリスが長い鋼《はがね》の棒を台に取りつけるべく格闘しているのを見守った。

クリスはまじめに取りくんでいるが、アームの一本が落ちて彼の頭にがつんと当たった。

彼は罵り言葉を発して、棒を落とした。

ウルフは声を上げて笑った。「またテレビショッピングだな」

クリスは頭の後ろをさすりながら、台を蹴飛ばした。「説教はうんざりだ、ウルフ」

「おい」きびしい口調でいう。「そういう口のききかた、あらためたほうがいいぞ」

「はい、はい。ああ、こわ」クリスがいらだたしげにいった。「見るからにおっかない、凄みのあるあんたの前にいると、おもらししちまう。ぶるぶるふるえてるのが、わかるだろ？　うぐぐっ、ああっ、うぐぐっ」

ウルフは従者《スクワイヤー》に向かって、首を横にふった。おれをからかうとは、ほんとにこいつはばかだ。「幼い子どもだったおまえを森に置き去りにして、殺すべきだったな」

クリスは鼻を鳴らした。「出たな、趣味の悪いヴァイキングのジョークが。生まれたばかりのぼくの身体検査を、おやじがあんたに依頼する必要がなかったのは、ほんとにおどろきだよな。あんたに間引きされなかったのは、さいわいだったよ」

ウルフはクリスをにらみつけた。にらみをきかしたところで、効果があるとはこれっぽっちも思っていなかった。いつもの習慣からそうしただけだ。「おれの血を引く最後の人間だからって、生意気な口をたたくおまえに耐えなきゃいけないってことはない」

「ああ、こっちもあんたを愛してるぜ」クリスはまた組み立てにとりかかった。

ウルフはコートを脱ぐと、カウチの背もたれにかけた。「おまえがこの調子なら、ケーブルテレビの契約は打ちきるぞ。先週はトレーニング用のベンチとローイングマシーン。きのうは男性用化粧品。で、きょうはこれだ。屋根裏部屋のがらくたを見たことがあるか？　まるで古道具市だ」

「これはちがうんだよ」

ウルフはあきれて目をむいた。おなじセリフを何度耳にしたことか。「じゃあ、なんなんだ、それは」

クリスはためらうことなく、アームをセットしなおした。「太陽灯。なまっちろい肌には、もう飽きあきしているんじゃないかと思ってさ」

ウルフはおどけた顔をしてみせた。母が浅黒い肌のガリア人だったおかげで、ウルフはそれほど白くはない。一千年以上日光に当たっていないことを思えば、とくにそうだ。「クリストファー、おれはたまたま真冬のミネソタで暮らしているが、北欧出身のヴィキングなんだ。スカンジナビアはどこも日焼けとは無縁なんだよ。われわれがどうしてヨーロッパを襲撃したと思う？」

「そこにヨーロッパがあったから？」

「ちがう。体をあたためたかったからだよ」

クリスは中指を立てて、ウルフを愚弄した。「だったら待ってろよ。これが完成したら、今回ばかりはあんたも感謝するはずだぜ」

ウルフは部品をまたいだ。「どうしてここにいて、こんなものをいじくってるんだ？　今夜はデートだったたんだろ」

「ああ。でも、パムのうちに行って二十分後に別れをいいわたされた」

「どうして？」

クリスは手をとめて、むっとした顔でウルフに恨めしそうな目を向けた。「あんたは麻薬密売人だから、だってさ」

思いがけない返事に、ウルフはひどくおどろいた。クリスは百八十センチそこそこの痩《や》せ型で、正直そうな素朴な顔立ちの青年なのに。

クリスがこれまではたらいた最大の〝無法行為〟は、いつだったか救世軍のサンタクロースの前を募金せずに素通りしたことくらいだ。

「彼女はなんでまた、そんな誤解を？」と、ウルフ。

「それは、だね。二十一歳のぼくがすくなくとも二十五万ドルする特注のハマーの装甲車に、それも、防弾タイヤとガラスのついたやつに乗っているからだ。ミネトンカ近郊の僻地《へきち》にある広大な屋敷に、一般に知られているかぎりたったひとりで住んでいるからだ。住みこみのボディーガードはいて、外出のときにいつもついてくるけどね。で、怪しい暮らしをしている。デートの最中でも三、四回あんたから電話が入って、やることをやって後継者をつくれってせっつかれる。おまけに、例の貨物倉庫であんたの武器の売人から受けとった、それはまあすばらしいおもちゃを、彼女に見られてしまったんだよ」

「鋭利な武器じゃなかっただろうな？」ウルフが口をはさんだ。クリスは鋭利な武器をあつかうのを許可されていない。この愚か者にもたせたら、体の大切な一部を切りおとしかねないからだ。

クリスはため息をついて質問を無視すると、引きつづき愚痴《ぐち》った。「ぼくはもともと金持ちで、剣やナイフの類《たぐい》を集めるのが趣味なんだって説明したけど、信じてもらえなかった」またしても冷ややかな視線をウルフにじっと向けた。「この仕事のせいで身を切られるような思いをすることがあるよ。冗談じゃなく、ナイフで身を切られるような思いをね」

ウルフはクリスの恨《うら》み言《ごと》を聞き流した。クリスには年がら年中責めたてられているが、生まれたときからずっと育ててきたし、クリスはウルフの血が流れている唯一の人間だから、ウルフはこの青年にことのほか寛容だった。「だったらハマーを売ってダッジを買え。で、トレイラーハウスに住めばいい」

「なるほど、そうか。わかったよ。去年ぼくがハマーをアルファロメオに交換したときのこと、おぼえているだろ。あんたは新車を焼いてあたらしいハマーを買い、またおなじことをしたら売春婦と一緒に部屋に閉じこめると脅《おど》かした。この仕事の特典についていえば……この家をしげしげと見たことがあるか？　温水プール、サラウンドスピーカー付きのシアタールーム、コック二名、メイド三名、プールサイドであれこれ気を配ってくれる使用人。ほかにも、ありとあらゆる娯楽が整っている。このディズニーランドからどこかへ引っ越すつもりは、まったくないね。贅沢《ぜいたく》できることがこの仕事の唯一いいところなんだから、どんなことがあってもトレイラーハウスに住むことはないだろう。知ってのとおり、どっちみち、車のなかで暮らせと追いだされても、トレイラーハウスをこの屋敷の前に置いて暮らすだけだよ。ぼくの指にさかむけひとつできたらたいへんだって、あんたがつけてくれる武装したガードマンに守られてね」

「おまえはもうくびだ」

「むかつく」

「おまえはおれの好みじゃないんだ」

クリスがウルフの頭を目がけてスパナを投げた。

ウルフはそれをつかむと、床に落とした。「おれはおまえを結婚させることができないだろうな」

「そりゃないぜ、ウルフ。おれは成年に達したばかりなんだぜ。あんたのことを忘れないでくれる子どもをつくる時間は、たっぷりあるんだ。だろ？ まったく、あんたは親父よりひどいや。すべき、すべき、すべき、それればかりだ」

「でもな、おまえの親父さんはわずか――」

「おふくろと結婚したときは、わずか十八歳だったんだろ。ああ、ウルフ、知ってるさ。あんたは一時間に三回から四回その話をするぜ」

ウルフはクリスを無視して、思ったことを口にした。「若い盛りの男ならではの性欲をもってないのは、おれの知っているかぎりおまえだけだ。おまえはどこかおかしいんだよ」

「あのむかつく診察はもうごめんだからな」クリスがぴしゃりといった。「ものすごい絶倫でないことはたしかだけど、ぼく自身にもぼくの子どもをつくる能力にもなんの問題はない。服を脱ぐ前に、相手の女性の人間性を知りたいと思っているだけだ」

ウルフは首を横にふった。「おまえはほんとに深刻な問題をかかえている」

クリスは古代ノルド語で悪態をついた。

ウルフは薄汚い言葉を聞き流した。「代理母をやとうことを検討すべきかもしれないな。精子バンクを利用するとか」

クリスは喉の奥で低くうなると、話題を変えた。「外でなにがあったんだい？　出かけたとき以上に機嫌が悪いようだけど。ヒョウが経営しているクラブで、連中になにかいやなことでもいわれたのか？」

ウルフはきょう行ったクラブを経営しているカタガリのヒョウの一群を思いだして、うなり声をもらした。彼らは日が暮れてから一番に電話をかけてきて、この街に素性の知れないダイモンの一団がうろつきまわっているとの情報がある、と知らせてきた。数カ月前にヒョウたちをトラブルに巻きこんだのも、そのダイモンの一団だった。

ダークハンターとウェアハンターとアポライトが敵の侵入におびえることなく安らげる場所は世界中にたくさんあるが、クラブ〈インフェルノ〉もそういう場所のひとつだった。店の客を餌食にしたり妙に目立つ真似をしなければ、あのカタガリのヒョウたちは、ダイモンのことすら大目に見る。

カタガリのヒョウにしても、自分たちでダイモンを始末するのはわけないことなのだが、原則的に殺害は慎んでいる。なんだかんだいっても、ウェアハンターはアポライトとダイモンの従兄弟すじに当たるから、彼らのあつかいにかんしては徹底的に傍観者の立場をとるのだ。さらにウェアハンターたちは、従兄弟の関係にあるダイモンを殺害するダークハンターたちに、それほど寛容ではない。ウェアハンターがダークハンターと力を合わせるのは、そうせざるをえないときと、なんらかの見返りがあるときだけで、そうでなければつねに距離を保っている。

ウェアハンターのダンテはダイモンが自分のクラブに向かっているとの報告を受けると、さっそく警戒態勢をとってウルフに連絡をしてきた。

しかしクリスがほのめかしたように、ダンテをはじめとするあのヒョウたちは、ダークハンターが店に長居するのをあまり歓迎しない。

ウルフは身につけていた武器をすべてはずすと、それらを奥の壁際の棚にしまった。「いや」クリスの質問にこたえた。「ヒョウたちはごく普通だった。ダイモンどもがこのさきまたいどんでくるだろう、と思っただけさ」

「困ったことになったな」クリスが気づかいを見せていった。

「ああ、ほんとに」

ウルフの言葉に、クリスは言葉を失ったようだった。いつもの憎まれ口を控えて、ウルフをはげまそうとしている。「トレーニングしたくないか？」

ウルフは武器の棚の鍵をかけた。「どうして？　ここ百年は、戦いらしい戦いはしていないんだ」そう思うとうんざりして、手で目をこすった。クリスのつけている照明がやけにまぶしい。「しばらくタロンをからかってくるかな」

「あっ、待てよ」

ウルフは立ちどまって、クリスをふり返った。

「その前に、いってくれよ。〝バーベキュー〟って」

ウルフは彼を元気づけるためにクリスがいつも使う奥の手を耳にして、うめき声をもらした。それはまた、クリスが幼いときから口にしている、ウルフを怒らせるときに使うお決まりのジョークでもある。ウルフはまだ古代ノルド語の訛りが抜けず、歯切れのいいしゃべり方をする。特定の言葉を口にすると特にそうで、〝バーベキュー〟もそのひとつだった。

「おかしくもなんともない。それに、おれはスウェーデン人じゃない」

「そりゃ、わかってるさ。でも、いいじゃないか。スウェーデン人のコックを気取っていってくれよ」

ウルフは怒鳴った。「おまえに『マペットショー』を見せたのはまちがいだったな」というか、子どもだったクリスの前で、あの番組に登場するスウェーデン人のコックの真似をしたのは、まちがいだった。ウルフをいらだたせる言動を、この青年にさらにまたひとつ教える結果となったのだから。

それでもふたりは家族だった。クリスにしても、ウルフを元気づけようとしているだけなのだ。もっとも、そのこころみはうまくいっていないが。

クリスはふんっと癪に障る声をもらした。「ヴァイキングのやかましやのじいさん、わかったよ。それはそうと、おふくろがあんたに会いたがってる。またしてもね」

ウルフはうなった。「あと二、三日、待ってもらえないか？」

「やってみるけど、おふくろの性格はあんたもわかってるだろ」

たしかに。クリスの母親のことは三十年以上前から知っている。

不幸なことに、彼女はウルフをまったく知らない。ウルフと血がつながっていない者の例にもれず、クリスの母もウルフと別れた五分後には彼のことを忘れてしまう。

「わかった」ウルフは折れた。「明日の夜、連れてこい」

ウルフは階段へ向かった。そこは直接、この家の下にある自室につながっている。ほとんどのダークハンター同様、彼もまた陽光が射しこむ可能性がまったくない場所で眠ることを好む。陽光はダークハンターの不死身の肉体を破壊してしまう、数すくないもののひとつなのだ。

自室のドアをあけたが、クリスがデスクのそばに小さなロウソクを灯しておいてくれたから、天井の照明はあえてつけなかった。ダークハンターの目は、光をほとんど必要としないようにできている。暗闇のなかでの視力は、昼間の人間のそれよりもいい。

セーターを脱いで、横腹の四つの銃痕をそっとさする。銃弾は体を貫通していたが、傷はすでにふさがりだしている。

ずきずき痛むが、死ぬことはない。二、三日後には、かすかな傷跡が四つあるていどになっているだろう。

黒いTシャツでわき腹の血をぬぐい、浴室にいって傷を洗ってから包帯を巻いた。

身を清めてブルージーンズと白いTシャツを着ると、さっそくステレオのスイッチをつけた。

あらかじめ登録してあるスレイドの『マイ・オー・マイ』が流れるなか、子機をつかんでコンピュータを立ちあげ、Dark-Hunter.comにログインして、ダークハンターたちの最新のダイモン退治についての更新を見た。

カラブラックスは毎月何名のダイモンを片づけたか、ずっと記録している。スパルタの戦士だった彼は、アポライトが人間の魂をうばってダイモンになる確率が高い時機は月の満ち欠けと関係があるという、奇妙な考えをもっている。

ウルフ個人は、あのスパルタ人は時間をもてあましすぎているのだと思っている。もっとも、ダークハンターはみな不死身だから、時間をもてあましているのだが。

暗闇のなかですわったまま、ウルフはステレオから流れてくる曲に耳をかたむけた。

おれは女性を信じている。マイ・オー・マイ。人間はだれでも話し相手が必要だ。マイ・オー・マイ……。

歌詞を聞いていると、故郷の家がまぶたによみがえってきた。さらには、降りしきる雪のように白いプラチナブロンドの、瞳が海さながらに青い女性の姿も。

アルンヒルト。

あれから何世紀もたっているのに、どうしていきなり彼女を思いだしたのかわからない。

でも、思いだしてしまったのだった。

深呼吸をして、父の農家にとどまって彼女と結婚していたら自分はどうなっていただろうと考える。だれもがウルフにそういう人生を期待していた。

アルンヒルトもそう期待していた。

しかしウルフは拒んだのだった。十七歳のとき、首長に年貢をおさめる素朴な農民の人生は歩みたくないと思った。彼は求めた。冒険を。そして戦《いくさ》を。

栄光を。

危険を。

アルンヒルトを愛していたら、おれは家にとどまっていただろう。で、もしそうしていたら……。

退屈で仕方がなかっただろう。

今夜もじつはそうだった。わくわくするようなものを求めていた。血湧き肉躍るような、なにかを。

さっき別れた、赤みがかったブロンドのセクシーで魅力的なあの娘のような……。

クリスとちがって、初対面の女と一緒に裸になることはやぶさかではない。

すくなくとも、昔はやぶさかではなかった。しかし、初対面の女と一緒に裸になりたいという気持ちが、いまの運命を招いたことはいうまでもない。クリスもあながちまちがっていないのかもしれない。

頭に浮かんでくる厄介な思いから気をまぎらわせるべくタロンの電話番号を押し、リモコンで曲をレッド・ツェッペリンの『移民の歌』に変えた。

ダークハンターのプライベートの掲示板にログインしたのと同時に、タロンが電話に出た。

「やあ、お嬢ちゃん」ウルフはからかうと、ヘッドホンをつけた。こうすれば、入力をしながら話すことができる。「きょう、あんたが送ってくれたTシャツが届いた。〝どんな仕事でも安く引き受けるぜ〟ってロゴのついた。あんたの発想、つまらないんだよ。それにおれは、安い仕事はしない。報酬は高くなきゃ」

タロンはふんっと笑った。「お嬢ちゃんだと？　よしてくれよ。おまえのとこまで行って、けつを蹴りあげるぞ」

「あんたが大の寒がりだってことをこっちが知らなかったら、その脅しも効き目はあったんだろうがな」

タロンは喉の奥で低く笑った。

「で、今夜はどうしてる？」と、ウルフ。

「息をしてる」

ウルフはうめいた。「あのな、その下らない冗談を聞かされるたびに、こっちはおもしろく思うどころかげんなりさせられるんだよ」

「ああ。だろうな。だが私は、おまえに嫌がらせをするのが唯一の生きがいなんだ」

「それにかんしては、あんたはかなりの成功をおさめたな。クリスから手ほどきを受けてるのか？」

タロンが送話口を手でおおったのがわかった。ブラックコーヒーとベニエ（四角いドーナツ。ニューオーリンズの代表的な菓子）を注文する声がかすかに聞こえてきた。

「今夜はもう外に出て、見回りをしているのか？」ウエイトレスが立ち去った気配がしてから、タロンにきく。

「ああ、そうだ。マルディ・グラ（ニューオーリンズの有名な祭り）のシーズンだからな。ダイモンどもがうじゃうじゃしているんだ」

「嘘こけ。コーヒーを注文するのが聞こえたぞ。またコーヒーが切れたんだろ？」

「黙れ、ヴァイキング」

ウルフは首を横にふった。「あんた、ほんとにスクワイヤーをやとう必要があるぜ」

「ああ、そうかもな。こんどおまえが、クリスの口の悪さを愚痴ったときに、いまのセリフを思いださせてやるよ」

ウルフは椅子の背にもたれて、仲間のダークハンターたちの投稿を読んだ。任務の合間に退屈しているのは自分だけではないと知ると、慰められる。

ダークハンターは仲間同士で顔を合わせるとパワーがおとろえてしまうから、情報交換をして連絡をとりあうのはインターネットと電話にかぎられている。

科学技術はダークハンターたちにとって、まさに天の賜物《たまもの》だった。

「なあ」ウルフは話題を変えた。「おれの気のせいかもしれないけど、夜がどんどん長くなっていくような感じがしないか？」

「長い夜もあれば、そうでないときもある」タロンの椅子がきしむ音が電話越しに聞こえた。あのケルト人は椅子にもたれて、通り過ぎる女たちを品定めしているのだろう。「で、そっちはどうなんだ？」

「退屈でやりきれない」

「女性とベッドをともにすればいい」

あまりにも月並みな答えに、ふんっと鼻を鳴らす。厄介なことに、このケルト人はセックスは万病の薬だとほんとうに信じている。

とはいえ、ウルフはさきほどクラブで出会った娘をまた思い浮かべた。彼女とだったら悪くはないかもしれない。

すくなくとも、今夜は。

しかし、結局のところ、朝になったら忘れられてしまうのに、女性とまた一夜をともにする気にはなれなかった。

女性とベッドをともにしようと思わなくなって、ずいぶんたつ。

「そういう問題じゃないんだ」メッセージに目を通しながらこたえる。「戦いらしい戦いをしたいんだよ。だからさ、ダイモンはいったいいつから反撃に出ないようになったんだ？今夜始末した連中など、おれの上に乗っかってきただけだった。パンチを見舞ったら、べそをかいたやつすらいた」

「おいおい、殺される前に殺せたんだからよろこべよ」

たしかにそうすべきなのかもしれない……。

しかしウルフはヴァイキングだから、ケルト人のような考え方はできない。

「だからさ、タロン、魂を食うダイモンをたっぷり痛めつけずにあっさり殺すのは、前戯なしでいきなりセックスするようなもんだよ。時間の無駄っていうか……すごくつまらねえ」

「いかにも古代スカンジナビア人らしい発言だな。いまのおまえに必要なのは、給仕の女たちや命知らずのヴァイキングでごったがえしている蜜酒の館《ミードホール》だよ」

図星だった。ウルフはスパティのダイモンがなつかしかった。いまやわくわくするような戦いをするのは、スパティのような正真正銘の戦士だけだ。

というか、ウルフの目にはそう映った。

「ついさっき見つけたダイモンなんか、戦いについてなにも知らなかった。〝銃をもってりゃ百人力〟というやり方にはうんざりだ」

「また発砲されたのか？」

「四回ね。ったく……どうせなら、デシデリウス並みのダイモンとお手合わせしたいもんだね。いちどくらいは壮絶な死闘を経験したいもんだ」

「願望を口にするときは、くれぐれも慎重にな。現実になってしまうこともあるから」

「まあな」ある意味、タロンはひとの言葉を額面どおりにしか受けとれない男だ。「しかしなあ、ちくしょう。いちどでいいから、ダイモンどもがおれらから逃げるのをやめて、自分らの祖先の戦い方を学んでくれたらなあ、と思うよ。ったく、昔はよかったよなあ」

しばしの沈黙があって、タロンがうっとりしたようなため息をもらした。

ウルフはかぶりをふった。

そばに女がいるんだろう。

「私が一番なつかしく思うのは、タルピナたちだ」

「それはなんだ?」

「そうか。タルピナはおまえの時代より前のものだからな。暗黒時代のほぼ全期間を通じて、われわれの肉欲を処理するためだけに存在した従者《スクワイヤー》のことだ」

一番の親友がきわめてワンパターンの思考しかできないのは、喜ばしいかぎりだ。タロンのこの単純な思考パターンを揺りうごかす女性がいたら、お手当てを払いたいくらいだ。

「すばらしかったぜ」タロンはつづけた。「われわれのことを熟知していて。われわれと喜んでベッドをともにした。先輩格のタルピナは、後輩にベッドでのテクニックすら教えていた」

「で、そのタルピナはどうなったのかい?」

「おまえが生まれる百年ほど前に、ひとりのダークハンターがタルピナに恋をするという失態を演じた。残念なことに、そのタルピナはアルテミスのおめがねにかなわなかった。アルテミスはすごく怒って、天から下ってくると、すべてのタルピナを追放してしまった。でもって、スクワイヤーとは一回しか関係をもってはいけないという規則をつくった。じきに、アケロンがそれをさらにきびしくして、スクワイヤーには指一本触れてはならないとした。

七世紀のイギリスで行きずりのセックスを楽しめるようになるまでは、死んだような生活だったな」

ウルフはふんっと鼻を鳴らした。「その方面で悶々《もんもん》としたことなんて、おれはいちどもない」

「まあ、そうだろうな。おまえがうらやましいよ。私は自分の存在をかぎつかれないように、後ろ髪を引かれるような思いで女と別れなきゃいけない。でも、おまえはなにも心配することなく女と手を切れるんだから」

「いっておくがな、タロン。そんなたやすいもんじゃないんだぜ。あんたは好き好んでひとりで暮らしているんだろ。別れてから五分後に相手はもう自分のことを忘れているっていうのがどんなにつらいことか、あんたにはわかるまい」

ウルフの人生の悩みは、まさにこの一点にあった。永遠の命は手に入れている。富も。ほかにもたくさん。

けれど、クリストファーが子どもをつくらないまま年老いて死んだら、ウルフをずっと覚えている人間はひとりもいなくなる。

それを思うと、うかうかしていられない気分になる。

ウルフはため息をもらした。「クリストファーのおふくろさんが、先週三回うちに来た。息子のボスにいちどちゃんとご挨拶したいっていってね。いちどもなにも、はじめておふくろさんに会ったのは何年前だと思う？　三十年前だぜ。それと、忘れもしない。十六年前、おれが帰宅したら、おふくろさんは警察に通報したんだ。見知らぬ男が家に入ってきたってね。おれは自分の家に帰っただけなのに」

「つらいな」タロンが心からそう思っているような口調でいった。「しかしおまえにはすくなくとも、おれたちとスクワイヤーがいる。おまえを忘れることがない連中が」

「ああ、たしかにね。現代のテクノロジーには感謝してるさ。これがなかったら、おれは気が触れていただろう」ウルフはしばし口をつぐんだ。

「話は変わるが、アルテミスがキリアンの後釜としてニューオーリンズにだれを配属するか、聞いたか？」

「ヴァレリウスだと聞いたがね」ウルフはいまだに信じられない思いでいった。「アルテミスはいったいなにを考えているんだろうな」

「私もわからないが」

「キリアンは知っているのか？」と、ウルフ。

「故《ゆえ》あって、アケロンと私は、ヴァレリウスがキリアンの邸宅のすぐ近くに越してきたことを、キリアンに知らせていないんだ。ヴァレリウスといっても、キリアンを磔《はりつけ》にして彼の一族を滅ぼした男ではなくて、その男にそっくりの孫なんだがな。でもまあ、遅かれはやかれキリアンも知るだろう」

ウルフは首を横にふった。おれはまだそれほど厄介な目にはあっていない。すくなくとも、キリアンやヴァレリウスの問題に頭を悩ませてはいないのだから。

「ふうっ。ウァレリウスと街で顔を合わせるようなことがあったら、キリアンはやつを殺すだろうな――まあ、とりあえずマルディ・グラのシーズン中は、そういうことにはならないだろうが」

「たしかに」

「で、今年のマルディ・グラはだれが取りしまることになっているのかな？」ウルフはきいた。

「ザレクを連れてくるそうだ」

アラスカのフェアバンクスに住んでいるダークハンターの名前を耳にして、ウルフは罵り言葉を吐いた。生前は奴隷だったその男の噂は、あちこちでささやかれている。なんでも、かつて自分が警備を担当していた村を村人もろとも壊滅させたとのことだ。「ザレクがアラスカから出ることは、アケロンが承知しないだろうと思っていたが」

「ああ。アルテミスじきじきのお達しで、あいつをここに呼び寄せることになったんだ。今週はやばい野郎たちが一堂に会することになりそうだ……あ、そっか。いまはマルディ・グラのシーズンなんだよな。どうりでおかしなことが起こるはずだ」

ウルフはまた声を上げて笑った。

タロンがうれしそうにふうっと息を吐くのが聞こえた。

「コーヒーがきたのか？」ウルフはきいた。

「ああ」

なんともほほえましいかぎりだ。わずか一杯のコーヒーで幸せになれるタロンがうらやましい。

しかしそう思ったのもつかの間、タロンのうなり声が聞こえた。「くそっ」

「なんだ？」

「ちくしょう。緊急警報だ。ロマンス小説の表紙を飾るようなブロンドの男たちが来た」吐き捨てるようにいった。

タロンにしても、ダイモンとおなじようなブロンドの髪なのにと思って、ウルフは眉をひそめた。「でもさ、あんただって似たようなもんだろ。金髪のハンサムさん」

「うるせえ、ヴァイキング野郎。もし私が後ろ向きの人間だったら、この時点でひどくむっとしていただろうね」

「というか、実際にむっとしてるみたいだけど」

「いや、むっとしてるっていうのとはちがう。いくぶん心乱されている、いるっていったほうがいい。それはともかく、おまえにあの連中を見せたいよ」タロンはケルト訛りを弱めた口調でいった。ダイモンたちの会話を想像しているらしい。不自然なまでに高い声で言葉を継ぐ。

「なあ、ダークハンターの匂いがするな」

「おいおい、ふざけんなよ」いきなり声を低くしてつづける。「ばかいっちゃいけないぜ。ここには、ダークハンターなんていやしない」

それからまた最初の甲高い声にもどった。「それはどうかな……」

「待て」ふたたび低い声で。「観光客の匂いがする。大きな……強い魂をもった観光客の」

「いい加減にしてくれよ」ウルフは笑いながらいった。

「ロールシャッハテストには、むかつくよ」タロンはダークハンターのあいだで使われている、ダイモンの蔑称《べっしょう》を口にした。たんなるアポライトから殺し屋《スレイヤー》に生まれ変わるとき、すべてのダイモンの胸にできる奇妙な黒いマークが心理テストのロールシャッハ検査の図柄に似ているから、そういう名前がついた。「くそっ、コーヒーを味わいながらベニエを食べようとしてたとこなのに」

タロンの舌打ちが聞こえた。声に出して迷っている。「コーヒー……ダイモン……コーヒー……ダイモン……」

「こういう場合は、ダイモンを優先すべきだろうね」

「まあな。でもチコリコーヒーだぜ」

ウルフはちっと舌打ちした。「人間を守ることができなかった罰として、アケロンに焼きを入れられるぞ」

「わかったよ」タロンはうんざりしたようなため息をもらした。「連中を片づけてくる。またあとで」

「じゃあな」受話器を置いて、コンピュータを切る。時計に目をやる。まだ十二時にもなっていない。

ちくしょう。

十二時をちょうど回ったころ、カサンドラとカットとブレンダは大学の学生寮に着いた。ブレンダを部屋に送り届けてから、いま来た道を車で引きかえしてふたりで一緒に住んでいるアパートメントに向かった。車から降りて、寝室がふたつあるフラットへ入る。

クラブ〈インフェルノ〉を出てからずっと、カサンドラは心の奥底がやけに落ち着かなかった。なにかがへんだ、という気がした。

寝支度をしながら、今夜の出来事をいまいちど最初からたどってみる。ミシェルの授業がおわったあと、友だちと車でクラブに繰りだした。それから一晩中、ツイステッド・ハーツとそのあとのバーリーの演奏を聞いていた。

ミシェルがトムと出会ったこと以外に、特別なことはひとつもなかった。

だったらどうして、こんな……こんなに……奇妙な気分になるのだろう。

落ち着かない気分に。

訳がわからない。

額をもみながら中世文学の本を手にとり、古英語で書かれた英雄ベオウルフと格闘した。ドクター・ミッチェルは予習をしていない大学院生を困らせるのが大好きだから、課題文を読まないで明日の授業に出席したくない。

それがどれほど退屈でも。

グレンデルはむしゃむしゃ食べた。

グレンデルはむしゃむしゃ食べた。

ボートに乗っているヴァイキングたちを見よ。

だれかがわたしに要約本を渡してくれて……。

思いつきで歌を口ずさんでみても、やる気になれない。

でも古英語の単語を目で追っているあいだ、黒髪の長身の戦士の姿が頭にずっと浮かんでいた。漆黒の瞳、肉づきのいいあたたかい唇。

信じられないほど足がはやくて、敏捷な男性。

まぶたを閉じると、寒い戸外に立っているその戦士の姿が見えた。黒いレザーのロングコート。その顔にただよっているのは……。

頽廃《デカダンス》。

もっとはっきり見ようと目を凝らしたけれど、男性の姿は消えて、カサンドラは切なくなった。

「わたし、いったいどうしたんだろう？」

カサンドラは目を見ひらいて、読書に集中するように自分にいいきかせた。

ウルフは寝室の鍵をかけて、はやめにベッドに入った。まだ四時を回ったばかりだ。クリスはすでに数時間前から眠っている。テレビはなにも放映していないし、ほかのダークハンターとネットゲームするのにも飽きていた。

今夜はもうすでにダイモンの〝差し迫った〟脅威を取りのぞいている。そう思うとため息がもれた。ダイモンたちは寒いのがあまり好きではないから、冬のあいだ南にバカンスに行くことが多い。獲物の〝包装〟を解かなければならないのが面倒なようで、コートやセーターに何層にもくるまれた人間を襲うことを、ひどくわずらわしく感じるらしい。雪が溶けて春になったら状況がよくなってくるだろうが、ここしばらくは夜は長く、ダイモンとの戦いはほとんどない。

日中のあいだぐっすり眠れば、明日の夜には気分がよくなっているかもしれない。やってみる価値はある。

しかし眠りについたとたん、夢がはじまった。あのクラブがよみがえってくる。今夜はじめてあった娘の唇と自分の唇が触れあうのを感じる。

おれにしがみついたときの、彼女の手の感触……。

以前のように、恋人にこんな風に思いだしてもらったら、どんなにいいだろう。

たったいちどでいいから。

渦を巻く奇妙な霧《きり》があたりに立ちこめてきたかと思うと、つぎの瞬間には見慣れないベッドに横になっていた。

ウルフはベッドのサイズに顔をしかめた。標準的な大きさで、膝《ひざ》を曲げないと足先がはみでてしまう。

眉をひそめて、暗い部屋を見回す。真っ白な壁に、イラストのポスターがずらっと飾られている。どこか施設の一室のような雰囲気がある。

窓際につくりつけの机がある。さらには、箱のような棚、テレビとステレオ。隅にはラバライトが灯っていて、壁に奇妙な影を投げていた。

と、そのとき、ウルフはベッドにいるのが自分だけではないことに気づいた。

だれかが隣に横になっている。

彼に背中を向けている女をじろじろ見る。ごく地味なフランネルのワンピース風の寝巻きが、体の線をかくしている。彼女のほうにかがみこむと、癖のある赤みがかったブロンドの髪を三つ編みに結《ゆ》っているのがわかった。

クラブで会った娘だと知って、ウルフはほほえんだ。なんともいい夢を見られたものだ……。

彼女のおだやかな顔を見て、さらに喜びを感じた。

ダイモンとちがって、おれは獲物の〝包装を解く〟のが嫌いじゃない。

にわかに体が火がついたようになったウルフは、彼女を仰向けにして寝巻きのボタンをはずしだした。

3

力強くあたたかい手にフランネルの寝巻きのボタンをはずされているのを感じて、カサンドラはまぶたをふるわせて目をひらいた。ぎょっとして、クラブで命を救ってくれたダークハンターを見つめる。

彼は夜の闇を思わせる瞳に欲望をたぎらせて、カサンドラを見下ろしていた。

「あなたね」彼女はささやいた。寝起きのため、まだ頭がぼんやりしている。

ダークハンターはほほえむと、彼女の言葉にうれしそうにした。「おれを覚えているのか？」

「もちろんよ。あのキスは忘れようたって、忘れられないわ」

男性はさらに不敵な笑いをうかべると、寝巻きの前をひらいて、素肌に手をすべらせた。

熱い掌を感じて、カサンドラはうめいた。拒みたい気持ちとは裏腹に激しい欲望が全身を貫き、熱い手の感触に乳房がうずいた。節くれだった手のたこが、かたくなった乳首にそっとやさしくこすれた。カサンドラの下腹部のあたりが、いっそう激しくずきんとした。全身が脈打って、脚の付け根がしとどに濡れている。彼の力強さをそのまま体に取りこみたくなる。

あのクラブで救ってくれたヴァイキングは、すでに一糸まとわぬ姿でベッドに横になっていた。いや正確には、まるっきりなにも身につけていないわけではない。北欧神話の雷神《トール》の槌《つち》と十字架のチャームがついた銀のネックレスをしている。

オッケー。これは気取りすぎじゃないかしら。とはいえ、小麦色の肌にとても似合っている。

ぼんやりとした光が、すばらしい肉体の輪郭《りんかく》をやさしくつつんでいる。筋肉がしっかりついた広い肩幅。非の打ちどころのない男性的な均整美を誇っている胸。

そしてヒップは……。

後々まで語り草になるようなすばらしさ！

胸と脚は黒っぽい毛におおわれている。かすかにヒゲが伸びているたくましい顎は、ここを口で愛撫してくれと訴えている。そのまま彼の頭を後ろに押し倒して、このセクシーな首も味わってもいいようだ。

しかし、カサンドラを魅了したのは、右の肩全体に彫られた古代スカンジナビアの刺青《いれずみ》だった。刺青は、二頭筋の周りに描かれた極端に様式化された帯状の図柄のところでとまっている。きれいな刺青だ。

とはいえ、目で見てうっとりするのもいいけれど、実際に彼と肌を合わせることにはかなわない。

このひとはすばらしい。涎《よだれ》が出てしまうほどに。

「なにをしてるの？」乳房を円を描くように舌で愛撫している彼にきく。

「きみとセックスしているんだ」

これが夢の世界でなかったら、カサンドラは恐怖にふるえあがっただろう。しかし片手で乳房をつつまれると、恐怖はほかの感情もろとも消散してしまった。

カサンドラは悦びと期待にあえいだ。

彼はやさしく愛撫をつづけ、たこのできた掌でとがった乳首をなでた。カサンドラはすっかりかたく大きくなった自分の胸にキスをしてほしいと懇願したくなった。

「すごくやわらかいね」カサンドラの口元でまたささやくと、唇をうばった。

カサンドラはうっとうめいた。気が遠くなるほど体が火照るのを感じながら、両手で彼の広い裸の肩をまさぐる。こんな肩には、これまで触れたことがなかった。たくましい完璧な肩。彼の力強い動きに合わせて筋肉がぴくぴくしている。

カサンドラは、もっと彼を感じたいと願った。

ダークハンターはカサンドラの体から手を離し、三つ編みに触れた。髪をじっと見ながら三つ編みをほどいている。「どうしてこういう髪型に？」訛りのある、うっとりするような低い声でいった。

「編まないと、からみあってしまうから」

三つ編みが気に入らないのか、目をぎらっと光らせた。「これはよくない。こんなにきれいな髪なんだから、しばっちゃだめだ」

ほどいた癖のある髪を両手でなでると、目つきがいきなりやさしくなった。柔和に。彼女の髪を手櫛《てぐし》でとかしている。むきだしの乳房が髪でおおわれた。指や彼女のカールした髪で乳首をくすぐっている。そのあいだカサンドラは、彼の息づかいを肌に感じていた。

「これでいい」彼がいった。歯切れのいいノルド語訛りが、耳に心地よかった。「きみほどうつくしい女はいない」

体が蕩《とろ》けてしまいそうになったカサンドラは、自分を見つめている彼をじっと見つめることしかできなかった。

めまいがするほどのハンサム。その荒々しい男らしさが、カサンドラの女の部分を原始的な欲望とともに目覚めさせた。

目の前にいるのが危険な男性であることはまちがいなかった。無駄なものをそぎおとした、タフで、屈強な男。

「あなた、名前は？」かがみこんでうなじを噛んでいる彼に、カサンドラはきいた。愛撫をする彼の無精ひげが肌にこすれて、全身がぞくっとする。

「ウルフ」

この真夜中のファンタジーの出所に気づいて、カサンドラはふるえた。「ベオウルフのウルフ？」

彼は貪欲な笑みをうかべ、長い犬歯をちらっと光らせた。「いや、どちらかというと、ベオウルフの敵の巨人グレンデルに近いな。おれがきみをむさぼるために出てこられるのは、

るえた。

夜だけだから」

乳房の下を時間をかけて愛撫して舌鼓を打つように音を立てたから、カサンドラはまたふ

このひとは、女をどうやったら悦ばすことができるか熟知しているみたい。さらにうれしいのは、さっさとおわらせようとしないことだった。ゆっくりと、時間をかけている。なんだか信じられない。夢だからこんなことが可能なんだわ！

ウルフはカサンドラの柔肌に舌を這わせ、彼女のやさしいあえぎ声を耳で楽しみながら、甘くてかすかにしょっぱい肉体を味わった。彼女のあたたかくなめらかな感触と匂いが、たまらなくよかった。

この娘はなんておいしいんだ。

こんな夢を見るのは、じつに数世紀ぶりだった。とてもリアルだけれど、現実のものでないことはわかっている。

彼女は愛に飢えているおれの妄想が生みだした女性でしかない。

それでも、彼女の手の感触はこの上なくすばらしい。香りは……摘みたてのバラとパウダーのように芳《かぐわ》しい。

女らしくて。たおやかで。

美味なるものが、おれが一口味わうのを待っている。いや、むさぼり食うのを。

いったん身を引いて、ふたたび髪に手をやる。陽光のように明るい色の髪。燃えるような

赤みがかったブロンドに心をうばわれながら、癖のある毛を指にからませる。石のように物事に動じなかったはずのウルフの心の片隅が、びくんとした。「すごくきれいな髪だ」

「あなたもね」彼女はこたえると、顔にかかったウルフの髪を後ろになでつけた。

彼女は指先で無精ひげをさわり、顎のラインをなぞっている。ああ、最後に女性と関係をもってから、どのくらい経つだろう。
三、四カ月？
三、四十年？
無限につづいている時間をたどっていくのはむずかしい。いま組み伏せているような女性と関係する夢をあきらめるようになってから、ずいぶん年月が経っていることだけはたしかだ。

女性にずっと覚えていてもらうことはできないから、まともな女性はベッドに誘わないことにしている。

一夜をともにして目を覚ましたとき、なにがあったか覚えていないとどういう気分になるかも、よくわかっていた。ベッドの上で横になったまま、どこからどこまでが夢でどこからどこまでが現実かわからないときの気分を。

だから女性との出会いの場は、金を払ってサービスを受ける場所にかぎってきた。しかも、そういうところを利用するのも、どうにも欲望を抑えられなくなったときだけだ。

しかし、この娘はキスを覚えていてくれた。

おれを忘れていなかった。

そう思うと、天にも昇る心地がした。なんてすばらしい夢なんだろう。できるなら目覚めることなく、このままずっと夢の世界にいたかった。

「きみの名前を教えてくれ、かわいい山猫《ヴィルカット》」

「カサンドラ」

喉元を愛撫していたウルフは、彼女の声が唇の下で響くのを感じた。彼の舌の愛撫に、カサンドラはおののいた。

いい感じだ。愛撫に反応したときの甘い吐息がいい。彼女はそれから、熱く昂《たか》ぶった両手でウルフの背中をまさぐった。左肩のマークに触れたとき、右手をとめた。

「これは？」好奇心をあらわにしてきいてきた。

ウルフは弓と矢のマークにちらっと目をやった。「狩りと月の女神、アルテミスのマークだ」

「ダークハンターはみんな、こういうマークをつけているの？」

「ああ」

「奇妙ね……」

ウルフは彼女の体をつつんでいるフランネルが、どうにもじれったくて我慢できなくなった。もっと彼女を知りたい。

寝巻きの裾をたくしあげる。「これは燃やすべきだ」

カサンドラは眉をひそめた。「どうして？」

「これがあると、きみに近づけないからだ」

寝巻きを一気に脱がした。

カサンドラはおどろきに目を見張ったが、つぎの瞬間その瞳は欲望で色が濃くなっていた。

「よし、これでいい」ウルフはささやくと、彼女の姿を目で楽しんだ。引き締まった乳房と細いウエストを、とりわけ太ももの付け根の赤みがかったブロンドの縮れ毛を。

左右の乳房の真ん中から腹部へ、さらには腰へと、片手で体をそっとなでていく。

カサンドラは手を伸ばしてウルフのすばらしい胸をさわり、岩のようにかたい筋肉にうっとりした。なんてすてきなんだろう。身動きするたび、全身の筋肉が小刻みに揺れる。

ウルフが破壊的な力をもっていることは、否定の余地がなかった。それでも、カサンドラのベッドにいる彼は、飼いならされたライオンのようにおだやかだ。彼の愛撫は刺激的で、有無をいわせないところがある一方で、おどろくほどやさしい。

どこか翳《かげ》のある気むずかしそうな顔立ちが、カサンドラの心を激しく揺さぶった。さらに自分を取りまく世界を理解するときの彼の目には、いきいきとした知性があふれている。

この野生のけだものを手なずけたい。

わたしの手から餌《えさ》を食べさせてみたい。

そう思いながら、カサンドラは手を下にやって、かたくなっているペニスに触れた。

ウルフは喉の奥から低いうめき声をもらし、われを忘れたかのように彼女にキスの雨を降らせた。

全身がばねでできているしなやかな捕食動物のように、彼女の唇におおいかぶさると燃えるようなキスをした。

「そうだ」両手でかたくなったものをつつみこむと、ウルフがあえぎながらいった。息づかいを荒くしながら、混じりけのない欲望のこもった目で彼女を見つめている。カサンドラは期待にふるえた。

「刺激してくれ。カサンドラ」そうささやくと、彼女の手に自分の手を重ねた。

カサンドラが見守るなか、ウルフは目を閉じて手の動かし方を教えた。両手のなかの彼自身の感触に、唇を嚙みしめる。このひとは大きい。大きくて、太くて、力が漲っている。

ウルフは歯をぐっと食いしばって目をひらくと、炎の宿る目で焼けるように熱い視線を彼女に送った。ここまではほんのお遊びにすぎなかったんだわ、とカサンドラは悟った。

檻《おり》から解放された猛獣のようにウルフはカサンドラを転がして仰向けにすると、膝で脚を左右に広げた。長身の細身の体をカサンドラの体に重ねて、さっきいったとおりに、彼女をむさぼった。

両手と唇でありとあらゆる部分をくまなく激しくさぐられて、カサンドラは甘い吐息をもらした。じきに彼の手が脚の付け根にわけいってきて、全身がふるえた。長い指がデリケートな部分を愛撫し、なかに入ってきて嬲《なぶ》る。じきにカサンドラは気が遠くなった。

「すごく濡れてる」彼女の耳元まで上がってくると、低いざらついた声でいった。

さらに大きく脚を広げられて、カサンドラはわなないた。

「こっちを見て」ウルフがいった。「ひとつになったときの悦んでいる顔を見たいんだ」

カサンドラはウルフを見た。

視線が絡みあった瞬間、一気に突いてきた。

カサンドラは悦びにうめき声をもらした。ウルフはとてもかたくて、太かった。ちょっと身を引いてからふたたび突いてくる。カサンドラは目くるめくような快感を覚えた。

ウルフはかすかに身を起こして彼女の顔をながめながら時間をかけて腰を動かし、組み伏せているカサンドラのあたたかく濡れた体の感触を心行くまで味わった。彼女が背骨に手をはわせて、背中に爪を立てる。ウルフは唇を噛みしめた。

彼女の荒々しさを求めて、ウルフはうめいた。

彼女の情熱を。

カサンドラは両手を彼の腰に置いて、さらにはやく動くようにうながした。ウルフは夢中でその願いをききいれた。彼女が腰をもちあげてきたから、ウルフは声を上げて笑った。

主導権をとりたいと彼女が思うのなら、そうさせてあげよう。ウルフは体を回転させて、つながったままカサンドラを自分の上にまたがらせた。

カサンドラはハッとして、ウルフを見下ろした。

「乗ってくれ、愛しのひと《エルスクリング》」彼がささやいた。

カサンドラの瞳の色が濃くなって、野性の光が宿った。かがみこんでウルフの胸に髪を広げて体を重ねると、すっかり離れはしないけれど腰が浮いた。それからまた一気に体を沈め、根元まで受けいれる。

その衝撃にウルフは身をふるわせた。

主導権を握って腰を動かす彼女の乳房を手でおおって、やさしく吸う。

体の下の彼の感触に、カサンドラはおどろきを禁じえなかった。男性とセックスをしたのはずいぶん久しぶりだったし、こんな男性とのセックスは経験がなかった。

生まれながらの男らしさを、これほどもっている男性。おどろくほど精力的でワイルドな男性。

母の種族アポライトを恐怖にふるえあがらせるということ以外は、素性がまったくわからない男性。

彼はまた命の恩人でもある。

彼が夢に登場したのは、わたしが心の奥に抑圧している性的衝動のなせるわざにちがいない。死ぬ前に、だれかと交わりたいという衝動。

死はカサンドラがかかえる最大の悩みだった。母の一族にかけられた呪いのせいでダイモンに命を狙われている彼女は、母がそうだったように人間の世界で人間として生きることを余儀なくされた。

人間ではないのに。ほんとうのところは、ちがうのに。

カサンドラはこれまでひたすら、受けいれてもらうことを求めてきた。たとえ呪われた家系の話をしても、頭がいかれていると思うことなく、彼女の過去を受けいれてくれる人間を。たとえ、彼女を毎夜つけねらう怪物の話をしたとしても。

そしていま、カサンドラには彼女を守ってくれるダークハンターがいる。

すくなくとも今夜は守ってくれるダークハンターが。

そのことに感謝して、カサンドラはウルフと体を合わせ、彼のぬくもりが自分の体を癒《いや》すのにまかせた。

ウルフはカサンドラの顔を手でつつみこんで、悦びの高みに昇りつめた彼女を見つめた。それからまた体位を変えて自分が上になると、主導権をとった。一気に深く突くと、彼女の内側が蠕動《ぜんどう》した。動きに合わせてあえぐ彼女は、まるで歌をうたっているかのようだった。

ウルフは笑った。

じきに、彼自身が絶頂を迎えた。

カサンドラは全身をウルフの体に巻きつけて、彼がいったのを感じた。つぎの瞬間、彼女の上でぐったりした。

その重みがすごく心地よかった。たまらなくいい。

「すごくよかったよ」ウルフはまだ繋がったまま顔を上げると、彼女にほほえんだ。「ありがとう」

カサンドラは笑みを返した。

彼の顔に手を伸ばしかけたとき、目覚まし時計の音が聞こえてきた。

カサンドラはあわてて飛び起きた。

いまだ胸をどきどきさせながら、目覚まし時計に手を伸ばす。と、そのときはじめて、三つ編みがほどかれていて、寝巻きが床にくしゃくしゃになって置いてあることに気づいた……。


ウルフはハッとして目を覚ました。心臓をどきどきさせながら時計を見る。六時をちょうど回ったところ。階上《うえ》から聞こえてくる物音からして、午前の六時なのだろう。

眉をひそめて暗がりに目を凝らす。普段とちがうところはなにもない。

でもあの夢は……。

信じられないくらいにリアルだった。

体を回転させて横向きになり、枕をつかむ。「くそっ、超能力のせいか」吐き捨てるようにいう。なまじ超能力などをもっていると、かたときも心の平和を保てない。いまはまた、けっして手に入らないとわかっているもののことで、苦しめられている。

ふたたび眠りに落ちていくとき、自分の体からバラとパウダーの香りがかすかにただよった気がたしかにした。

「おはよ、カサンドラ」朝食のテーブルに就いたカサンドラに、カットが声をかけた。

カサンドラはなんの反応もしなかった。何度も何度もウルフの姿がよみがえってくる。彼の手の感触がよみがえってくる。

　そんなことはないとわかっているけれど、まだ彼がそばにいるみたいな感じがする。

　でも、実際のところ、夢のなかの恋人がどこのだれなのかわたしは知らない。なぜ、彼のことが気になってしょうがないのかも。

　すごく奇妙だ。

「だいじょうぶ？」カットがいった。

「うん、まあね。ただ、よく眠れなかっただけ」

　カットはカサンドラの額に手をやった。「熱があるように見えるけど、ないわね」

　たしかに熱に浮かされている。でも、病気のせいじゃない。心のどこかで、ともかく夢にもどってあのミステリアスな彼をさがしだし、引きつづき一日中愛しあいたいと願っている。

　カットがコーンフレークを差しだした。

「ところで、ミシェルから電話があったわ。きのうの夜、トムに紹介してくれて感謝しているとあなたに伝えて、だって。今夜また、〈インフェルノ〉で会いたいって彼が誘ってきたらしい。あなたたちも一緒に来るかってきいてきたわ」

　カサンドラはびくっとした。カットの言葉がカサンドラの記憶のなかのなにかを揺り動かしたのだ。

　と、いきなり、きのうの〈インフェルノ〉がまぶたによみがえってきた。ダイモンの姿が見える。

あのとき感じた恐怖を思いだした。

しかし、なによりも、ウルフを思いだした。

夢に出てきたやさしい恋人としてではなく、彼女の目の前でダイモンを殺害した、暗く恐ろしい男として。

「ああ、どうしよう」あのときのことが逐一はっきりとよみがえってきた。

「あと五分もすれば、あのクラブにいた者は全員、おれを見たことを忘れるさ」彼の言葉がとっさに頭に浮かんだ。

でも、わたしは覚えている。

ということは。

彼はわたしと一緒にうちに来たの？

ううん、まさか。去っていく彼をはっきりと思いだして、カサンドラはいくぶん落ち着きを取りもどした。そう、あのときわたしはまた友だちのいるクラブへもどったのだ。

ベッドに就いたときもひとりだった。

でも、目覚めたときは裸だった。体が濡れてて、すっかり満たされていて……。

「カサンドラ、どうしちゃったのよ」

カサンドラは深呼吸をして、頭に浮かんでいることをすべてをふり払った。あれは夢だったんだわ。そうにきまっている。そうじゃなきゃ、筋が通らないもの。でも、ダイモンやダークハンターにかんする超常現象はみな、筋が通らないものがほとんどだ。

「だいじょうぶよ。でも、午前中の授業は欠席するわ。ちょっと調べなきゃいけない用事があるから」

カットはいっそう気づかわしげな顔をした。「ほんとに？　あなたらしくないわ。なにがあっても、授業だけはちゃんと出ていたのに」

「たしかにね」カサンドラは笑みをうかべた。「コンピュータをもってきて、ダークハンターについて調べましょ」

カットは片方の眉を吊りあげた。「どうして？」

ダイモンに追われるようになってからこのかた、カサンドラは自分の秘密を二名のボディーガードにしか打ち明けていなかった。

ひとりのボディーガードはカサンドラがわずか十三歳のときに、殺されそうになった彼女を救うべく戦って亡くなった。

もうひとりのボディーガード、カットはカサンドラの秘密を聞いたとき、最初のボディーガードにくらべてじつに淡々としていた。まばたきをしながらカサンドラをじっと見つめ、「いいわね。連中を殺しても刑務所行きにはならないってことなんでしょ？」といっただけだった。

それ以来、カサンドラはどんな秘密でもカットに打ち明けてきた。友人でもありボディーガードでもある彼女は、カサンドラとおなじくらいアポライトとその生活習慣について知っている。

といっても、それほど多くの情報をもっているわけではない。アポライトは自分たちの存在をひとに知られないようにする、いやな習性があるのだ。

それでも、カサンドラのことを頭がおかしいだとか妄想癖があるだとか思わない人間がいるのは、心強かった。その一方、この五年間、カットはダイモンとアポライトがカサンドラを追跡するのを何度も目にしてたから、カサンドラが嘘をついているのではないことを知っていた。

カサンドラの人生の幕引きが刻一刻と近づきつつあるここ数カ月、ダイモンたちの攻撃はやんでいた。カサンドラは表向きにはいささかなりとも普通の生活を送っている。しかしもう安全だと思うほど、彼女も愚かではなかった。彼女が安全なときなど、いちどとしてないのだから。

彼女が生きているあいだは。

「きのうの夜、わたしたちダークハンターに会ったでしょ」

カットは眉をひそめた。「いつ？」

「クラブで」

「いつ？」カットは繰り返した。

カサンドラは話すのをためらった。彼女にしても細かい部分はまだはっきりしていないから、もうちょっと具体的に思いだすまではカットを心配させたくなかったのだ。

「店の客のなかに混じってたのよ」

「だったらきくけど、ダークハンターだってどうしてわかったの？　ダークハンターは架空の存在だって、あなたは以前いってたように思うけど」

「うまく説明できない。黒髪で長い犬歯をもった、一風変わっているけれど普通の男性だったのかもしれない。でも、もしわたしの予感どおりに、ダークハンターがこの街にいるのだとしたら、知りたいのよ。ダークハンターだったら、わたしが八カ月後にはぽっくり逝《い》ってしまうのかどうか教えてくれるだろうから」

「なるほど、よくわかった。でもね、〈インフェルノ〉に出入りしているゴス系のたんなるヴァンパイア狂い、ってこともありうるし」

コンピュータが立ちあがると、カサンドラはさっそくインターネットに接続して、katoteros.comにアクセスした。二年ちょっと前に見つけた、アポライトが意見を交換するコミュニティサイトだ。表向きはギリシアの歴史をあつかっているように見えるが、パスワードで保護されている領域がある。

ダークハンター向けのサイトはない。だからカサンドラとカットは、そのアポライトのサイトの保護されている領域にダークハンターの情報があるのではと思いなんとか侵入しようとしたが、政府機関のサーバーに入りこむ以上に不可能だった。

身内以外の者に居場所を明かすのをいやがる、謎につつまれた存在とはいったいなんなのか？

一歩譲って、秘密を守る必要性はまあ理解できる。でも、答えを欲しがっているカサンドラにとっては、彼らの秘密主義は精神的にとてもこたえた。

すこしでも助けになると思われたのは、〝神官にきけ〟というリンクだった。そこをクリックして、短いメールを書く。「ダークハンターは実在するのか？」

それからダークハンターについてのリサーチをしたけれど、収穫はほぼゼロだった。そういうものはこの世に存在しないかのように。

ログオフする前に神官から短い返事がきた。

〝あなたこそ実在するのか？〟

「ダークハンターは伝説的な存在にすぎないのよ」カットがまたいった。

「そうね」でも伝説的な存在はウルフみたいにキスをしたりしないし、夢に入りこんできたりもしないはずだ。


二時間後、カサンドラはこうなったら最後の手段に訴えるしかないと心を決めた……父に頼むのだ。

カットの運転でセントポールのダウンタウンに向かう。その一画にある高層ビルのなかに父はオフィスをかまえているのだ。正午近くの道路は比較的空《す》いていて、カットはいつもの荒っぽい運転をしながらも、カサンドラの心臓をびくっとさせるのは一回にとどまった。

どういう時間帯であろうと、道がどれほど混んでいようと、カットはいつでもダイモンに追われているような運転をする。

カットは駐車場に滑るように向かうと、自動ゲートをすばやく通りぬけ、とろとろ走っているトヨタの先を越して、出し入れしやすい場所に車を入れた。

トヨタを運転していた男が中指を立てて、べつの駐車スペースをさがして向こうへ走っていった。

「たいしたものね、カット。ネットゲームをするみたいに車を運転するんだから」

「うん、まあね。わたしを邪魔する連中を消すためにボンネットの下に光線銃を置いているんだけど、見たい？」

カサンドラは笑った。でも、ひょっとしたらほんとうに、ボンネットの下になにかをかくしているのかもしれない。親友のカットのことを知っている彼女は、それもありうることだと思った。

駐車場を出てビルに入ったとたん、ふたりは周囲の注目を集めた。いつものことだ。ともに身長百八十センチ以上の女がふたり連れだっている光景を、ひとはそうそう目にするものではない。加えてカットは目が覚めるほどの美貌だ。ハリウッドならともかく、ごく普通の場所でカットを目立たせないようにするには、彼女の首を切るしかないとカサンドラは思っている。

とはいえ、首のないボディーガードが職務を果たすことはできないから、ロサンジェルスでモデルとして活躍すべき女性を、ボディーガードとしてやとう状況に我慢せざるをえないのだった。

受付にいた守衛たちがふたりに挨拶をすると、うなずいてなかに入るようにうながした。

カサンドラの父ジェファーソン・P・ピータースは、医薬の研究開発をおこなう世界的な大企業のひとつ〈ピータース・ブリッグス・アンド・スミス製薬会社〉の辣腕《らつわん》経営者だった。

カサンドラがエレベーターに向かっていくと、すれちがう人々の多くがうらやましげな視線を彼女に投げかけた。彼らは、父のたったひとりの相続人カサンドラのことを、なに不自由のない人生を送っているお嬢さんと思っているのだ。

このひとたちがほんとうのことを知ったら……。

「こんにちは、ミス・ピータース」二十二階に着くと、父のアシスタントが声をかけてきた。

「お父さまをお呼びしますか？」

いつも感じのいい、とても魅力的でスリムなアシスタントに、カサンドラは愛想よく笑った。しかし、彼女に会うたび、あと四キロは痩せなきゃと思うし、自分のヘアスタイルが気になってすこしでもきちんとしようと髪に手をやってしまう。アシスタントのティナはつねに一糸乱れぬ、きちんとした装いをしている。

ぱりっとしたラルフローレンのスーツに身をかためたティナは、大学のトレーナーにジーンズといった出で立ちのカサンドラとは対照的だった。

「父はひとりなの？」

ティナはうなずいた。

「いきなり入っていって、おどろかせようかしら」

「よろしいですよ。お父さまもきっと喜ばれます」

仕事にもどってくださいとティナに伝え、彼女のデスクのそばでカットを待たせて、カサンドラは父がいる仕事中毒者の聖なる領域へ入っていった。

モダンなデザインでまとめた父の部屋は〝冷ややかな〟印象をあたえるが、本人は冷たい男ではけっしてない。カサンドラの母への愛情はこの上なく深かったし、娘のカサンドラのことは生まれた瞬間から目のなかに入れても痛くないほど溺愛《できあい》した。

濃い茶色の髪に白いものが混じっている父は、たいへんなハンサムだった。四十九歳になったいまでもスリムな体型を維持していて、四十代前半にしか見えない。

ひとところにあまり長くとどまるとアポライトやダイモンに目をつけられてしまう恐れがあるから、カサンドラは父のもとを離れて成長せざるをえなかったが、彼女が地球の反対側にいるときでも、父の心が娘から離れることはなかった。電話だけは欠かさなかったし、飛行機で会いにくることすらあった。

長年ずっと、プレゼントを手にいきなりおとずれて、抱きしめてくれた――真夜中にそうすることもあった。日中にそうすることも。

子どもだったカサンドラと姉妹たちは、今度はいつパパがやってくるか賭《か》けをしたものだった。父親が娘たちをがっかりさせたことはいちどもなかったし、全員の誕生日をつねに覚えていた。

だれよりも父を慕っているカサンドラは、アポライトの自分が八カ月後の二十七歳の誕生日に死んだら父はどうなってしまうだろうと心配していた。父は母と四人の姉たちを葬《ほうむ》ったが、そのたびごとに父が嘆き悲しむ姿をカサンドラはいやというほど目にしてきた。家族を亡くすたび、父は胸が張り裂けんばかりの思いをしていた。車が爆発して母とふたりの姉を同時に亡くしたときは、とくにそうだった。

ふたたびそのような打撃を受けたら、父はもちこたえられないかもしれない。

不安を押しやって、スチールとガラスでできたデスクへ近づいていく。

父は電話中だったが、書類の山から顔を上げて娘に気がつくと、すぐに受話器を置いた。顔をぱっと輝かせて立ちあがると、カサンドラを抱きしめた。それからちょっと身を引いて、気づかわしげに眉をひそめた。「こんなところでなにをしているんだ？ 授業があったはずだろ？」

カサンドラは父の腕を軽くたたいてデスクの椅子に腰かけるようにうながすと、自分は前のすわり心地のいい椅子に腰を下ろした。「まあね」

「だったらどうしてここへ？ 授業をさぼって私のところに来るなんて、おまえらしくない」

父がカットとおなじことをいったから、カサンドラは笑った。生活習慣をいくらか変えなくてはいけないのかもしれない。カサンドラが置かれている状況からして、予測可能な行動は危険をまねきやすい。「お父さんと話がしたかったの」

「なんの話だ？」

「ダークハンターのこと」

父は青ざめた。お父さんはどれほど知っていて、どれくらいわたしに教えてくれるのだろう。父はカサンドラを過保護にあつかうわずらわしい一面があった。だからずっと娘にボディーガードをつけてきたのだ。

「どうして連中のことを知りたいんだ？」慎重に言葉を選びながらきいてきた。

「きのうの夜ダイモンに襲われたところを、ダークハンターに助けてもらったから」

父はいきなり立ちあがると、デスクをまわりこんで彼女のほうへやってきた。「けがは？」

「だいじょうぶよ、お父さん」暴行を受けたあとはないかと体をさぐろうとした父親に、カサンドラはあわてていった。

父は眉根を寄せて身を引いたが、両手はまだカサンドラの腕に置いていた。「よし。よく聞きなさい。学校は辞めなきゃな。それから――」

「お父さん」断固とした口調でいう。「卒業まであと一年もないのよ。いまさら辞めるつもりはないわ。最後までやりとげたいの」

あと八カ月の命かもしれないが、それ以上生きる可能性もまだある。はっきりしたことがわかるまでは、できるかぎりいつもどおりに暮らそうと心に決めていた。

父の顔に恐怖が浮かんだ。「四の五のいっている場合じゃないんだぞ、私は母さんに誓ったんだ。おまえをアポライトやダイモンから守ると。ぜったいに、守るとな。おまえまで殺されるわけにはいかない」

カサンドラは父の誓いを思いだして、歯を食いしばった。その誓いは、父がこの会社に誓った忠誠とおなじくらい神聖なものだった。自分が母方から受け継いだ負の遺産については、カサンドラもいやというほどわかっていた。

はるか昔、アポライトが呪われる事態を招いたのは、ほかならぬカサンドラの祖先だった。カサンドラの先祖にあたるアポライトの女王が、嫉妬《しっと》から兵を派遣してアポロンの息子とその愛人を殺害したのが発端だった。

その報復として、ギリシアの太陽神アポロンはアポライトを罰したのだ。アポライトの女王はけだものに襲われたように見せかけて愛人と息子を殺せ、と兵士に命じていた。そのためアポロンはアポライト全員にけだものの特徴をあたえた。長い犬歯、脚のはやさ、力強さ、捕食動物のようなするどい目。彼らは生きるためにおなじ種族の血を飲むことを余儀なくされた。

怒れる神アポロンはアポライトの姿を二度と見ないですむように、日光が当たる場所から彼らを追放した。

しかしなによりも残酷な仕打ちとして、二十七歳までしか生きられないようにした。愛人がアポライトの女王に殺害されたのが、まさにその年齢だったのだ。

二十七歳の誕生日になると、アポライトは男女のべつなく、一日かけてゆっくりと苦しみながら朽ち果てていく。たいへんな苦痛をともなう死なので、大抵のアポライトは誕生日の前日に苦しみから逃れるべく自殺するのがつねだ。

アポライトにとっての唯一の希望は、人間を殺害してその魂を自分の肉体に取りこむことだけだ。二十七歳以降も生きるためには、その方法しかない。人間の魂を取りこんだアポライトはダイモンとなるが、そうなったら最後、越えてはならない一線を越えた彼らは神々の怒りを買う。

ダークハンターの出番となるのは、まさにそのときだ。ダイモンを殺して、とらえられた人間の魂が弱って死ぬ前に、解放させることがハンターの仕事だ。

八カ月後に、カサンドラは二十七歳になる。

それは彼女がなによりも恐れていることだった。

カサンドラには人間の血も半分流れているから日が照っている昼間でも外出できるが、日焼け対策は万全にしなければならないし、あまり長いあいだ日光を浴びていると、日焼けで肌がひどいダメージを受ける。

長い犬歯は十歳のときに歯医者で削ったし、貧血気味ではあったが、血への渇望は一カ月置きの輸血で満たすことができた。

カサンドラは幸運だった。アポライトと人間との混血の人々にはこれまで数人しか会ったことがないが、みな大抵アポライトの特徴を強く受け継いでいた。

そしてその全員が二十七歳で亡くなった。

ひとり残らず。

しかしカサンドラは自分には人間の血もしっかり流れているのだから生き延びられるので

はないかと、望みをつないでいた。

しかし結局のところ、どうなるかはわからなかったし、カサンドラの〝健康状態〟を本人以上に知っている人間はさがしだせなかった。

カサンドラは死にたくなかった。すくなくともいまはまだ。やり残したことがあまりにもたくさんある。ほかの人々とおなじような経験をしたい。結婚して、家庭を築きたい。なによりも、将来に夢をもちたい。

「ダークハンターなら、わたしみたいな混血についてなにか知っているかもしれない。ひょっとしたら——」

「母さんだったらダークハンターという言葉を聞いただけで、取り乱していただろうな」カサンドラの頰をなでながら父親がいった。「アポライトのことは父さんもよくわからない。でも、ダークハンターがみなアポライトを憎んでいることはわかっている。母さんはダークハンターを、酌量《しゃくりょう》の余地がない、血も涙もない凶悪な殺し屋だといっていた」

「ダークハンターは殺人アンドロイドのターミネーターなんかじゃないわ、お父さん」

「母さんはそういう風に表現していたがね」

たしかに、それは事実だった。母はカサンドラと姉たちに以下の三つには近づいてはならないと諄々《じゅんじゅん》と語って聞かせたものだった。ダークハンター、ダイモン、アポライト。母はその順番で名前を挙げた。

「お母さんはダークハンターに会ったことがないのよ。お祖父さんとお祖母さんに聞かされた話を鵜呑《うの》みにしてただけなんだわ。お祖父さんとお祖母さんにしても実際に会ったことはないんだと思う。それはべつとして、わたしが生き延びる方法を見つける手がかりを、あのダークハンターが知っていたとしたら？」

カサンドラの手を握る父の手に力がこもった。「かつて母さんを殺したダイモンとおなじで、そのダークハンターがおまえを殺そうともくろんでいたら、どうするんだ？　古い伝説にあるだろう。だれかを殺せば呪いが解ける」

カサンドラはしばし考えこんだ。「でももしそれが真実だったら？　わたしが死ねば、ほかのアポライトが普通の人生を送れるってことよね？　だとしたら、わたしは犠牲になるべきだわ」

父は怒りに顔を赤くした。カサンドラをじっとにらみつけて、手をぎゅっと握った。「カサンドラ・エレイン・ピータース。二度とそんなことは口にしてはいけない。わかったか？」

カサンドラは父の血圧を上げてしまったことを後悔して、うなずいた。父の体を気づかう彼女としては、それはなによりしたくないことだった。「わかったわ、お父さん。ちょっと気が動転していただけ」

父は彼女の額にキスをした。「いいんだよ、父さんだってわかってる。わかってるさ」

立ちあがって自分の椅子にもどる父親の顔に苦悩が浮かんでいるのを、カサンドラは見逃さなかった。

ふたりはおなじことを考えていたけれど、父はそれを口にしなかった。だいぶ前に、娘の奇病の〝治療法〟を見つけてほしいという父の依頼で研究者チームが結成されたが、結局のところ、古代の神の怒りの前では、現代科学も無力であることがわかっただけだった。

父の言い分は正しいのかもしれない。ウルフもやはり、危険な存在なのかもしれない。ダークハンターがダイモンを殺害する誓いを立てているということは、カサンドラも知っている。でも彼らがアポライトにたいしてどうふるまうのかは、知らなかった。

母はだれも信じてはならないと、つねにいっていた。とくに殺しを生業《なりわい》にしている者たちは、信じてはならないと。

それでも、ダイモンをずっと追ってきたダークハンターであれば、ダイモンの前身であるアポライトのこともよく知っているはずだという気がしてならない。

ダークハンターにとってアポライトが不倶《ふぐ》戴天《たいてん》の敵だとしたら、助けたりはしないはずだ。

「わたしったら、ばかげた話をしてたわね」

「いや、カサンドラ。ばかげた話では全然ないよ。父さんはただ、おまえが傷つくのを見たくないだけなんだ」

カサンドラは立ちあがると、父を抱きしめてキスをした。「大学に行くわ。いまの話は忘れて」

「しばらくここを離れるという話、よく考えておいておくれ。おまえの姿を見たダイモンたちが、おまえがここにいることを仲間に伝えているかもしれないから」

「だいじょうぶよ、お父さん。そんなことをしている暇はなかったはずだから。わたしがここにいることはだれも知らないし、わたしも離れたくない」

もう二度と。

その言葉は実際に口にされないまま、親子のあいだにただよった。カサンドラに残された時間が刻一刻とすくなくなっている現実が、ふたりに重くのしかかっていた。父の唇がふるえているのを、カサンドラは見てとった。

「きょう夕飯を食べにこないか？　仕事ははやく切りあげるから――」

「ミシェルと約束があるの。また明日ね」

父はうなずくと、娘を強く抱きしめた。カサンドラは腰に回された父の腕にこめられた力に、顔をしかめた。「くれぐれも気をつけるんだぞ」

「ええ」

カサンドラがどこにも行きたくないと思っているのとおなじように、父も娘を手元に置いておきたいと思っているのが、顔つきからわかった。「おまえは父さんにとってかけがえのない存在なんだよ、カサンドラ」

「わかってる。わたしにとってお父さんもかけがえのない存在よ」ほほえんで、父を仕事にもどしてやった。

カサンドラは父のオフィスをあとにして、ビルを出た。そのあいだ、ウルフが出てきた夢をまた思いだしていた。彼に抱きしめられたときの感じを。

カットが後ろをついてきた。じっと押し黙り、カサンドラの気持ちを察して干渉をしてこない。こういう気づかいが、このボディーガードのこの上なくいいところなのだ。カットにはこちらの気持ちがそのまま通じているのでは、と思うときもある。

「スターバックスのコーヒーが飲みたいわ」カサンドラはふり返ってカットにいった。「あなたは？」

「コーヒーはいつでも歓迎。この世にコーヒーがなくなったら、死んだほうがまし」

道を歩いてスターバックスに向かう途中、さらにまたダークハンターのことを考えた。以前はダークハンターのことを、母が娘をおどかすためにつくった架空の存在だと見なしていたから、古代ギリシアについての研究をしながらも彼らのことはまったく調べないできた。カサンドラは子どものころから、暇さえあれば母の一族の歴史や古代の伝説を検証してきたのに。

これまで読んだ本のなかにダークハンターについての記述があったかどうかは思いだせない。それはつまり、母が語ってくれたのは実存する者ではなくて、おとぎ話のおばけだったということなのだろう。

それでも、なにか見落としていたことが――。

「やあ、カサンドラ！」

物思いからわれに返って顔を上げると、クラスメイトの男性が手をふっていた。カサンドラよりも五センチほど背が低い彼は、ボーイスカウトにいるような感じのいい青年だった。

癖のある黒っぽい髪を短くしていて、ひとなつっこい青い目をしている。

『アンディ・グリフィス・ショー』に登場するオーピー・タイラーにどこか似ていて、オーピー演じる少年よろしく、カサンドラのことを妙に礼儀正しく「マム」と呼びかけてきそうな雰囲気がある。

「クリス・エリクソン」彼がやってくると、カットが小声でいった。

「ありがとう」カサンドラはやはり低い声で礼をいった。ひとの名前にかんして、カットはありがたいことにカサンドラよりも数倍も記憶能力がある。カサンドラはひとの顔はよく覚えているのだが、名前を思いだせないことがしばしばあるのだ。

クリスがふたりの前で足をとめた。

「こんにちは、クリス」カサンドラはほほえんだ。クリスは困っているひとを見ると放っておけないタイプの、すごく感じのいい青年だ。「えっと……その……じつは、ひとからあるものを受けとることになってるんだ」

彼はそくざに居心地が悪そうにした。「どうしてここに?」

カットが興味津々といった様子で、カサンドラのほうを見た。「なんとなくいかがわしい感じがする。違法行為じゃなきゃいいけど」

カサンドラはなんとなく、違法行為のほうがおもしろいと思った。返事を待ったが、しばらくしてもクリスは気恥ずかしそうにしている。

クリスはカサンドラと古英語のクラスで一緒の大学院生だった。訳出に手を焼いているときにノートを見くらべたりするときはべつとして、ほとんど言葉を交わしたことはない。クリスは教授のお気に入りで、試験でもつねに百点満点だった。

抜群の成績をおさめているクリスは、クラス全員に嫌われていた。

「午後の授業の宿題はやった？」しばらくしてやっとクリスは口をひらいた。

カサンドラはうなずいた。

「すばらしいじゃないか。めちゃくちゃすごい」クリスの表情から判断して、本気でいっているようだった。

「麻酔をしないで虫歯をけずるみたいな気分だったわ」カサンドラはふざけて冗談をいった。

クリスには通じなかった。

彼はいきなり暗い顔になった。「ごめん。またへんなことを口走ったようだね」おどおどしながら耳を引っ張り、地面に視線を落とした。「もう行くよ。やらなきゃいけないことがあるんだ」

立ち去ろうとするクリスに、カサンドラは声をかけた。「ねえ、クリス？」

彼は立ちどまって、ふり返った。

「あなた、大事にされすぎ症候群ね」

「えっ？」

「あなたも子どものころ、大事にされすぎたんじゃない？」

クリスは首の後ろをかいた。「どうしてわかったのかな？」

「だって典型的な症状が出ているもの。わたしも昔そうだったの。でも何年間か集中的にカウンセリングを受けて症状を表に出さないことを学んだから、いまは普通にほぼ問題なく暮らしているわ」

クリスは声を上げて笑った。「そのセラピストの名前をいつも手元に置いていたわけだ?」

カサンドラはにっこりした。「そういうこと」スターバックスのほうへ顎をしゃくる。「一緒にコーヒーでもどう?」

クリスは米国連邦金塊貯蔵施設の鍵を渡されたような顔をした。「うん、誘ってくれてありがとう」

カサンドラとカットが店内に入っていくと、クリスがあとからついてきた。飼い主が帰ってきて有頂天になっている子犬みたいな足取りだ。

飲み物を買ってから、三人は奥の席にすわった。窓際だと日光が当たってカサンドラが日焼けしてしまうからだ。

「ところで、どうして古英語の授業をとったのかな?」カットがトイレに立ったとき、クリスがきいてきた。「きみはああいう拷問《ごうもん》みたいな講義を、好んでとるようなタイプには見えないけど」

「ずっと研究しているのよ。古代の……ことを」いい言葉が思いつかないまま、カサンドラはこたえた。寿命を延ばせるかもしれないと期待して古代の呪いと魔法を研究していることを、他人に説明するのはむずかしい。「あなたはどうなの? コンピュータの講義のほうが合っている感じだけど」

クリスは肩をすくめた。「今期は余裕でオールAにしたいと思って。楽勝科目をとりたかったんだ」

「なるほど。でも、古英語よ。あなたの出身地はいったいどこなの？」

「実際に古英語を話している場所だ」

「まさか！」カサンドラは耳を疑った。「一体全体、だれが古英語を話してるのよ」

「ぼくたちさ」クリスはこたえると、つづけてカサンドラが理解できない言葉でなにかいった。

「いま、わたしにひどい言葉を投げかけたのね？」

「ちがうよ」クリスは必死で否定した。「ぼくはそんなことはしない」

カサンドラはほほえんでクリスのバックパックに目をやり、ぎょっとした。ジッパーを閉めていないポーチから、時代がかったシステム手帳がのぞいている。手帳には暗紅色のしおりひもがついていて、そのひもに個性的なバッジがついている。丸い盾と交差した二本の剣をデザインしたバッチで、剣の上にD・Hとイニシャルがある。

ダークハンター《D・H》のことで頭が一杯のきょう、こんなものを目にするなんて不思議な偶然だった。

ひょっとして、なにかの前触れなのかもしれない……。

「D・H？」バッジに手を触れて、カサンドラはいった。裏を返し、そこに描かれている言葉を目にしてどきっとした。Dark-Hunter.comときざまれている。

「へっ？」クリスはカサンドラの手に目をやった。「あっ……まずっ！」またいきなり、落ち着きを失った。カサンドラの手から手帳をうばってバックパックに押しこむと、ジッパーを閉めた。「これはほんのお遊びなんだ」

どうしてこんなに緊張しているのだろう？　こんなにあわてているのだろう？「ほんとに違法行為をしているわけじゃないのよね、クリス？」

「ああ、信じてくれよ。法に触れるようなことを考えただけで、ぶんなぐられてけつを蹴りとばされるんだから」

カサンドラがいまひとつ信じられないでいると、カットがもどってきた。

Dark-Hunter.com……。DarkとHunterのあいだにハイフンをつけて検索したことは、まだなかった。ハイフンつきのアドレスをもういちど調べてみなくては。

ふたりはそれからまた講義と大学の話をちょっとして、午後の遅い時間の古英語の授業までにクリスが用事をおわらせることができるように、さらにはカサンドラがつぎの授業に間に合うように別れた。

一日にひとつ授業をサボるのはまだ許されるけど、ふたつとなると……。

まずいわよね。カサンドラは根っから真面目な学生だった。

ほどなくして、彼女は何事もなく机の前にすわって、古典の教授が現われるのを待っていた。周りの学生たちはおしゃべりをしている。カットは大教室のそばのせまい控え室でキンリー・マグレガーの小説を読んでいた。

教授を待っているあいだ、カサンドラは電子手帳をひらいてインターネットをすることにした。Dark-Hunter.comと入力する。

データが読み込まれるのを待つ。

やがてページがロードされ、ハッと息をのんだ。

やったわ。うまくいきそう……。

4

　クリスは古英語の教室に向かいながらため息をもらした。きょうもいつものように情けない日だった。ぼくは申し分のない人生を送っているはずなのに。ありあまるほどの富を手にして、あらゆる贅沢を味わうことができるのだから。なにかが欲しいと思ったら、欲しいと口にするだけで夢がかなうのだから。

　たとえば、この前の春の二十一歳の誕生日には、ウルフがブリトニー・スピアーズを呼び寄せてコンサートをひらいてくれた。もっとも、観客といえばクリスとボディーガードとウルフだけ。

　おまけに、ブリトニーを口説けと、ウルフから何度となくしつこく責めたてられた。ともかくプロポーズだけでもしろと。実際にそうしたところ、断われた。あのときの彼女の大笑いはまだ耳に響いている。

　クリスがひたすら求めているのは、普通の生活だった。それ以上に、自由が欲しかった。彼が願っても手に入れられないものは、そのふたつだけ。

　外出するときは、かならずウルフがやとったボディーガードがあとをついてくる。彼らから自由になれるのは、ダークハンターのリーダーのアケロンがじきじきに迎えに来てくれて外出するときだけだが、それもアケロンの目が届かないところには行けない。スクワイヤー議会のメンバーはみなクリスがウルフの弟の子孫で、ウルフと血が繋がっている最後の人間だということを知っている。そういうわけで、クリスは国宝よりも大切に守られているのだった。

これじゃあまるで、ぼくは世にもめずらしい外来種だ。サーカスの見世物になったような気分を味わわずにすむ場所があったら、どんなにいいだろう。

でもそれはかなわぬ夢だった。この運命からはどうやっても逃れられない。

自分自身からは、逃れられないのだ。

最後の相続人。

クリスに子どもができなかったら、ウルフは永遠にひとりぼっちになる。ウルフのことを覚えていられる人間は、彼の血を引く者だけだからだ。

問題となっているのは、その子どもの母親になってくれる女性をさがすことだった。いまのところその役目を買っててでてくれるひとがいない。

十分前、クリスをつっぱねたベリンダのセリフが、まだ耳に響いている。

「あんたとつきあう？　冗談でしょ。おとなになって、ちゃんとした格好ができるようになってから出直してちょうだい」

歯ぎしりをして、あの冷たい言葉を心から追いやろうとした。彼女をデートに誘うために、もっている服のなかで一番おしゃれなカーキ色のズボンとネイビーブルーのセーターを着たのに。でも、自分がいかにもどんくさくて、冴えないことはわかっていた。

要するに、世渡りが下手なのだ。容姿はそこそこなのに、自信があまりにもない。

まったく、いやになる。

クリスは教室のドアの前で立ちどまり、スクワイヤーのボディーガードが二名〝慎ましやかな〟距離を保って自分のあとをつけてくるのを見た。三十代中ごろの彼らは、ともに身長百八十センチ以上、黒っぽい髪でいかめしい顔をしている。クリスを担当するようにスクワイヤー議会から任命されたふたりの使命は、クリスが子どもをつくってウルフを喜ばせるまで、彼の身に万が一のことがないように警備をすることだけ。

昼間のあいだは、それほど大きな危険はない。ドゥーロス（アポライトに仕える人間）がスクワイヤーを襲うこともたまにあるが、最近はほんとうにごくまれだから、全国ニュースで取りあげられるほどだ。

夜には、デートの予定がある場合は別として、クリスは屋敷を出ることを禁じられている。唯一の女友だちにふられてからは、女の子とのデートは見果てぬ夢となってしまったようだ。デートしてくれる相手をこれからまたさがすのだと思うと、ため息がもれた。血液検査やら定期検査やらを受けなきゃいけないとなったら、その気になってくれる女性はいないだろう。

クリスは心のなかでうめいた。

講義を受けているとき、ボディーガードたちはドアの外に待機していて、珍種としてのクリスの立場が彼の孤独以上にはっきり目立った。

でも、孤独なのはぼくの責任じゃない。やれやれ、まったく。ほとんど外出することなく育って、おまけにけがをするからという理由で走ることも禁止されていた。ちょっとした風邪をひくだけで、スクワイヤー議会がメイヨー・クリニックに電話をして、医師が往診に来た。それほど大人数ではなかったけれど、ほかのスクワイヤーの子どもたちが父親の計らいでクリスの遊び相手としてやってきたこともあったが、クリスにはけっして触れるな、怒らせるな、ウルフを怒らせるようなことをするなと、きびしいルールをいいわたされていた。

そういうわけで、遊びにきた〝お友だち〟は、クリスと一緒におとなしくテレビを見ていた。みな、叱られるのが恐いらしく話すこともなく、プレゼントももってこなければポテトチップを一緒に食べもしなかった。クリスがおもちゃで遊ぶときは、すべて徹底的に検査されて殺菌された。なにしろたったひとつの小さなばい菌のせいで、クリスが子どもをつくれない体になったり、とんでもない話だが、死んだりすることもありうるのだから。

文明の重荷がクリスを苦しめていた。よりはっきりいえば、ウルフの血の重みがクリスを苦しめていた。

これまでの人生で親友と呼べるのは、ニック・ゴーティエだけ。数年前にネットで知りあったスクワイヤーだ。ダークハンターとスクワイヤーの世界に入ったばかりで、クリスがいかに裕福か知らないニックは、クリスをごく普通の人間としてあつかう。加えて、裕福ではあるけれど、それがゆえにたいへんつらい人生を送っていることをわかってくれる。

まったくひどいものだ。大学教授を連れてきて個人教授をしてもらうのではなく、大学に通学することをウルフが許可してくれたのは、大学でクリスの子を妊娠してくれるのに打ってつけの女子学生に出会えるかもしれないとクリスが説得したからだった。ウルフはすっかりその気になって、いい女子学生に知りあえたかどうか毎晩のようにきいてくる。

ぶっちゃけた話、その娘を口説いたかと。

いまいちどため息をもらして、クリスは教室に入った。ずっとうつむいているのは、ほとんどの学生たちが彼に向けてくる嫌悪や揶揄《やゆ》のこもった視線をかわすためだ。クリスがドクター・ミッチェルのお気に入りだから敵意を向けてくるのではないにしても、特別あつかいされているおぼっちゃまだから疎《うと》んじられていることはたしかだった。しかし、そういうことにはもう慣れっこになっている。

後ろのほうの隅《すみ》の席にどすんと腰を下ろし、ノートとテキストを出す。

「ハイ、クリス」

女子学生の親しみのこもった声がして、ハッとした。

顔を上げると、カサンドラがにこやかに笑っていた。

おどろきのあまり声を失った。たっぷり一分してようやく言葉を返すことができた。「やあ」ぎこちなくいう。

どんくさい自分が恨めしかった。こういうとき、ニックだったら会話の主導権を握ってぐいぐい彼女を引っ張っていけるのだろう。

カサンドラが隣の席にすわった。

汗がどっと吹きだしてくる。こほんとせきばらいをして、カサンドラと彼女からただよってくるバラのかすかな香りを懸命に無視しようとした。この娘はいつも芳しい匂いがする。

カサンドラは課題となっていたテキストのページをひらいて、クリスを見た。スターバックスにいたときよりもさらに緊張している。

盾をデザインしたあのバッジがまた見られるかもしれないと思って彼のバックパックに目をやったが、しっかりジッパーが閉められていた。

がっかり。

「あのね、クリス」そっと声をかけて、ちょっと彼に身を寄せる。「あとで一緒に勉強できないかしら」

クリスが真っ青になった。いまにも逃げだしそうだ。「勉強？　ぼくと？」

「ええ。さっき、この科目はとても得意だっていってたでしょ。わたし、テストでAをとりたいの。どう？」

クリスはそわそわして首のうしろをかいた——しょっちゅうそうしているから、癖なのだろう。「ほんとに、ぼくと一緒に勉強したいの？」

「ええ」

クリスは恥ずかしそうに笑ったが、目を合わせようとしない。「もちろん、いいと思うよ」

カサンドラはほっとしてほほえんだ。背もたれに寄りかかったとき、ドクター・ミッチェルが入ってきて静粛にと学生に呼びかけた。

この前の授業がおわってから数時間、カサンドラはずっとDark-Hunter.comを隅から隅までチェックしていた。一見したところ、なにかのロールプレイングゲームか本のサイトみたいな感じだった。

しかし、パスワードでまるごと保護されているセクションがいくつかある。あれこれ試してみてもアクセスできない秘密のループや領域があった。アポライトのサイトに似ているところが多い。

ううん。これは、ゲームの愛好家のサイトではない。ほんもののダークハンターたちを知ることができる場所に、なんとかたどりつけたのだ。

彼らはこの現代世界にあって、最後に残された大きな謎だ。だれもその正体を知らない、生きている神話。

でも、彼らはたしかに存在するとカサンドラは確信していた。彼らの社会をなんとか見つけだして、なんらかの答えを得るつもりだった。たとえそれで殺されたとしても。

教授がベオウルフについて物憂げな口調で講義するのをじっとすわって聞いているのは、この上なく骨が折れた。授業がおわるやいなや荷物をまとめ、クリスを待った。

クリスと一緒に教室のドアへ向かうと、黒づくめの男がふたり、左右に別れてカサンドラとクリスの横にさっとつき、おどろいた表情で彼女を見た。

クリスはちっと舌打ちした。

カサンドラは思わず笑った。「あなたの付き人？」

「そうじゃない、といいたいところだけどね」

彼女はやさしくクリスの腕をたたいた。廊下の向こうを顎でしゃくってみせる。カットが本をしまって、立ちあがっていた。「わたしにもひとり付き人がいるのよ」

クリスはほほえんだ。「よかった。ぼくひとりじゃなくて」

「そうよ。くよくよしちゃだめ。さっきもいったでしょ、わたしはよくわかっているって」

クリスの顔に安堵が広がった。「ところで、いつ勉強する？」

「いまはどう？」

「いいよ、どこで？」

カサンドラが行きたくて仕方がない場所はひとつしかなかった。そこだったら、きのうの夜に出逢った男性の手がかりが、さらにあるような気がしてならない。「あなたの家は？」

クリスがまたいきなり落ち着きを失ったから、カサンドラは自分の予想は的はずれではないと確信した。「それはやめておいたほうがいいと思うな」

「どうして？」

「ただ……なんというか……その……ともかく、やめておいたほうがいいと思う。だめ？」

はやくも、はばまれた。いらだってはだめよ、と自分にいいきかせる。守りに入ったクリスを説得したければ、慎重にことを進めなくては。とはいえ、かたくなに拒む気持ちはよくわかった。カサンドラ自身、秘密をかかえているのだから。

「わかった。あなたの好きな場所でいいわ」

「図書館は？」

カサンドラはしびれを切らした。「落ち着かないわ。静かにしろと注意されるかもしれない、と思いながら勉強するなんて。わたしのアパートメントに来ない？」

その申し出にクリスはぎょっとして目をむいた。「本気なの？」

「ええ。もちろん。わたしは嚙みついたりはしないわよ」

クリスは笑った。「ぼくもそうだけど」カサンドラから二歩下がると、あとをついてきた男たちに顔を向けた。「これから彼女の家に行く。わかった？　ドーナツでも食べててくれよ」

ふたりはしたがう様子はなかった。

カットが声を上げて笑った。

カサンドラは学生用の駐車場に行くと、アパートメントの方角を指さした。「じゃあ、あっちで」

クリスはうなずくと、赤いハマーに向かった。

カサンドラはいそいでグレーのメルセデスに向かった。カットがすでに運転席にすわっていた。アパートメントに向かう途中、カサンドラはさきに着いたクリスが待ちくたびれることがないように祈った。ひょっとしたら気が変わることもありうるけど、どうかそんな風にはなりませんように。
ともかく彼のバックパックを調べるチャンスをつかむまでは。

ベオウルフについての退屈な勉強を二時間してコーヒーのポットが空になるころ、クリスがようやくバックパックを置いたままバスルームに姿を消してくれた。カットはだいぶ前に自室に引きあげていた。いまはもう使われていない言語とそれにたいするクリスの思い入れに頭が痛くなってきた、とのことだった。

クリスが姿を消すと、カサンドラはすぐさま行動を開始した。幸いなことに、さがしていたものはすぐに見つかった……。

さきほど目にした手帳がバックパックに入っている。手づくりのものと思われる革のバインダーの表紙に、奇妙なエンブレムがついていた。傾いた二本の弓が重なっていて、さらにそこに右上に向いた矢が描かれているエンブレム。

夢のなかでウルフの肩についていたマークとそっくり……。

茶色い革をなでて手帳をひらくと、ルーン文字が記されていた。古英語らしき言語が書かれているけれど、カサンドラはまったく読めなかった。

古代ノルド語かしら。

「なにをしてるんだい？」

クリスのけわしい声に、カサンドラはぎょっとした。クリスにこれ以上疑いをかけられないような答えを思いつくのに、二、三秒かかった。「あなたもゲーマーなのね?」

クリスの青い瞳が細くせばまり、きつい目つきになった。「なんの話?」

「それは……あの、わたしもダークハンターっていうサイトに行ったことがあるの。で、本の連作シリーズとゲームの先行宣伝を読んだのよ。さっきあなたの本を見たとき思ったの。あなたもあそこでプレイしているメンバーなのかなって」

クリスが自分の心のなかとカサンドラの顔をさぐって、どういう言葉を返すべきなのか考えているのが、彼の表情からわかった。

「ああ。友人のニックがそのサイトを運営しているんだ」長い沈黙のあと、ようやくこたえた。「おもしろいプレイ仲間が一杯いるんでね」

「わたしもそう思ったわ。あなたもプレイするとき、乱暴者《ヘリオン》とか悪党《ローグ》とかいうネームを使ってるの?」

クリスは近寄ってきて、手帳を返すように手を差しだした。「いや。ぼくは本名のクリスだ」

「そうなの。ところで、あそこのプライベートエリアにはなにがあるの?」

「なにもないさ」いくぶん答えがはやすぎた。「内輪でけなしあって、遊んでいるんだよ」

「だったら、なにも会員制にする必要はないのに、どうして?」

「どうしてっていわれても、そうなってるからとしかいえないね」カサンドラから手帳を受けとると、バックパックに押しこんだ。「あっ、ぼくはもう帰らなきゃ。テストがんばってね」

引きとめてさらに質問をしたかったけれど、クリスが自分と仲間たちについて教える気がないことは火を見るよりあきらかだった。

「ありがとう、クリス。教えてくれて感謝してるわ」

クリスはうなずくと、そそくさと玄関に向かった。

カサンドラはキッチンでひとり椅子にすわって、親指の爪を噛みながらこのさき事をどう進めようかと考えた。クリスを尾行して彼の家まで行こうかとも思ったが、あまりいい作戦とはいえない。カットの超人的な運転技術をもってしても、彼のボディーガードに気づかれてしまうだろう。

立ちあがって自室へ向かい、ノートパソコンの電源を入れる。

オッケー。ダークハンターのサイトはあたかもダークハンターが本のキャラクターであるかのような体裁をなしている。大抵のひとはそれで納得するだろうが、このサイトに書かれていることはすべて現実であるという観点から見直したらどうだろう?

これまで身をかくす人生を送ってきたカサンドラは、学んでいた……身をかくすのにもっとも最適なのは、人目につく場所だ。すぐ目の前にあるものは、ひとの目にかえって入らない。

たとえ奇妙なものが目に入ったとしても、ひとは適当に言い訳をして意識の外に締めだしてしまう。あれは自分の想像の産物だったとか、若気の至りだったとかいうのだ。

ダークハンターもわたしとおなじように考えているにちがいない。ヴァンパイアやデーモンがいまや周知の存在で、ハリウッドの神話だと思われている現代世界であれば、身をかくす必要すらないはず。大抵のひとは、ダークハンターのことを風変わりなキャラクターとして片づけて、気にも留めない。

カサンドラはサイトのまえがきを読んで、プロフィールのページに移った。ダークハンター全員が列挙されている。

ウルフ・トリュグヴァソンという名のハンターがいる。彼のスクワイヤーは、クリス・エリクソン。ウルフは呪いをかけられたヴァイキングの戦士、とのこと……。

カサンドラはウルフの名前をコピーして、古代ノルド語の神話と歴史の検索エンジン、ニルストームで調べた。

「やった」エントリーがいくつか出てきて、カサンドラは小声でいった。

ガリア出身のキリスト教徒の母と古代スカンジナビア人の父をもつウルフ・トリュグヴァソンは、八世紀なかごろに活躍した著名な傭兵《ようへい》かつ侵略者だが、その死については記録に残っていない。彼を殺そうとしたマーシア（中世初期イングランドの七王国のひとつ）の将軍との戦いに勝ったあと、ある日忽然と姿を消した、と伝えられているのみである。ある晩、復讐を果たしにきた将軍の息子に殺害されたとの説が、一般に信じられている。

自室のドアがひらく音が、カサンドラの耳に入った。顔を上げると、カットが入口に立っていた。

「手が離せない？」

「調べものをしてただけ」

「そっか」なかに入ってきて、カサンドラの肩越しに画面をのぞきこんだ。

「『ウルフ・トリュグヴァソン。海賊であり命知らずの戦士でもあるウルフは、ヨーロッパ各地で戦いに参加し、キリスト教徒と異教徒、両方の傭兵として戦った。彼が忠誠を誓っているのは、みずからの剣と一緒に各地を渡りあるいた弟エリックだけとかつて記されたことがある……』おもしろいわね。〈インフェルノ〉で会った男性が、このウルフだって思ってるの？」

「ええ。このひとの話、聞いたことない？」

「ぜんぜん。ジミーにきいてみましょうか？　ヴァイキングの歴史についてなら、なんでも知ってるから」

カサンドラはちょっと考えた。カットの友人のジミーは、創造的時代錯誤協会に入っていて、ヴァイキングの文化の研究を生きがいにしている。

でも、カサンドラが興味をもっているのは、ウルフの過去ではない。現在だ。いまともかく欲しいのは、彼の住所だ。

「でも、いいわ」

「ほんとに？」

「ええ」

カットはうなずいた。「だったら、わたしは部屋にもどって、本の続きを読むわ。軽食か飲み物をもってきましょうか」

カサンドラはほほえんだ。「ソーダをもってきてくれれば、ありがたいわ」

カットは部屋を出ていくと、またすぐにスプライトをもってもどってきた。カサンドラは礼をいうとまた調べものをはじめ、カットは部屋を出ていった。

スプライトをちびちび飲みながらネットサーフィンをする。一時間もするとすっかりくたびれて、これ以上目をあけていられなくなった。

あくびをしながら時計を見る。まだ五時半になったばかり。それでもまぶたがひどく重く、どんなにがんばっても起きていられなかった。

コンピュータを切って、仮眠をとるためにベッドに向かった。

枕に頭がついたとたんに、眠りに落ちた。カサンドラは午後に仮眠をとるとき、普段はあまり夢を見ない。

しかし、その日はまったくちがった。

目を閉じたのとほぼ同時に、夢がはじまった。

おかしいわ……。

でも一番奇妙なのは、それがこれまで見た夢とは似ても似つかない内容であることだった。普段見る夢はきらびやかなものか、恐ろしいものかのどちらかなのに、今回はほのぼのとしていた。おだやかだった。ほっとする安心感に満ちていた。

カサンドラは中世の女性のように、ダークグリーンのやわらかい素材のドレスをまとっていた。怪訝に思ってその生地をなでると、シャモア革よりなめらかだった。

彼女は石造りのコテージにひとりでいた。大きな暖炉《だんろ》で火があたたかく燃えている。カサンドラの横には、大きな木のテーブルがあった。外では風が吹きすさび、窓にはまっている木のよろい戸が強風が吹きつけるたびにかたかた鳴っている。

後ろの扉のところでひとの気配がした。

ふり返ると、肩で扉をひらくウルフが目に入った。鎖帷子《くさりかたびら》のようなものをまとっている姿に、ハッと息をのむ。がっしりした腕はむきだしで、鎖帷子の上に北欧ゲルマン系の紋様が焼きつけられた革の衣を着ている。紋様とおなじデザインの刺青《いれずみ》が、右の肩と二の腕にほどこされている。

円錐形の冑《かぶと》をかぶっていたが、そこにもまた鎖帷子がついていて顔をおおっていたから、顔立ちは見えない。熱のこもった強いまなざしがなかったら、冑の下にいるのがウルフだとわからなかっただろう。彼は戦闘用の小さな斧《おの》を肩にかついでいた。原始的で野性的な男。かつて世界をその手におさめていたような雰囲気をただよわせている。恐いものなどひとつもない雰囲気を。

彼は暗い視線を部屋にさっと向けると、カサンドラに目をとめた。顔の下半分に魅惑的な笑みがゆっくりと広がっていくのを、彼女は見守った。鋭い牙がちらっと見えた。

「愛しいひと、カサンドラ」うっとりするような、あたたかい声でいった。「ここでなにをしているんだ？」

「自分でもわからない」正直にこたえる。「ここがどこかもわからないの」

ウルフは声を上げて笑った。低く轟くような笑い声。それから扉をしめて、閂《かんぬき》をかけた。

「ここはおれの家だよ、ヴィルカット。すくなくとも大昔は、おれの家だった」

カサンドラは質素な部屋を見回した。家具といえば、テーブルと椅子、毛皮がかかった特大サイズのベッドだけ。「へんね。ウルフ・トリュグヴァソンだったら、もっといい家をもっていると思っていたわ」

ウルフは斧をテーブルに置くと、冑を脱いで斧の横に置いた。

カサンドラは目の前の男性の力強いうつくしさに圧倒された。この上なく荒々しくセクシーな魅力が、にじみでている。

「おれが生まれ育った小さな農家にくらべれば、ここはお屋敷さ」

「ほんとに？」

彼はうなずくと、カサンドラを抱き寄せた。燃えるような視線を向けてきたから、体の芯が熱くうずいた。彼がなにを望んでいるのかはちゃんとわかっていた。ほとんど知らないひとだけれど、喜んであたえる心構えはできていた。

「親父はその昔、戦争に参加して略奪を繰り返す男だったが、おれが生まれる数年前に清貧の誓いを立てた」ウルフはしゃがれた声でいった。

その告白にカサンドラはおどろいた。「お父さんを改心させたものはなんだったの？」

彼女を抱きしめるウルフの腕に力がこもった。「すべての男にとって破滅の元となる、おぞましいもの……愛だ。母は親父とその父親、つまりじいさんの襲撃を受けてじいさんにとらえられたキリスト教徒の奴隷《どれい》だった。で、じいさんは親父に母をあてがったんだ。母は親父をたらしこんで、最終的には手なずけた。かつての誇り高い戦士を、あらたに信仰するようになった神の怒りを買いたくないがために、剣をふりあげることを拒否する従順な農民に変えてしまったんだ」

ウルフの声には、生々しい感情がこもっていた。戦いよりも平和を選んだ男にたいする軽蔑がこもっていた。「お父さんの選択に不満を感じているの？」

「ああ。自分自身や愛する者たちを守れない男のどこがすばらしいっていうんだ」目が危険なまでに暗く翳った。彼の内なる怒りに、カサンドラは身をふるわせた。「ジュート人が奴隷狩りをしにうちの村に攻めてきたとき、親父は両手を上げて剣に刺されるがままになった、とのことだ。生き延びた連中はみな、親父の意気地のなさをあざ笑った。かつては名前を聞かせただけで敵をふるえあがらせることができた男が、無抵抗の子牛みたいに虐殺されたんだからね。父がなぜ身をかばわずに、黙って激しい攻撃を受けるままになっていたのか、いまだにわからない」

手を伸ばしてウルフの額の皺《しわ》を伸ばしたカサンドラの指に、彼の心の痛みが伝わってきた。でも、ウルフの声にこもっていたのは、憎しみや蔑《さげす》みではなく罪の意識だった。「痛ましい話ね」

「おれもそう思ってる」ささやくような声だった。目つきがさらにいっそう、けわしくなった。「敵が来ても抵抗しない父を残して家を空けただけでもじゅうぶん親不孝なのに、おれはその旅に弟のエリックも誘っていた。おれたちが留守のあいだに、父を守る者はひとりもいなかった」

「どこに行ってたの？」

ウルフは視線を床に向けたが、自分を責めているのがカサンドラにはわかった。時計の針を巻きもどして、その事件の結末を変えたいと思っているのだ。スパティのダイモンに母と姉たちを殺された夜にもどりたい、とカサンドラが望んでいるように。

「おれは戦と財宝を求めて、夏には家を離れていた」カサンドラを放して、慎ましやかな室内に目を向けた。「父の死の知らせが届いてからは、財宝はどうでもよくなった。意見の相違はひとまず忘れて、父のそばにいてやるべきだった」

カサンドラはウルフのむきだしの腕に触れた。「お父さんのこと、とても愛していたのね」

彼は疲れたようなため息をもらした。「そういうこともあった。大抵は憎んでいたがな。不甲斐《ふがい》ないと思っていた。親父の父親であるじいさんは立派な首長だったのに、おれたち家族は食うにも事欠く物乞いのような暮らしを強いられた。親類からあざわらわれ、唾を吐きかけられた。母は侮辱されることをむしろ誇りとしていて、この苦しみは神の意思なんだといっていた。受難によって、わたしたちは善き人間になるとね。おれはそんな話は信じちゃいなかった。母の信仰を盲目的に受けいれている親父を見て、怒りが募っただけだった。親父とおれはいさかいが絶えなかった。親父はおれに、自分に倣《なら》って人々のそしりを黙って受けいれることを望んだんだ」

ウルフの目に浮かんだ苦しみが、カサンドラの手を握る彼の手のやさしい感触以上に、彼女の心を揺さぶった。「親父はおれに、とうていできないことを望んだ。右の頬を打たれて左の頬を差しだすことは、おれはできない。侮辱されたのに侮辱で返さない、というのはおれのやり方じゃなかった。やられたら、やりかえす。それが流儀だったんだ」

顔の向きを変え、眉をひそめてカサンドラを見た。「おれはどうしてこんな話をしているんだろう」

カサンドラは一瞬だけ考えこんだ。「夢だからだと思う。いまの話はあなたの気にかかっていることなんじゃないかしら」しかし、どうして自分の夢のなかでウルフが本音を語るのかはわからなかった。

実際、この夢は刻一刻と妙なことになってきている。自分の無意識がどうしてこの時代にやって来たのか、カサンドラは見当もつかなかった。

あの謎めいたダークハンターとのこんな幻想を、どうして夢で見ているのか……？

ウルフはうなずいた。「ああ、たしかに。かつて父親にされたことを、おれはクリストファーにしているのかもしれない。あいつにはあいつの人生があるんだから、うるさく口を出しちゃいけないな」

「だったら口出ししなければいいじゃないの」

「本気でいってるのか？」

カサンドラはほほえんだ。「嘘をつかずに正直に生きるほうが、好ましいわ」

ウルフはふっと笑ったが、また浮かない表情になった。「あいつのことは失いたくない」

悲しみに沈んだ低い声に、カサンドラは胸が締めつけられた。「でも、わかってるんだ。あいつのこともいずれ失う運命にあることは」

「どうして？」

「生ける者はみな死ぬ。すくなくとも人間はみなそうだ。でも、おれは生きつづける。周りの人々が亡くなるのを何度も目にしながら」顔を上げてカサンドラと目を合わせた。苦悩の表情が、カサンドラの心の奥底にしみた。「愛する者が腕のなかで死んでいくときの気持ち、わかるか？」

母と姉の死を思いだして、カサンドラは胸を締めつけられた。爆発が起きたあと母たちのもとへ駆けよろうとしたけれど、ボディーガードに引きとめられ、カサンドラはただ泣き叫ぶしかなかった。

「もう助からないわ、カサンドラ。逃げましょう」

その日はずっと、胸をかきむしるような悲しみにむせび泣いていた。

自分の理不尽な人生に、いまでもむせび泣くことがある。

「わかるわ」ささやくような声でこたえる。「わたしも愛する者が死ぬのを、なす術もなく見ていたことがあるから。わたしにはもう、父しかいない」

ウルフの目つきが鋭くなった。「何世紀にもわたって、それが何千回と繰り返されることを想像してみるがいい。ひとが誕生して、しばらくしたら亡くなるのをこの目で見て、またあたらしい世代がそうなるのを目にする、それが延々とつづくのを想像してみるがいい。家族があの世に旅立っていくのを見送るたび、弟のエリックが亡くなったときを思いだしてしまうんだ。いずれクリスも……」クリスの名前を口にするだけで心苦しくなるのか、顔をしかめた。「あいつは顔といい、背格好といいエリックと生き写しだ」口の端を吊りあげて、皮肉っぽい笑みを浮かべた。「口のききかたも、性格も。これまで何人も家族を亡くしてきたが、あいつの死は一番こたえるだろうな」

ウルフの目に脆《もろ》さを見てとったカサンドラは、この荒々しい男性のひどく人間くさい弱みを見たような気がして、心を激しく揺さぶられた。「クリスはまだ若いわ。人生はまだたっぷり残っている」

「たぶんな……でも弟のエリックはわずか二十四歳で敵に殺害された。弟にはビロヌルフという息子がいたんだが、戦いで倒れた父を見たときのあの子の顔はけっして忘れられない。おれはあの子を救いだすのが、精一杯だった」

「で、実際に助けた」

「ああ。ビロヌルフは弟のように死なせるわけにはいかなかった。おれはあの子を生涯守ってやったから、天寿をまっとうして、眠るように逝った。おだやかにね」ちょっと押し黙った。「最近は思うようになったよ。おれは実際のところ、父の信仰というより、母のそれにしたがって生きているんだな、と。古代スカンジナビア人は若くして戦場で死ぬことを理想としていた。そうすれば死んだのち、最高神オーディンがヴァルハラの大広間に招待してくれると信じられてたんだ。でもおれは母が望んでいたように、愛する者にはべつの運命を用意してやりたかった。残念ながら母の気持ちがわかったのが、あまりにも遅すぎた」

ウルフはその思いを消しさるように、頭を横にふった。それから怪訝な顔で彼女を見た。

「そばにこれほどうつくしい乙女がいるのに、こんなことを考えているなんて自分でも信じられない。体よりさきに口が動いてしまうとは、おれもやはり歳をとったということかな」

低く笑った。「陰気な考えにふけるのは、もうたくさんだ」

ウルフは荒々しくカサンドラを抱き寄せた。「はるかにもっと生産的なことができるときに、どうしておれたちは時間を無駄にしているんだろう」

「生産的って、どういうこと？」

ウルフが茶目っ気たっぷりのやさしい笑顔を浮かべたから、カサンドラは気が遠くなった。

「舌を話すことではなくて、もっといいことに使えるんじゃないかと思ってね。どう？」

ウルフは言葉どおりに舌をカサンドラの首筋にはわせていくと、耳を嚙んだ。あたたかい息に首が火照り、ぞくっとした。

「そう、そうね」小声でこたえる。「舌はこういう使い方をするほうが、ずっといいわ」

ウルフはかすかに笑うと、ドレスの後ろの結び目をほどいた。うっとりするような仕草で、ゆっくりと肩からドレスを脱がせ、そのまま床に落ちるにまかせた。服の生地が肌をなまめかしくするりと滑り落ち、冷ややかな空気が彼女をつつみこんだ。

ウルフの前で裸になった。体の激しいふるえが、とまらない。ひどく異様な光景だ。こっちは全裸なのに、目の前にいる彼は鎧《よろい》をまとっている。暖炉の灯りが、彼の暗い瞳のなかで揺れている。

目の前の一糸まとわぬ女性の体のうつくしさに、ウルフは目を凝らした。この前の夢に出てきたときよりも、いっそう官能的だ。ためらいがちに乳房に手をはわせ、乳首が掌を刺激するのにまかせた。

彼女は古代スカンジナビアの詩の女神、サーガのようだった。優美で、洗練されていて、たおやか。それらは人間だったころのウルフが、まったく価値を見いださなかった特質だった。

でもいまは、彼女に魅せられている。

なぜ彼女にめったに他人に話さない思いを吐露《とろ》したのか、いまだにわからない。あんな風に心のおもむくままに話すとは、おれらしくない。でも、彼女にはおれにそうさせる雰囲気があった。

でも、いまここで彼女と肉体関係をもちたくない。過去の思い出と救えなかった人々への罪の意識にさいなまれる昔のこの家では、そういうことはできない。

彼女には、もっとふさわしい場所がある。

目を閉じて、いま住んでいる屋敷の寝室とそっくりの部屋を出現させる。修正を加えなければならないところも、すくなからずあったが……。

カサンドラはハッと息をのんであとずさり、あたりを見回した。周囲の壁が光を反射する黒になり、それぞれに白い縁どりがしてある。右側の壁だけは例外で、床から天井までが窓になっている。窓はひらいていて、薄手の白いカーテンが風になびいてふたりのほうまでひるがえり、あちこちにたくさん置かれているロウソクの炎が躍っている。

それでも炎は消えなかった。ふたりの周りで、星のように光っている。

部屋の中央が一段高くなっていて、広いベッドがあった。シーツはシルクの黒。ダウンの布団を、漆黒のベッドカバーがおおっている。装飾がほどこされた鉄でできたベッドで、角の四つの柱の上に四角い凝《こ》ったデザインの天蓋《てんがい》がついている。やはり薄手の白い布がベッドをつつみこむように下がっていて、風にあおられている。

ウルフもいまや裸だった。カサンドラをすくうように抱きあげ、とてつもなく広い居心地がよさそうなベッドに運んでいく。

カサンドラは甘い吐息をもらした。背中にやわらかいマットレスを感じる一方で、上にのしかかってきたウルフの重みも感じている。雲のなかに押しこめられたような感じだ。

上を見て、笑ってしまった。天井に鏡がついていて、ウルフが背中の後ろにバラの花を一本もっているのが見える。

壁がいきなり輝いて、つぎの瞬間には壁もすべて鏡張りになっていた。

「これ、だれのファンタジーなの？」カサンドラがきくと、ウルフがバラの花を前にもってきて、そのやわらかい花弁ですっかり大きくなった彼女の右の乳首をさっとなでた。

「おれたちのファンタジーさ、花のようにうつくしいひと《ブロムステル》」ウルフは彼女の脚を左右にひらかせると、その真ん中に膝をついてのしかかってきた。

カサンドラはふうっとため息をもらして、ウルフのエネルギーが漲る力強さを全身で受けとめる、めくるめくような心地よさに酔った。彼の男らしい体毛が肌にこすれて、狂おしいまでに気持ちが昂ぶってくる。

カサンドラを組み敷いているウルフの動きはしなやかで、彼女をむさぼるために放たれた、謎めいた、禁断のけだもののようだった。

カサンドラは天井の鏡で彼の動きを見ていた。こんな男性が登場する夢を見るなんて、ひどく奇妙だった。これまでずっと、つねに慎重を心がけてきた。そう簡単に、ひとに体をさわらせたりしなかった。だからこそ無意識の世界にすばらしい恋人を呼び寄せたのだろう。現実にはとてもできないことだから。

死の宣告を受けているわたしは、だれかから恋心や好意を寄せられるのが苦手だ。母の死という悲しみを経験させたくないから、子どもも欲しくない。幼くして親に死なれた子どもは、ひとりぼっちになって、不安な思いをするのだから。

おびえるのだから。

ウルフのようなひとを残して死んで、悲嘆にくれさせることだけはしたくなかった。ウルフとのあいだに子どもができたら、呪いのせいで自分の子どもが若い盛りで死んでいくのを彼はなす術もなく見るしかないのだ。しかもその呪いは、彼の行いにはまったく関係がない。

でも夢のなかであれば、わたしは自分の体で自由に彼を愛することができる。夢の世界に不安はない。約束も。失恋の痛みも。

ふたりきりの、すばらしい一時《いっとき》があるだけ。

ウルフが喉の奥からくぐもった声をもらして、カサンドラの腰をやさしく嚙んだ。息をのんで、彼の頭をかかえる。ウルフは彼女のやわらかい手が、髪をまさぐるにまかせた。

これまでずっと彼が見る夢といえば、過去をさまようものときまっていた。ウルフをだまして立場を勝手に交換した者を、夢のなかでつねにさがしていた。ウルフはダークハンターになる運命を背負っていたわけではない。魂をアルテミスに受け渡すと誓ったこともないし、ダークハンターとしての使命を受けるのと引き換えに復讐《ふくしゅう》を果たしたこともなかった。

弟が死んだとき、ウルフは心の痛みを癒してくれるひとをさがした。彼自身を受けいれてくれるやさしい肉体を、エリックを故郷から遠く離れた戦場に送りこんだことを一瞬でも忘れさせてくれる体を求めていた。

そんな願いに、モルギンはぴったり当てはまる相手に思えた。ウルフが彼女を求めたのとおなじように、彼女もウルフを求めた。

しかし、女性のダークハンター、モルギンと一夜を明かした朝、なにもかもが変わってしまった。セックスの最中だったか、直後だったかはさだかではないが、モルギンは自分の魂とウルフの魂を入れ替えたのだ。ダークハンターの魂を得たウルフは死なない存在となり、あたらしく生まれ変わっていた。

加えて、彼のことを記憶にとどめる人間はひとりもいない、というおぞましい呪いをモルギンにかけられた。モルギンはその一方で、古代スカンジナビアの神ロキと永遠に一緒にいたいがために、アルテミスの任務をのがれた。

別れ際にかけられたこの呪いにウルフは立ち直れないほどの打撃を受けたが、どうしてそういう目にあわされたのかいまだにわからないでいる。

それからは、甥《おい》のビロヌルフですらウルフのことを忘れた。

アケロン・パルテノパイオスがこのような状況に同情してくれなかったら、完全に自暴自棄になっていただろう。ダークハンターのリーダーことアケロンはウルフに、モルギンの魔法を解くことはできないが、修正することはできるといった。そして、ビロヌルフの血を一滴使って、ウルフと血が繋がっている者は彼を忘れないようにしてくれた。さらに、超能力を授けてくれて、不老不死の存在になるというのはどういうことかを説明し、生活していく上でいくつかの制約があることを（たとえば、日光に弱いなどを）教えてくれた。

アルテミスがウルフの〝あたらしい〟魂をもっているかぎり、ウルフは彼女に仕えるよりほかはなかった。

アルテミスはウルフを自由にしてくれそうもない。とはいえ、ウルフ本人はそれほど苦にしていない。不老不死にも、それなりの特典がある。

いまこうして女性を組み伏せているのも、不老不死のおかげだ。太ももに手をはわせて、彼女の息づかいに耳を澄ます。かすかにしょっぱい女性の体を味わい、パウダーとバラの香りをかぐ。

彼女の香りと味に、ウルフはかつてないほどに燃えた。女性をものにしたいと強く願ったのは、じつに数世紀ぶりだった。

この娘を繋ぎとめたい。ウルフのなかのヴァイキングが雄《お》たけびを発して活気づいた。ダークハンターになる前だったら、カサンドラを連れ去って、彼女を自分から遠ざけようとするものはことごとく殺害していただろう。

ヴァイキングの戦士だったのははるか昔のことだが、ウルフはいまだにまったく文明化されていなかった。欲しいものはなんでもいただく。どんなときでも。

カサンドラはもっともデリケートな部分にウルフの唇を感じて、ああっと声を上げた。彼を求めて全身が燃えるように熱い。背中を反らせて、ベッドの上の鏡に映っている彼を見る。なんてエロティックな光景なのだろう。ウルフが背中の筋肉をこきざみに動かしながら、わたしを味わっている。悦びをあたえてくれる彼の小麦色の裸体を、つぶさに観察する。非の打ち所のない、すばらしい肉体だ。

わたしもぜひ、触れてみたい。

彼の体の下にある脚を動かして、すっかりかたくなった男性自身に足をそっとこすりつける。

ウルフがうめいた。「とても器用な足だな、ヴィルカット」

「あなたをなでるのが、ことさら上手なの」カサンドラはこたえた。悪いオオカミに食べられる赤ずきんに自分を重ねていたわりには、明るい口調だった。

彼女の笑い声に、ウルフの笑い声が加わった。カサンドラは彼の癖のあるやわらかい髪に両手を埋めて、されるがままになっていた。ウルフは舌を回転させながら、愛撫をつづけている。これほどすばらしいものがあるとは、カサンドラは知らなかった。ウルフはなめて、じらして、味わっている。

快感が頂点に達しそうになったとき、二本の指が体のなかに入ってきた。

つぎの瞬間、昇りつめた。

そのままひきつづき愛撫されて、カサンドラは全身炎と化した。快感のあまり気が遠くなっていく。

「うーん」ウルフはつぶやくと、身を離した。「おれの子ネコちゃんは、お腹を空かせているようだ」

「飢え死にしそう」カサンドラはこたえると、ウルフの体を引きあげた。ウルフがわたしを思うぞんぶん味わったのだから、わたしも彼の肌を味わってみたい。

ウルフの首に唇を寄せて、全身で彼を味わう。ともかく彼が欲しくて仕方がなかった。わたしをこんなに昂ぶらせて荒々しくさせる彼って、いったい何者なのだろう？　堂々としていて、情熱的で、セクシーで。男性をこんなに求めたのは、はじめてだった。

カサンドラがむしゃぶりついてきて、ウルフはたまらない気分になった。狂おしいまでに彼女が欲しい。激しい欲望に、めまいを感じた。

矢も盾もたまらなくなって、カサンドラを横向きに倒し、彼女のなかに入った。

予想しなかった快感に満たされて、カサンドラは甘い悲鳴を上げた。横向きになって男性を迎えいれるのは、はじめてだった。ウルフは子宮に届きそうなほど深く沈めている。

より深く何度となく突いてくる彼を、壁の鏡で見つめる。込みあげてくる快感に、声を張りあげそうになった。

ウルフのパワーと力強さは、カサンドラの予想をはるかに超えるものだった。激しく突きあげられるたび、全身の力が抜けて、息も絶え絶えになる。

カサンドラがいまいちど昇りつめると、その直後にウルフがいった。

ウルフは身を離すと、カサンドラの隣に身を横たえた。

情熱的に愛しあったせいで、動悸《どうき》がした。それでもまだ、物足りなかった。彼女のほうへ腕を伸ばして胸に抱き寄せ、全身で彼女を感じられるようにする。

「すごくよかったよ、ヴィルカット」

カサンドラはウルフの胸に頬をすり寄せた。「あなたもそれほど悪くなかったわよ、ヴィルウルフ」

彼女がつくった造語に、ウルフは声を上げて笑った。この娘は頭の回転もはやくて、ほんとにすばらしい。

カサンドラはウルフの腕のなかで、おだやかに横たわっていた。生まれてはじめて、不安がいっさいない心地よさにひたることができた。だれもわたしに魔の手を伸ばしてこない、という安心感。こんなにくつろいだことは、これまでなかった。幼少時代ですら。知らないひとが来てドアをノックするたびに恐怖を感じながら、育ったのだから。

見ず知らずのひとはみな、信用できなかった。夜であれば、彼女を殺しにダイモンやアポライトがいつ来てもおかしくなかった。日中は、ドロスが追いかけてくる可能性があった。ドロスとはダイモンやアポライトに仕える人間の召使のことだ。

でも、ウルフなら連中がカサンドラを脅かすことをぜったいに許さないだろう、という気がした。

「カサンドラ？」

女性の声がいきなり夢に侵入してきて、カサンドラは眉をひそめた。

「カサンドラ？」

無理やり夢から起こされて目をあけると、自分のベッドに横になっていた。

まだノックの音がしている。

「カサンドラ？　だいじょうぶ？」

ミシェルの声だ。寝起きの頭をなんとかはっきりさせて、上体を起こす。

また裸だわ。

怪訝に思って周りを見ると、服が脱ぎ捨てられて山になっていた。なんなのこれは？　ひょっとしてわたし、夢遊病かなにかなの？

「聞こえてるわよ、ミシェル」ベッドから下りて赤いバスローブをはおる。寝室のドアをあけると、ミシェルとカットが並んで立っていた。

「だいじょうぶ？」とカット。

カサンドラはあくびをして目をこすった。「だいじょうぶよ。ちょっとうたた寝していただけ」

でも、実際のところはあまり気分がよくなかった。睡眠障害《ナルコレプシー》になった気分だ。

「いま何時？」

「八時半よ」カットが教えてくれた。

ミシェルはカサンドラとカットを交互に見た。「ふたりともわたしと一緒に〈インフェルノ〉に行ってくれるっていってたけど、もし気が乗らないのなら……」

カサンドラはミシェルの声にがっかりした気持ちを感じとった。「ううん、いいのよ、だいじょうぶ。まずは着替えさせて。それから行きましょう」

ミシェルはにっこりした。

カットは疑わしげにカサンドラを見た。「ほんとにだいじょうぶなの？」

「ほんと、だいじょうぶよ。きのうの夜よく眠れなかったから、うたた寝してただけ」

カットはふんっと鼻を鳴らした。「あなたとクリスが読んでいたベオウルフが原因ね。あれにエネルギーを吸いとられたんだわ。ベオウルフと……インキュバス（眠っている女性とセックスをするという男の悪魔）……似たようなものだわ」

ずばり図星を突かれて、カサンドラは落ち着きを失った。

彼女はとってつけたように笑ってみせた。「かもね。すぐに支度をすませるわ」

寝室のドアを閉めて、服の山にもどる。

ここでなにが起きていたの？

ベオウルフはほんとうにインキュバスなの？

そうかもしれない……。

ばかげた考えをふり払って服を手にとり、汚れ物のバスケットに入れる。それからジーンズをはいてダークブルーのセーターを着た。

部屋を出ようとしたとき、奇妙な予感がぞくっと体を駆け抜けた。今夜、なにかが起こる。そう確信した。母の超能力は受け継いでいないが、いいことであれ悪いことであれ、なにか事件が起こるときは、かならずそれを予感することができる。

残念ながら、いいことなのか悪いことなのかわかったときは、すでに手遅れになっているのがつねだった。

とにかく、今夜なにかが起こることだけはたしかだった。

5

「コラシにようこそ」ストライカーはつぶやくようにいって、彼の命令に応じてすぐにでも戦える態勢をとっている、ダイモンの部隊のリーダーたちを見渡した。コラシとはアトランティス語で地獄を意味する。

一万一千年にわたって、アトランティスの破壊者《デストロイヤー》の息子として、ストライカーはこのダイモンたちを率いてきた。

デストロイヤー本人によって見いだされ、ストライカーに訓練を受けたこのダイモンたちは、殺しのエリートたちだった。彼らは自分たちのことを、スパティのダイモンと呼んでいる。アポライトもダークハンターもスパティという言葉を昔からずっと忌み嫌っているが、連中はこの言葉のほんとうの意味がわかっていない。

自分たちに攻撃をしかけてくるダイモン全般を、連中はスパティと呼んでいるのだ。でも、それは誤っている。ほんもののスパティとは、まったくべつのもの。

スパティのダイモンは、アポロンの子どもではない。彼らはアポロンの敵なのだ。同時に、ダークハンターと人間の敵でもある。スパティたちは、はるか昔、ギリシアのものであれアポライトのものであれ、とうぜん彼らのものになるべきだった遺産を放棄した。

スパティは最後のアトランティス人であり、それを誇りにしている。

ダークハンターや人間は気づいていないが、スパティは何千人といる。そう何千人と。みな、哀れな人間やアポライトやダークハンターの想像をはるかに絶する長い年月を生きている者ばかりだ。力のないダイモンは地上で人目を忍びながら生きるが、スパティたちは自在《ラミ》戸《ナ》や抜け穴を利用して、ストライカーがいまいるこの領域から人間界を自由に行き来する。

スパティの故郷は異次元にある。デストロイヤー本人が幽閉されていて、アポロンの致命的な日光がけっしてさしこまない、カロシスに。スパティはデストロイヤーお抱えの兵士なのだ。

デストロイヤーの息子と娘たち。

ラミナを出現させることができるのは、スパティのなかでもさらに選ばれたごく少数だった。これはめったに部下に恩恵をほどこさないデストロイヤーからのプレゼントだった。デストロイヤーを母にもつストライカーは、ここにとどまることも、地上に行くこともできたが、彼は母のそばにいることを選んだ。

すくなくとも、ここ一万一千年のあいだはそうしていた……。

そのあいだずっと、今夜の計画を練ってきた。父のアポロンが母とストライカーを呪い、ストライカーと彼の子どもたちを見殺しにしてからこのかた、ストライカーは母をみずから崇《あが》めてきた。

ストライカーに道を示してくれたのは、デストロイヤーことアポリミだった。二十七歳で死ぬ呪いを父のアポロンにかけられていても、人間の魂を体内に取りこめば生き残ることができると教えてくれた。

「おまえはわたしが見込んだ息子だ」かつてアポリミはいった。「わたしと一緒に戦っておくれ。そうすれば世界はまた、アトランティスの神々のものになる」

その日以来、ストライカーとアポリミは慎重に兵士を集めはじめた。そしていま、この〝宴会〟広間でストライカーの周りに集まっている三十六名の将軍は、選り抜きの戦士たちだった。彼らはみな、行方不明の女相続人がいつ姿を現わすかについて、スパイからの情報をいまかいまかと待っていた。

彼女は日中、手の届かないところにいた。しかし日が暮れたいま、ふたたび手の届く距離にいる。

いまや彼らは、いつでも夜の街に駆けだしていって、彼女の心臓をつかみ出す心の準備ができていた。

ストライカーはそう思うだけで、しぜんと笑みが浮かんでくるのだった。

広間のドアがひらき、ストライカーの子どものなかでただひとり生き残っている息子ユリアンが、闇のなかから姿を現わした。父とおなじく全身黒い服でかためているユリアンは、長いブロンドの髪を一本の三つ編みにして、黒い革の紐でまとめていた。

彼はその場にいるだれよりも顔立ちが整っていたが、彼らの種族はみな一様に美貌の持ち主だった。

ユリアンは青い瞳を光らせながら、歩いてくる。誇りに満ちた優雅な足取りが、危険な捕食動物のようだ。長男のユリアンをはじめてこのカロシスに呼び出したとき、外見上は同年代の男を相手に父親のふりをしているようで居心地が悪かったが、それをべつにしたら、彼らは実際に親子なのだった。

親子である以上に、同志だった。

ストライカーは自分の子どもを脅かす者がいたら、容赦なく殺すつもりだった。

「なにかニュースは？」息子にきく。

「まだなにも。いまのところあの女の匂いは消えているが、いずれまたわかるだろう、と例のウェアハンターがいってました」

ストライカーはうなずいた。それは彼らがスパイ活動を依頼しているウェアハンターで、昨晩ダイモンの一団がクラブで乱闘騒ぎをおこして死んだ事件を知せてきたのも、そのウェアハンターだった。

その手の喧嘩騒ぎには普段だったら気をとめないのだが、ダイモンたちは狙った女のことを〝女相続人〟と呼んでいたとのことだった。

ストライカーはその女をさがして、地上をずっとさぐっていた。五年前ベルギーでもうすこしのところで殺せそうだったのに、ボディーガードが自分を犠牲にして女を逃がしてしまった。

それ以来、彼女の行方は杳《よう》として知れなかった。目撃情報はいっさいなくなった。女相続人は彼女の母親と同様に、なかなかあなどれない女だということを身をもって示したのだ。そういうわけで、騙《だま》しあいがつづいていた。

今夜、騙しあいはおわる。セントポールに派遣した偵察隊と例のウェアハンターが力を合わせれば、今夜にでも見つけだせるだろうとストライカーは確信していた。

息子の背中をたたく。「すくなくとも二十人は援軍がほしい。そうすれば、逃げ道はなくなるからな」

「イルミナティを招集しましょう」

ストライカーはうなずいた。イルミナティはストライカーと息子のユリアン、そしてデストロイヤーのボディーガード三十名からなる部隊だ。彼らは全員、アポリミをかならずこの冥府《めいふ》から解放すると、彼女と血の誓約をしている。すべてはアポリミがふたたび地球を支配できるようにするためだ。

その日が来たら、彼らはこの世界の王子になれる。彼らが釈明義務を負っているのは彼女だけ。

その日がついに実現するのだ。

どうして今夜〈インフェルノ〉に向かっているのか、ウルフは自分でもわからなかった。理性に耳を貸そうとしない、やむにやまれぬ衝動のようなものに駆りたてられている。

夢に出てきたあの娘をそばに感じたいというばかげた願望が原因なのかもしれない。いまでも彼女のうつくしい笑みがまぶたに浮かび、彼を受けいれた肉体を感じることができる。

さらには、彼女の味も。

あの娘を想うと心が乱れる。はるか昔に捨ててからかえりみることのなかった感情と願望が、ふたたびよみがえってきてしまった。

そんなものを求めてどうするんだ？　でも、いまはともかく彼女にもういちど会いたかった。

まったく、おれはどうかしている。

彼女が今夜もあの店にいる可能性は、ほとんどないに等しいのに。

それでも足が向かってしまう。自分でもどうすることもできなかった。自分自身をコントロールすることができなくなって、目に見えない力に動かされているような感じだ。

車を駐め、寒さがきびしい夜の森閑《しんかん》とした通りを静かな幽霊のように歩いていく。冬の風が吹きすさび、外気に触れている肌にしみた。

アルテミスの兵士となったのも、こんな夜だった。あのときも、さがし求めていた。さがし求めていたといっても、いまとは意味合いがちがったが。

そうだろ？

〝そなたは存在しない平安を求めて、ひたすらさまよい歩く運命にある。内なる真実を見つけるまで迷いつづける。われわれは自分自身からはけっして逃げられない。唯一の希望は、それを受けいれることだけだ〟

古代スカンジナビアの神ロキとぐるになったモルギンが、自分とウルフの魂をどうやって交換したのか、あの夜どうしても知りたかった。それで、ほうぼうを当たって予言者を見つけたが、あの年老いた予言者が口にした言葉の意味は、いまでもよくわからない。

おそらく、ちゃんとした説明はつかないのだろう。結局のところ、おれは普通じゃない世界に住んでいるのだから。しかも、その世界は分刻みで異様さを増してきている。

ウルフは〈インフェルノ〉に足を踏みいれた。すべて黒に塗られた四方の壁にびっしり描かれている玉虫色の炎が、ダンスフロアの淡い照明のもと異様な光を放ってきらめいていた。

クラブのオーナーのダンテ・ポンティスがいて、ふたりのスタッフとともに客から入場料をとって、IDをチェックしていた。彼らカタガリのヒョウ族は人間の姿になったとき、悪い冗談としかいえないような〝ヴァンパイア〟風の格好をする。でもダンテはこの手の悪ふざけをおもしろがっている——要するに、この店はそういうクラブなのだ。

ダンテの出で立ちは、黒い革のズボン、赤とオレンジの炎の柄がついたバイカーブーツ、フリルのついた黒いシャツだった。シャツをわざとだらしなく着ていて、レースのついた襟がほつれてシルクのレースが胸元に垂れている。黒い革のロングコートはやはりヴィクトリア調の古着を思わせるものだが、ほんものではない。あの時代に実際に生きていた強みで、ウルフは当時のファッションのことをよく知っているのだ。

ダンテは黒い長髪を、無造作に肩に垂らしていた。「ウルフ」声をかけると、牙をきらっと光らせた。それが偽物《にせもの》であることを、ウルフは知っている。

ヒョウ族の歯が鋭い牙になるのは、本来の動物の姿になったときだけなのだ。

ウルフはダンテの偽の牙を見て、小首をかしげた。「それは一体なんだ？」

ダンテはにやっと笑って、牙をむき出しにした。「女たちは牙を好むんだよ。おまえさんもつければいい、といいたいところだが、もうすでに上等なのを身につけてるからな」

ウルフは笑った。「もうやめてくれ、その話は」

「いやよやめて、ってか」

オーナーの下卑た冗談はさておき、〈インフェルノ〉はいつ来ても楽しい。ダンテをはじめとしてウェアハンターのスタッフたちに、あまり歓迎されていないことはわかっている。それでもこの店は、ウルフの名前を覚えている者がいる数すくない場所のひとつだった。まあ、たしかにコメディドラマ『チアーズ』のサム・マローンにでもなった気分になるが、このクラブにはノームやクリフは来ない。どちらかというと、大釘《スパイク》や飛び出しナイフ《スイッチブレード》といった名前の連中が集まっている。

ダンテの隣にいた男が身を乗りだした。「こいつ、ダークハンターなのか？」

ダンテは目つきをけわしくした。男の腕をつかんで用心棒のほうへ押しやった。「このいまいましいアルカディアのスパイを奥に連れてって、油をしぼってやれ」

男が青くなった。「なんだって？　私はアルカディアじゃない」

「嘘つけ」ダンテが怒鳴った。「おまえは二週間前にウルフに会った。カタガリだったら覚えているはずだ。ただの豹人間《ウェアパンサー》だから、忘れたんだ」

ウルフはダンテが発した罵り言葉に眉をひそめた。こういう言葉を軽々しく口にするカタガリたちはいない。ウェアという言葉はもともと人間を意味する。動物の名前の前にこのウエアをつけるのは、カタガリにとってたいへんな侮辱なのだ。彼らは人間に化けることができる動物としての自分たちに誇りをもっているのであって、動物に化ける人間だとは思っていないからだ。

ウェアハンターという名前に甘んじているのは、動物に化けることができる人間であるアルカディアを、実際にハンティングして殺害するからでしかない。さらには、彼らの種族のオスは、しばしばベッドに連れ込むために人間の女性をハントする。動物の姿でいるときよりも、人間に化けたときのほうが、セックスを数倍は楽しめるらしい。カタガリのオスたちは精力絶倫なのだ。

ウルフにとって不幸なことに、彼を忘れることがないウェアハンターのメスは、同族以外の男をパートナーに選ばない。オスとちがって、彼女たちは自分の子どもの父親になってくれそうな相手としかセックスをしない。オスは純粋に快楽のためにだけセックスをする。

「あの男をどうするつもりだ」用心棒がアルカディアを引きずっていくのをながめながら、ウルフはダンテにきいた。

「そっちには関係ないことだろう？　おれはおまえさんのことに余計な首を突っこまないんだから、おまえさんもそうしてくれ」

どうするべきかウルフは考えた。あの男がほんとうにアルカディアのスパイだったら、自分でなんとか切り抜けるだろうし、助けてやっても喜ばないだろう。助けにきたのがダークハンターであれば、とくに。アルカディアたちはことのほか独立心が強く、なんであれ干渉されるのを嫌うのだ。

そういうわけで、ウルフは話題を変えた。「ダイモンは来てるか？」ダンテにきく。

彼は首を横にふった。「でも、コービンがいる。一時間ほど前に来たんだ。今夜は商売上がったりだ、っていってたぜ。寒すぎてダイモンが街にいないんだそうだ」

ウルフは自分と同様にこの地域を担当している女性のダークハンターの名前を耳にして、うなずいた。コービンがすぐにでも帰るつもりでいるのならべつだが、今晩は長居できそうもない。

店内に入り、コービンに挨拶をしにいく。

今夜はバンドの演奏はない。ＤＪがオペラのような音楽を大音響で流している。たしか、クリスがこういう音楽をゴスメタルと呼んでいた。

店内は暗く、カメラのフラッシュがまぶしく光っていた。ダークハンターの目にこの光はひどくこたえるのだが、これは店に来ているダークハンターによる営業妨害を最小限にとどめようとするダンテの苦肉の策だった。ウルフはサングラスをかけると、フラッシュによる目の痛みを軽減しようとした。

フロアでは人々が周囲にはかまわず、自分たちの世界に浸って踊っている。

「こんばんは」耳元でコービンの声がして、ウルフはぎくっとした。コービンは時間をためたり瞬間移動したりする能力をもっている。ひとにこっそり近づいていきなりおどろかせるのが、彼女の生きがいのようだ。

ふり返ると、とても魅力的な赤毛の女性が目に入った。すらりとした長身で、危険な雰囲気をただよわせているコービンは、人間だったころはギリシアの女王だった。いまだに堂々とした物腰で近づきがたい威光を放っており、この方に触れるにはまず手を洗わなければとひとに思わせる。

夷狄《いてき》の侵略から国を救おうとしてコービンは亡くなったが、その侵略者はおそらくウルフの祖先だと思われる。

「やあ、ビニー」ニックネークで呼びかける。この名称を使うのを彼女に許されている者は、ごく一握りだ。

コービンは彼の肩に手を置いた。「だいじょうぶ？　疲れてるみたいだけど」

「だいじょうぶだ」

「そうかしら。サラを派遣して、クリスの代わりにあなたの世話を何日かさせたほうがいいかもしれないわね」

コービンの心づかいをありがたく思って、ウルフはコービンの手に自分の手を重ねた。サラ・アダムスは彼女のスクワイヤーだった。「勘弁してくれよ。おれに仕えることを忘れてしまうスクワイヤーなんてさ」

「ああ、そうだったわね」コービンは鼻に皺を寄せた。「その問題を忘れてた」

「いいさ。クリスが原因じゃないんだ。よく眠れないだけでね」

「お気の毒ね」

ウェアたちが数人、自分たちをじろじろ見ていることにウルフは気づいた。「おれたちのせいで、連中は神経質になっているようだ」

コービンは声を上げて笑うと、店内を見渡した。「かもしれないわね。でも、あたしがここでなにをしているか感じとってる、という気がする」

「というと？」

「今夜ここで、なにかが起こる。だからあたしはこの店に来たのよ。あなたは感じない？」

「おれにそういうパワーはない」

「それは幸いね。こういう能力って、厄介だから」コービンはウルフから離れた。「でも、あなたがここにいるなら、あたしは新鮮な空気を吸いに外に出て帰るわね。あなたのパワーがなくなっていくのは、いやだから」

「じゃあ、また」

彼女はうなずくと、一瞬のうちに消えた。人間に目撃されてなければいいのだが、とウルフはひたすら祈った。

なにか落ち着かない妙な気分で、店内を歩く。どうして自分がここにいるのか、わからなかった。ひどくばかげた話だ。

おれも店を出たほうがいいのかもしれない。

踵を返したとたん、その場に凍りついた……。

〈インフェルノ〉の店内で、カサンドラはひどく居心地の悪い思いをしていた。前の夜のことが、何度も胸によみがえってくる。カットもカサンドラの気持ちに気づいている様子だった。

頭のなかで、正反対のことをいうふたつの声が聞こえている。すぐに店を出ろという声と、とどまれという声。

精神のバランスを崩しているのかもしれないと、不安になってきた。

ミシェルとトムがやってきた。「ねえ、あなたたちを邪魔者にしたくはないのだけど、トムとどこか静かなところでお話したいの。いい？」

カサンドラはほほえんだ。「もちろんよ。ふたりで楽しんできて」

ふたりが出ていくと、彼女はカットに目をやった。「わたしたちがここにいる必要もないわね」

「ほんとに帰りたい？」

「うん、ほんとに」

カサンドラは椅子から立ちあがって、バッグを手にした。コートを着て、周囲に目を配ることもなく歩きだしたとき、じっとたたずんでいる人物とぶつかった。

「あっ、ごめんなさ――」顔を上げたとたん言葉を失った。ゆうに十センチ高い位置に、夢に出てきたあの顔があった。

あの男《ひと》だ！

聖書の言葉を借りれば、かたく引き締まったあのすばらしい肉体すべてをカサンドラは〝知って〟いた。

「ウルフ？」

彼女の口から自分の名前が発せられたのを耳にして、ウルフはぎょっとした。「おれを知ってるのか？」

カサンドラの頬がみるみるうちに赤くなったのを見て、ウルフは気づいた……。

あれは夢ではなかったのだ。

カサンドラはウルフを避けて出口に向かおうとした。

「カサンドラ、待ってくれ」

彼の口から自分の名前が発せられたのを耳にして、カサンドラはその場に凍りついた。

わたしの名前を知っている……。

逃げなさい！　母の声が頭のなかで聞こえたような気がしたけれど、その命令もウルフから離れたくないと願う気持ちに、かき消されてしまった。

彼が手を伸ばしてきた。

息を殺して彼の腕を見つめる。さわってほしい。夢のなかだけじゃなく、現実でもさわってほしい。

いてもたってもいられなくなって、カサンドラもウルフのほうへ腕を伸ばした。

彼に触れようとした瞬間、その背後でなにかが光っているのが目に入った。

ウルフの後ろのダンスフロアに現われた、鏡のような奇妙なものに目を凝らす。やがてフロアの真ん中から、悪魔の化身のような男が出てきた。

身長は二メートル以上。全身を黒でかため、黒っぽい短髪が端正な顔をつつんでいる。ウルフとおなじくらいのハンサム。やはりウルフと同様に、濃いサングラスをかけている。唯一モノトーンでないものは、ライダースジャケットの前に描かれた、真ん中に黒いドラゴンがいる鮮やかな黄色い太陽だった。

この男は黒髪だけど、ダイモンだ。アポライトとしての直感で、カサンドラはそう察した。ご丁寧なことに、さらなるダイモンを引き連れている。全員ブロンドで、黒づくめの格好。

その一団は、恐ろしいまでの魅力と男らしさを発散させていた。なによりもまず一糸乱れず、異様なまでに統制がとれている。

獲物をとりにここに来たのではない。殺しのために来たのだ。

ハッと息をのんであとずさる。

ウルフはふり返って、カサンドラを青ざめさせたものに気づいた。クラブの中央の抜け穴から出てきたダイモンの一団が目に入ったとたん、自分の口があんぐりとひらくのがわかった。

ダンテが人間の姿のまま店の入口から駆けてきたが、走っているうちにいつの間にかヒョウにもどっていた。ダイモンの黒髪のリーダーが、自分たちのほうへ向かってくるダンテに稲妻《いなづま》を命中させた。

ダンテは甲高い声で吠えて倒れた。電気を帯びた一撃を受けたため、ヒョウと人間へ何度も姿を変えた。

店内は騒然となった。

「人間の記憶を封じて!」DJがマイク越しに叫び、店内の人間たちを集めて彼らの記憶をつくりなおすか、取りのぞくかしなければならないことを、カタガリたちに呼びかけた。このクラブで〝奇妙な〟事件が起こるたび、スタッフはいつもそうしているのだ。

なによりもまず、人間たちを守らなければならない。

ダイモンたちはいっせいに散らばって四隅をかため、近づいてくるカタガリを攻撃した。

ウルフは人混みをかきわけて、攻撃に出た。

ブロンドの髪をポニーテールにしているダイモンをつかまえて、張りたおそうとする。しかしダイモンはウルフの手が届かないところへ飛びのいた。「これはおまえとの戦いではない、ダークハンター」

ウルフはブーツから長めの短剣を出した。「おれはそう思っているんだよ」

攻撃をしたが、おどろいたことにダイモンの動きは稲妻のようだった。ウルフがどういう攻撃をしかけようと、反撃された。

ちくしょう。こんな動きをするダイモンを相手にするのははじめてだ。

「おまえはなんなんだ？」ウルフがいった。

ブロンドのダイモンは声を上げて笑った。「われわれはスパティだ、ダークハンター。夜の闇のなかのほんとうの脅威は、われわれだけだ。おまえなど……」憎しみのこもった視線をウルフの全身に向けた。「おまえなど虚勢を張ってるにすぎない」

ダイモンはウルフの胸倉をつかんで、地面にたたきつけた。ウルフは全身をしたたか打った。狂暴なうなり声を発した彼の手から、短剣が転がり落ちた。

ダイモンはウルフに跳びのると、無力な赤ん坊を相手にするように何度もなぐりつけた。

ウルフはダイモンをふるい落とそうとしたが、むずかしかった。店内のいたるところで、ウェアハンターとダイモンのなぐりあいが繰り広げられている。

カサンドラのことが心配になって視線を転じると、ブロンドの女性と一緒に店の隅のほうでかくれているのが目に入った。

彼女をこの店から避難させなければ。

ウルフを組み伏せているダイモンが、おなじ方向に視線をちらっと向けた。「父上」声を張りあげた。「女相続人です」カサンドラをまっすぐ指さした。

注意がそれたダイモンの隙をついて、蹴りとばす。

ウェアハンターたちとやりあっていたスパティが戦うのをやめて、カサンドラとブロンドの女性がかくれている場所へいっせいに飛んでいった。

スパティたちは目的の場所に着地すると、編隊を組んだ。

ウルフもあわてて隅へ向かったが、ふたりのもとへたどりつく前にカサンドラの連れのブロンド女性が、身を低くした姿勢から立ちあがった。

ダイモンのリーダーがはたと足をとめた。

ブロンド女性はダイモンからカサンドラを守るように、両手をまっすぐ前にあげた。つぎの瞬間、突風が店内を吹きぬけた。

ダイモンたちは凍りついた。

ダンスフロアにいまいちど、陽炎《かげろう》のように揺らめく縦穴《ポータル》がひらいた。

「ラミナだ」ウルフと戦っていたダイモンがいって、ふんと鼻を鳴らして笑った。ブロンド女性をふり返って、にらみつけている。

スパティたちは怒りもあらわに編隊を解くと、つぎつぎとポータルのなかへもどっていった。

ただひとり、リーダーをのぞいて。

彼はまばたきひとつせずにブロンド女性をねめつけている。「これでおわりではないからな」吐き捨てるようにいった。

彼女は微動だにしなかった。まるで石でできているかのように。もしくは、昏睡《こんすい》状態にあるかのように。

ダイモンのリーダーは踵を返すと、おもむろにポータルへ入っていった。彼が完全になかに入ったとたん、その穴は消えた。

「カット？」カサンドラが呼びかけて立ちあがった。

ブロンド女性がおぼつかない足取りで後ろへもどった。「ふうっ。死ぬかと思った」彼女はつぶやくようにいった。体が小刻みにふるえている。「あいつらを見た？」

カサンドラがうなずいた。ウルフはふたりのもとに向かった。

「あいつらは何者なの？」と、カットと呼ばれたブロンド女性がいった。

「スパティのダイモンよ」カサンドラが小声でこたえた。驚愕に目を見張って、連れのブロンド女性を見ている。「連中になにをしたの？」

「なにも」ブロンド女性はこたえた。嘘をついているようには見えなかった。「わたしは立っていただけ。あなたは見てたんでしょ？　どうしてあいつらは帰っていったの？」

ウルフは疑わしげにブロンド女性を見た。帰る理由など連中にはなかった。なぐりあいでも、優勢だったのだから。

生まれてはじめて、ほんの一瞬のことだが自分の腕力に不安を感じた。

コービンがやってきた。「何人かでも始末した？」

ウルフは首を横にふった。コービンはいつもどってきたのだろう。パワーが弱まっていることには気づかなかったが、スパティたちにこてんぱんにやられたことを思えば、たしかに弱まっていたのだろう。

コービンは乱闘でけがをしたみたいに、肩をもんでいる。「あたしもよ」

コービンの言葉に、ウルフはもちろん彼女自身もショックを受けている様子だった。

ふたりはカサンドラのほうを向いた。

「連中はきみを追っていたのか？」とウルフ。

カサンドラはひどくおびえていた。

「ダンテとスタッフの様子を見てきてくれ」ウルフはコービンにいった。「ここはおれにまかせろ」

コービンが向こうへ去ると、ウルフはふたりの女性のほうへ向きなおった。「どうしておれを覚えているんだ？」

しかしその答えは、すでにきかなくてもわかっていた。「きみはアポライトなんだな？」ウェアハンターでないことはたしかだった。彼らはまちがえようのないオーラをいつも発しているのだから。

カサンドラはじっとうつむいて、ささやくようにこたえた。「半分だけ」

ウルフは舌打ちした。なるほど、そういうことだったのか。「ということは、きみはアポライトの女相続人なんだな。連中は自分たちの呪いを解くために、きみの命を狙っているというわけだ」

「そう」

「だからきみは、夢に出てきておれに抱かれたのか？　おれに守ってもらえると思ったのか？」

カサンドラはむっとして、ウルフをにらみつけた。「わたしはなにもしてない。そっちがわたしの夢にやってきたんでしょうが」

ふん、たしかに。「まあな。いずれにせよ、あんなことをしてもどうにもならないぞ。おれの仕事はあんたのお仲間を始末することであって、守ることじゃない。自分の身は自分で守るしかないんだよ、お姫さま」

ウルフは彼女に背を向けて、その場を去った。

カサンドラの心はウルフを平手打ちしてやりたい気持ちと、泣きたい気持ちに引き裂かれた。

でも実際は、追いかけて行って引きとめた。「これだけははっきりいっておくわ。あなたにも、ほかのだれかにも、わたしは助けてもらおうとは思っていない。すくなくとも、アポライトの天敵ともいえるダークハンターに助けを求めるのだけはごめんだと思っている。あなたはただの殺し屋よ。あなたが追っているダイモンと似たり寄ったりの悪党だわ。それに、ダイモンはすくなくとも魂をもってる」

ウルフは顔をこわばらせてカサンドラの手をふりほどき、その場を去った。

こんな展開になるなんて。カサンドラは思わず叫びだしたくなった。同時に、そのときはじめて心のどこかで彼に強く惹かれはじめていたことにも気づいた。夢のなかの彼は、とてもやさしかった。

思いやりがあった。

アポライトについて質問するのは、もうあきらめなくては。現実の彼は、夢に出てきた男性とはちがう。実際の彼は、おぞましい男だった。ほんとに最悪！

店内に目をやる。テーブルがひっくり返り、店のスタッフのカタガリたちが後片付けをしている。

悪夢のような出来事だった。

「さあ」カットが口をひらいた。「ダイモンがもどらないうちに、家に帰りましょう」

そう、カサンドラは帰りたかった。今夜の出来事を忘れたかった。もしウルフが今夜現われたら、ただじゃおかない……。

あのスパティを手ごわいと思ったのだとしたら、ウルフはこれまでほんとうに手ごわいものに会ったことがないのだろう。だったらわたしが手ごわいっていうのがどういうものか、教えてやろうじゃないの。

ストライカーは部下たちを広間に残して、アポリミに会いにいった。スパティのダイモンのなかで、彼女と直接会うことを許されているのは、彼だけだった。

アポリミの神殿はカロシスでもっとも壮麗な建物だった。冥府の弱々しい光のもとでも、黒い大理石が光を放っている。神殿内部は、二匹の狂暴なセレドンに守られている。セレドンとは、頭は犬、胴体はドラゴンで、サソリの尾をもった生き物だ。ご主人さまであるアポリミことデストロイヤーが自分に近づくことを許している四名のひとりにストライカーが入っていることを、セレドンはだいぶ前から学習している。

母のアポリミは居間にいた。シャロンテのデーモンをふたり、カウチのそばにはべらせている。右側にいるのは、母の護衛をつとめるジドリックス。彼の肌の色は濃紺で、瞳の色はあざやかな黄色だ。肌の色とおなじ青い髪から黒い角が生えていて、血のように濃い赤の翼をもっている。彼はデストロイヤーことアポリミの肩の近くに片手を置いて、微動だにせずに立っていた。

もうひとりの従者は、それほど地位は高くないのにどういうわけかアポリミに気に入られているサビナだ。緑色の長い髪が、黄色い肌とうまく調和している。瞳は髪の色とおなじ緑で、角と翼は妙な色合いの濃いオレンジ色だ。

二名のデーモンはストライカーをまじまじと見たが、アポリミが物思いにふけっている様子ですわっているあいだは、口もひらかなければ動きもしなかった。

居間の窓はあけはなたれ、庭園をながめることができた。そこで咲いているのはストライカーの亡き兄を偲《しの》んで植えた黒い花だけだった。アポリミのもうひとりの息子ははるか昔に非業《ひごう》の死を遂げたが、いまでも彼女はその死を悼《いた》んでいる。

同時にストライカーが生きつづけていることを喜んでもいるけれど。

アポリミはきれいなウェーブを描くプラチナブロンドの髪を、顔の周りに垂らしていた。有史前より生きている彼女だが、その顔立ちは二十代半ばの若くうつくしい娘のようだった。薄手の黒いドレスがカウチの黒と溶けあって、どこまでがドレスでどこまでがカウチかわからなくなっている。

彼女は膝にサテンの黒いクッションを抱いて、外にじっと視線を向けていた。「あの者どもが、わたしを解放しようとしている」

アポリミの言葉に、ストライカーはためらいつつも口をひらいた。「だれです？」

「例の愚かなギリシア人。わたしが恩を感じて、自分たちの側につくと思っているようだ」

苦々しげに笑った。

ストライカーはゆがんだ笑みを浮かべた。母のアポリミはギリシアの神々を激しく憎んでいる。「成功するでしょうか？」

「だめであろう。エレキティが阻止するだろうから。いつもそうしているように」母は顔の向きを変えてストライカーを見た。かぎりなく淡い目には、色味がまったくない。睫《まつげ》につた氷がきらきら輝き、透けるような肌は真珠のような光沢を放って、繊細で儚《はかな》げな雰囲気をかもしだしている。だがその実、デストロイヤーことアポリミは繊細なところがまったくない、図太い神経の持主だった。

彼女はその名前が示すように、破壊そのものだった。親族全員をけっして現世にもどることができない死の世界に追いやった。

絶対的なパワーをもつ彼女は、裏切りをはたらいたという理由だけでカロシスに幽閉の身となってしまった。そこから人間界を見ることはできるけれど、力をふるうことはできない。ストライカーやダイモンたちは抜け穴を利用して人間界に行ったりもどったりできるが、アポリミにはそれができないのだ。

そう、アトランティスの封印が破られないかぎり。どうすればそれを破ることができるかは、ストライカーもわからなかった。アポリミが教えてくれたことはいちどもなかった。

「あの女相続人をなぜ殺さなかった？」アポリミがいった。

「アバドンナがポータルをひらいたんです」

母はまたしても、生きているとは思えないくらいにじっとしている。数秒たって、笑いだした。鈴を転がすような、やさしく愛らしい笑い声。

「たいしたものね、アルテミス」大きな声でいった。「おまえも学んできたようだね。だからといって、おまえや、おまえが守っているあのろくでなしの弟は救われないだろうけど」カウチから立ちあがると、クッションを置いてストライカーのほうへ歩いてきた。「マジオス、けがは？」

母であるアポリミから〝息子よ〟と呼びかけられると、ストライカーはいつも胸に熱いものが込みあげてくる。「いいえ」

ジドリックスが一歩近づいて、デストロイヤーに耳打ちした。

「いいえ」声高にいった。「アバドンナに手出しをしてはならぬ。あの者は忠誠を破ったけれど、わたしはあの者の気立てのよさにつけこむ気はない。あえて名前はいわないけれど、どこかの女神とはちがってね。アバドンナはこの件にかんしては潔白だ。だから罰さない」

デストロイヤーは二本の指で顎をとんとんたたいた。「問題は、あの性悪女のアルテミスがなにをたくらんでいるのか、ということ」

彼女は目を閉じた。「カトラ」小声でアバドンナに呼びかけた。

数秒後、アポリミはうんざりしたような声をもらした。「無視されたようだ……まあ、よい」彼女の声はこの冥府を超えて、カトラの耳にも届いているはずだった。「必要とあれば、アルテミスの弟アポロンの女相続人を守ってやるがよい。でも、これだけは覚悟するように――わたしをとめることはできない。わたしのことは、だれもとめられないのだ」

デストロイヤーことアポリミは、ストライカーに向き直った。「女相続人とカトラを引き離さなければならないようだね」

「どのようにして？　アバドンナのカトラが引きつづきポータルをひらくのであれば、われわれとしてはどうしようもありません。ご存知のように、ポータルがひらいたら、われわれはそのなかに足を踏みいれなくてはならないのですから」

デストロイヤーはいまいちど笑った。「なにごとも駆け引きなんだよ、ストライケリウス。まだわからないのかい？　チェスをしているときポーンを守ろうとするならば、クイーンを攻撃にさらすことになる」

「どういう意味です？」

「アバドンナは、ありとあらゆる場所に同時に出現するわけではない。女相続人をなかなかつかまえることができなければ、アバドンナが気にかけているべつの者を襲えばよい」

ストライカーはにやっとした。「そういってくださるのを、待ってました」

6

カサンドラは怒りのあまり、どうしたらいいのかわからなくなっていた。実際には、わかっていた。しかしそのためには、ウルフを部屋に閉じこめ、百叩《たた》きするために特大の箒《ほうき》を用意しなければならない。

ううん、いっそのこと、トゲのついた棒がいい！

でも残念なことに、カットとカサンドラのふたりだけの力では、あの感じの悪いろくでなしを監禁することはできないだろう。

カットの運転でアパートメントにもどるあいだ、やさしさのかけらもないあの間抜けを口汚く罵りたい気持ちを、懸命に我慢した。

わたしは夢のなかでウルフに計り知れないほど心をひらいたのに。彼に計り知れないほど身をゆだねたのに。わたしは簡単にひとを信用するタイプではない。すくなくとも、男性にたいしてはそうだ。でも、彼のことは心も体も受けいれていた。

ふとべつのことが頭に浮かんできて、カサンドラは声に出さない非難をとめた。

待って……。

あのひとも夢を覚えていた。

わたしのことを責めていた。

「クラブにいたとき、どうしてこのことを思いださなかったのかしら」カサンドラは思ったことをそのまま声に出した。

「思いだすって？」

カサンドラはカットのほうを向いた。彼女の顔はダッシュボードの光に照らされていた。

「クラブにいたときのウルフの言葉、覚えてる？　彼は夢に出てきたわたしのことを覚えていたのよ。わたしも夢に出てきた彼のことを覚えていた。わたしたちの夢が現実のことだったと思う？」

「クラブにいたときのウルフ？」カットが眉をひそめた。「夢に登場したダークハンターが、今夜あのクラブにいたってこと？　それっていつの話？」

「見なかったの？」カサンドラは躍起《やっき》になっていった。「乱闘騒ぎがおさまったあと近づいてきて、わたしのことをアポライトだってけなした男がいたでしょ」

「わたしたちに近づいてきたのは、ダイモンだけだったわよ」

カサンドラはカットの記憶を正すために口をひらきかけたが、自分はつねに忘れられると、ウルフが語っていたのを思いだした。信じられない。なにがどうなっているのかわからないが、ボディーガードのカットも、彼のことを完全に忘れている。

「わかった」気をとりなおして、つづける。「ウルフがあそこにいたかどうかはひとまず置いておいて、もうひとつの問題を取りあげましょう。わたしの夢が現実だったたってことはあると思う？　ひょっとしたら変性意識だったりするのかしら」

カットは鼻を鳴らした。「五年前は、ヴァンパイアなんて存在しないと思っていたわ。でもあなたに、そうではないことを教えられた。あなたの尋常でない人生を考えれば、この世にはどんなことでも起こりうるって思うわ」

そのとおり。「ええ。でも、夢が現実だったなんて話、聞いたことがない」

「わたしもよくわからない。きょうの夕方に見たダークハンターのサイト、覚えてる？　ダークハンターは夢のなかに入りこめるって書いてあったわよね。そのことと関係しているってあなたは思ってるわけね？」

「わからない。ひょっとしたらそうなのかもしれない。でも、Dark-Hunter.comには、ダークハンターはひとの夢のなかに入りこむと書いてあっただけでしょ。ふたりの人間を夢のなかで引きあわすとは書いてなかったわ」

「ええ。でも、もしダークハンターが眠りの神だとしたら、彼らの領域である夢のなかでふたりの人間を引きあわすことができるのも、もっともよね」

「カット、どういうこと？」

「わたしはただ、思っている以上にあなたはウルフのことを知っているんじゃないかっていってるだけ。彼が登場する夢は、実際に現実のことだったのかもしれないわ」

ウルフは行くあてもないまま、セントポールを車で走っていた。カサンドラのことと、裏切られたという思いで頭が一杯になっている。

「そんなことだろうとは思っていたさ」怒鳴るようにいう。自分のことを覚えていてくれるいい女にようやく出会えたと思っても、結局はいつもアポライトの女だということがわかる。ウルフは彼女たちだけには、接触してはならないのだ。

「なんて愚かなんだ、おれは」

携帯が鳴った。手にとって出る。

「なにがあった?」

アケロン・パルテノパイオスの訛りの強い声が聞こえてきて、ウルフはたじろいだ。ひどく立腹しているとき、アケロンはきまってアトランティス訛りをむきだしにする。

ウルフは白《しら》を切ることにした。「どういうことだ?」

「たったいまダンテから電話があった。あのクラブでついさっき乱闘騒ぎがあったとね。なにがあった?」

ウルフは疲れきったため息をもらした。「さあな。抜け穴がひらいて、ダイモンの一団が姿を現わした。ちなみに、リーダーの男は黒髪だった。そんなことがあるとは思えないんだがな」

「元々の色じゃないんだろう、たぶん。ストライカーはちょっと前に、ロレアルのヘアカラーを知ったんだ」

ウルフは道の端に車を寄せた。いまのアケロンの一言が、熱したナイフのように胸に突き刺さったのだ。「あの男を知ってるのか?」

アケロンは質問にこたえなかった。「おまえもコービンも、ストライカーとその手下のダイモンたちには近づくな」

アケロンの口調に、ウルフは血が凍るような思いがした。「あいつはただのダイモンだよ、アケロン」

「いや、そうじゃない。それに、あの男はほかのダイモンとちがって、獲物をとるために姿を現わすわけじゃないんだ」

「どういう意味だ?」

「話せば長くなる。ともかく、私はいまニューオーリンズを離れられない。いろいろと片づけなくてはならないくだらない問題があるんでね。おそらくこっちのその問題が原因で、ストライカーがふざけた真似をしているんだろう。私の注意がよそにそれていることを、やつは知っているんだ」

「ああ、でも心配は無用だ。おれが始末できなかったダイモンは、これまでひとりもいなかったからな」

アケロンは疑わしそうに鼻を鳴らした。「いいから、よく聞け。おまえが今回会ったのは、これまで相手にしていた連中とはちがうんだ、嘘じゃない。ストライカーにくらべれば、あのデシデリウスでさえかわいいハムスターみたいなものだ」

ウルフは車が横を行き交うなか、シートに背中をあずけた。アケロンは話してくれないが、今回の一件にはさらなる事情があるにちがいない。もちろん、アケロンにとってかくしごとはお手のものだ。ダークハンターたちに話していない秘密があるようだし、自分についてもいっさい語ることがない。

謎めいていて横柄でパワフルなアケロンは、最年長のダークハンターだ。だれもが情報やアドバイスを彼に求める。二千年にわたって、アケロンはほかのダークハンターの力を借りずにひとりでダイモンと戦ってきた。まったくこの男ときたら、ダイモンが創られる以前からこの世に存在しているのだ。

ほかのダークハンターなら想像するしかないようなことでも、アケロンはきちんと知っている。そしていま、ウルフにはどうしても知りたいことがあった。

「デシデリウスのことをそれほど知らないあんたが、どうしてその男のことについてはよく知っているんだ？」と、ウルフ。

案にたがわず、アケロンはこたえなかった。「ダンテをはじめするあのヒョウたちの話によると、今夜は女と一緒にいたそうだな。カサンドラ・ピータースと」

「彼女を知ってるのか？」

アケロンはまたしても質問にこたえなかった。「彼女を守ってくれ」

「ばかな」ウルフは吐き捨てるようにいった。冗談じゃない。おれを利用したあの女を守るなんて。彼女にまた心を乱されるのだけは、ごめんだった。だれかにもてあそばれるのは断じていやだったし、モルギンに利用されて裏切られてからは、また女にだまされてふんだくられることを恐れていた。「あの女はアポライトだ」

「彼女の正体は知っている。なにがなんでも守ってやらなくてはいけないんだ」

「どうして?」

びっくりしたことに、アケロンはこんどの質問にはこたえた。「地球の運命は彼女の手に握られているからだ、ウルフ。もし彼女が殺されたら、ダイモンなどごくささいな問題となってしまうくらいの大混乱が起きる」

今夜、もっとも聞きたくない話を聞かされた。

ウルフはアケロンに嚙みつくような勢いでまくしたてた。「あんたの口からそういう話を聞かされると、ほんとにうんざりするんだよ」ふとあらたな考えが頭をよぎって、一瞬口をつぐんでからつづける。「彼女がそんなに重要人物なら、なんであんたがボディーガードをつとめないんだ?」

「『バフィー』とちがって、守らなきゃいけないヘルマウスはひとつじゃないから、というのがおもな理由だ。私はニューオーリンズの最終戦争《ハルマゲドン》で手一杯なんだよ。私とて、同時にふたつの場所に姿を現わすことはできない。彼女のことはおまえに一任する。がっかりさせないでくれよ」

拒絶しなければと思いつつも、ウルフはカサンドラの住所を読みあげるアケロンの声に耳を澄ませた。

「ウルフ、あともう一点」

「なんだ？」

「車のキーとおなじで、魂の救済は思わぬときに思わぬところで見つかるということには気づいているか？」

アケロンの難解《なんかい》な言い回しに、ウルフは眉根を寄せた。まったくもって、ほんとうに奇妙な男だ。「一体なにがいいたいんだ？」

「いまにわかる」アケロンは電話を切った。

「あんたの神託ごっこには、へどが出る」歯を食いしばって悪態をついてから、SUVをUターンさせてカサンドラの家を目指した。

気が重い。しどけない姿で誘惑してきた女は、なにがあっても避けたいのに。

現実の世界では、けっしてその肉体に触れることができない女性。そんなことをしたら、さらに大きなまちがいをおかしてしまうだろう。あの娘はアポライトだ。この千二百年、おれはずっと彼女の種族を追跡して殺してきた。

それなのに、あの娘はおれの心を引き裂くようなやり方で、おれを呼び寄せた。

おれはこのさき、どうすればいいのか？　ダークハンターの掟《おきて》を守って彼女から一定の距離を置くことができるのだろうか。いまはただ、彼女を胸に抱き寄せて、夢のなかと同様に生身の彼女もおいしいかどうかたしかめたいとひたすら願っているのに。

カットはアパートメントをくまなく調べてから、カサンドラに鍵をかけていいと声をかけた。

「どうしてそんなに神経質になっているの?」と、カサンドラ。「ダイモンはやっつけたでしょ」

「それはね」カットがこたえた。「これでおわったわけではないっていう、あの男の言葉がまだ耳にこだましているからでしょうね。あのオトモダチは、もどってくると思う。じきにね」

カサンドラはふたたび、激しい不安に見舞われた。今夜はほんとうに間一髪で殺されるところだった。ダイモンと戦うのを最初からあきらめてクラブの隅にかくれたカットの選択は、あのダイモンたちがいかに危険かを物語っていた。

けれども、カットがなぜカサンドラを彼らから遠ざけたのか、いまひとつわからない。カットもカサンドラも、敵から逃げるタイプではない。

すくなくとも、いままではそうだった。

「で、わたしたちはどうするべきなの?」と、カサンドラ。

カットはロックを三重にかけると、バッグから銃を出した。「膝のあいだに頭を入れて、ひたすらおびえているしかないわね」

思いがけない言葉に、カサンドラは耳を疑った。「なんですって?」

「なんでもない」カットは力づけるように笑ってみせたが、目は笑っていなかった。「電話をするわ。いい？」

「もちろん」

自室に入ったカサンドラは、母が亡くなった夜を懸命に思いだすまいとした。あの日は朝からいやな予感がしていた。ちょうどいまのように。

いまも、身の危険を感じている。ダイモンが今夜のような形で襲ってきたのは、はじめてだった。

さきほどクラブに現われたダイモンは、獲物を狩ったり、客を恐がらせて楽しんだりしていたのではない。特別な訓練を受けたダイモンで、カサンドラの居場所を突きとめてやってきた様子だった。

カサンドラの正体を確実に知っている様子だった。

でも、どうして？

恐怖が込みあげてきた。ドレッサーに向かって抽斗をあける。そのなかは、ちょっとした兵器庫だった。母から譲り受けた、アポライトに代々伝わる短剣もある。

お守り代わりに短剣をもち歩くひとはあまりいない。そのことがカサンドラは理解できなかった。しかし彼女のような生い立ちの人間もまた、めったにいないのだった。

短剣をウエストに固定し、腰の後ろに回して見えないようにする。数カ月後には死ぬ運命だけれど、その前に一日でもはやく死ぬのはいやだった。

玄関の扉をノックする音がした。

足を忍ばせて部屋を出て、居間に向かう。突然の訪問客がだれだろうと、カットもそこで耳をそばだてているはずだ。

しかしカットはいなかった。

「カット？」呼びかけて、彼女の部屋に向かう。

返事はない。

「カット？」

ノックの音が相変わらずしている。さっきよりも、強くたたいている。

いやな予感が込みあげてくるのを感じながら、カットの部屋のドアをあける。だれもいなかった。まるっきり人気《ひとけ》のない部屋。さっきまでカットがいた気配もない。

心臓が早鐘を打ちはじめた。なにかをとりに車にもどったけれど、鍵を忘れてアパートメントに入れなくなったのだろうか？

玄関に向かう。「カット、あなたなの？」

「そう、入れてちょうだい」

カットの間抜けな行動にふふっと神経質に笑って、ドアをあける。

そこにいたのはカットではなかった。

クラブで会った黒髪のダイモンが、にやっと笑いかけた。「おれのことが恋しかったかい、お姫さま？」カットとそっくりの声でいった。

カサンドラは目を疑った。こんなことがあるはずない。こういうのは映画のなかの出来事だ。現実にはありえない。

「あんたは何者？　いまわしいターミネーター？」

「ちがう」こんどは地声でおだやかにいった。「デストロイヤー復活の地ならしをしているただの先発者だ」

カサンドラのほうへ手を伸ばした。

彼女は一歩後ろに下がった。招かざる客を入れる気はない。背中に手を回して短剣を手にとり、男の腕を切りつける。

男はハッと息をのんで、あとずさった。

カサンドラは後ろにだれかの気配を感じて、ふり返った。

べつのダイモンがいた。胸に短剣を突き刺す。

ダイモンは金色に光る黒い雲となって消滅した。

さらなる影が背後に迫ってきた。

カサンドラはくるっと回転してストライカーにキックを見舞ったが、彼はドアの向こうへ飛ばされなかった。それどころか、カサンドラと玄関のドアの前に立ちふさがった。

「たいした身のこなしだ」男の腕の傷が、カサンドラの目の前で見る見るうちにふさがっていった。「それは認めざるをえないな」

「あんたにわたしのなにがわかるのよ」

四方からダイモンがやってきた。どうやってアパートメントのなかに入ったの？　でも、じっくり考えている暇はなかった。いまはともかく、生き延びることに神経を集中させなくては。

襲いかかってきたダイモンに膝蹴りを食らわし、つぎに飛びかかってきたダイモンと戦う。ストライカーは一歩後ろに下がって、その様子を見物していた。

つぎにカサンドラに突進してきたのは、ブロンドの長髪をポニーテイルにしたダイモンだった。彼女はその男を投げ飛ばした。止めをさそうとしたとき、ストライカーがいつの間にかそばにきて彼女の腕をつかんだ。

「ユリアンには、だれにも危害を加えさせない」

短剣をもぎとられて、カサンドラは悲鳴を上げた。彼女は攻撃するべく身をよじったが、男と目が合ったとたん、頭のなかが真っ白になった。

男の目の色が、渦を巻いている奇妙な銀色に変わっていた。見た者に催眠術をかける渦《うず》にカサンドラは引き寄せられ、なにも考えられなくなった。

闘志が一瞬のうちに消えていく。ずる賢くてセクシーな笑みが、男の口元にうかんだ。

「戦いを放棄すれば、楽になるだろ?」カサンドラは喉もとに男の息を感じた。

目には見えない力によって頭が横に倒され、ぴくぴくと脈打っている首の頸動脈《けいどうみゃく》が男の目の前に向けられる。カサンドラは恐怖に胸がずきずきするのを感じた。

心のなかでは、抵抗しなきゃだめと自分を叱咤《しった》していた。

でも体がいうことをきかない。

ストライカーの笑いが轟いて、つぎの瞬間、彼は長い歯をカサンドラの頸《くび》に沈めていた。鋭い痛みが走って、彼女はううっとうめいた。

「お楽しみのところ、すまないが」

カサンドラは次第に遠のく意識のなかで、聞こえてきたのがウルフの声だということにかろうじて気づいた。

なにかがストライカーを引き離した。ほどなくして、ウルフが彼をたたきのめしたことに気づいた。

ウルフはカサンドラを抱きかかえると走りだした。カサンドラは頭ががくがく揺れないようにするのが精一杯だったが、ウルフはダークグリーンの大きなフォード・エクスペディションに駆けよって、彼女をなかに放り投げるように入れた。

ウルフが運転席に乗りこむや、なにかがばしっと車に当たった。暗闇のなか、ボンネットに大きな黒いドラゴンが現われた。

「女を放せば、命は助けてやる」ドラゴンがストライカーの声でいった。

ウルフはこたえる代わりに、車のギアをバックに入れてエンジンを全開にした。ハンドルを回して、目の前のけだものをふるいおとす。

ドラゴンは鋭い悲鳴を上げて、ウルフとカサンドラに向かって火を吹いた。ウルフは手加減しなかった。ドラゴンはいったん宙に飛んだかと思うと、襲いかかってきた。しかしつぎの瞬間には、弓なりになって空高く上昇し、金色のきらきら光る雲のなかに消えた。

「一体あれは？」と、ウルフ。

「アポストロスよ」カサンドラはつぶやくようにいうと、しっかりしなければ、と呆然としている自分にいい聞かせた。「アトランティス大陸のデストロイヤーと神のあいだの息子。やられたって感じね」

ウルフはうんざりしたように鼻を鳴らした。「キスもしないのに、やらせないさ。おれがあのろくでなしのドラゴンとキスすることはまずないから、おれたちがやられることはない」

とはいえ、バイクに乗った八人のダイモンがいきなり現われてエクスペディションを囲んだとき、さすがのウルフも考えをあらためた。

すくなくとも三秒間は。

ダイモンをながめて、彼はせせら笑った。「この手の車の長所を知ってるか？」カサンドラにきいた。

「ううん」

ウルフはエクスペディションを三台のバイクに突っこませて、ダイモンを道路に倒した。

「ダイモンを蚊みたいにぺちゃんこにできることさ」

「そっか。ダイモンも蚊も吸血昆虫なんだから、どんどんやっつけなきゃね」

ウルフは横目でカサンドラを見た。死ぬか生きるかのときにも、ユーモアの精神を忘れないでいる女だ。悪くない。

残りのダイモンはウルフ相手にマッドマックスを演じるのは得策ではないと考えなおしたのか、エクスペディションから離れていった。彼らが見えなくなるのを、ウルフはバックミラーで確認した。

カサンドラはほっとしてため息をもらすと、シートの上で背筋を伸ばした。身をよじって、ダイモンが消えていった方向に目を凝らす。彼らは忽然と消えていた。

「まったく、ひどい夜だわ」次第に頭がはっきりして、アパートメントでの出来事をすべて思いだしたカサンドラは、静かにいった。つぎの瞬間、カットの行方が依然としてわからないことに思いいたって、いまいちどパニックに見舞われた。「待って、もどらなきゃ」

「どうして？」

「ボディーガードが」ウルフの腕をつかむ。「行方不明なのよ」

ウルフはまっすぐ前を見ている。「アパートメントにいたのか？」

「ええ……たぶん」記憶をたどりながら、ちょっと言葉を切ってつづける。「よくわからないの。電話をかけるっていって、彼女が自分の部屋に向かったのまではわかってる。玄関のドアをノックする音がしたから一緒に見にいこうと思って彼女の部屋に行ったときは、いなくなっていた」ウルフの腕を離した。恐怖と悲しみが胸のなかでせめぎあっている。何年も行動をともにしてきたカットに、まんいちのことがあったらどうしよう？「あの連中に殺されたんだと思う？」

ウルフはカサンドラをちょっと見て、車線を変更した。「わからない。それはクラブにいたあのブロンドの女性？」

「ええ」

ウルフはベルトから携帯をはずして、電話をかけた。

カサンドラは爪を嚙みながら、様子を見守った。

電話から、だれかの声がかすかに聞こえてきた。

「もしもし、ビニー」ウルフが口をひらいた。「お願いがある。ミネソタ大学のそばのシャーウッド学生寮を出たばかりなんだが、そこに死亡者がいるかもしれない……」カサンドラをちらっと見たが、その瞳から彼の思いや気持ちを読みとることはできなかった。「ああ、今夜はいかれた連中があちこちではしゃいでいるんだ。想像を絶するくらいにな」携帯をもう一方の手にもちかえた。

「友人の名前は？」カサンドラにきいた。

「カット・アグロテラ」

ウルフは眉をひそめた。「どこかで聞いたような名前だ。どうしてだろう？」電話の相手に名前を伝えた。

「まさか」ちょっと間を置いてから、いった。「彼女が連中と親戚関係にあるかもしれない、ってことか？」

ウルフはいまいちどカサンドラのほうを見た。今度ばかりは、彼のしかめ面がひどく不吉なものに感じられた。「わからない。おれはアッシュに彼女を守ってやれといわれたんだ。

でも、そのボディーガードがアルテミスと関係が深い姓をもっているとはな。こんな奇妙な偶然の一致があるとは、とても思えない」

カサンドラは首をかしげた。カットの姓のアグロテラが、古代ギリシア人が使っていたアルテミスの仇名《あだな》だということに、これまでまったく気づかなかった。

カサンドラはベルギーから逃げるようにして移ったギリシアで、カットと出会った。引っ越したばかりのカサンドラは、そのときもダイモンに追われていた。ある晩、カサンドラを助けてくれたカットは、夏休みを利用してギリシアの遺産に触れにきたアメリカ人だと自己紹介した。

カットはさらにありがたいことに、爆発物をあつかう心得のある武道の専門家とのことだった。カサンドラがカットに、これまでのボディーガードに代わるひとをさがしているのだと説明すると、カットはすぐさまその任務を引きうけてくれた。

「邪悪なものを痛めつけたいの」と、あのときカットはいっていた。

ウルフはため息をもらした。「おれにもわからない。まあいい。そっちはカットをさがしてくれ。おれはカサンドラを家に連れていく。なにかわかったら、連絡してくれ。ありがとう」電話を切って、携帯をベルトにもどした。

「相手の方はなんて？」

ウルフはその質問にこたえなかった。いずれにせよ、質問にたいする答えは返さなかった。

「アグロテラはアルテミスのギリシア風の呼び方だそうだ。〝力〟とか〝原野の狩人〟という意味らしい。知っていたか？」

「あるていどは」かすかな希望が湧いてきた。それがほんとうなら、神々はカサンドラの一族を結局は見捨てなかったということになる。わたしでも将来に夢をたくすことができるのかもしれない。「わたしを守るために、アルテミスがカットを寄こしてくれた、ってあなた方は思っているのね？」

ウルフはハンドルをぐっと握りしめた。「いまの時点では、どうとらえるべきなのかわからない。アルテミスのスポークスマンがきみのことを、地球が滅亡するかどうかの鍵を握っている人物だといっていた。だから、きみを守ってやってくれと――」

「地球が滅亡するかどうかの鍵って、どういうこと？」ウルフの話をさえぎって、カサンドラはいった。

カサンドラと同様に、ウルフもおどろいた様子だった。「ということは、きみは知らないのか？」

オッケー、なるほど。ダークハンターでもハイになって、訳がわからない妄想をいだくことがあるようだ。

「ええ。というか、わたしたち、どちらか一方でもコカインのパイプを置いて、今夜の出来事を最初から考えなおす必要があると思うけど」

彼女の冗談にウルフはふふっと笑った。「おれが薬物でハイになっているとしたら、きみのいうとおりだろうが、実際はちがう」

カサンドラの心臓の鼓動がはやくなった。彼のいっていることに、いくらかの真実があるのだろうか？　「あなたのいっていることが正しくて、地球が滅亡するかどうかの鍵をわたしが握っているのだとしたら、遺言書を作成するわ」

「なぜだ？」

「八カ月もしないうちに、わたしは二十七歳になるから」

カサンドラが声を詰まらせて話すのを耳にしたウルフは、彼女が直面している運命をいやというほど理解した。「アポライトの血は半分しか流れていない、といってただろ」

「ええ。アポライトと人間のハーフで呪いを生き延びた者は、わたしの知るかぎりいない。あなたは知ってるの？」

ウルフはかぶりをふった。「アポライトの呪いをまぬがれているのは、ウェアハンターだけのようだからな」

カサンドラは無言のまま道を行き交う車の流れを窓からながめて、その夜の出来事を思いかえしていた。

「待って」ダイモンがアパートに侵入してきたときのことを思いだして、カサンドラはいった。「あの男は、どうやってわたしの家に入ったのかしら。ダイモンは招待されないかぎり、だれかの家に入ることを禁じられていたと思うけど」

ウルフの答えは、心安らぐものとはとてもいえなかった。「抜け穴だ」

「なんですって？」カサンドラは両方の眉を吊りあげた。「なんなの、〝抜け穴〟って」

ウルフはハンドルを切って、高速の出口ランプに向かった。「ダイモンたちがモールや公共の場に行けるようにする抜け穴は、連中がひとのコンドミニアムやアパートに侵入することも可能にするんだ」

「どうして？」

「モールやアパートメントとかいったものは、個人や法人が所有している。所有している人間なり会社なりが様々な人々にその建物を自由に使うことを許可すれば、基本的に来るものはすべて拒まずということになる。ダイモンもふくめてね」

いやだわ、ほんとに信じられない！　カサンドラはショックを受けて、しきりとまばたきをした。「で、そのことをいま、あなたがわたしに教えてくれたってわけね。どうしてこれまでだれも教えてくれなかったんだろう。自分は安全だって、ずっと思っていたのに」

「きみのボディーガードはよく知っていたはずだ。彼女がほんとうにアルテミスと通じているとすればな」

「でも、そうともいいきれないわ。彼女がごく普通の人間だって可能性も捨てきれないはずでしょ」

「ああ。両手を上げるだけで、スパティのダイモンをびびらせはするがね」

その言い分ももっともだ。たしかに。「ダイモンがどうして逃げていったのかわからない、ってカットはいってたけど」

「そのあときみを置き去りにして、連中と対決させた……」

カサンドラはウルフのいわんとするところを察して、手で目をこすった。カットはダイモンたちと共謀《ぐる》だったのか？　アルテミスはわたしを殺したいのか？　生かしておきたいのか？

「ああ、もう、だれも信じられない」カサンドラはため息まじりにつぶやいた。

「現実世界にようこそ、公爵夫人。われわれが信じられるのはただひとり、自分だけだ」

そんなことは信じたくなかったけれど、今夜の出来事を思えば、それが唯一の絶対的な真実のように思われた。

ずっと一緒にやってきたのに、カットが裏切り者なんてことはありうるのだろうか？

「すばらしい。すごくすばらしいわ」カサンドラは小声でいった。「教えてちょうだい。夜にベッドに就いたとき、きょう一日の出来事をやりなおすことはできるかしら？」

ウルフは短く笑った。「残念だが、だめだね」

カサンドラはいらだたしげにウルフをにらんだ。「ふん。あなたって頭のてっぺんから爪先まで癒し系って感じよね」

ウルフは無視した。

カサンドラは対向車をながめながら、これからどうするべきか考えようとした。今夜の事件を理解するのには、いったいどこからはじめればいいのだろう？

ウルフは街を出て、ミネトンカのはずれの広大な地所に入っていった。アメリカの最富裕層の邸宅が並んでいる地域だった。

車は私道を走っていったが、どこが行き止まりになっているかわからないほどその道は長かった。百五十センチほどの雪の壁も道の向こうを見づらくしている原因となっていた。ウルフが車のサンバイザーについている小さなボタンを押した。するとと鉄のゲートがひらいた。

カサンドラがおもむろに感嘆の息をもらすなか、車は私道をさらに走っていった。やがて、〝家〟が見えてきた。〝館〟といったほうがふさわしいかもしれない。カサンドラの父の家が、小屋とはいえないまでも小さく思えてしまうほどの豪邸だ。

十九世紀末の典型的な建築様式で、ギリシア風のどっしりした柱と、厳冬期の雪と霜のなかでも手入れの行き届いた庭が特徴的だった。

曲がりくねった私道を走っていくと、やがて車が五台入る馬小屋のような車庫に着いた。なかにはクリスが乗っているハマー（ナンバープレートにＶＩＫＩＮＧと書かれているから、まちがいない）、ヴィンテージのハーレー二台、流線型のフェラーリ、ものすごくかっこいいエクスカリバーがあった。車庫のなかはとても清潔で、どこかのショールームのようだった。壁の装飾的な飾りから大理石の床にいたるまで、「途方もない金持ち」と声高に主張している。

カサンドラは目を丸くした。「フィヨルド沿いの小さな石のコテージから、ずいぶんとまあ出世したものね。金持ちもそう悪くはないと思いなおしたわけね」

ＳＵＶを駐めていたウルフは、眉をひそめてカサンドラに目を向けた。「覚えていたのか？」

彼女はウルフのゴージャスな頭のてっぺんから黒いバイカーブーツの爪先まで、視線を走らせた。彼にはまだ腹を立てているけれど、すてきな男性がすぐそばにいるがゆえの体の芯の火照りは抑えこめなかった。いやな男《アス》だけど、たしかにセクシーだ。

ついでにいえば、お尻《アス》もたまらなくいい。

「あなたが出てきた夢はすべて覚えているわ」

ウルフの眉間の皺がいっそう深くなった。「ってことは、おれにからんできたのはきみだったんだな」

「よくいうわ！」ウルフの非難がましい口調にむっとして、カサンドラは吐き捨てるようにいった。「わたしはなにもしていないわよ。それどころか、あなたこそ、わたしにちょっかいを出したんじゃないの」

ウルフは車から降りると、ドアをばたんと閉めた。

カサンドラもそれに倣った。

「ダリア」ウルフは天井に向かって叫んだ。「けつを上げてこっちに降りてこい、いますぐに！」

ウルフの横に青い霧がゆらめいたかと思うと、呆然とするカサンドラの前に若くうつくしい女性が現われた。漆黒の髪に淡いブルーの瞳。まるで天使のようだった。

ダリアは無表情のまま、ウルフと目を合わせた。「そういう物言いは無礼だってあたしは教えられてきたけどね、ウルフ。あたしに感情があったなら、あんたに傷つけられたと思っただろうよ」

「悪かった」ウルフは申し訳なさそうにいった。「失礼なことをいうつもりはなかったんだが、夢のことでどうしても頼みたいことがあったんだ」

ダリアはウルフからカサンドラに視線を移した。その瞬間、カサンドラは理解した。目の前にいるのは、Dream-Hunter.comで見たドリームハンターなのだろう。ドリームハンターはみな、黒髪に淡い瞳をもっている。このギリシアの眠りの神たちは、その昔ゼウスに呪いをかけられて、感情というものをいっさい失ってしまっている。

ドリームハンターは全員、うつくしい。この上なくエレガントだ。ダリアは線が太いけれど、同時にそこはかとなく儚げなところもある。どこか現実離れしているなにかを感じさせる。

カサンドラはいきなり、子どもっぽい衝動を感じた。ダリアが生身の肉体でできているのか、それともべつのものでできているのか、この眠りの女神に触れてたしかめてみたい。

「あんたたちふたりは、夢のなかで出会ったんだね」ダリアがウルフにきいた。

ウルフはうなずいた。「あれはほんとうのことだったのか？」

ダリアはかすかに首をかたむけた。しきりと考えごとをしているようだ。遠くを見つめる淡い瞳が、繊細な雰囲気をかもしている。「ふたりとも覚えているっていうのだったら、そうだろうね」視線を鋭くして、ウルフを見上げた。「でも、あたしたちドリームハンターはその夢にいっさい関与してない。あんたはあたしのケアを受けているんだよ。ほかのオネロイがあたしに一言もいわないで、あんたの夢に干渉することはありえない」

「ほんとうか？」ウルフは強い口調でいった。

「ああ。それはあたしたちドリームハンターが慎重に守る掟だからね。ダークハンターの世話をまかせられたら、直接誘われないかぎりそのハンターの夢には侵入しない」

ウルフの眉間に、いつものように深い皺が刻まれた。カサンドラは不安になってきた――〝現実の〟ウルフは、思いつめたような不吉な顔つき以外の表情はつくれないのかもしれない。「おれのケアをしているのに、彼女が登場した夢について知らないというのは、どういうことなんだ？」

ダリアは肩をすくめてみせた。彼女には不似合いな、ぎこちない仕草だ。いかにも取ってつけたような仕草だった。「夢にあたしを呼ばなかったし、けがをして手当てを必要としてもいなかったから。あたしは理由もなく、あんたの無意識を監視したりしないのよ、ウルフ。夢はプライベートなものだから、招かれていないのに夢の世界に入りこむのは、邪悪なスコティだけ」

ダリアはカサンドラに顔を向けて、手を差しだしてきた。「あたしにさわってもいいよ、カサンドラ」

「どうしてわたしの名前を？」

「このひとは、きみのことをすべて知っている」ウルフがいった。「ドリームハンターはすべてをお見通しなんだ」

カサンドラはためらいがちにダリアの手に触れた。やわらかく、あたたかかった。人間と変わらない。とはいえ、静電気にも似た奇妙な電気がびりっと走った。ちがうといえば、その点だけだ。妙に心地よい感覚だった。

「ここの領域では、あたしたちは人間とそう変わらない」ダリアが静かにいった。

カサンドラは手を引っこめた。「でも、あなたには感情がないでしょ?」

「最近は人間の夢にも潜りこむから、感情をもてるときもある。短いあいだなら、感情を吸いあげつづけることは可能だから」

「スコティはもっと長いあいだ、吸いあげることができる」ウルフがつづけた。「そういう意味では、彼らはダイモンに似ている。スコティは魂ではなく、感情を盗むんだ」

「エネルギー・ヴァンパイアね」と、カサンドラ。

ダリアはうなずいた。

ドリームハンターについての文章は、たくさん読んでいた。ダークハンターとはちがって、オネロイについて書かれた古代の文献は、山のように残っている。この夢の神は古代ギリシアの文学のあちこちに出てくるが、眠っている人間を餌食にする邪悪なスコティについては、あまり記述がない。

カサンドラがスコティについて知っているのは、古代文明において彼らがたいへん恐れられていたということだけだ。眠りの悪魔が真夜中にやってきたらたいへんだと、スコティという名前を口にすることすら恐れていた古代人も多かった。

「アルテミスがわれわれにそういうことをするだろうか？」ウルフはダリアにきいた。

「どうしてアルテミスが出てくるのかい？」ダリアがききかえした。

ウルフはかすかに体をもぞもぞさせた。「アルテミスがこのお姫さまを守ろうとしているようなんだ。あの女神がそのためにおれの夢のなかに彼女を送りこんだということは、ありうるかな？」

「大抵のことは、不可能じゃないと思う」

カサンドラはダリアのその言葉をそくざにとらえた。かすかな希望の光が見えてきたような気がした。「つぎの誕生日に、わたしが死なずにすむ可能性もあるってこと？」

ダリアの無表情なまなざしにはなんの希望も感じられず、それは無理だよ。その口調も淡々としていた。

「あたしに予言を期待しているのなら、お嬢さん、将来なんてものは、実際にそのときになってひとりで向きあわなきゃならないものだから。ここであたしがいったことが、当たることもあればはずれることもある」

「でも、アポライトのハーフはみな、二十七歳の誕生日に死ぬ運命なんでしょう？」カサンドラは答えを求めて、なおも食いさがった。

「それも、ご神託をうかがっているような感じだね」

カサンドラはいらだって、目を閉じた。わたしはただ、希望が欲しいだけなのに。ほんのすこしの道先案内が。

あと一年の命が。

欲しいものはほかにもある。でも、これ以上欲しがるのは、贅沢というものだろう。

「ありがとう、ダリア」と、ウルフ。低くて力強い声だった。

ドリームハンターはカサンドラたちに向かってちょっと頭を下げると、つぎの瞬間には消えた。跡形もなく。忽然と。

カサンドラは測りしれないほど大昔から生きている男性の、エレガントなガレージを見渡した。それから、自分の右手の小さなシグネットリングを見つめた。母が死ぬ数日前にくれたものだ。カサンドラの始祖であるアポライトが崩れ去って灰になったときから、代々伝わってきた指輪だ。

カサンドラはいきなり笑いだした。

ウルフは彼女の気分がいきなり変わったことに、とまどった顔をした。「だいじょうぶか？」

「だめみたい」なんとか平静をよそおいながらこたえる。「今夜はどこかで、頭のねじがはずれてしまったみたい。そこまでいかなくとも、ロッド・サーリングの『ミステリーゾーン』の世界に足を踏みいれたみたいね」

ウルフの眉間の皺が深くなった。「どういう意味だ？」

「えっと。だから……」カサンドラは、腕にはめているゴールドのハリー・ウィンストンの時計を見つめた。「まだ十一時なのに、わたしは今夜すでに人間に変身するヒョウが経営しているクラブへ行って、ヴァンパイアの一団が人々を襲って、ひょっとしたら神かもしれない男にわたしは襲われた。それから帰宅して、また襲われた。クラブにいた殺し屋たちと、神らしき男と、ドラゴンに。で、ダークハンターに助けられた。わたしのボディーガードが女神の使者である可能性が出てきた。で、ついさっき、眠りの精にあった。すごい一日。でしょ？」

現実世界のウルフに会ってはじめて、カサンドラは彼の苦みばしったハンサムな顔にかすかな笑みが浮かぶのを見た。「おれの生きている世界から見れば、ごく普通の一日だがな」

ウルフが近寄って、ストライカーに嚙まれた頸を調べた。肌にそえられた彼の指から、ぬくもりがつたわってくる。やさしい感触に、気分が落ち着いた。ウルフの匂いにつつまれて、一瞬願わずにはいられない——時計の針を巻きもどして、もういちど友人同士としてやりなおしたい。

カサンドラのシャツに、ほんのかすかな血痕がついていた。「もう傷は閉じてきているみたいだ」

「そうね」静かにこたえる。ダイモンの唾液には凝固作用のある成分がふくまれているので、血を吸うためにいったん傷口をあけたら、ずっと血を吸いつづけなければならない。そうしなければ、血を飲む前に傷口がふさがってしまうのだ。ダイモンが分泌する凝固作用のある成分はまた、彼らが人間の目に唾を吹きかけたときに、失明させる力ももっている。

嚙まれたことがきっかけでストライカーとなんらかの結びつきができなくて、ほんとうによかった。

ウルフは一歩後ろに下がって、カサンドラを家のなかにとおした。彼女の無事を見守る仕事がどうして自分にあたえられたのか、わからなかった。しかし、アケロンからべつの指示を受けるまでは、任務を遂行しよう。感情や気持ちは、二の次にして。

ドアをあけたとき、携帯が鳴った。

電話に出ると、相手はコービンだった。「やあ、カットは見つかったか？」

「ええ」と、コービン。「ゴミを捨てに行って、もどってきたらカサンドラの姿がなかった、って本人はいったわ」

それをカサンドラに伝えると、彼女はとまどった顔をした。

「カットのことは、どうして欲しい？」カサンドラにたずねる。

「彼女はここに来られるのかしら？」

ああ。赤道が凍ったら来られるがね。ウルフはカットをクリスと自分の住まいに近づかせるつもりはなかった。彼女と彼女の忠誠心について、もっとくわしいことがわかるまでは。

「どうだろう、コービン、当分カットと一緒にいてくれないか」

カサンドラは緑色の目をけわしくして、ウルフをにらみつけた。「そうはいわなかったのに」

ウルフは片手を上げて、彼女を制した。「ああ。わかった。落ち着いたら、また電話する」

携帯を切った。

カサンドラはウルフの高圧的な態度に気色ばんだ。「黙らせられるのは、我慢ならないわ」

「いいか」ウルフはベルトに携帯をもどした。「きみの友だちについてもっと情報を得ないかぎり、彼女をうちに招待するわけにはいかないんだ。クリストファーが住んでいる場所にね。おれ自身の身にかんしては、一か八かのことをやっても一向に平気だが、クリストファーにかんしてはそうはいかない。わかったな」

カサンドラはウルフが出てきた夢を思いだして、口ごもった。「ごめんなさい。彼はクリスの話をして、自分にとってクリスがどれほど大切な存在か語っていた。そこまで考えがおよばなかったわ。となると、クリスもここに住んでいるのね」

ウルフはうなずいて、奥の廊下の照明をつけた。カサンドラの右手には階段があり、左側にはこじんまりしたバスルームがあった。廊下の向こうはキッチンだった。広々とした風とおしのいいキッチンで、きちんと掃除が行き届き、とてもモダンなデザインだった。

ウルフはオーブンのそばの小さなラックに、鍵をぶらさげた。「遠慮なく、くつろいでくれ。冷蔵庫にビール、ワイン、牛乳、ジュース、ソーダがそろってる」

食器洗い機の上の食器棚を指して、グラスや皿がある場所をしめした。

ウルフはキッチンを出ると照明を消して、広々としたすばらしいリビングにカサンドラを案内した。黒いレザーのソファが二台、それとおそろいの肘掛け椅子、コーヒーテーブルとして使われている、中世風の装飾のついた銀の箱。一方の壁は娯楽機器のコーナーで、ワイドスクリーンのテレビ、ステレオ、DVDとVHSのプレイヤーが、ちまたに出回っているありとあらゆるゲーム機とともに置かれている。

図体の大きい無骨なヴァイキングの戦士がゲームを楽しんでいる姿を想像して、カサンドラは小首をかしげた。過剰なまでにかたくるしいウルフのキャラクターには、まったくそぐわない。「あなたがゲームを？」

「ときたまね」低い声でこたえた。「大抵はクリスがやる。おれはコンピュータの前でぼうっとしているほうが好きでね」

その姿を思い描いて、思わず笑ってしまった。いつもものすごく張り詰めている彼が、ただ〝ぼうっとする〟ことができるのだろうか。

ウルフはコートを脱ぐと、カウチにかけた。カサンドラの耳にだれかの足音が聞こえてきた。廊下を歩いて、こっちに向かってくる。

「やあ、おかえり。ところで……」青いフランネルのパジャマのズボンと白いTシャツという格好で部屋に入ってきたクリスは、言葉がつづかなくなった。

口をぽっかりあけている。

「ハイ、クリス」カサンドラは声をかけた。

クリスは数分ほど言葉を失って、カサンドラとウルフを交互に見ていた。

しばらくしてようやく言葉を発したが、その声には困惑と怒りがないまぜになっていた。

「だめだ、だめだ、だめだよ。こんなのフェアじゃない。家に招待してくれる女の子にようやく出逢えたのに、あんたはその女の子を自分のお楽しみのために家に連れてきたのか？」

つぎの瞬間、べつの考えが浮かんだのか、青い顔をした。「いや、自分のお楽しみのために連れてきたといってくれ。ぼくのためじゃなくてね。例によって、ぼくに女性を押しつけようとしたわけじゃないよな、ウルフ？　もしそうだったら、あんたが眠っているあいだに串刺しにしてやる」

「ちょっといいかしら」カサンドラが声をかけて、ウルフがおもしろがって聞いているクリスの熱弁を中断させた。「わたしはたまたまここに来ただけなのよ。わたしのこと、一体なんだと思ってるの？」

「すごくいい娘《こ》だと思ってるさ」クリスはすかさず言い訳がましくいった。「でも、ウルフはとんでもなく高圧的だから、ひとをねじふせて自分の思うようにする傾向があるんだ」

ウルフはふんっと鼻を鳴らした。「だったら、おれがおまえをねじふせて子づくりをさせられないのは、どうしてなんだ？」

「見ろよ！」クリスは勝ち誇ったように片手を上げた。「口うるさいお見合いおばさんみたいなヴァイキングの男を身内にもっているのは、歴史上ぼくだけだろうね。あーあ、親父が精力旺盛で子だくさんだったらどんなによかったか」

クリスの言葉におもしろい映像が頭に浮かんできて、カサンドラは声を上げて笑った。

「口うるさいお見合いおばさんみたいなヴァイキングですって？」

クリスはうんざりしたようにため息をもらした。「きみには到底わからないだろうな……」

口をつぐみ、しかめ面をしてウルフとカサンドラを見た。「ところで、どうして彼女がここにいるんだ、ウルフ？」

「彼女を守っているんだ」

「なにから？」

「ダイモンから」

「凶悪なダイモンたちから」カサンドラがつけくわえた。

クリスはカサンドラが想像した以上に、状況を理解してくれた。「彼女はぼくたちのことを知ってるのか？」

ウルフはうなずいた。「ほとんどなんでも知っている」

「だからDark-Hunter.comについてきいてきたんだね？」クリスはカサンドラにいった。

「そう。ウルフをさがしあてたかったの」

クリスはとたんに怪訝な顔をした。

「まあ、そういうことなんだ、クリス」ウルフが口をひらいた。「彼女はしばらくここに滞在する。彼女には、かくしだてはいっさいしなくていいぞ」

「ほんとうに？」

「ああ」

クリスはとてもうれしそうな顔をした、「で、あんたたちはダイモンと戦ったんだな？うらやましいかぎりだよ。ぼくなんか、バターナイフをもっただけでウルフに怒鳴られるんだぜ」

カサンドラは笑った。

「実際のところ」クリスはまじめな顔でつづけた。「ウルフは面倒見のいい母親以上に小うるさいんだ。ところで、ダイモンは何人始末したんだ？」

「ひとりも始末できなかった」ウルフがつぶやくようにこたえた。「人間の魂を狙う普通のダイモンよりも、はるかに手ごわかったんだ」

「へええ、それはおめでたいことで」クリスがいった。「血みどろになるまで戦ってくれる相手が見つかったんだからね」それからまたカサンドラに顔を向けた。「ウルフはちょっとした問題をかかえていることを、きみに説明した？」

ウルフがどういう〝ちょっとした〟問題をかかえているのか、カサンドラは目を見ひらいて考えた。

無意識のうちに、彼の股間に目がいっていた。

「おい！」ウルフが声を張りあげた。「おれにはそういう問題はない。そういった問題をかかえているのは、こいつのほうだ」

「嘘つけ！」クリスが嚙みつくようにいった。「ぼくだってそういう問題はないさ。ぼくの問題といえば、セックスしろってあんたにせっつかれることだけだ」

ああ、もうっ。この会話がこのさき行き着くだろう話題についてはあまり耳にしたくない。この男性ふたりの情報を多く知りすぎるのも、考えものだ。

「ええっと、つまり、あなたたちはどういう問題について話しあってるの？」クリスにきく。

「きみはこの部屋を出たら最後、廊下の行き止まりにいくまでにこの男のことを忘れてしまう、っていう問題だよ」

「ああ」カサンドラはピンときてうなずいた。「あれね」

「そう、あれ」

「それは問題ない」ウルフが胸の前で腕を組んでいった。「おれのことを、彼女は忘れない」

「げっ、そういうことか」クリスはうんざりしたように顔をゆがめた。「ぼくは血が繋がった親戚の娘《こ》にモーションをかけていたんだね？　胸がむかむかする」

ウルフは目を白黒させた。「彼女はおれたちの親戚ではない」

クリスは一瞬だけほっとしたようだが、つぎの瞬間、また気分が悪そうな顔をした。「そっか、だったら余計に始末におえないや。ぼくのことを変人あつかいしない女の子にようやく出逢えたのに、彼女はあんたを慕ってここに来ているってわけか。そういうことなんだろ？」

クリスは口をつぐんだ。もっといい考えが浮かんだのか、顔がいまいちど明るくなった。

「あっ、ちょっと待った。ぼく、なにを話していたんだろ？　彼女があんたのことを覚えているのなら、ぼくは重圧から解放されるんだ！　やっほー！」ソファの周りをぴょんぴょん跳ねて踊りだした。

カサンドラはクリスの調子はずれの浮かれ騒ぎに、目を丸くした。ウルフは実際、この青年をもっと自由にさせてあげるべきだろう。

「大喜びするのはまだはやいぞ、クリストファー」ウルフはいって、ソファの角を回り込んでウルフを踊りに巻きこもうとしたクリスを避けた。「彼女はアポライトなんだから」

クリスはそくざに動きをとめ、浮かれ騒ぎをやめた。「まさか。カサンドラには昼間も会ってるし、牙もない」

「わたしは半分だけアポライトなの」

クリスはウルフの後ろにかくれた。まるでカサンドラにとって食われるんじゃないかと、おびえているみたいに。「だったら、彼女のことをこれからどうするんだ？」

「この家にしばらくゲストとしていてもらう。だからおまえは荷造りをしろ」ウルフはクリスを廊下へ押しやろうとしたが、彼はてこでも動かなかった。「おまえをどこかへ避難させるために、スクワイヤー議会に電話をする」

「なぜだ？」

「尋常ではないパワーをもった忌まわしいダイモンが、彼女を狙っているからさ。おまえが十字砲火で攻撃されるようなことがあったらたいへんだからな」

クリスはとぼけた顔をしてみせた。「ぼくは赤ん坊じゃないんだぜ、ウルフ。なにやらおもしろいことになりそうな兆候があっただけで、ぼくをどこかにかくす必要はないさ」

クリスにそういわれても、ウルフは聞き分けのない子どもを辛抱強く相手にしているような態度を変えなかった。「おまえを危険にさらしたくない。荷物をまとめろ」

クリスはうんざりした顔で、吐き捨てるようにいった。「モルギンがあんたに、歳のいった女性の魂をあたえたことを呪うね。そのせいであんたは、ごく普通の母親以上に心配性なんだよ」

「クリストファー・ラース・エリクソン。いわれたとおりにしろ！」ウルフがぴしゃりといったから、カサンドラはぎくっとした。

クリスはうんざりしたうつろな目をウルフに向けただけだった。じきに重苦しいため息をもらすと、踵を返して廊下に出て、もどっていった。

「たしかに」ウルフが聞きとれないほど低い声でうなるようにいった。「あいつを絞め殺してやりたくなるときがある」

「でも、あなたは四歳の子どもを相手にするような口調だったわ」

ふり返ったウルフに凄みのある顔でにらまれたので、カサンドラは恐くなってあとずさりした。「そっちには関係のないことだ」

カサンドラは両手を上げて、ウルフをにらみかえした。「お言葉ですけどね、無頼漢さん。わたしにはそういう口のききかたをしないでちょうだい。わたしはあなたがキレたときでも、いうことをきく女じゃないの。べつにここにいなきゃいけない、ってことはないのよ」

「だめだ、いろ」

カサンドラは茶目っ気たっぷりにウルフを見た。「そうは思わないわ。そうやって怒鳴るような口調でわたしに話しかけるのをやめなければ、こっちとしてもとっとと出ていくしかないわね」玄関の扉を指さした。

ウルフは感じの悪い、冷ややかな笑みを浮かべた。「ヴァイキングから逃げようとしたことはあるか？　われわれヴァイキングの話題が出ただけで西ヨーロッパの連中が失禁してしまったのも、それなりの理由があってのことだったんだぞ」

カサンドラはふるえあがった。「大げさなことをいわないで」

「大げさかどうか、試してみればいい」

カサンドラはごくりと唾をのみこんだ。ひょっとしたらわたしは、思いあがっていたのかも。

ふんっ、こんなのどうってことない。そっちがやる気なら、受けてたとうじゃないの。わたしは生まれてこのかた、ずっとダイモンと戦ってきた女だ。ダークハンターとだって、喜んで戦ってやる。

「一言いっておくわね、ヴァイキングの戦士こと野蛮なチンピラさん。そちらのご先祖はもっぱらひとさまの火や食料をたかっていたけど、わたしの先祖は四大元素を利用して、現代世界でも太刀打ちできないほどの帝国を築きあげたのよ。だから、自分の能力をひけらかして、わたしをびびらせようとしても無駄。わたしにはあなたの脅しは、ううん、だれの脅しも通用しないのよ。わかった？」

おどろいたことにウルフは声を上げて笑うと、カサンドラの前に近づいた。その瞳は暗く危険に満ちていて、彼女は怒っているにもかかわらず体が火照った。ウルフの体の熱に、蕩《とろ》けてしまいそうになる。

さっきよりもさらに、息苦しさを感じた。

ウルフの生々しい男っぽさがさらに意識されて、カサンドラのありとあらゆる女性的な部分があえいでいる。

ウルフが彼女の頰に手を置いた。おもしろがっているのか、片方の口角を吊りあげている。こっちをじっと見つめる彼の視線には、とても抗えない力があった。「おれがヴァイキングとして活躍したころなら、きみはきみの体重とおなじ重さの金塊以上の価値があっただろうな」

つぎの瞬間、彼はまったく予想外の行動をとった。かがみこんでカサンドラにキスをしたのだ。

カサンドラはウルフの野性的な味にうめいた。唇をうばうウルフとカサンドラの息が混じりあう。体がかっと熱くなり、彼を求めてずきずきうずいている。

でも、後ろめたさは感じなかった。こんなにすばらしく非の打ちどころのない男性が相手であれば、後ろめたくない。これほど男らしくて、猛々しい男性であれば。

ウルフがそばにいると、火にあぶられて全身が爆《は》ぜるような気がした。舌に舌をからませて、ウルフは喉の奥で低くうめいている。

それからさらに抱き寄せられた。股間の膨らみを感じるくらいに、きつく。すでにすっかりかたくなっていて、愛を交わす相手として彼がまさに理想的であることをじかに感じた。

それを知って、さらにもっと息が苦しくなった。体がうずいた。ウルフは両手を後ろにやってカサンドラのヒップをつかむと、ぐいっと自分のほうへ引き寄せた。

さっきまでの怒りは、彼への欲望にのみこまれてしまっていた。

「以前もそうだったけど、いまはさらに甘い味がする」口づけをしながら、ウルフがつぶやくようにいった。

カサンドラは言葉を発することができなかった。彼のいうとおりだ。今回のは、さらにもっと情熱的だ。夢のなかでよりも、はるかにもっと火花を放っている。いまはともかく、彼の服をはぎとりたい。それから押し倒して馬乗りになり、ふたりとも汗だくになって心行くまで満たされたい。

それを実現させなさいと、カサンドラの全身が訴えていた。

ウルフは体と手でカサンドラの女らしい曲線を描く肉体を感じ、ハッと息をのんだ。気が狂いそうなほど彼女が欲しい。居ても立ってもいられないほどに。困ったことに、夢のなかでじゅうぶんつきあったから、彼女がいかに情熱的な女かはすでにわかっている。

彼女はアポライトなんだぞ。禁じられた果実のなかでも、もっともタブーとなっている存在なんだ。

理性の声がいきなり聞こえてきた。

耳をかたむけたくない。

しかし、ウルフに選択肢はなかった。

カサンドラから手を放し、彼女から遠ざかるのだと自分にいいきかせる。彼女によって火をつけられた欲望から、遠ざからなくては。

おどろいたことに、遠ざかることを彼女は許してくれなかった。口づけをしたままウルフを抱き寄せ、唇でウルフの唇をむさぼっている。五感のすべてに彼女がしみこんでいく。ウルフは目を閉じて、悦びのため息をもらした。カサンドラのバラとパウダーの香りに、酔いしれた。

カサンドラの香りは、いくらかいでも飽きなかった。彼女にはこうやって、いつまでも体を押しつけてもらいたい。

こんなにもなにかを求めたことは、はじめてだった。

カサンドラがちょっと身を引いて、こっちを見上げた。欲望に緑の瞳が輝き、頰が紅潮している。「手に入れることができないものを求めているのはあなただけじゃないのよ、ウルフ。アポライトのわたしをあなたは憎んでいるんだろうけれど、わたしの気持ちも想像してみて。自分の種族を虐殺している男を夢に見たことを知ったときのわたしの気持ちを。あなたは何世紀ダイモンを殺してきたのかしら？」

「十二世紀だ」思わず知らずこたえていた。

ウルフの返事にカサンドラは顔をしかめた。両手が彼の頰から離れてだらんとなった。

「何人殺してきたの？　覚えている？」

ウルフは首を横にふった。「彼らのことは殺さねばならなかった。なんの落ち度もない人々を殺したのだから」

カサンドラの瞳が暗くなって、とがめるような目つきになった。「生き残るためには仕方なかったのよ、ウルフ。二十七歳で死ぬかどうか選択を迫られたことは、あなたはない。大抵のひとにとって人生はこれからっていう年齢で、わたしたちは死に直面する。自分の子どもの成長を見届けられないと知ることがどういうことか、あなたにはぜったいにわからない。孫の成長を見届けられないというのが、どういうことか。母はよくいっていたわ。わたしたちは春に咲く花でしかないと。一回開花して死んでいく一年草だって。わたしたちはこの世にほんの一時花を咲かせ、あとがつかえているから塵となって消えていく」

右手を上げてウルフに掌を見せた。ピンク色の小さな涙形の刺青が五つ、花弁を模して彫られている。「愛するひとが死ぬと、わたしたちはこうやって、そのひとの命を永遠にする。この花びらの一枚は母。ほかの四枚は姉たちよ。姉たちの鈴を転がすような笑い声を知る者はいずれいなくなる。母のやさしい笑みを覚えている者はいずれいなくなる。八カ月後、きちんと埋葬できるわたしの遺体すら父には残されない。わたしは粉々の塵になるのだから。それはなぜ？　わたしの何代も何代も何代も前の祖先がしでかしたことが原因なの？　これまでの人生、わたしはずっとひとりぼっちだった。自分のことを知られるのが恐かったの。ひとを愛したくなかった。わたしに先立たれて悲しみに暮れるひとを、これ以上増やしたくないから。父はそういう運命にあるけれど。

「わたしはいずれ、まぼろしになる。でもあなたは、こうやって生きているのよね、ウルフ・トリュグヴァソン。その昔、陸地にあがってあちこちの村を襲撃したヴァイキングの荒くれ者。富と名声を求めていた人間だったころは、何人ひとを殺した？　生き延びるために殺人をおかすダイモンより、自分は立派だといえる？　あなたのどこが、わたしたちより立派なの？」

「それはまたべつの話だ」

カサンドラは耳を疑って呆然とした。火を見るよりも明らかなことを、ウルフは理解しようとしない。「そうかしら？　あなたのサイトで、ほかのダークハンターの名前を見たわ。トラキアのキリアン、マケドニアのジュリアン、ウァレリウス・マグナス、ジェイミー・ギャラガー、ウィリアム・ジェス・ブレイディ。自分の祖先の歴史を勉強してきたから、その名前にはなじみがあった。その昔、いま名前を挙げたダークハンターたちがわたしたちを恐怖におとしいれたことも知ってるわ。ダークハンターの大部分は生前に殺人をおかしているのに、永遠の命を手に入れてもいいとされているのはどうして？　わたしたちアポライトはなんにも悪いことはしていないのに、生まれたときから呪われているのよ」

ウルフは彼女の言葉を聞きたくなかった。ダイモンの身の上に思いをはせたことはいちどもなかったし、彼らがどうしてあのような行動をとるのか考えたこともなかった。彼らのことは、任務として始末していたまでのことだった。ウルフのなかでは、ダークハンターはつねに正しかった。ダークハンターは人間の守り手なのだから。ダイモンは追跡され殺害されてしかるべき略奪者だ。「ダイモンは邪悪だ」

「わたしは邪悪？」

いや、彼女はちがう。彼女は……。

彼女は名づけることができない存在。

「きみはアポライトだ」力を込めていう。

「わたしはアポライトである前に女なのよ、ウルフ」淡々とした口調だったが、そこには深い想いがこめられていた。「泣いたり嘆いたりする、笑ったり愛したりするひとりの女。母がそうだったようにね。この地球上のほかの人々と自分とのちがいはなにか、わたしはわからない」

ウルフと目を合わせたカサンドラは、彼の瞳のなかの炎に焼かれるような気がした。「おれにはわかる、カサンドラ。そのちがいが」

ウルフの言葉が胸をえぐった。「だったら、もう話しあうことはないわね。わたしたちは敵同士なんだわ。それだけの関係よ」

変えようのない真実をカサンドラに指摘されて、ウルフは深呼吸をした。アポロンが自分の子どもに呪いをかけて以来、ダークハンターとアポライトは敵対関係にあるのだ。

「そうだな」胸がふさがるような思いで、静かにこたえる。

敵対関係にはなりたくない。彼女とは。

でも、それ以外のどういう関係になれるというのだ。

ダークハンターには好んでなったわけではない。でもダークハンターとして生きていくと誓約はした。

おれたち は敵同士。

ウルフはそのことに、精神的に打ちのめされた。

「寝室を案内しよう」カサンドラのプライバシーが守られるように、クリスの部屋の向かいの翼棟に彼女を案内する。

カサンドラは居心地のよさそうな広い寝室に案内された。そのあいだ彼女はずっと無言だった。愚かでばかげたことを求めている自分が、嘆かわしかった。わたしは彼になにを望んでいるの？

ダイモンは最初からダイモンではなく、元はアポライトだった。ダイモンとアポライトはおなじだといっていい。カサンドラとおなじ種族であるダイモンを殺すことをウルフにやめてもらうのは、不可能だった。ダークハンターがダイモンを殺すのはこの世の理《ことわり》で、どんなに議論を重ねてもこの事実は変えられない。

ウルフはもちろん、ほかの男性ともわたしが絆を結ぶ望みはない。わたしの命はほとんどおわりかけているのだから。それでも絆を結んでくれる男性がどこにいるのだろう？

どこにもいない。

だからカサンドラは笑い話をすることにした。悲劇的な人生をなんとか生きてこられたのは、ユーモアの精神のおかげだった。「ねえ、ここで迷子になったら、捜索隊を出してくれる？」

ウルフは笑わなかった。ふたりのあいだには、いまや堅牢《けんろう》な壁ができてしまっていた。彼は完全に心を閉ざしている。いずれにせよ、そのほうが都合がいいけれど。

「寝具をもってくるから」カサンドラから離れていった。

「自分の寝室すら教えてくれないほど、わたしを信用していないのね」

ウルフが射るような目を向けてきた。「おれが眠る場所はもう見ただろうが」

夢のなかのひどくエロティックな場面を思いだして、顔が赤くなった。ウルフにじっくりと情熱的に愛されているあいだ、自分の上で動く彼の小麦色の体を鏡で見た思い出がよみがえる。「黒い鉄のベッドなの？」

ウルフはうなずいて出ていった。

ひとり残されたカサンドラはベッドにすわって、頭のなかの映像を追いやった。「わたし、ここでなにしてるんだろう？」こんなところでいじいじしていないで、一か八かでストライカーと対決しなきゃ、と思っている自分もいる。

その一方で、夢の世界にもどって、きょう一日の出来事はなかったことにしたい、と願っている自分もいた。

ううん、わたしが望んでいるものはただひとつ。けっして手に入らないとわかっているけれど……。

わたしが望んでいるのは、禁じられているロマンス。抱きしめることができる恋人の男性。一緒に歳を重ねて行ける男《ひと》。彼との赤ちゃんをこの世に生みだすとき、わたしの手を握っていてくれる男。

とても実現できそうもないから、何年もまえにそういう夢は封印していた。

いまにいたるまで、実現できない夢をどうしてもかなえたいと思わせる男性に出逢ったことはなかった。ヴァイキングの戦士の漆黒の瞳を見つめながら、甥をどれだけ大切にしたかについて語る彼の話にじっと耳をかたむけるまでは、出逢ったことがなかった。

過去を悔やんでいる男。

彼を知ったいま、封印したはずの願いがふたたび湧いてきた。けっして叶わない願いなのに。

ウルフと一緒になることはできない。一緒になったとしても、わたしは数カ月後に死ぬ。

顔を掌に埋めてカサンドラは泣いた。

7

「カサンドラのところへ連れていって」カットは車の横の席にいる、赤褐色の髪の女性のダークハンターに怒鳴った。だれかのいいなりになってすべてをゆだねることは、カットの性分に合わなかった。「あの娘《こ》を守れるのは、わたしだけなんだから」

「そうだね」コービンはこたえると、自分のマンションの私道に入っていった。「彼女を守ることにかんしては、あんたはいい仕事をしてきた。なんというか……くずみたいな連中から守ることにかんしてはね」

カットはかっとなった。横にいるダークハンターをばらばらにしてやりたい衝動にかられる。短気な母の性格を、彼女は受け継いでいた。コービンにとって幸いなことに、カットはそれ以上に父の形質も受け継いでいたから、深呼吸をして子どもっぽい衝動を抑える術をずいぶん前に会得していた。

腹を立てたところで、なんの解決にもならない。カサンドラをさがしあてなければならないけれど、もし超能力を使ったら、ストライカーにもカサンドラの居場所を突きとめられてしまう。あのろくでなしはカットの超能力のかすかな気配を追跡してそれを悪用する術を、かなり前に身につけた。だからあのクラブで、カットはストライカーと戦わなかったのだ。好むと好まざるとにかかわらず、ストライカーは彼女よりパワーがある。その原因はおもに、あの男は自分の思いどおりにするために、なんのためらいもなく殺しができることにある。

というわけで、カットはこのダークハンターにカサンドラのところに連れていってくれと頼んでいるのだった。

アパートの外から電話を五分あまりもかけていたのは、デストロイヤーに連絡をとって、カサンドラを放っておいてくれと頼むためだった。

その隙を狙って、デストロイヤーがストライカーとその手下たちを送りこんでくるとは、思ってもいなかった。

裏切られたという思いに、息苦しさを感じた。はるか昔から、アポリミとアルテミスの両方に忠実に仕えてきたのに。なのに、あのふたりはそれぞれカットを利用してたがいにいやがらせをしている。カットにしてみれば、耐えがたい仕打ちだった。

おまけにアポリミとアルテミスは、カットの父がなぜ自分たちのお遊びに参加したがらないのか不思議がっている。アポリミとアルテミスのふたりに巻きこまれないようにつねに距離を置いている父は、娘のカットよりはるかに賢い。その一方で、父はこの女神たちを理解しているようだ。

父に電話をかけることができればどんなにいいか。父だったらものの数分で決着をつけることができるだろう。でも父を巻きこめば、いっそう厄介なことになるだけだ。

それに、カットとしても女神たちがなにを求めているのかは、もうどうでもよくなっている。この五年のつきあいで、カサンドラをとても大切に思うようになっている彼女としては、友人が傷つけられるのはもちろん、利用されるのを見たくなかった。

もうそろそろ、みなカサンドラを放っておいてあげるべき頃合だ。

コービンが車から降りた。

カットはあとについて車庫に入り、コービンが住まいの鍵をあけるのを立ちどまって見守った。「ねえ、わたしたち、味方同士よね」

ダークハンターはいかれた人間を見るような目で、カットに顔を向けた。「当たり前じゃないの。さあ、なかに入って。あんたに目を光らせて、カサンドラをむざむざ敵の手に渡すようなことがないように注意してなきゃいけないから」

カットは超能力を使って、ドアがびくとも動かないようにした。コービンはノブをがちゃがちゃ回転させ、木のドアをたたいている。

「よく考えてよ」カットは怒鳴った。「わたしがカサンドラの死を望んでいるとしたら、この五年のあいだに手を下すことだってできたとは思わない？　いままで実行しなかったのはおかしいでしょ？」

ドアに向かっていたコービンが、カットのほうに顔を向けた。「あんたたちが五年来のつきあいだったなんて、こっちにわかりっこないでしょ」

カットは皮肉っぽく笑った。「カサンドラにきいてみればわかるわよ」

コービンはなにやら考えこんでいる様子でカットを見ている。「だったら、どうして今夜は彼女を危険にさらしたのよ?」

カットは信じてもらうことを願って、コービンの目をまっすぐ見た。「信じてちょうだい。あの殺し屋が現われることを知っていたら、アパートを一歩たりとも出なかったわ」

それでも、コービンは疑わしげな目をしている。守るべき相手はなんとしても守らなければならないというコービンの意識に、カットは頭が下がる思いだった。その一方で、絞め殺してやりたくもなったけれど。

「どうだか」コービンはおもむろにいった。「あんたの話はほんとかもしれない。でも、まるっきりの嘘ってこともありうる」

「わかったわ」カットとしてはもうお手上げだった。「証拠が欲しいのね?」

「あるの?」

カットは身をよじってシャツの裾をたくしあげ、腰の左側のちょっと上をコービンに見せた。そこには、重ねた二本の弓と矢の図柄がついていた。アルテミスのマークだ。

コービンは目を丸くした。「あんたはダークハンターじゃないはずなのに。いったい何者?」

「わたしはアルテミスの召使なの。あなたとおなじように、カサンドラの身を守る任務がある。だから、彼女のところに連れていってちょうだい」

ウルフは軽くノックをして、ドアを押しあけた。カサンドラが涙をぬぐっていた。その姿を目にするなり、ウルフは動けなくなった。「どうして泣いているんだ？」

「泣いてなんかない」カサンドラはせきばらいをした。「目にゴミが入ったのよ」

嘘だとわかったが、彼女の気丈さをウルフは尊敬した。男を操るのに涙を使わない女は、好ましかった。

ウルフはためらいがちに部屋に入っていった。彼女が泣いていたと思うと、ウルフの胸も痛んだ。さらに弱ったことに、彼女を胸に抱いてなぐさめてやりたいという常軌を逸した気持ちが込みあげてきた。

そんなことはできない。彼女とは距離を置かなければ。

「えっと……こ……これをクリスから借りてきた」スエットパンツとTシャツを差しだす。

「ありがとう」

ウルフは彼女から目をそらすことができなかった。赤みがかったブロンドの長い髪を、後ろにまとめている。おびえた幼い少女のような雰囲気がある一方で、確固たる芯の強さも感じさせる。

ウルフはカサンドラの冷たい頬に手を当てて、彼のことが見えるように顔を上げさせた。

これが夢だったら、彼女をベッドに組み伏せて唇を味わっていただろう。

そしてボタンをはずして……。

「これまでずっと、こんな風に戦ってきたのか？」

カサンドラはうなずいた。「わたしの一族は、ダイモンとアポライト両方に狙われるの。おなじ血を引く親族は一時期は数百人いたんだけど、いまはわたしひとりしか残っていない。母はわたしたち姉妹によくいってたわ。子どもをたくさんつくりなさいって。家系の存続は、あなたたちにかかっているのよって」

「なぜ子どもを生まなかったんだ?」

カサンドラはしとやかに鼻をすすった。「どうして生まなきゃいけないの? わたしが死んだら、親が死んだら子は解放されるっていう説は嘘っぱちだということを、子どもたちは知ることになるのよ」

「ということは、きみはダイモンになる気はないんだな?」

カサンドラはウルフから身を離した。彼はその瞳にほんとうの気持ちを見てとった。

「そうすることだってできるだろう? 生き延びるために罪のない人間を殺すことだって」

「わからない」カサンドラはベッドから離れて、シャツとパンツをドレッサーに置いた。「最初のひとりを殺せば、あとは簡単に殺せるようになるっていわれてる。他人の魂をいったん取りこむと、自分のあらゆる面が変化する。これまでの自分ではなくなってしまう。邪悪で冷淡なものに豹変してしまうのよ。母の兄はダイモンになったわ。わたしがまだ六歳のころその伯父が母に会いにきて、おまえもダイモンになれといった。断わった母を、伯父は殺そうとした。最終的には母のボディーガードが伯父を殺したんだけど、姉たちとわたしはクロゼットのなかにかくれていたわ。ほんとに恐かった。デモス伯父さんはそれまではとてもやさしかったから」

話をするときのカサンドラの瞳にやどっている悲しみが、ウルフの心臓をつつみこんでぎゅっとつかんだ。彼女は幼くして想像を絶するような惨劇を目にしてきたのだろう。

しかしウルフの少年時代もまた、おだやかなものではなかった。恥をかかされ、屈辱を味わった。十世紀以上たったいまでも、あのころのことを思うと胸が痛む。

けっして癒えない傷もある。

「あなたは?」カサンドラがいった。目の前にある鏡に映っていないウルフを、ふり返った。「最初の命をうばってからは、簡単に殺しができるようになったの?」

その問いにウルフはかっとなった。「おれは殺しをしたことはない。自分自身ときょうだいを守っていただけだ」

「なるほど、そう」カサンドラは静かにいった。「つまり、略奪目当てでだれかの家に押しいったとき、あなたの蛮行に屈服せずに抵抗してきた相手を殺した場合、それは殺しとは呼ばないってことね」

かつての急襲を思いだしたウルフは、自分を恥じる気持ちで胸が一杯になった。当時、彼が率いる者たちは遠方にまで足を伸ばし、捕虜を得て土地をうばうために集落をつぎつぎと夜襲した。最初から殺すつもりはなかったし、できるかぎり生かしておいた。とくに、外国に売り飛ばす奴隷を確保しようとしていたときは。

ウルフと弟のエリックが近所の若者たちとともにほかの村を襲うようになったことを知っ

た母は、激しい衝撃を受けた。

「息子たちはもう死んだと思うことにするわ」母は怒鳴ると、ふたりを粗末な家から追いだした。「あんたたちの顔は、もう二度と見たくない」

そして、実際に見なかった。春になって母は熱病で死んだ。妹のブリュンヒルドから頼まれた村の若者がウルフとエリックをさがしあて、死亡を知らせてきた。

三年後、生まれ故郷にもどったふたりは墓参りをした。それまでに父は殺害され、妹は侵略者に連れ去られていた。ウルフは妹を解放するためにイングランドに行ったが、その旅先で彼女がいた村を出たあとにエリックは死んだ。

妹のブリュンヒルドはウルフとエリックと一緒に村を出ることを拒んだ。「兄さんたちがまいた種をわたしが刈っているのです。兄さんたちが売りとばした人々が無理やり働かされているように、わたしが奴隷になるのは神の意思。でもね、ウルフ兄さん、あなたの目的はなに？　富や栄光？　わたしのことは放っておいてちょうだい。兄さんたちの闘争的な生き方は、もううんざり」

ウルフは愚かにも妹を置き去りにしたが、一年後アングル族がその小さな村を襲ったさいに、彼女も殺された。命あるものは死ぬ。そればかりは避けようがない。人間だったころ、その事実を何度も目の当たりにしてきた。ダークハンターとなったいまは、その道の大家だ。

ウルフはカサンドラから顔をそむけた。「あの時代は、いまとはちがった」

「ほんとうに？」と、カサンドラ。「中世の人々はいとも簡単に殺害される運命にあった、なんて聞いたことがないけど」

ウルフが激しい口調で反論したから、カサンドラはすくみあがった。「おれが自分の過去の行いにたいして謝罪するのをきみは期待しているのかもしれないが、そういうつもりはない。おれはなによりも剣術の腕前を重んじる民族の子どもとして生まれたんだ。父親は戦うことを拒否していたから、子どものころは笑い者にされてからかわれた。だから父とはちがうことを、戦場で戦えることを、いや率先して戦う気でいることを証明できるほどに成長してからは、じっさい証明してみせた。

「たしかに、過去を後悔することはある。だれだって後悔することはある。でも、女性を殺したりレイプしたりしたことはない。子どもや自分の身を守れない男を傷つけたこともない。それにひきかえ、きみたちの種族は、子どもや身ごもっている女性を殺すことをなによりも好む。自分たちの腐敗した生を引きのばしたいがためだけに、そういう弱者をつけ狙う。そういうきみが、よくもおれに偉そうな口をたたけるな」

カサンドラはごくりと唾をのんだが、気丈にもひるまなかった。「たしかにそういう者たちもいる。あなたの民族のなかにレイプや略奪を日常的に繰り返していた者もいたようにね。あなたのお母さんはお父さんにつかまえられた奴隷だった、って以前いっていなかった？あなたにはおどろきかもしれないけどね、ウルフ・トリュグヴァソン。わたしの種族のなかには、あなたみたいなひとたちだけを餌食にする者もいるのよ。殺人者とか、レイプ魔とかをね。殺されるだけの悪事をはたらいた人間しか狙わないと誓いを立てた、アケロスっていうダイモンの亜種がいるのよ」

「嘘だろ」

「いいえ」率直な口調で否定した。「わたしは嘘はつかない。おかしなものね。あなたにははじめて会ったとき、このひとはわたしの種族についてわたし以上にいろんなことを知っていると思ったのよ。ダークハンターはダイモンを追いかけているんだから、ってね。でもちがうみたいね。わたしたちはあなたがたダークハンターにとっては、たんなるけだものでしかないんだわ。わたしたちが真実を知りたがったとしても、わざわざ話してやる必要はない、ってことなのよね」

そのとおりだった。これまでずっとダイモンのことは、始末するべき殺人鬼としか見なしていなかった。

アポライトのことは……。

まったく考えたことがなかった。

それがいまでは、〝アポライト〟という言葉から、具体的な〝人間〟の顔をイメージするようになった。

顔をイメージするようになっただけではない……感触を思いだすようになった。

恋人のやさしいささやきを、思いだすようになった。

しかし、だからといってもなにも変わらない。

まったくなにも。結局のところ、おれはダークハンターのままで、このさきも以前とおなじようにダイモンを追いかけ、見つけたら全員を殺害しつづけるだろう。

ダイモンとおれのあいだに、それ以外のものはない。それは両者ともにけっして克服できない壁なのだ。

だからウルフは心理的な葛藤を避けた。「夜は空いている部屋に移動していい。昼間は敷地内も自由に歩きまわれる」

「で、この家を出ていきたくなったら？」

ウルフはふんと鼻を鳴らした。「それがどれほど楽なことか、クリスにきいてみればいい」

カサンドラのエメラルドの瞳が、例によってきらっと光った。ウルフに挑戦状をたたきつけ、わたしを思うようにしようとしてもそうはいかないわよ、と語っている瞳。ウルフがすばらしいと思うカサンドラの一面――火のように強い意志――を感じさせる。「不可能な状況を抜けだすのは、慣れているのよ」

「おれはアポライトやダイモンを追跡してつかまえるのに、慣れているんだ」

カサンドラは片方の眉を吊りあげた。「わたしを挑発しているわけ？」

ウルフは首を横にふった。「事実をいったまでだ。ここを抜けだしても、おれに連れもどされる。なんだったら首に縄をかけてでもそうする」

カサンドラはいきなりおどけた顔をした。その表情はどこかクリスに似ていた。「で、わたしにお仕置きしたりもするわけ？」

「お仕置きするには、きみはちょっと大きくなりすぎだ。それに、ストライカーとその手下が目を皿のようにしてきみをまたさがしだそうとしているときに、この家を抜けだすのがいかに愚かな行いか、賢いきみならわかると思うがね」

くやしいけれど、ウルフのいうとおりだった。「せめて父に電話はしていいわよね？　わたしの居場所を伝えたいの。心配させたくないから」

ウルフはベルトから携帯をはずすと、カサンドラに渡した。「かけおわったら、居間に置いといてくれ」

踵を返してドアをあけた。

「ウルフ」出ていこうとする彼に呼びかける。

彼女に向きなおった。

「また助けてくれてありがとう。全身がひりひりしているでしょ」

ウルフの表情がやわらいだ。「あのていどで全身がひりひりすることはないさ、カサンドラ。おれを燃えあがらせてひりひりさせることができるのは、きみだけだ」

ぽかんと口をあけた彼女を置いて、ウルフは部屋を出るとドアを閉めた。

カサンドラは言葉を失っていた。ウルフのセリフが頭のなかを駆けめぐっている。あのヴァイキングの戦士に、あんな甘い言葉を口にする一面があるなんて、だれが想像しただろう。でも彼女は彼の真実の姿を知っていた。夢のなかで、ウルフのほんとうの気持ちに接したのだから。

幻ではない、現実の夢のなかで。あの貴重な数時間、彼の気持ちを垣間見ることができた。彼の恐れを。

だれにも見せないようにひたかくしにしている思いを、わたしだけに見せてくれた……。

「わたし、どうかしている」つぶやくようにいう。アポライトの進化系であるダイモンを殺すことになんの良心の呵責も感じない男に、愛情をいだくなんて。

そして心の奥底ではこうも思っていた――もしわたしがダイモンになったら、やはりウルフはわたしを殺すのだろうか？


疲れきったため息をふうっともらしてウルフがリビングに入っていくと、クリスがカウチでくつろいでいた。まったくもってありがたいことに、いいつけを守らない人間が今夜またここにひとりいる。

雷神《トール》さま、こいつらは良識というものをもってないのでしょうか？

「荷物をまとめろといっただろうが」

「荷物をまとめろ、歯を磨け、もう寝ろ。あんたはそれしかいえないのかよ」クリスはテレビのチャンネルをかちゃかちゃ変えた。「ぼくの足元を見れば、荷物をまとめてつぎの命令を待っているのがわかるはずだがね、おあいにくさま」

視線を下にやると、カウチの前に黒いバックパックが置いてあった。「荷物はそれだけか？」

「ああ。私物はそれほど多くないんだ。それに、ほかに必要なものがあったら自由に買えるから。スクワイヤー議会は、ぼくが心根のいい青年だってことを知ってるからね。なんといっても、図体がでかくて性格の悪い古代スカンジナビア人がスクワイヤー議会のメンバーに暴力をふるわないように、そいつのご機嫌をいつもうかがっているわけだから」

ウルフは布張りのクッションをクリスに投げつけた。といっても、手加減はしたが。

クリスはクッションを背中の後ろに押しこみ、ウルフを無視してチャンネルを変えつづけている。

ウルフはカウチに腰を下ろしたが、心はまた客間のある翼棟に残してきた女性のほうへもどっていった。彼女を想うと心が乱れる。こういう混乱はあまり経験したことがなかった。ウルフはこれまでずっと単純明快な男だった。問題があれば、それを取りのぞくだけのことだった。

カサンドラを取りのぞくことはできなかった。いや、理屈の上ではできるが、それはよくないだろう。おれにできるのはせいぜい、彼女を追いだして自分の身は自分で守るようにさせるか、コービンに彼女をまかせることぐらいだ。

でも、彼女を守るようにアケロンから頼まれた以上、それを投げだすわけにはいかない。ウルフに彼女をまかせようとアケロンが思ったのは、それなりの理由があってのことにちがいない。あのアトランティス人が事を起こすときは、それ相応の理由があるのがつねなのだから。

「で、カサンドラはどのていどのことまで知っているんだ？」クリスがいった。

「ほとんどのことを知っているようだ。本人もいっていたが、彼女はアポライトなんだ」

「ハーフだ」

「ハーフと純血、どこにちがいがある？」

クリスは肩をすくめた。「ちがいは、ぼくが彼女のことをとても気にいっていることだよ。うちの大学のほかの金持ちのギャルたちとちがって、あの娘《こ》はお高くとまってないから」

「軽薄な言葉を使うんじゃない、クリストファー」

クリスは目を白黒させた。「悪いな。あんたがこの言葉をひどく嫌ってたこと、忘れてた」

ウルフは肘をついて頭を掌に乗せ、テレビを見た。カサンドラはたしかに普通の女じゃない。あの娘に会って、おれはまた人間にもどったような気がした。ごく普通であることがどういうことか思いだした。だれかに受けいれられる感覚を。

それらは長いあいだ、忘れていた感覚だった。

「おやおや。ふたりとも不機嫌な顔して」

ふり返ったウルフの目に、リビングの入り口に立っているカサンドラの姿が映った。首を横にふりながら近づいてくると、携帯を返した。

クリスは声を上げて笑うと、テレビのボリュームを下げた。「きみがぼくの家にそうやって現われると、頭がどうかなってしまいそうだよ」

「でもね、わたしだって自分があなたの家にこうしていると思うと、頭がどうかなってしまいそうなのよ」

クリスは彼女の言葉を無視した。「この部屋に入ってきたきみが、この男のことを覚えているっていうのもじつに奇妙だ。こっちとしてはやっぱりきみをこの男に紹介したくて、うずうずしているよ」

ウルフの携帯から、ブラックサバスの『アイアンマン』が聞こえてきた。彼はフリップ式の携帯を広げた。ウルフが電話にこたえているあいだ、カサンドラはクリスの横に腰かけた。

「彼女がなんでここに？」

ウルフのぶっきらぼうな口調に、カサンドラは眉をひそめた。

「ボディーガードからの電話だ」クリスがいった。

「なんでわかるの？」

「着メロだよ。ウルフはボディーガードからの電話の着メロを『アイアンマン』にしておもしろがっているんだ。ボディーガードはこの家の門にほど近い警備棟で寝起きしているんだけどね。だれかが私道に入って、ブザーを押したようだ」

カサンドラは父が病的なほど警備を徹底していることを思いだした。「この家ってどうなってるの？　フォート・ノックスみたいに、米国連邦金塊貯蔵庫があるとか？」

「いや」クリスが真剣なおももちで否定した。「フォート・ノックスだったら、押しいってそのまま逃げることができるだろう。でも、ここだったら逃げようとしてもふたりのボディーガードにずっと尾行される」

「脱走しようとしたことがあるみたいね」

「数えきれないくらいね」

カサンドラはふふっと笑うと、ウルフにさきほどいわれた言葉を思いだした。「抜けだそうとしても無駄だってウルフにいわれたわ」

「たしかに。正直な話、逃げる方法があったなら、ぼくがとっくに見つけだして実行しているさ」

ウルフが電話を切って立ちあがった。

「ぼくにお客かい？」

「いや、コービンだ」

「カットと一緒なの？」カサンドラはきいた。

ウルフはうなずくと玄関へ向かった。

カサンドラはあとを追って、屋敷の正面に流線型の赤いロータスのエスプリが駐まっているのを目にした。助手席のドアがひらいてカットが姿を見せると、車から降りて駆けよってきた。

「カサンドラ、だいじょうぶだった？」

彼女はうなずいた。「あまりだいじょうぶじゃないけどね」

「なんで彼女がここに？」近づいてきた女ダークハンターのコービンに、ウルフはきいた。

コービンは左右のポケットに手を入れて、ウルフの横に来た。「彼女もアルテミスの子分なのよ。カサンドラを守るのが仕事だから、彼女にあなたの補佐役になってもらえばいいと思ってね」

ウルフはうさんくさそうにカットをながめた。「おれはどんな助けも必要としない」

カットが気色ばんだ。「落ち着いて、ミスター・マッチョ。あんたの楽しみに水を差す気はまったくないわ。でも、あんたはわたしをまちがいなく必要としている。わたしはたまたまストライカーを個人的に知っている。あの男をかわすのに、わたしは唯一頼れる存在よ」

この言葉を信じていいのかどうか、ウルフは迷った。「クラブでは、知らないといってたじゃないか」

「あのときは正体をばらしたくなかった。でも、カサンドラと離れればなれにさせられてからは、彼女がストライカーにまた見つかってしまう前に、彼女のところに連れていってくれとコービンを説得しなくてはいけなくなった」

「この女の言い分を信じているのか？」ウルフはコービンにきいた。

「あたしはだれであれ他人は信じない。でも、自分はカサンドラと五年間一緒にいるけれどあの娘はまだ生きている、っていわれてね」

「そのとおりよ」カサンドラがいった。「わたしはずっとカットに全面的な信頼を寄せてきたもの」

「わかった」ウルフはしぶしぶいった。それからコービンと目を合わせた。「携帯の電源はいつでもつけておいてくれ、また連絡する」

コービンはうなずくと、車にもどっていった。

「正式な自己紹介をまだしていなかったわね」カットがウルフに握手を求めた。コービンが車に乗って去っていく。「わたしはカトラ」

ウルフは握手を交わした。「ウルフだ」

「ええ、知ってる」カットが先頭に立って三人で屋敷にもどりリビングに行くと、クリスがまだソファにすわっていた。

しんがりのウルフが、扉の閂をかけた。

「ところで、ウルフ」クリスのバックパックの横で足をとめたカットが声をかけてきた。「クリストファーの安全のために彼をどこかに行かせようとしているんだったら、考えなおしたほうがいい」

「なぜだ？」

カットは親指でテレビの画面を示した。「身代金をふんだくるために悪役が主人公の子分を誘拐して監禁するっていう筋のドラマが、いやというほどあるじゃないの」

ウルフはばかにしたようにふんっと鼻を鳴らした。「いいか。クリスをスクワイヤー議会から解放してやることは、だれもできないんだ」

「オー《で》・コントラリエ《も》」カットは皮肉っぽい口調でいった。「ストライカーはいとも簡単に彼を見つけるわよ。この家から追いだしたらすぐに、ストライカーと彼の秘密結社がこっそりあとをつけるはずだもの。安全な隠れ家にようやくたどりついたとしても、連中と一緒に足を踏みいれることになる。文字どおりにね」

「クリスを殺したりはしないわよね？」カサンドラがいった。

「ええ、殺しはしない。それはストライカーのやり方じゃないから。あの男は拷問が好きなの。体の一番痛みに敏感な部分をいたぶるのよ。だいじょうぶ、クリスのことはもどしてくれるわ。元の体はすでに損なわれているだろうけど」

「損なわれているって、どこが？」クリスが青ざめてきいた。

カットは彼の股間に視線を向けた。

クリスはあわててその部分を両手でおおった。「嘘だろ」

「ううん、嘘じゃないのよ、坊や。あなたの子どもをつくる能力をどれほどウルフが大事にしているか、ストライカーは知ってるの。その能力をうばえば、クリスだけじゃなくウルフにもダメージをあたえられる」

「クリス」ウルフが断固とした口調でいった。「部屋に引きあげて、鍵をかけておけ」

クリスはためらうことなく、逃げるように居間を出ていった。

ウルフとカットはにらみあった。「それだけストライカーのことをよく知っているんだったら、どうすればあんたがあいつとぐるではないことをはっきりさせられるんだ？」

カットはふんっと鼻を鳴らした。「あいつのことは大嫌い。わたしたちには共通の友人がいてね。数世紀前から、あいつに偶然に顔を合わすこともすくなくないわ」

「数世紀前？」と、カサンドラ。「数世紀ってどういうこと？　カット、あなたは何者なの？」

カットはなだめるようにカサンドラの腕をぽんぽんとたたいた。「ごめんなさい、カサンドラ。打ち明けるべきだったんだけど、そうしたら信頼してもらえなくなるかもしれないと思っていたの。五年前にあなたがストライカーに殺されかけたとき、あの男が二度とあなたに近づかないようにするために、アルテミスがわたしをあなたのもとに送りこんだのよ」

カットの告白にカサンドラは頭がくらくらした。「じゃあ、クラブのダンスフロアにポータルをつくったのは、あなただったの？」

カットはうなずいた。「わたしはいま九つの誓いを破ってしまっているけれど、あなたが傷つくのだけは見たくない。これはほんとうよ」

ウルフが前に進みでた。「カサンドラはあと数カ月の命だというのに、どうして全力を尽くして彼女を守ろうとするんだ？」

カットは深呼吸をして一歩後ろに下がった。ウルフとカサンドラを交互に見てから、口をひらいた。「いまここにいるのは、彼女を守るためではないけど」

ウルフがカットとカサンドラのあいだに割ってはいった。臨戦態勢をとって、体を緊張させる。「どういう意味だ？」

カットはウルフの後ろにいるカサンドラと目を合わせられるように、小首をかしげた。

「わたしがいまここにいるのは、カサンドラが赤ちゃんを無事に生めるようにするためよ」

8

「わ、わたしの、なんですって？」カサンドラはカットの言葉にうろたえていった。聞きまちがえたにきまっている。だって、わたしが妊娠しているはずがない。

「あなたの赤ちゃんよ」

聴覚に問題があるわけではないようだ。「赤ちゃんって？」

カットはふうっと息をもらして、話しだした。ゆっくりした口調だったから、話になかなかついていけないカサンドラにとっては幸いだった。「あなたは妊娠しているのよ、カサンドラ。まだ受胎したばかりだけど、赤ちゃんは大きくなる。まちがいないわ」

カサンドラは大げさではなく、だれかに強烈な一撃を食らわされたような気分だった。カットがなにをいっているのか、ほとんど理解できない。「妊娠なんかしていないわよ。だれともつきあっていないんだから」

カットの視線がウルフに向けられた。

「なんだ？」ウルフは身構えていった。

「父親はあんたよ」と、カット。

「まさか、とんでもない。こんなことはいいたくないが、ダークハンターは子どもをつくれない」

カットはうなずいた。「たしかにね。でも、あんたはほんとうはダークハンターではない。でしょ？」

「だったらおれはなんだっていうんだ？」

「不老不死の存在。でも、ほかのダークハンターとちがって、過去に死んだことはない。ほかのダークハンターたちはいったん死を経験しているから子どもをつくれない体になる。でも、あんたの場合は、千二百年前のまま、生殖機能はまったく損なわれていない」

「でも、彼女とそういうことはしていない」ウルフはいいはった。

カットは片方の眉を吊りあげた。「ううん、したわよ」

「あれはあくまでも夢だった」ウルフとカサンドラが声をそろえていった。

「ふたりでおなじ内容の夢を見た、っていってるの？　ありえないわよ。カサンドラの血を絶やさないようにするために、あなたたちは関係したの。わたしは知ってるのよ。カサンドラがあんたと一緒にいられるように睡眠薬を飲ませたのはわたしだったから」

「うっ、気分が悪くなりそう」カサンドラはあとずさってソファの肘掛に寄りかかった。

「こんなことになるなんて。ありえない」

「まあ、そうかしら」カットが皮肉っぽくいった。「このさい、現実的な考えは介入させないようにしましょうね。つまり、カサンドラ、あなたは神話に登場するアポロンの直系の子孫で、ウルフは人間と出逢ってても別れてから五分後には存在を忘れられてしまう、不老不死のダークハンターなのよね。夢のなかでウルフに子どもを授けられることはありえないなんて、だれがいったの？　ありえないことじゃないでしょ？　あなたたちの存在そのものが非現実的なんだから、そんなことは現実にはありえない、とはいえないでしょ？」

カットはカサンドラに射るようなまなざしを向けた。「ここにいるウルフが日光のもとに出ても自然発火しなかったり——あるいは、カサンドラ——あなたが海辺で日焼けできたとしたら、超常現象なんて嘘っぱちだっていいきれるけどね」

カットが舌鋒《ぜっぽう》鋭くまくしたてているなか、ウルフはおどろきのあまり身動きひとつできなかった。カサンドラがおれの子どもを身ごもった？　そんなことはよもや考えていなかったし、期待もしていなかった。

まさか、信じられない。ほんとうに信じられない。

「夢のなかでどうやって、彼女を妊娠させられるというんだ？」カットをさえぎってきく。

カットはいくぶん口調をやわらげて、ふたりに説明した。「夢にはいろんな種類がある。いろんな領域がね。アルテミスはドリームハンターに命じて、あなたがたふたりを半覚醒《かくせい》状態に引きあげさせたのよ。ふたりが、なんというかひとつに結ばれるようにね」

ウルフは眉をひそめた。「でも、どうしてアルテミスはそんなことを？」

カットはカサンドラを指さした。「この娘《こ》はセックスにまったく興味がないの。この五年間、行動をともにしてきたけど、男性に熱い視線を向けたことがいちども なかったわ。そう、あの夜、あんたがクラブに入ってきてダイモンを退治したときまではね。あのときカサンドラは、ホタルみたいに顔を輝かせていた。彼女があんたのあとを追ってクラブを出ていったとき、彼女と結ばれる相手がようやく見つかったと思った。

「で、あんたとカサンドラはごく自然の流れにまかせてあんたの家に行き、ウサギみたいに子づくりにはげんだのか？　そうしなかったのよね。カサンドラはなにごともなかったように、澄ました顔でクラブにもどってきた。ったくもう。ふたりとも、なっちゃいないわ」カットはため息をついた。「だからアルテミスは、クラブの外でのつかのまの接触を利用すれば、カサンドラをあんたの夢のなかに登場させて妊娠させることができるんじゃないかと一計を案じたのよ」

「でも、どうして？」カサンドラがいった。「わたしが妊娠することが、どうしてそれほど大事なの？」

「あなたが笑って取りあおうとしない神話が、じつは真実だからよ。アポロン直系の最後の子孫が死ぬと、呪いが解かれる」

「だったら、わたしを死なせてアポライトを解放してちょうだい」

カットが警告するように暗い顔をした。「アポライトが解放されるとはいってない。運命の女神たちのおもしろいところは、なにごとも一筋縄ではいかないことにある。呪いが解かれるのは、アポロンがあなたと一緒に死ぬからなのよ。あなたの血と生命《いのち》は、彼と繋がっているからね。アポロンが死んだら、それと一緒に太陽も死に、アルテミスもおなじ目にあう。

彼らが死んだら、この地球にはなにも残されていない、ということになる。みな死ぬ。ことごとく死に絶える」

「だめ、だめ、だめよ」カサンドラがひとり言のようにいった。「そんなこと、あっていいはずない」

カットの表情は依然としてけわしいままだった。「ほんとうのことなのよ。わたしは嘘をつかない。そうじゃなかったら、わたしはここにいない」

カサンドラはカットをじっと見つめた。心のなかでは、いまの状況を必死で理解しようとしていた。あまりにも途方もない話だった。「そのことを、どうしていままで黙っていたの？」

「話したけれどあなたがすごく取り乱したから、アルテミスと話しあって、あなたの記憶からこの話を消して、また時期をみてゆっくり切りだすことにしたのよ」

怒りが込みあげてきた。「なんですって？」

カットは言い訳がましい口調になった。「あなたのためだったのよ。強制的に妊娠させられるかもしれないことにあなたは猛然と腹を立てたから、アルテミスはあなたには納得いくような父親と赤ちゃんが必要だと考えた。わたしがそれを説明したら、あなたはバスに轢《ひ》かれて死ぬといいはった。男性を利用したり、生まれてきた子どもが自分が死んだあとに命を狙われたりするようなことになるくらいだったら自殺するって。だから、いまウルフに出会えたのはすばらしいことじゃない？　彼みたいなパワーをもった男性に近づいたら、アポライトもダイモンも死んでしまうんだから」

カットに跳びかかろうとしたカサンドラを、ウルフが引きとめた。「よせ、カサンドラ」

「お願い、手をほどいて」カサンドラは懇願した。「ほんのすこしでいいから、この女の首を絞めさせて」これまで友だちだと思いこんでいたカットを、怒りのこもった目でにらむ。「信じていたのに。あなたはわたしを利用して、嘘をついていた。しょっちゅうわたしに男をあてがおうとしていたのは、そういうわけだったのね」

「わかってる。ごめんなさい」カットの目には本気で申し訳なく思っている誠意が浮かんでいたが、いまのカサンドラはそれをそのまま信じることができなかった。「でも、あなただってそれが最善の方法だと思わない？　ウルフは自分の血が途絶えてしまうことを恐れている。あなたを通じて彼は自分のことを覚えていてくれる肉親をもつことができる。その一方であなたは、あなた自身や家族のことを子どもや孫に語り継いでくれる不老不死の男性を手に入れることができる。ウルフだったら、あなたの子どもや孫をずっと見守ってくれるはずよ。もう逃げるのはやめて、カサンドラ。よく考えるのよ」

カサンドラは身じろぎもせずに、カットの言葉をじっくりと検討した。わたしの思い出は代々伝えられ、子どもたちの安全も保証される。彼女が望んでいたのは、まさにそれだけだった。でもそれは、かなわぬ夢だった。だからこそ、子どもをもとうとこれまでは思わなかったのだ。

わたしの願いがすべてかなうなんて、そんな都合のいい話がほんとにあるのだろうか？

アポライトの妊娠期間は、二十週間とちょっとだ。人間の半分しかない。人間よりも寿命が短いために、生理的にも不思議なちがいがある。成人年齢は十一歳で、十二から十五のあいだに結婚するのが普通だ。

カサンドラの母も父と結婚したときわずか十四歳だったが、その外見はすでに人間の二十代半ばの女性とおなじだった。

カサンドラはウルフを見たが、彼はまったくの無表情だった。「あなたはこの件について、どう思うの？」

「正直なところ、どう考えていいのかわからない。これまで、おれの一番の関心事はクリスの子づくりだった。でもいまは、カットがドラッグでいかれていたり妄想をいだいたりしていないのなら、きみがおれの子をみごもっていてその子が地球の運命を握っているという話が、一番の関心事となった」

「すこしでも疑っているのなら、アケロンに電話をしてちょうだい」カットがいった。

ウルフはけわしい目で彼女を見た。「やつは知っているのか？」

カットはいくぶん言葉に詰まり、おどおどした表情をはじめて浮かべた。「あなたたちを結びつけて子どもをつくらせようという計画を、アルテミスがアケロンに話したとはどうしても思えない。アルテミスがひとの自由意志に干渉すると、アケロンはいつも腹を立てるから。でも、わたしがいま話したことすべてを、彼は真実だというはずよ」

Dark-Hunter.comを一緒に調べたとき、あのサイトに紹介されていたダークハンターたちのひとり――アケロン――をじつは〝友人〟が知っていたのだという事実を聞かされて、カサンドラは苦笑した。それだけじゃない。カットはストライカーとその部下たちも知っていた。「ちょっとききたいのだけど、あなたの知らないひとっているのかしら？」

「ううん、ほとんど知ってる」カットはいくぶんおどおどしてこたえた。「アルテミスに、大げさじゃなくはるか昔から仕えているからね」

「で、具体的には何年前から？」カサンドラがきいた。

カットはこたえなかった。そうする代わりに後ろに下がって、手を打ちあわせた。「ねえ。ふたりでしばらくお話できるように、わたしは席をはずしたほうがよさそうね。わたしはカサンドラが泊まる部屋を見せてもらうから」

カットは暇《いとま》も告げずにそそくさと廊下に出て、カサンドラの寝室の翼棟へ向かった。それにしても、わたしの部屋があっちにあることをどうやって知ったのだろう、とカサンドラは思った。しかし、カットもまた正確には人間ではないのだった。

カットが見えなくなるまで、ウルフはずっとその場に立ち尽くしていた。いま聞いた話すべてを、なんとか受けいれようとしながら。

「わたしはまったく知らなかったのよ、ウルフ。ほんとうに」

「わかってる」

ウルフはカサンドラを、自分の子の母親を見つめた。まったくもって信じられない。混乱を感じている一方で、喜びのあまり叫びだしたい自分がいるのも事実だった。「気分はだいじょうぶか？　なにかおれがしなきゃいけないことは？」

カサンドラは首を横にふってから、ウルフを見上げた。熱っぽい緑の瞳が、彼の胸を焦がした。「実際のところ、あなたのことはよく知らないけど、いまは抱きしめてもらえるとありがたいわ」

カサンドラに愛着をもつのは賢明ではない、と心のなかでウルフは思った。死期が迫っている女性に心をひらいても無駄だ。それでもいつの間にか、彼女を胸に抱き寄せていた。彼女の体の感触に溺れてしまわないように、気を引きしめる。首筋に当たる彼女の息づかいにこそばゆさを感じながら、彼女の腰に腕を回す。

カサンドラはとても心地がいい。とてもしっくり馴染む。こんなぬくもりを感じたのは、じつに数世紀ぶりだった。彼女のなにが、おれの心をこんなに揺さぶるのだろう。おれを熱くさせて、やるせない気分にさせるのだろう。

目を閉じてカサンドラをさらに抱き寄せる。彼女のパウダーとバラの香りをかいで、自分たちが敵対関係にあることを頭の片隅に押しやる。

カサンドラもまた目をつぶり、ウルフのぬくもりがじんわりと伝わってくるにまかせた。そんな風にぬくもりあうのは、とても心地よかった。昂ぶるのではなく、癒される肌の触れあい。すでに経験した男女の交わりよりも、さらにもっとふたりの絆を深める接触。

アポライトは嫌いだと公言する男性に心慰められるなんて、わたしはどうかしている。でも、心慰められていることはまちがいない。

もっとも、感情というのは得てして不可解なものだけれど。

つぎの瞬間、いまのおだやかな気分を乱す恐ろしい考えがカサンドラの胸に浮かんだ。

「ウルフ、わたしの子どもをあなたは憎むのかしら？　だって、半分はアポライトの血が入っているわけでしょ」

これまでそんなことは考えもしていなかったのか、ウルフは彼女を抱いたまま身をこわばらせた。それから一歩後ろに下がった。「お腹のなかの子は、アポライトになるのか？」

「わからない。うちの家系は、だいたいは純血だったの。母がその慣習を破ったのは、父親が人間のほうが子どもたちを守ってもらえるだろうと思ったから」亡くなるすこし前に母が語ってくれた秘密を思いだして、カサンドラは胸が締めつけられた。「人間が父親であるなら、すくなくとも子どもや孫よりも長生きしてくれるだろうと母は思ったんですって」

「きみのお父さんを利用したわけだ」

「ちがう」そういう考えをわずかでも思い浮かべたウルフにむっとして、カサンドラはそくざに否定した。「母は父をほんとに愛していたわ。ただあなたとおなじように、わたしたちを守るという義務をつねに忘れなかっただけなのよ。母が亡くなったときわたしはまだ若かったから、わたしたち姉妹全員が子どもをつくらないまま、わたしひとりが生き残った場合にわたしの役割がいかに重要なものになるか、母は伝える時間がなかったんだと思う。あるいは、母もよくは知らなかったのかもしれない。ただ、子孫を絶やさないようにすることはアポライトのつとめだ、とはいっていたけど」

ウルフは移動してテレビを消したが、もはや彼女を見ていなかった。マントルピースにじっと視線を注いでいる。そこには古い剣が横向きになって台座に飾られていた。「きみはどうしてアポライトなんだ？　牙もないし、クリスの話だと、昼間も出歩けるそうじゃないか」

カサンドラはウルフに近づいて、また彼に触れたかった。親近感をもちたかった。でも、彼はそれを歓迎しないだろう。

ウルフは時間と答えを必要としている。

「子どものころは牙があった」カサンドラは切りだした。彼にはかくしごとをいっさいしたくない。アポライトとして生き残るためにはなにが必要か、彼には知る権利がある。「人間の社会にうまくとけこめるように、わたしが十歳のとき父が牙を削った。わたしたちの種族はみなそうだけど、わたしは生きるために血を必要とする。でもそれはかならずしもアポライトの血である必要はないし、毎日飲む必要もない」

カサンドラは口をつぐんで、自分の人生に必要なものを思いだし、人間に生まれていればどんなによかっただろうという思いにさいなまれた。でも、結局のところ、わたしは姉たちよりもずっと運がいい、姉たちはわたしよりもアポライトらしいアポライトだった。四人の姉たちは、カサンドラが姉妹よりもはるかに順調な人生を送っていることに、昼間でも出歩けることに嫉妬していた。

「わたしは数週間おきに、定期的に輸血をしに医者に通っている」カサンドラはつづけた。

「父はドクターの研究チームをかかえていて、娘は奇病にかかっていると嘘をついて調査を依頼しているの。そうすれば、わたしが人間じゃないことをよその医者に悟られることなく、必要なものを手に入れることができるでしょ。わたしはただ、体力がなくなってきたと感じたら、父の息がかかった医者のところに行けばいいだけ。おまけにわたしは、ほかのアポライトほどはやく歳をとらない。思春期に入ったのも、人間の女性とおなじくらいの年齢だった」

「だとしたら、おれたちの子どもはさらにもっと人間に近いかもしれない」と、ウルフ。カサンドラはその口調にこもっている期待を、聞き逃さなかった。そして彼女自身もおなじことを願っていた。

それだけじゃない。ふたりのあいだに人間の赤ちゃんが生まれてきたら、それこそ奇跡だ。うれしかった。すくなくとも、ウルフが赤ちゃんのことをおれたちの子どもといってくれたこともう、未来に希望がもてる。

ともかく、赤ちゃんの未来には。

「赤ちゃんのこと、否定しないのね？」

ウルフは非難がましい目でカサンドラを見た。「夢のなかできみと交わったのは事実だし、カットがいうように、おれは神の能力がどれほどのものかを示す生きた証人だ。だから、そう、これは現実のことだと受けいれている。赤ん坊はおれの子だし、おれはその子の父親になる」

「ありがとう」カサンドラは目に熱いものが込みあげてくるのを感じながら、ささやくようにこたえた。まさかこんなすばらしい言葉が聞けるとは、思ってもいなかった。

せきばらいをして、涙をぬぐう。泣いちゃだめ。これにかんしては。わたしはほんとうに幸運なのだから。ほかのアポライトとちがって、わたしの子どもには守ってくれる父親がいる。成長を見守ってくれる父親が。「プラス思考でいかなきゃね。あと数カ月わたしに我慢さえしてくれれば、あとはもう永遠にあなたをわずらわせはしないわ」

ウルフが獰猛な視線を向けてきたから、カサンドラは思わずあとずさった。「死をそんなに軽々しくあつかうんじゃない」

そういえば、愛する者が死んでいくのをなす術もなく見ていたときのことを、ウルフは夢のなかで語っていた。「でもね、軽々しくあつかっているわけじゃないの。わたしたちの生命《いのち》がいかに儚いものか、じゅうぶんに承知しているだけのことよ。でも、わたしたちの赤ちゃんは、二十七歳よりも長生きするかもしれない」

「そうじゃなかったら？」

ウルフの地獄はそのあともつづく。自分の血を直接引く者たちが亡くなっていくのだから、これまで以上に悲しみに打ちのめされるだろう。

彼の子ども。

彼の孫。二十代後半の若い盛りに彼らが死ぬのを、ウルフは見届けなくてはならないのだ。

「こんなことに巻きこまれてしまって、ほんとに気の毒だわ」

「ああ、自分でもそう思う」ウルフはカサンドラの横を通りすぎて、階下《した》につづく階段へ向かった。

「すくなくとも、あなたは赤ちゃんとじっくりつきあえるわ、ウルフ」カサンドラが背後で声を張りあげた。「男の子か女の子かはわからないけど、赤ちゃんはあなたのことを忘れない。わたしは死ぬ前に赤ちゃんと一緒に過ごせる時間が、わずか数カ月しかない。わたしのことは、すぐに忘れてしまうわ」

ウルフは不意に立ちどまった。それからたっぷり一分間、じっと立ちつくしていた。彼の顔になんらかの感情が浮かんでないかと、カサンドラは目をこらした。彼は無表情だった。そして無言のまま階段を下りていった。

カサンドラは頭のなかからウルフを締めだそうとした。いまはほかに考えなくてはならないことがある。体のなかで着実に育っている赤ちゃんのことを。

部屋に向かいながら、さっそく準備にとりかかりたくなった。残された時間はわずかなのだから、一刻も無駄にできない。

ウルフは部屋にもどって扉を閉めた。ひとりになって、聞かされたばかりの話を頭のなかで整理する時間がいくらか必要だった。

おれが父親になる。

その子だったら、おれのことを覚えていてくれる。でも、アポライトの特徴がカサンドラよりも強く出ていたらどうする？　遺伝というのは気紛《きまぐ》れだ。長いあいだ生きてきたウルフは、それがいかに突飛なことをするか知っていた。クリスがいい例だ。ウルフの弟エリックの息子ビロヌルフは、千二百年以上前に亡くなっているから、理論的にはエリックと似ている人間はいないはずだ。でもクリストファーはエリックに生き写しだった。

気性や性格ですらエリックに似ている。おなじ人間といってもいいくらいだ。

それはさておき、生まれてきた子どもがいつの日かダイモンになったらどうする？　息子か娘かはわからないが、その子をおれは殺害するのだろうか？

そう考えると、ぞっとした。恐怖に見舞われた。

どうしたらいいのか、わからない。意見を仰ぎたかった。この問題を整理する手助けをしてくれる者の意見を。電話を手にして、タロンの番号にかける。

応答がない。

舌打ちをする。助けてくれそうなのは、あとひとりだけ。アケロンだ。

アトランティス人のアケロンは、最初のコールで電話に出た。「なにがあった？」

社交的な挨拶すらしないアケロンに、苦笑いを浮かべる。「〝やあ、ウルフ、元気かい？〟とかなんとか、いえないのかよ」

「おまえのことはお見通しなんだよ、ヴァイキング。おまえが電話をしてくるのは、問題が起こったときだけだ。で、なにがあった？　カサンドラとうまくいかないとか？」

「おれ、父親になる」

沈黙が流れた。この知らせにウルフとおなじようにアケロンも愕然としているのを知って、いくぶん安心した。

「となると、私の質問にたいする答えは、〝ぜんぜん、むちゃくちゃうまくいってるさ〟ってところだな」しばらくしてようやくアケロンがいった。それからまたしばし口をつぐんでから、切りだした。「だいじょうぶか？」

「ってことは、おれが女性を妊娠させたことには、おどろいていないんだな？」

「ああ。おまえにはその能力がある」

ウルフは口をぽかんとあけて、激しい怒りに見舞われた。アケロンはすべて知っていたのか？「おれにとってその情報は聞き流すことができないほど大事なものだったはずだがね、アッシュ。これまで黙っていたなんて、あんたはとんでもない野郎だ」

「そのことを教えていたら、どうなっていただろうな？おまえはこの十二世紀のあいだ、女性と接触することに始終おびえることになっただろう。彼女を妊娠させても、子どもの父親である自分を忘れてしまうのだろう、と思い悩んでな。おまえはいまでもじゅうぶん、つらい目にあっている。この上また苦しめることはない、と私は思ったんだ」

それでもウルフの怒りは消えなかった。「これまでに、おれが女性を妊娠させていたとしたら？」

「それはなかった」

「どうしてそういいきれる？」

「いいきれるから、いいきれるんだ。これまでにおまえがだれかを妊娠させていたら、私が知らせていたさ。それほど重大なことを黙っているほど、ろくでなしじゃない」

たしかにそうだ。もし黙っていたとしたら、アケロンが告げないままでいる重大事がほかにいくつあるのか見当もつかない、ということになってしまう。「おれに嘘をついていたことを認めたんだから、信頼しろってか？」

「なあ、おまえはタロンと話しすぎのようだな。急にタロンを相手にしているような気分になってきた。そうだよ、ウルフ、私を信頼しろ。ちなみに私は嘘をついたことはない。話をいくつか省略しただけのことだ」

ウルフは言葉を返さなかった。それでも、アケロンを目の前にすえつけて、思うぞんぶんたたきのめしてやりたくて仕方がなかった。

「で、カサンドラは妊娠したことについてどういう反応をした？」アケロンがいった。

ウルフは血が凍るような思いがした。アケロンはときたま、ほんとうに気味が悪い男になる。「母親がカサンドラだってことを、どうして知っているんだ？」

「私はその気になれば、たくさんのことがわかるんだ」

「だったらあんたは、手に入れたこまかい情報を伝えることを学ぶべきだな。それが他人の人生にかかわることだったらとくに」

アケロンはため息をもらした。「こんなことをいっても気休めにしかならないだろうが、おまえとおなじくらいに、この展開には苦々しいものを感じているんだよ。しかし、最終的に正しい方向に向かうために、物事が悪い方向へいくということもある」

「どういうことだ？」

「そのうちわかるさ。約束する」

ウルフは歯ぎしりをした。「あんたのその神託ごっこ、ほんとにむかつくんだよな」

「わかってる。みんなにそういわれるさ。でも、私はなんといえばいいんだ？　おまえたちを困惑させるのが、私の仕事だとでも？」

「あらたに職さがしをすべきだな」

「どうして？　私はいまの仕事を楽しんでいるんだがな」しかしその口調からは、このアトランティス人がやはり嘘をついていることがうかがえた。

そういうわけで、ウルフは話題を変えることにした。「役に立つ情報をおれに教えたくないのだったら、話題をちょっと変えさせてくれ。アルテミスの侍女のカトラを知ってるか？彼女はいまここにいて、こっちの味方だと主張している。五年間カサンドラを守ってきたというのだが、信じていいものかどうか」

「そういう名前の侍女は知らないが、アルテミスにきいてみよう」

奇妙ではあるが、その答えを耳にして気が楽になった。アケロンでも知らないことがあるのだ。「わかった。要注意人物だったら、すぐに知らせてくれ」

「かならずそうする」

ウルフは受話器を置こうとした。

「ところで」切る寸前にアケロンがいった。

ウルフはまた受話器を耳に当てた。「なんだ?」

「跡継ぎの件、よかったな」

ウルフはふんと鼻を鳴らした。「ありがとう。まあな」


カサンドラは広い邸宅のなかを歩きまわっていた。ここは美術館のようだ。あちこちに古代スカンジナビアの工芸品が飾られている。加えて、有名な画家の署名が記された、これまで見たことがない油絵もある。模写ではなくほんもののようだ。

寝室を出てすぐのところには、ヤン・ファン・エイクの絵がある。黒髪の男とその妻の肖像画だ。有名なアルノルフィーニ夫妻の肖像にどこか似ているが、この絵に描かれている夫婦はまったくちがう。ブロンドの女性は鮮やかな赤い服をまとい、男性が着ているのは濃紺の服だ。

「おれの一族の人間が結婚したときの絵だ」

ウルフの深みのある低い声が後ろから聞こえてきて、カサンドラはぎくっとした。気づかないうちに、そばに来ていたようだ。「きれいだわ。あなたが制作を依頼したの?」

ウルフはうなずいて、肖像画の女性を指さした。「イザベルはヤン・ファン・エイクの崇拝者だったから、結婚の贈り物として申し分ないと思った。彼女はスクワイヤーの家の長女でね、おれのスクワイヤーだったリーフのもとに嫁いできたんだ。クリスはイザベルとリーフのあいだの三女の子孫だ」

「なるほど」カサンドラは感心してつぶやいた。「わたしはこれまでずっと、自分の祖先や出自をなんとかさぐりあてようとしてきたけど、クリスにとってあなたは生きる遺産なのよね。自分がいかに恵まれているか、彼はわかってるのかしら」

ウルフは肩をすくめた。「あいつぐらいの年齢の者のほとんどは、過去には目を向けない。もっぱら未来しか見えないんだな。歳をとったら、知りたくなるんだろうが」

「そうかしら」古代英語を教えてくれるとき、いつでも目を輝かせるクリスを思いだして、カサンドラはいった。「あなたが思っているよりもはるかにたくさんのことを、クリスは知っているような気がするけど。彼は古英語のクラスの優等生なのよ。彼の講義を聞くべきだわ。わたしはまだ勉強している段階だけど、クリスはあなたの文化について知らないものはないって感じだもの」

ウルフの表情がやわらいで、夢のなかのあのやさしい男性になった。「ってことは、クリスはああ見えて、おれの話をちゃんと聞いているんだな」

「ええ、そう」カサンドラは寝室へ向かった。「夜もだいぶ更けてきたわね。きょうはすごく長い一日だった。もう休むわ」

ウルフが彼女の腕をつかんで、ひきとめた。「きみを迎えにきたんだ」

「どうして？」

カサンドラを真剣な目で見つめた。「おれの子どもを身ごもった以上、助けが必要になったときにおれの手が届くところで眠ってほしい。さっきは日中はどこでも好きなところに行っていいといったが、ほんとはそれもやめてほしい。ダイモンには人間の手下がいるんだ。おれたちダークハンターとおなじようにね。そういう手下であれば、いとも簡単にきみに近づける」

指図しないでほしい、ととっさに思ったが、カサンドラのなかのなにかがそれを押しとどめた。「わたしに命令しているの？」

「ちがう」おだやかな声でいった。「頼んでいるんだ。きみと子どもの安全のために」

ウルフの気づかいと、頼み事をするのに慣れていないぶっきらぼうな口調に、カサンドラは笑みを浮かべた。彼がクリスを怒鳴りつけるのをさんざん聞いていたから、ウルフと自由意志が水と油の関係にあることはわかっている。

「わかった」かすかにほほえんでみせる。「でも、あなたに頼まれたからそうするんだからね」

ウルフはほっとした顔をした。ふうっ。このひと、こういう表情をするとすごくすてき。

「アパートメントからなにかもってくる必要があるか？　使いの者をやらせてもいいが」

「服があるとありがたいわ。化粧品と歯ブラシがあればなおいいけど」

ウルフは携帯を手にとって、ダイヤルした。彼がガードマンに自己紹介しているあいだ、カサンドラが寝室のドアをあけると、ウルフも彼女につづいてなかに入ってきた。椅子にすわって読書をしていたカットがなにもいわずに顔を上げた。

「ちょっと待ってくれ」カサンドラに携帯を渡した。「さあ、もってきてもらいたいものと、アパートメントの場所を教えてやってくれ」

「どうして？」

「おれが教えたところで、向こうは五分もたたないうちにおれとの電話を忘れてしまって、荷物をとりにいかないからだ。いつもはアッシュやクリスや友人のタロンに用件を伝えてもらっているんだよ。あるいはメールをするかね。でもいまは、悠長にメールをやり取りしている暇はない」

本気でいってるのだろうか？

「わたしが一緒に行くわ」カットがいって、本をかたわらに置いた。「わたしだったら、彼女の日用品はわかってるし、わたしの私物ももってきたいから」

ウルフがガードマンへのメッセージをカサンドラに伝え、カサンドラに電話口で正確に繰り返させた。

ガードマンとの話をおえたカサンドラは電話を切った。神よ哀れみたまえ。わたしの人生、とんでもないことになってる。「会話も忘れられてしまう、ってことなの？」

「ああ、すべてね」

「だったらどうやって、クリスをこの家にとどまらせているの？　あなたが出ていっていいといったって、クリスがガードマンにいったりしないの？」

ウルフは笑った。「クリスの安全にかんする命令はまずアケロンの口からあきらかにされて、それをクリスが知るという形をとらなければならないからだ。ガードマンはアケロンから直接命じられないかぎり、腰を上げない」

ふうっ、なんて厳格なひとなんだろう。

カットがカサンドラにおだやかな笑みを向け、カサンドラはウルフからあたえられた服をドレッサーから出した。「今回は事態をよく理解してくれて、うれしいわ。ウルフもね。これでなにもかも格段にやりやすくなったもの」とカット。

カサンドラはうなずいた。たしかにやりやすくなった。

ウルフが赤ちゃんを受けいれたように、わたしのアポライトとしての境遇を認めてくれればいいのだけど。でも、わたしはじきに死ぬのだから、彼が認めてくれたところでどうなるものでもない。

おそらく、いまのままが一番いいのだ。いまのままであれば、彼がわたしの死を嘆き悲しむこともない。

ううん、ちがう。心の奥から声がした。ウルフともっと深い関係になりたい。夢のなかでわかちあったものを、現実にも共有したい。

自分勝手なことをいうのは、やめなさい。

カサンドラは自分を叱責する声に、ハッと息をのんだ。そう、そのとおりだ。ウルフとは距離を置いたほうがいい。わたしを失って彼が深く悲しむという展開だけは、避けたい。

わたしの死を悲しむ者は、すくなければすくないほどいい。母と姉が死んだときは胸が張り裂けるほどつらかった。わたしが死ぬことでおなじような思いをひとにさせたくない。母と姉のことを思いださない日はない。彼女たちにもう二度と会えないことに胸の痛みを感じない日も。

カサンドラがTシャツとスエットパンツを手にすると、ウルフは彼女を屋敷の奥に案内した。力強い彼の存在が、彼女の心の奥底を揺さぶっていた。こんな気分に自分がなるなんて、想像したこともなかった。

「すばらしいお屋敷に住んでいるのね」

ウルフはそのことにこれまで気づかなかったかのように、あちこちに目をやった。「ありがとう。十九世紀と二十世紀の境目にクリスのお祖母さんのお祖母さんが建てたんだ。男の子を十五人育てた女性でね。大勢の息子と孫たちを育てるだけの広さがある家が欲しかったようだ」家族の話になると、どこかやさしい口調になる。家族の一人ひとりを深く愛していることがうかがえた。

「残ったのはクリスひとりだけってことは、ほかのひとはどうなったの？」

ウルフの瞳に悲しみの翳がさした。彼の嘆きを思って、カサンドラは胸が痛んだ。「長男はいとこたちと伯父とともに、タイタニック号とともに海の底に沈んだ。一九一八年に流行したインフルエンザで、さらに三人が命を落として、ふたりが不妊症になった。戦争で四人が亡くなった。子どものころに死んだのがふたり、青年時代にハンティングをしていたときに死亡したのがひとり。残りの二名、スティーヴンとクレイグは結婚した。スティーヴンは息子ひとりと娘ふたりに恵まれた。だが息子は第二次世界大戦で死に、娘のひとりは十歳のときに病死、もうひとりの娘は出産のときに赤ん坊が生まれてくる前に亡くなった」

カサンドラはいまの話と、ウルフの口調ににじみでている悲痛の思いにたじろいだ。その子どもたち全員を彼が愛していたことが、ひしひしと感じられた。

「クレイグは四人の息子をもうけた。ひとりは第二次世界大戦で、ひとりは幼少時代に、もうひとりは交通事故で妻と一緒に死んだ。で、残ったひとりがクリスのお祖父さんだ」

「たいへんだったのね」カサンドラは気の毒に感じて、ウルフの手に触れた。このひとがクリスの身の安全に血眼《ちまなこ》になるのも無理はない。「あなたがそんなに大勢の親族を戦争に行かせたなんて、おどろきだわ」

ウルフはカサンドラの手に自分の手を重ねた。彼女の手のぬくもりをとてもありがたく思っていることが、彼の目を見ればわかった。「いや、とめようとした。しかし意固地な男たちを家にとどめておこうとしても、できることはかぎられている。エリックとおれが父を押しきって家を出たときの父の気持ちがようやくわかった」

「でも、帰ってきたあなたをお母さんが迎えいれてくれなかった理由は、わからない」

ウルフは足をとめた。「どうして知っているんだ？」

「それは……」自分がたったいま口にしたセリフの意味にあらためて気づいて、カサンドラは口ごもった。「ごめんなさい。ときたま、ひとの心にふと浮かんだ思いが読めることがある。そうしようと思っているわけじゃなくて、自分でもどうにもならないんだけど。ともかく読めてしまうの」

ウルフの目がまたけわしくなった。

「だからね」ウルフをすこしでもなだめたい一心で、いまいちど説明をこころみる。「怒りにまかせて、心にもないことをいったりやったりして、後悔することってあるでしょ。お母さんだってほんとうはあなたのこと許していたはずよ」

「いや」低く太い声でウルフは否定した。「母から教えこまれた信仰心をおれは捨てた。母はそのショックから立ち直れなかったと思う」

カサンドラはウルフの首にかかっている銀のチェーンに触れて、自分の手におさめた。夢で見たのとおなじく、北欧神話の雷神《トール》の槌と小さな十字架がついている。「なにもかも捨てたわけじゃないでしょ。捨てたとしたら、これは身につけていないはずだもの」

ウルフはカサンドラの指を見つめた。母の十字架と伯父のお守りをなでている。ずっと前から身につけているから、その存在すら忘れてしまっていた大昔の思い出の品だ。

そのふたつはウルフの過去であり、カサンドラはウルフの未来だった。その相反が胸にしみた。「怒りにまかせて発せられた言葉は、けっして思いだせないというからな」

「あなたもよく怒りにまかせて暴言をはくものね」

ウルフはふんと鼻をならした。「どうしてもなおせない欠点もある」

「かもしれないわね」カサンドラは爪先立ちになって、親愛の情を示すためにウルフにキスした。

カサンドラの唇の感触にウルフは低くうめき、彼女を抱き寄せて女らしい体をくまなく感じられるように自分の胸に押しつけた。

彼女が欲しくてたまらない。彼女の服をはぎとって、見つめられるたびにうずく股間の火照りをなんとかしたい。おれのことをよく知っている女性がいるのは、ほんとうに心強い。おれの名前と、おれが以前いったことを覚えていてくれる女性がいるのは。

ウルフにとってそれは、なににも増してありがたいことだった。

ウルフの唇の感触に、カサンドラは喉の奥から甘いあえぎ声をもらした。彼の牙が唇にやさしく当たり、舌と舌がからみあう。

彼の筋肉が撓《しな》うのを、手のひらに感じる。見事なまで鍛《きた》えあげた荒々しく危険な肉体は、鋼のコイルのようにしなやかだった。

抗しがたい魅力をもつ男。ものすごく獰猛で、それでいて不思議なくらいにやさしい。カサンドラは心のどこかで、彼を放すまいと思っていた。

その一方で、もう放してしまいたいとも思っている。

正反対の思いに心を切り裂かれながら、カサンドラはさらにほんの一瞬だけ唇を強く押しつけて、後ろ髪を引かれる思いで身を離した。

ウルフはなによりもカサンドラをふたたび胸に抱きたかった。彼女をじっと見つめる。胸が苦しく、体が火照った。どうしておれは、人間として彼女と出逢わなかったのだろう？

とはいえ、それでどうなるわけでもない。彼女は依然としてアポライトで、おれは彼女と同類ではない。

おれたちが結ばれることはありえないのに、いま陰謀好きの女神によって結びつけられている。おれはカサンドラの心と情熱に魅せられている。彼女の声と彼女の香りに。彼女のすべてが、おれの心に訴える。

おれたちの関係は最初から呪われているのに。

彼女はいずれ死ぬのに。

頭に浮かんだ一言に、身を切られるような思いがした。おれはあまりにも長いあいだひとりだった。喪失によって傷ついた心は血だらけだった。そしてカサンドラがまた、あらたな傷となる。それはわかっている。じゅうぶんに予想がついた。

いつかその傷も癒えるだろうことを、いまはただ祈るしかない。でも、癒えることはないと心のどこかから声がしていた。彼女の姿はこのさき一生、おれの心に留《とど》まるのだろう。

彼女の面影が消えることはない……。

永遠に。

アルテミスのおせっかいを、ウルフは恨んだ。こういう人生に彼を引きずりこみ、失うよりほかない女性とめぐりあわせたアルテミスを恨んだ。

こんなのは、まちがっている。

それにしても、どうしてこういうことに？　アポロンが激怒して、自分の子どもであるアポライトを呪ったからか？

「血統はひどくもろいものだ」頭に浮かんだことを、いつの間にか声に出していた。カサンドラがうなずいた。「だからこそ、クリスをあんな風に守っているのよね」

カサンドラはなにもわかっていない。

彼女をしたがえて階段を下り、部屋に入っていく。「正直なところ、アポロンが自分の子孫の面倒をちゃんとみないのはおどろきだ。その存在がどれだけ重要かを思えばとくにそう思う」

「あなたの家族とおなじで、わたしたちも最初は大人数だったんだけど、あっという間にすくなくなってわたしだけになった。ダークハンターに追われて絶滅しかけていることも関係しているけどね」

ウルフは鍵のかかったドアの前で足をとめた。ドアの横にキーパッドがある。

「部屋にまで鍵をかけるなんて、そこまでする？」カサンドラがいった。

ウルフはかすかな苦笑いを浮かべて、暗証番号を入力した。「この家には昼間働いている使用人がたくさんいるが、みんな、おれのことを知らない。おれの存在を覚えてられないからね。こうしておけば、クリスの留守のあいだ彼らがこの部屋に入り、見知らぬ男が入りこんでいるのを見て悲鳴を上げることがないだろ」

カサンドラは納得した。「いつも日陰者でいるのってどんな感じ？」

ウルフはドアをあけて、天井の淡い光の照明をつけた。「ときたま透明人間になった気分になる。きみとカットに再会したとき自己紹介せずにすむっていうのは、すごく奇妙な感じだ」

「でもアケロンとタロンは、あなたのことを覚えているんでしょ」

「まあね。ダークハンターとカタガリのウェアハンターは覚えていてくれる。でも、ダークハンターとはそう長くは一緒にいられないし、ウェアハンターたちはおれが近づくと気が立つらしく不機嫌になる。自分たちの種族以外の者がそばにいるのがいやなんだろう」

カサンドラが部屋をながめていると、ウルフはベッドに向かった。広い部屋だった。一方の壁はNASAさながらにコンピュータとその周辺機器で埋まっていて、シルバーのエイリアンウェアのコンピュータが、黒い現代的なデスクの上に鎮座《ちんざ》している。

しかしカサンドラをおどろかせたのは、右奥にある大きな黒いベッドだった。夢に出てきたのとまったくおなじベッド。部屋の四方の壁は黒い大理石で、鏡のように姿が映るほどつやつや光っている。でも、夢とはちがって、ウルフの姿はその大理石に映っていない。それに、この部屋には窓もない。

左の壁にさらなる肖像画が飾られていて、その下にマホガニーの横長の食器棚がある。食器棚の上には、数えきれないほどの銀の写真立てがあちこちに置いてある。階上《うえ》のリビングにあるのとおなじような黒いレザーのソファとリクライニングチェアーが、食器棚の前にワイドスクリーンのテレビとともにある。

昔の写真に写っている無数の顔を見ながら、カサンドラは階上のカットが泊まる部屋を出てすぐのところにあった肖像画の女性を思いだした。ウルフはあの女性のことをよく知っていたけれど、この部屋の壁や食器棚に飾られている人々を彼はどのくらい知っているのだろうか？　このひとたちはみな、彼のことをほとんど知らないのだろうけれど。「イザベルにも、顔を合わせるたびに自己紹介をしなくてはいけなかったの？」

　ウルフは部屋の扉を閉めて鍵をかけた。「彼女の場合はいくぶん楽だった。スクワイヤーの家の出身だから、おれが呪いをかけられたダークハンターだってことを理解していたんだ。会うたびに〝そちらはたぶんウルフさんですね。いまいちど、お目にかかれて光栄です〟っていってくれたよ」

「で、スクワイヤーの伴侶はあなたのことを知っているの？」

「いや、おれのことを知っているのは、スクワイヤーの家の出身者だけだ。不老不死のヴァイキングが地下に住んでいて、その人物と顔を合わせて言葉を交わしてもそのことは記憶に残らない、と普通の人間に説明することはちょっとできない。だからクリスの母親なんかは、おれがここに存在することをまったく知らない」

　カサンドラが見守るなか、ウルフはすわってブーツを脱いだ。このひと、ものすごく足が大きいわ……。

「クリスのお母さんはスクワイヤーじゃないの？」カサンドラはきいた。彼の裸足を見たために素肌をもっと見てみたくなった気持ちを、まぎらわせたかった。

「ああ。地元のダイナーで働いているとき、クリスの親父さんと出逢ったんだ。親父さんはぞっこんでね、おれも邪魔しなかった」

「クリスしか生まなかったのはどうして？」

ウルフはため息をついて、ブーツをデスクの下にしまった。「なかなか子どもに恵まれなくてね。クリスが生まれる前に三回流産している。クリスにしても七週間もはやく生まれてきた。だから、おれはクリスの父にいったんだ。もう子どもはいいからって」

カサンドラは耳を疑った。自分の血を絶やさないことは、ウルフにとってことのほか大切なはずなのに。「ほんとうに？」

ウルフはうなずいた。「もっと子どもをつくってくれ、とはとてもいえなかった。おふくろさんがクリスを生むときの苦しみは壮絶だったし、流産のたびにそれはもう悲しんでいたから」

思いやりのあるひとなのだ。これまでは野蛮な男性なのかもしれないと思っていたから、ほっとした。「やさしいのね、ウルフ。他人の気持ちを思いやれるひとはすくないわ」

ウルフはふんと鼻を鳴らした。「その意見にクリスは反論するだろうがね」

「クリスが素直にしたがうのは、道路標識くらいだと思うわ」

ウルフはほんとうに愉快そうに笑った。セクシーな低い笑い声に、ぞくぞくっとした。彼の訛りのある声は、ほんとうにすてきだ。

だめ、こんなこと考えちゃ……。

ウルフのむしゃぶりつきたくなるような魅力から気をそらすには、なにかほかのことをするしかない。

「さてと」カサンドラはあくびをした。「妊娠初期のせいか、疲れたわ。今夜はゆっくり休みたい」後ろにあるドアを指さした。「バスルーム？」

ウルフはうなずいた。

「わかった。着替えをしてもう寝るわ」

「キャビネットに新品の歯ブラシがある」

「ありがとう」

カサンドラはウルフを残して、寝支度に取りかかった。バスルームに入りキャビネットをあけ、手をとめた。あらゆる種類の医療品が並んでいる。メスや縫合用の糸まである。わたしと同様に、ウルフも医者にかかれないんだわ。

あたらしい歯ブラシに手を伸ばしたとき、ダイモンが放った銃弾がウルフの体を貫通したのを思いだした。

視線がいまいちど医療品に向かった。

あのときの傷を、ウルフは自分で処置しなければならなかったのだろう。たったひとりで。そのことについては、一言も語らないけれど。おまけに夢のなかで、傷はすっかり消えていた。

そういえば、わたしがストライカーの腕を切りつけたとき、あの男の傷はひとりでに癒えていた。ウルフの体にも再生能力があるのだろうか。

「かわいそうなウルフ」つぶやいて服を着替える。

こうやってここにいるのが、ひどく奇妙に感じられる。ウルフと一緒に彼の屋敷にいるなんて。男のひとと一夜をともにしたことはいちどもない。ちょっとしたはずみでベッドをともにした男性は数人いたけれど、いつもできるだけはやく彼らの家を出るようにしていた。長居をして、絆を深める必要はなかった。

でもいまはウルフに絆を感じている。必要以上にとても深い絆を。いや、必要以上にということはない。彼はお腹の子どもの父親なのだから。あるていどは、親密な関係にならなくてはいけないはず。

わたしがそう思っているだけなのかもしれないけど。

バスルームを出ると、ウルフが裸足で服を着たまま、リクライニングチェアーにすわっていた。

「ベッドを使ってくれ」と、彼。「おれはソファでいいから」

「そんな必要はないわよ。あなたと一緒のベッドで休むと妊娠してしまう、ってわけでもあるまいし」

今度の冗談は通じなかった。

カサンドラはふたりの距離を縮めて、彼の手をとった。「もう！　のっぽさん。すばらしいベッドがあなたを待っているときに、その大きな体をせまいソファに無理やり押しこむ必要はないわよ」

「女性と一緒にベッドに入ったことは、いちどもない」

カサンドラは片方の眉を吊りあげた。

「つまり、ベッドで眠ったことは」ウルフはいいなおした。「女性と一夜をともにしたことがいちども ないんだ」

「まったくないの？」

ウルフはうなずいた。

まあ。わたしたち、想像していたよりもたくさん共通点がある。「歳をとりすぎているからって、あたらしい経験をするのはもう手遅れということにはならない、っていうでしょ。まあ、あなたの場合はすごく歳をとっているのは事実だけど、でも大抵の場合、この格言は真実を突いているわ」

ウルフは例によって、顔をしかめた。「きみはすべてをジョークにしてしまうのか？」

「いいえ」素直にこたえて、彼をベッドに連れていく。「でも、いろんな試練をユーモアの精神で乗り切ってきたのは事実よ。つまり、そういうこと。人生は笑うか泣くかだけど、泣いていると生きていくのに必要なエネルギーをものすごく使ってしまう。そうでしょ？」

カサンドラはウルフの手を放して、髪を三つ編みにした。

ウルフが彼女の手をつかんで、髪を編むのをやめさせた。「その髪型は好きじゃない」

漆黒の目にやどった欲望を見て、カサンドラはハッと息をのんだ。こういう表情を浮かべたウルフを、ちょうどこの部屋で見たことが以前にあるような、奇妙な既視感《デジャヴュ》にとらわれた。こんな風に感じてはいけないのだけれど、彼の暗い瞳のなかに燃えている火にカサンドラは魅せられた。彼に手を握られたときの感触に魅せられていた。

彼の手に体をまさぐられたときの感触は、もっといいけれど……。

ウルフは自分がカサンドラと一緒にいる権利も、ベッドをともにする権利ももっていないことを承知していた。でも、そうしたいという気持ちには抗えない。

夢ではない現実の彼女の肌に、触れたくてしかたがない。彼女の両脚を腰にからませて、彼女の体のぬくもりがおれの疲れた心をあたためるのにまかせたい。

だめだ。

強い命令が頭にこだまして、思わずしたがいそうになる。しかしウルフ・トリュグヴァソンは命令に耳をかたむけるような男ではなかった。

たとえ自分自身の命令であっても。

上を向くようにカサンドラをうながして、緑色の瞳のなかにある情熱の焔《ほむら》を見る。それはウルフを焦がした。彼女の唇がかすかにひらいて、誘っている。

カサンドラの頬を顎のほうまでなでて、赤みがかったブロンドの髪に指を埋める。それから唇をうばった。彼女はやさしい味がした。

カサンドラはウルフを引き寄せて彼をぎゅっと強く抱きしめると、両手で背中をなでた。

ウルフはぶるっと体をふるわせ、股間がまたたく間にかたくなった。

低くうなって、カサンドラを抱きあげる。するとおどろいたことに、カサンドラは両脚をウルフの腰にからみつかせた。

カサンドラの反応にウルフは笑った。彼女の体の熱が、電流のように伝わってくる。下腹部が股間に押しつけられて、彼女のデリケートな部分が密着していることを意識せざるをえなかった。

気が昂ぶっているせいかカサンドラの瞳の色が濃くなっている。彼女はウルフのシャツを頭から脱がせた。

「欲しいのか、ヴィルカット?」口づけをしながらささやく。

「ええ」カサンドラの答えに、ウルフは胸を高鳴らせた。

彼女をベッドに横たえる。彼女は下に手をやってウルフのズボンのジッパーをおろした。その手がもどかしそうに伸びて彼自身に触れたとき、ウルフは喉の奥で低くうなった。ペニスをこする指づかいに、全身がふるえる。こうやってこすられるのが好きだということも、彼女は覚えていてくれた。

この奇跡にウルフは泣きたくなった。数世紀前に、アポライトかウェアハンターの恋人をつくるべきだった。

いや、ちがう。彼女の喉元に唇を押し当てて、バラの香りをかぎながら思いなおす。おれの恋人になれるのはカサンドラだけだ。おれが求めるものをもっているのは彼女だけ。彼女には、おれを満たしてくれるなにかがある。おれを燃えあがらせてくれるなにかが。女性にこういう感情をいだいたのは、はじめてだった。

この娘を手に入れるためだったらアポライトと関係することを禁じる掟を破ってしまうかもしれない、とウルフに思わせたのはカサンドラだけだった。

カサンドラは両手を上げ、ウルフにTシャツを頭から脱がせてもらった。彼の肌のぬくもりを素肌にじかに感じて、甘いため息がもれる。まぶしいほどにすばらしい男性の肌は、彼女の目にとってまさに神々しいごちそうだった。

ウルフが手の甲でなでた乳房が、かたくなってうずく。彼はそれから右の乳房を口にふくみ味わった。カサンドラは胸の鼓動がいきなりはやくなった。ウルフの舌がやさしく軽やかに左右に動く。目くるめくような快感が襲ってきて、彼女は下腹部がおののくのを感じた。じきにウルフは下に移動して、唇を腹部にはわせていった。腰のくびれを愛撫しながら、両手でスエットパンツを下ろしている。

カサンドラは脱がせやすいように、ヒップを上げた。ウルフはパンツを床に落とし、両手で彼女の脚を左右に大きくひらいた。

カサンドラが熱い期待がこもった目をウルフに向ける一方で、ウルフは彼女のデリケートな部分をじっと見つめている。その姿は、獲物を見つけた野生動物を思わせた。この獲物をかならずものにすると、無言で語っている。カサンドラは全身に電流が走った。

しばらくして、彼の手がクレバスをなでおろし、カサンドラは息をのんだ。じらすような接触にいやでも昂ぶった。神の手による愛撫。満たされると同時に、かぎりなくエロティック。

ウルフは悦びの表情を浮かべるカサンドラをじっと見つめた。彼女はヒップを何度となく彼の手に押しつけてくる。その反応がうれしかった。心の壁をすべて取りはらって、われを忘れている彼女がいとおしかった。

ベッドに上がって体を重ね、抱きあったまま体の向きを変える。彼女が手足を巻きつけてきて、たがいに唇をむさぼりあう。肌がこすれあって官能的なシンフォニーを奏で、ウルフをいっそう燃えあがらせた。じきに彼はカサンドラを膝にのせて、上体を起こした。彼女は長い両脚をウルフの腰に巻きつけて、両手で彼の頭をかかえこみ、指に髪をからませている。

このままでは自分はどうなってしまうのだろうとウルフが本気で不安になってきたとき、彼女が腰を上げて猛ったものを迎えいれた。カサンドラは貪欲にウルフを攻めた。ウルフの精を吸いとり、欲しいものをうばって、彼が求めているものをあたえている。

彼女をここに留めておきたかった。このままずっとベッドにふたりでいたい。

夢の世界ではなく実際にウルフを体の奥まで受けいれている悦びに、カサンドラは唇を噛みしめた。彼はとてもかたくて、太かった。夢のなかでもすてきだったけど、生身の彼はそれ以上にすばらしかった。

やわらかい胸毛をデリケートな乳房にこすりつけながら、ウルフが彼女のヒップをつかんで動きをうながした。彼の目を見つめると、欲望で瞳の色が濃くなっていた。

息づかいを調和させながら、カサンドラはヒップをウルフの股間に何度となく打ちつけた。カサンドラはこんなセックスをこれまでしたことがなかった。男性の膝にまたがって、対面で抱きあいながらひとつになっている。それはこの上なくエロティックな経験だった。

ウルフに乳房を吸われて、背中をそらせる。彼の頭を抱きかかえながら、カサンドラは快感の渦にのみこまれていった。

じきに絶頂に達して、甘い声を上げた。

ウルフは顔を上げてオーガズムを迎えたカサンドラを見守った。彼女はとてもうつくしかった。ひとつになったまま彼女をベッドに押し倒し、主導権をとって腰を動かす。目を閉じ頭を真っ白にして、体の下のあたたかく濡れた彼女を全身で感じる。

過去も未来もない。ダークハンターもない。アポライトもない。

たしかに存在するのは、自分たちふたりだけ。カサンドラはウルフの背中に手を回し、左右の足を腰に巻きつけている。彼女のなかに一気に深く体を沈める。

かつてない激しい欲求に突きうごかされ、ウルフはカサンドラの髪に顔を埋めて彼女のなかに精を放った。

カサンドラはウルフが小刻みに体をふるわせるのを感じながら、彼を抱きしめた。あたたかい息を首に感じる。ウルフの体は汗で濡れ、黒い長髪がカサンドラの肌をちくちくこすった。ふたりともぐったりしたまま息を荒くして余韻にひたった。

上にいるウルフの重みが心地よかった。ごつごつした男らしい体がこすれるのが気持ちい い。ところどころに傷跡があるたくましい背中を両手でなでて、肩の刺青をぼんやりと指でなぞる。

ウルフが上体を起こして、カサンドラの目をのぞきこんだ。「きみの虜《とりこ》になってしまったようだ」

その愛の言葉にカサンドラはほほえんだけれど、心のどこかでは悲しみを覚えた。ウルフの髪が顔のまわりに落ちてきている。ほの暗い照明の光を受けている、やわらかくやさしい髪。カサンドラはその髪を彼の耳の後ろにかけて、キスをした。

カサンドラの体に回されたウルフの腕に力がこもった。なんて安らぐんだろう。守られている感じがする。こうしていれば安心だと思える。

夢心地で甘いため息をつくと、カサンドラは身を離した。「洗ってこなきゃ」

ウルフは彼女を放さなかった。「行かないでくれ」

彼女はとまどって首をかしげた。

「おれの精液できみの体が濡れている光景を見ていたいんだ、カサンドラ」耳元で息を荒くしながらささやいた。「おれの匂いをきみの肌にしみこませたい。きみの匂いをおれの肌にしみこませたいんだ。なによりも、おれたちが今夜したことを明日の朝になってもきみが覚えていてくれるのがうれしくてならない。おれの名前をまだ覚えていてくれることが」

カサンドラはひげが伸びかけたウルフの頬に手をやった。彼の瞳のなかにある痛みに、心を激しく揺さぶられた。唇に触れるか触れないかのキスをしてから、彼に寄り添う。

ウルフはカサンドラを後ろから抱きかかえられるように、ちょっとだけ身をひいた。やさしく体をつつまれたカサンドラは、たくましい二の腕に頭を乗せた。悦びに胸を高鳴らせながら、ウルフの息づかいに耳を澄ます。

ウルフは顔を上げてカサンドラの頬にキスすると、片手の指を彼女の髪にからませて体の力を抜いた。

数分もしないうちに、ウルフは深い眠りに落ちた。カサンドラにとっていまのこの時間は、この上なく安らかなひと時だった。ウルフが他人にはけっして見せようとしない自分の一面を、今夜見せてくれたことを彼女は心の奥底で感じとっていた。

いつもはぶっきらぼうで、いかめしい。でも、カサンドラを胸に抱いた彼は、やさしい恋人だ。彼のような男を愛する術を身につけつつあると、しみじみと実感した。そう、それはそれほどむずかしいことではない。

夜明け前の静けさのなか、カサンドラは無言のまま横になっていた。いま何時なのかもわからない。わかっているのは、自覚していなかったけれど冷えきっていた自分のある部分を、ウルフがあたためてくれたということだけ。

ベッドに横になったまま、ウルフは何世紀のあいだこういう場所に閉じこめられているのだろう、と考える。この屋敷は築百年とちょっとだといっていた。

周りを見回して、ここに何日も何日も、何十年も何十年もひとりでいる生活を想像してみる。

ウルフはさぞかし孤独だろう。

腹部に手を当て、そこにいる赤ん坊の姿を想像する。男の子だろうか女の子だろうか？　わたしみたいなブロンドの髪？　それとも父親譲りの黒っぽい髪？

ほんとうの髪の色は、結局はわからずじまいになりそうだ。大抵の赤ちゃんは髪がいったん抜けかわるから、よちよち歩きをするようになってはじめて髪の色がわかる。

そのときまでには、わたしは死んでいるかもしれないから。乳歯が生えてくる前に、この世から姿を消すかもしれないから。あんよができるようになる前に、言葉がしゃべれるようになる前に。

自分の子どもの成長を、わたしはまったく見届けることができない。

泣いちゃだめ……。

でも、泣かずにはいられない。

「カサンドラ?」

ウルフが寝ぼけた声で呼びかけてきたけれど、無視した。声を出したら、泣いているのがばれてしまう。

泣いているのに気づいたのか、ウルフは彼女の体の向きを変えさせると抱き寄せた。「泣くな」

「ウルフ、わたし、死にたくない」彼の胸のなかで泣きじゃくりながら訴える。「この子を残して死ぬなんてつらすぎる。話したいことがそれはもうたくさんあるのに。成人したこの子は、わたしがこの世に存在したことすら覚えていないのよ」

ウルフは心からの嘆きを耳にしながら、カサンドラをさらにしっかり抱きしめた。

そんなことを心配してばかだな、となぐさめられればどんなによかっただろう。どうがんばっても変えられない運命を、彼女は嘆き悲しんでいるのだから。

「時間はまだある、カサンドラ。きみ自身はもちろん、お母さんやお姉さんの話をおれに聞かせてくれ。子どもにすべて伝えるから。孫子《まご》の代まで、そうする。母親であり祖母でもあるきみのことを忘れさせはしない。ぜったいに」

「約束してくれる？」

「ああ、約束する。子どもたちをずっと守ることも約束する」

ウルフの言葉にカサンドラは落ち着きを取りもどしたようだった。腕のなかにいる彼女をやさしく揺すりながら、ウルフは自分たちのどっちのほうがつらいか考えていた――子どもの成長を見届けられずに死ぬ母親のカサンドラと、自分の子どもたちの死を看取《みと》る運命を背負った父親の自分、どっちがつらいだろう？

9

まる三週間、ウルフはクリスとカサンドラを自宅に軟禁していた。しかしダイモンはいっこうに現われず、いくぶん過剰反応をしていたと思うようになっていた。

その件をめぐって、クリスはウルフを一時間にすくなくとも五回は責めている。

カサンドラはそのあいだじゅうずっと、仕方なく大学から遠ざかっていた。まだ妊娠三週間目くらいだったが、三カ月ほどに見える。お腹が大きくなって、ほんとうに子どもを宿していることがわかるまでになっていた。

カサンドラの姿をウルフはこの上なくうつくしく感じたが、気持ちの上ではできるだけ彼女と距離を置くようにしていた。

でもそれはむずかしかった。これだけ長い時間、子どもに聞かせたい話を語るカサンドラを録画しているのだから。彼女はほとんどいつも、とてもおだやかな口調で生い立ちや母や姉の話を子どもに語った。さらには父の話も。カサンドラが家族との愛に満ちた思い出を子どもに語りかけるのを聞くと、ウルフは彼女との距離がどんどん縮まっていくのを感じるのだった。

「これを見て」と、カサンドラ。ウルフがもっている小さなビデオカメラに、シグネットリングをはめた手を差しだした。ウルフは指輪にピントを合わせた。「これはアトランティスの王家の人々が結婚するときに使った、ほんものの結婚指輪なんだって、お祖母ちゃんがいってたわ」

カサンドラは悲しげに指輪を見つめた。「この指輪がどれほどの時をへて、ここにあるのかわからない。この指輪はお祖母ちゃんがお祖父ちゃんにたくしたものなの。最終的にわたしが譲り受けるようにするためにね。だからわたしも、これがあなたのものになるようにパパに渡しますからね」

カサンドラが自分がいなくなったあとの子どもの人生を語ると、ウルフは身を切られる思いがした。彼女の過酷な運命を耳にするたびに、胸が張り裂けそうだった。

彼女の目にやどった苦悩、悲嘆を目にするたびに。

そして、カサンドラが泣くたびに、ウルフはさらにいっそう胸が痛むのだった。カサンドラを精一杯なぐさめるものの、ふたりとも最終的にどういう結果がもたらされるかは承知していた。

それを阻止する方法はなかった。

日中、カサンドラに会いに父親が頻繁にやってきた。カサンドラは父にウルフを紹介しなかった。どっちみちすぐ忘れてしまうのだから。

カサンドラのその決断に、ウルフはとても感謝した。

彼女はその代わりにクリスを紹介して、子どもが生まれてから父とクリスが連絡をとりあえるようにした。

マルディ・グラ当日の夜にアケロンが電話をしてきて、カサンドラのボディーガードをしてお腹のなかの子どもを守るために、ダークハンターの任務をしばらくのあいだ免除してくれた。さらには二名のダークハンターをセントポールに派遣してくれた。ウルフの代わりにパトロールをしてもらい、まんいちまたストライカーたちがカサンドラを襲ってきたさいに助けてもらうためだ。

アケロンはスポーンというアポライトのダークハンターの名前を告げ、妊娠にあたってカサンドラに必要となるものをそろえるのに、力を貸してくれるだろうといった。ウルフは毎晩スポーンに電話をして留守番電話にメッセージを吹きこんだが、まだ向こうから電話はかかってこない。

アケロンとも最後に電話で話した日以来、電話が通じなくなった。

携帯が鳴った。

ウルフがポケットから携帯を出して通話するのを、カサンドラは見守った。彼は気苦労が絶えないようだが、心配しているのは彼女とクリスの身の安全だけじゃない。この数週間、親友のタロンが姿を消し、ほかのダークハンターと連絡がいっさいとれなくなっているのだ。

さらに困ったことに、アケロンも行方不明になっている。ウルフは不吉な予感がするとずっといいつづけているが、カットによれば心配無用とのことだ。ときおり連絡を絶つことで、アケロンは有名らしい。

アケロンがだれかに傷つけられるようなことはアルテミスが許さないだろうと、カットは請合った。まんいち彼が負傷したら、なんらかの情報が入ってくるはずよ、と。

カサンドラは床にすわって、クリスとカットと一緒に人生ゲームをした。その前にトリビアル・パスート（三千問のクイズにこたえながらゴールを目指す、人生ゲームに似たボードゲーム）をやろうとしたのだが、女神に仕える不老不死の侍女とダークハンターが対戦相手では、カサンドラとクリスはまったく勝ち目がないのでやめたのだった。

人生ゲームであれば、勝敗をきめるのは単純に運の良し悪しだけだ。

「ふう、まいったよ」ウルフが電話を切ってから数分後につぶやくと、ゲームに加わるためにもどってきた。

「なにがあったの？」カサンドラが自分のこまを動かしながらきいた。

「タロンが魂を取りもどした」

「マジかよ」クリスがいきなり声を上げると、ものすごくおどろいた様子で背筋を伸ばした。

「どうやって？」

ウルフは平静をよそおっていたが、徐々に彼のことがわかってきたカサンドラは、表情がかたくなっているのに気づいていた。友人の幸運を喜ぶ一方で、かすかに嫉妬しているようだ。でも、だからといって彼を責めることはできない。

「アーティストの女性に会って、恋に落ちたんだ」ウルフはカサンドラの横にすわりなおすと、おもちゃの紙幣を整理した。「マルディ・グラ当日に、その彼女がタロンの魂を取りもどして、やつを自由にしたんだ」

クリスはウルフの説明に、あきれたように鼻を鳴らした。「ちぇっ、おもしろくないね。いまやタロンもキリアンと一緒においぼれパトロール隊員になったわけだ」

「クリス！」カサンドラはたしなめながらも、ぷっと吹きだした。「なんてひどいことというのよ」

「ああ。でもほんとの話だろ。ひとりの女のために、不老不死を手放すなんて想像を絶する。女性のみなさん、気を悪くしないで。でも、そんなのどこかおかしいよ」

ウルフはゲーム盤にずっと注意を向けている。「不老不死を手放したわけじゃない。キリアンとちがって、やつは不老不死のままなんだ」

「へえー」と、クリス。「そりゃ、すげえ。よかった、よかった。一挙両得とは、さぞかしうれしいだろうね」

三人の顔を順番に見やったクリスは自分の発言の意味合いに気づいたらしく、顔を赤らめた。「ぼくはなにも――」

「いいんだ、クリス」ウルフが寛大なところを見せた。でもその目には、心の痛みがそのまま現われていた。

ゲームがカットの番になった。

カサンドラは手を伸ばして、ウルフの指に自分の指をからませた。「ダークハンターが自由の身になれるなんて、知らなかったわ」

「めったにあることじゃない」ウルフは彼女の手を強く握った。「すくなくとも去年まではそうだった。われわれが知ってるのは、タロンとキリアンの二例だ」

「三例よ」カットがいって、こまを進めた。

「三例？」ウルフがくり返した。おどろきをかくせない様子だ。

カットはうなずいた。「三名のダークハンターが自由の身となったわ。きのうの夜、アルテミスの神殿に挨拶に上がったとき、もうひとりの侍女がそう話していたもの」

「アルテミスと口をきく機会はなかった、って思っていたけど」きのうの夜、ここにもどってきたカットが話したことを思いだしながらカサンドラがいった。

「ええ、そうよ。取りこみ中のサインが神殿のドアにかかっていたから。アルテミスはむずかしい女神でね。彼女の領域にあえて踏みこんでいく勇気がとうてい出ないときがあるのよ。神殿にいつでも平気で入っていくのは、双子の片割れのアポロンくらいね。でも、侍女《コリ》たちがその話を噂しているのをまちがいなく耳にしたわ。アルテミスはあきらかにご機嫌をそこねている感じだった」

「ふーん」カサンドラは物思いにふけりながらいった。

「解放されたもうひとりのダークハンターの名は？」

「モエシアのザレク」

ウルフはあんぐり口をあけ、クリスはカットにあらたな頭が生えてきたかのように、目を白黒させて彼女を見た。

クリスが鼻を鳴らした。「嘘いったって、こっちはわかってるんだぞ、カット。ザレクは死の宣告を受けたんだぜ。そんなことありえない」

カットはクリスに目をやった。「ううん、嘘じゃない。彼は死ななかったし、結局のところ自由の身となったの。さらにまたダークハンターを失うようなことになったら、みんなの首を切るってアルテミスは脅してるわ」

カットの話はカサンドラにとって、はげみになるものではなかった。あくまでも想像にすぎないけれど、ウルフはそれ以上に苦々しい思いをしているはずだ。「ザレクが解放される日が来るとは、まさか思っていなかった」ウルフがつぶやくようにいった。「あいつは常軌を逸していたから、おれがダークハンターになったころからずっと島流しになっていた」

カサンドラは深呼吸をした。ザレクみたいな者が自由の身になれるのに、ウルフがいまのような呪いをかけられたままでいるのは不条理だ。

「タロンが解放されたとなると、ニックはこのさきどうするんだろう」クリスがカットの手からプリングルズの箱をとっていった。「あいつがヴァレリウスに仕えるとは思えないし」

「たしかにな」と、ウルフ。それからカサンドラに、ヴァレリウスというのはキリアンの一族を滅ぼして、ギリシアの司令官だったキリアンを磔にした男の孫だと説明した。ニックはキリアンの元スクワイヤーであり友人でもあるから、キリアンを殺した男と血が繋がっている者にはぜったいに仕えないだろう。

ウルフとカットとクリスが引きつづきダークハンターの話をするそばで、カサンドラはいま知った事実についてよく考えた。

「わたしがあなたを解放することはできる？」

彼は奇妙な表情を浮かべて、暗い目をした。「できない。ほかのダークハンターとちがって、おれはそういう例外は認められないんだ」

「どうして？」

ウルフは疲れきったようなため息をもらして、ゲームのルーレットを回した。「おれはだまされてアルテミスに仕えることになったからだ。ほかの連中はみな、志願してダークハンターになったんだがね」

「だまされて、っていうのは？」

「あれはあんただったの？」ウルフがこたえる前に、カットが口をはさんだ。

カサンドラはカットのほうへ顔を向けた。「知ってるの？」

「うん、まあね。あれはちょっとした騒ぎだったわ。モルギンにしてやられたことを、アルテミスはいまだに憤《いきどお》っている。あの女神は出しぬかれるのが大嫌いなのよ。その相手が人間じゃない場合はとくにね」

「具体的にはどういうこと？」

カットはクリスがプリングルズをすべて食べてしまう前に、彼から箱をうばった。クリスは間食が大好きだ。これほど食べているのにものすごく痩せている理由は、いまだに謎だった。

　クリスはぶつぶついいながら立ちあがり、キッチンへ向かった。またスナック菓子をとりにいったのだろう。

　カットはプリングルズを足元に置いた。「モルギンは古代スカンジナビアの神ロキと密約を交わしたのよ。それでロキは運命の三女神ノルンがもっているアザミを使った。一日だけだれかと立場を交換できる、といわれているアザミをね」

　ウルフは眉をひそめた。「だったら、ふたりはどうやってその効用を長つづきさせたんだ？」

「ロキの血を使ったの。古代スカンジナビアの神々は奇妙な掟をつくっていてね。モルギンを欲しくなったロキは、彼女をつなぎとめておくために彼女の魂とあんたの魂を交換した。アルテミスはモルギンを取りもどすためにロキと戦おうとはしなかった。いずれにせよ、あんただったら優秀なダークハンターになると考えたのね」

　ウルフの目つきがけわしくなった。

　カットは同情するように彼の腕をたたいた。「気休めでしかないかもしれないけど、ロキはいまだにあのときのことでモルギンを責めているし、ロキと一緒にいるかぎり、モルギンもまた自由の身にはなれない。もしそうなったとしても、アルテミスに殺されるでしょうね。まだ殺されずにすんでいるのは、もっぱらロキに守られているからよ」

「そんな話は、気休めにもならない」

「そうね。わたしもそう思うわ」

ストライカーは暗めの照明がともっている宴会広間を、うろうろと歩きまわっていた。血が欲しい。この三週間、ウルフとカサンドラの足跡がいっこうにつかめない。

カサンドラをおびきよせるのに役立つだろうと思って彼女の父親に接近しようとしたが、それすらできなかった。

くそっ。

いまのところ息子のユリアンに仕事をやらせているが、効果はなかった。

「ダークハンターの住まいをさぐりあてるのは、そんなにむずかしいのか？」

「悪賢い連中ですから、キリオス」ゾランがこたえた。キリオスとはアトランティス語で、〝ご主人さま〟を表わす丁寧な言葉だ。

ゾランは副司令官のつぎの位の人物で、ストライカーが信頼を寄せている兵士のひとりだった。同情心をいっさい見せずに非情なやり方で殺しができる能力を武器に、スパティの出世の道を歩いてきた男だ。だれもが望む〝大将〟の地位に就いたのは、一万年以上前のことだ。

ストライカーとおなじようにゾランは髪を黒く染め、スパティのシンボル（真ん中にドラゴンがいる黄色い太陽）を身につけている。それはデストロイヤーの記章だった。

「さもなければ」ゾランはつづけた。「手下の者たちが連中のあとをつけて、眠っているあいだに殺していたでしょう」

ストライカーはゾランに顔を向けてにらみつけた。禍々しい視線にゾランはあとずさりした。ストライカーの怒りに尻込みしない根性をもっているのは、彼の息子だけだった。

デーモンのジドリックスが、ストライカーの前に現われた。ダイモンたちとちがって、ジドリックスはスパティの世界におけるストライカーの高い地位を意識したり、恐れいったりすることはない。大抵の場合、ジドリックスはストライカーのことをご主人さまとしてうやまわず、奴隷のようにあつかう。

デストロイヤーに高く評価されているこの立場さえあれば、危害を加えられることはないとジドリックスが思っていることはまちがいなかったが、ストライカーは真相を知っていた。母のデストロイヤーはジドリックスにすっかり惚れこんでいるのだ。

「寛大なる女王陛下が、おまえと話をしたいと仰せだ」デーモンのジドリックスは低い抑揚《よくよう》のない声でいった。

寛大なる女王陛下。この称号を耳にするたび、ストライカーは笑いだしたくなるが、実際にそうしないだけの分別はあった。母にはユーモアのセンスがあまりないのだ。

ストライカーは玉座から立ちあがると、母の個室に向かった。

母のデストロイヤーはプールのほとりに立っていた。きらきら光る管を水が伝ってこの世界から人間界に向かって上昇している。こまかい水しぶきがはねて虹がかかり、水煙があがっている。女王はここで、地球でなにが起きているか水晶占いをするのだ。

「あの女は身ごもっている」ふり返りもせずにいった。

あの女というのがカサンドラを指していることは、すぐにわかった。

「いったいどうやって？」

女神は両手を上げて、空中に円を描いた。プールの水が水晶の形になった。水晶のなかには空気しかないはずなのに渦巻きが起こり、ストライカーとデストロイヤーがともに死んでほしいと願っている女が現われた。水晶のなかには、彼女の居場所を突きとめる手がかりになりそうなものは、ひとつとして映っていない。

アポリミがその映像を指の爪でなぞると、線がぶれて像がゆがんだ。「アルテミスが邪魔をしている」

「母と子を殺す時間はまだあります」

アポリミはほほえんだ。「ああ、ある」両手をひらくと水晶の水が弧を描いて流れ落ち、プールにもどった。「いまこそ攻撃のときだ。エレキティはアルテミスに拘束されている。あの男がおまえを阻止することはできない。いつおまえが攻撃を開始するかもあの男にはわからないのだから」

エレキティの話になって、ストライカーはたじろいだ。アバドンナについてもそうだが、ストライカーはエレキティを攻撃することを禁じられている。

そういう制約が呪わしかった。

「でも、どこを攻撃していいのやら」母に訴える。「いま現在、捜査している――」

「セレドンを使え。わたしの子飼いならさがしだせる」

「あれらはここを出るのは禁じられていると思っていましたが」

母の唇に残忍な薄ら笑いが浮かんだ。「アルテミスは掟を破った。だから、わたしも破らせてもらう。さあ、行くがよい。マジオス。母を喜ばせておくれ」

ストライカーはうなずくと、さっと踵を返した。三歩も行かないうちにデストロイヤーに呼びとめられた。

「ストライケリウス、くれぐれもエレキティがもどってくるまえに女相続人を始末するように。エレキティと戦うことは許されないのだから。ぜったいに」

ストライカーは立ちどまったが、ふり返らなかった。「なぜ私は、あの男に接触するのをずっと禁じられているのですか?」

「われわれに〝なぜ〟はない。生きるか死ぬか、それだけのこと」人間のつくった詩を妙に変えた言い回しをデストロイヤーが口にしたのを聞いて、ストライカーは歯ぎしりをした。

彼女はさらに話しかけてきたが、その冷ややかな口調はストライカーをいっそういらだたせただけだった。「その問いにたいする答えだが、おまえは自分の命をどれだけ大切にしているんだい、ストライケリウス? この数世紀のあいだ、わたしはおまえを手元にずっと置いてきた。おまえが死ぬのは見たくない」

「エレキティは私を殺せない。私は神なのだから」

「しかしおまえよりも強い神が倒れたのだよ。まったくもって情けないことに、おまえより強い神の多くがね。この言葉、よく胸に刻んでおくように。くれぐれもな」

ストライカーはそのまま歩きつづけ、ちょっと立ちどまってキクロナス、またの名をトルネードを放った。このセレドンはいったん放たれると、破壊的な脅威となる。ちょうどストライカーとおなじように。


夜中の十二時近くになって、またウルフの携帯が鳴った。電話に出たが、ぶっきらぼうなギリシア訛りがある相手がだれなのかわからなかった。

「私はスポーンだ、ヴァイキング。私が留守にしているあいだ、二、三百回電話をしてきただろう？」

ウルフはスポーンの怒りもあらわな口調を受け流した。「どこに行ってた？」

スポーンは喧嘩を売るように、低いうなり声をもらした。「いったいいつから、あんたの質問にこたえなきゃいけなくなったんだ。面識すらないんだから、そっちの知ったことじゃないだろうが」

まったく、だれかさんは今夜は虫の居所が悪いようだ。「いいか、おれはそっちに個人的に不満があるわけじゃないんだ、ダイモンさんよ――」

「私はアポライトだ、ヴァイキング。アポライトとダイモンは天と地ほどもちがう」

はいはい、そうかい。「申し訳ない。気を悪くさせるつもりはなかった」

「ヴァイキング、あんたの言葉をそのまま借りさせてもらおう。〝はいはい、そうかい〟」

げっ、まいった！

「たしかに、そうだな。またあんたの心の声が聞こえたよ」

怒りを押さえこんで、心のなかを空白にする。カサンドラを追うダイモンとあらゆる点でおなじくらい危険かもしれない見知らぬ男に、心のなかを悟られてしまうのだけは避けたい。

「それほどまでにいろんなことがわかっているのなら、おれが電話をした理由も知っているんだろ」

沈黙が流れた。

しばらくして、スポーンが喉の奥で低く笑った。

「私にかくしごとはできないぞ、ウルフ。私は相手が思ったことを、あんたがいまもっている携帯電話みたいに直接聞きとるから、そっちの考えはすべてお見通しなんだ。でも、心配するな。私は敵じゃない。ただ、アポロンに守るべき女相続人がほんとうにいたことにおどろいているだけだ。子どもの件、おめでとう」

「ありがとう」おざなりの礼をいう。

「それとあんたの疑問の答えについてだが、私は知らない」

「知らないってなにを？」

「人間とアポライトのハーフが二十七歳を過ぎても生きられるかどうかは、よくわからない。しかし、不可能なことはなにもない。数カ月後には、ポップコーンを食べながら、じっくりおもしろい見世物を見物させてもらうよ」

アポライトのスポーンが悲劇的な出来事を軽々しくあつかうことに、ウルフはかっとなった。「黙れ、スポーン。おもしろくもなんともないんだよ」

「残念だな。自分ではコメディアンの才能がかなりあると思うことがあるんだが」

ウルフはこのアポライトのダークハンターを八つ裂きにしてやりたくなった。

「よかったよ。私はいまアラスカにいるから、あんたは襲撃したくてもできない。だろ？」

「どうしておれの思っていることがわかる？」

「テレパシーがあるんだ。あんたの気持ちが、あんた本人が自覚する前にわかってしまうのさ」

「ならば、どうしておまえはそんなにねじくれているんだ？」

「それは思考を読みとるテレパシーはあるが、感情を読みとる能力はないからだ。あんたの気持ちはどうでもいいんだ。でも、あんたらふたりを助けてやってくれとアッシュにいわれてもいるから、そうしなきゃなとは思っている」

「それはどうもご親切に」ウルフは皮肉たっぷりにいった。

「ああ、ほんとに感謝されてしかるべきだよ。こっちは基本的にあんたのことが大嫌いなんだからな。しかし、カサンドラは私とおなじアポライトだから、できるだけ心をくだくつもりだ。私があんただったら、彼女が息子を出産するにあたってアポライトの助産婦を見つけるがな」

スポーンの発言にウルフは胸がずきっとした。「男の子なのか？」

「まだ特徴は出てないが、もうすこし成長すればはっきりする」

　ウルフは思わず顔をほころばせたが、正直なところ、心のどこかでは娘を望んでいた。カサンドラが亡くなってから、彼女の面影を偲ぶことができる女の子がいい、と。

　考えても仕方がない思いを袋小路に入りこむ前に心から締めだし、カサンドラが必要とするものを挙げるスポーンの話に耳をかたむける。

「われわれの種族は人間とはいくぶんちがう。食べ物も特別なものにしなきゃいけないし、環境も変えなければならない」

「カサンドラに輸血が必要だということはわかってる」この二日間、彼女は顔色がひどく悪い。「本人も体力が弱っているといっていた」

「いいか、彼女にはそれ以上のものが必要なんだ」

「たとえば？」

　スポーンはその質問は無視した。「あちこちに電話をして、あんたらふたりに力を貸してくれる者をさがそう。運がよければ、身を寄せることができるコロニーも見つかるかもしれない。いまの時点では、はっきり請合うことはできないがな。というのも、いまはほかのチームの応援をしているからなんだ。アポライトの仲間たちは私がほかのチームと接触すると、私の度胸をひどくねたんで殺気立つんだよ、困ったことに」

「恩に着るよ、スポーン」

「ああ。社交辞令で心にもないことをいってくれたことに感謝するよ。おたがい歯の浮くようなセリフを真に受けるような年齢でもないがな。あんたがいまのところ私に耐えているのも、カサンドラを思えばこそ、なんだろう。じゃあな、ウルフ」

電話が切れた。

「話がこじれていたみたいね」

ふり返ると、カサンドラが寝室の入り口に立っていた。スポーンのとげのある性格のことばかり考えていたから、彼女が来たことに気づかなかった。「全身にハチミツを塗って、クマの穴に入っていくような電話だったさ」

カサンドラはほほえんで、ウルフに近づいた。「おもしろい譬《たと》えね」

スポーンから聞いた、カサンドラが必要とするものをウルフは思いだした。いまは妊娠一カ月ぐらいだろうか。体調はどうなのだろう。「気分は?」

「すごく、すごく疲れてるの。はやく横になろうと思って」

ウルフは気の抜けた笑いをもらした。「真夜中がまだはやい時間帯と見なされるのは、おれたちの世界だけだな」彼女を膝に抱き寄せた。

彼女は落ち着いた様子でウルフの膝に乗った。彼女がそばにいると、ほんとうに心が安らぐ。

「ええ、そうね」カサンドラはウルフの顎の下に頭をやって、胸に体をあずけた。「夜更かしは楽しいわ」

カサンドラはふうっと息をもらした。「幼かったころ、母に日光をもっていこうとしたものだったわ。陽光を見たり感じたりすることができない母がかわいそうでならなかった。だからつかまえて、瓶に詰めようとしたの。それがだめだとわかると、ホタルを数えきれないくらいつかまえて瓶に詰めて、〝ものすごくたくさんつかまえたら、きっとお日様みたいになるよ〟って母にいった。母は笑ってわたしを抱きしめてから、ホタルをすべて放したの。どんな生き物でも、檻のなかで生きるのはかわいそうだっていって」

ウルフはほほえんだ。母親に瓶をもっていく幼いカサンドラが、まざまざと目に浮かんだ。

「お母さんはさぞかしうれしかったにちがいない」

カサンドラがウルフの二の腕をなでた。全身がぞくっとした。彼女はぼんやりと肌をなでつづけている。「姉も母とおなじだった。日光を浴びることがまったくできなかった。三分浴びただけで、黒こげになってしまう体質だった」

「気の毒に」

沈黙が流れた。ウルフは目を閉じて、カサンドラのバラの香りが全身に染みわたるにまかせた。膝に乗っている彼女は、とてもやわらかかった。妊娠のせいで胸が大きくなって、豊かな体つきになっている。

彼女を味わいたくて仕方なかった。

「死ぬのってつらいのかしら？」つぶやくような声でいった。

ウルフは激しく心が痛んだ。「どうしてそんなことを考えるんだ」

「考えないようにしようとは思う」ささやいた。「本気でそう思うけど、七カ月後にはもう日の光が見られなくなると考えずにはいられないの」涙で目を潤ませながら、ウルフを見上げた。「あなたのことも見られなくなる。カットのことも。このみすぼらしい地下室も」

「おれの部屋はみすぼらしくない」

カサンドラは泣きそうな顔でかわいらしく笑ってみせた。「わかってる。自分がいかに恵まれているか考えるべきよね。すくなくとも、ありがたいことに自分の死期はわかっている。それだったら、すべてを整理しておくことができるものね」

でも、じっさいは整理することなど、とてもできなかった。一緒に過ごすときが長くなればなるほど、ウルフはどんどんカサンドラに惹かれているのだから。

この三週間は、たとえようもなくすばらしかった。普通の暮らしをはじめて知ったのだ。階上のリビングに行って、カサンドラとカットに自己紹介しないですむ生活は、ほんとうにありがたかった。

夜明けに目をさましたとき、横に彼女がいることも。おれのことを、おれに触れられたことを覚えていてくれる彼女が……。

カサンドラはため息をもらしてウルフの膝から下りて、ベッドに向かおうとした。

足を踏みだしたとき、よろめいた。

ウルフはカサンドラが転ぶ手前で、彼女をすばやく抱きあげた。「だいじょうぶか？」

「めまいがしたの」

この一週間ずっとめまいを訴えている。「血液を取りよせるか？」

「ううん。妊娠しているせいだと思う」

ウルフは彼女をベッドに運んで、そっと横たわらせた。

ヴァイキングの戦士がやさしく気づかってくれる光景に、カサンドラは笑みを浮かべた。なにかが必要になったり欲しくなったりすると、ウルフはかならずだれかに取りにいかせるか、みずからもってきてくれるかする。

上体を起こしかけた彼の唇にキスをする。すると情熱的に唇を押し返してきたから、ハッとした。野生のけだもののように、カサンドラの口のすみずみを攻めてくる。舌と舌がからみあい、彼の牙に触れたときはぞくっとした。

ウルフのなかに潜んでいる捕食動物を、野蛮人《バーバリアン》をカサンドラは感じた。彼は血に飢えている一方で、寛大だった。彼はうめき声をもらしながらカサンドラのシャツをたくしあげ、乳房をつかんだ。

カサンドラは激しく体をまさぐられて吐息をもらした。いつもはとてもやさしいのに、今夜は欲望をむき出しにしている。ズボンと下着を同時に一気に下ろされて、デニムとシルクをはぎとられるのを意識する暇もなかった。

ウルフは自分のズボンを脱ぎ捨てるのももどかしい様子だった。腰までおろしただけで、カサンドラのなかに身を沈めてきた。

カサンドラは甘いため息をついた。えもいわれぬ悦びに満たされて、泣きたい気分になる。

ウルフは激しく腰を動かし、深く奥まで突かれるたびにカサンドラは快感に貫かれた。

ウルフはさかんにあえいでいた。彼女の人生に入りこむ権利は、おれにはない。彼女を手放すしか道がないときに、自分の要塞のなかに彼女を住まわせることはできない。でも、彼女にたいするこの気持ちは、自分でもどうすることもできない。

腕のなかに彼女を感じたい。彼女を組み伏せる感覚を得たかった。

カサンドラはウルフの肌に爪を立てて背中を弓なりにそらせ、昇りつめた。ウルフは彼女のおののきがおさまるのを見届けてから、彼女のいる悦びの高みへ自分を放った。

カサンドラとお腹の子どもを押しつぶさないように、彼女の上に注意深く体を重ねる。いまはともかく、体をからませていたい。彼女のむきだしの脚に支えてもらいたい。

「だいじょうぶ？」カサンドラが静かにいった。「いつもとは別人みたいに、すごく性急だったけど」

彼女の言葉に心引き裂かれ、ウルフは目をつぶった。おれのことを知っていてくれるのは、カサンドラだけだ。おれの癖。好き嫌い。おまけにそれをすべて覚えている。この十数世紀のあいだ、カサンドラはそういうことを胸に留めてくれた唯一の恋人だった。

彼女なしでおれはどうやって生きていけばいいのだ？

ドアをノックする音がした。

「カサンドラ、聞こえるかい？」クリスの声がした。「まだ起きているのなら、宅配ピザをきみのぶんも頼むよ。食べたいっていってただろ。ものの数分で届くから」

ウルフが顔をしかめたのを見て、カサンドラは笑った。ふたりはまだ繋がったままなのだ。

「あなたがこの部屋に下りていってから、ペパローニ・ピザが食べたくてしょうがないって、わたしがクリスにいったのよ」カサンドラは説明した。それから声を張りあげた。「ありがとう、クリス。すぐに上がっていくわ」

ウルフの眉間の皺が深くなった。「休みたいのだったら……」

「冗談でしょ？　わたしは本気でピザが食べたくてしょうがないっていったのよ」

「食べたいものがあったのなら、もっとはやいうちに一言いえばよかったのに。そうしたら、クリスが料理人につくらせただろう」

「わかってる。でも、さっき階上に行ったとき、マリーがチキンをすでにつくりはじめていたから、彼女を傷つけたくなかったのよ。すごくいいひとだから」

「たしかに」

ウルフの顔に苦悩が浮かんでいた。

マリーは八年あまりここで働いているが、この家の主人はクリスだと思いこんでいる。マリーがカサンドラに語ったところによると、彼女をやとったのはクリスの父親で、三年前にその父親がリビングで心臓発作を起こして亡くなったあと、クリスの母はこの屋敷にいると夫を思いだしてしまうといって、街中のあたらしい家に引っ越していったらしい。クリスの母親は息子もおなじように屋敷から引っ越しさせようとしたが、彼にはウルフとともにここにとどまるはっきりした理由があった。この屋敷はクリスの父が息子にたくした物件だから、母親が屋敷を売ったり、クリスを強制的に引っ越しさせたりはできなかったのだ。

この八年間、ウルフはマリーと数えきれないくらい顔を合わせているはずだった。

「ごめんなさい、ウルフ」

「いいんだ。慣れているから」

ウルフは身を離して服を着ると、カサンドラが服を身につけるのを手伝った。しかし彼女がつまずくかもしれないのが心配で、ひとりで階上に行かせることはできなかった。

カサンドラを抱きあげてリビングのソファまで運んで横にしてやり、枕と毛布をとりにいく。

ウルフの心づかいにほほえんでいるカサンドラに、毛布をかける。それからクリスの手からリモコンをうばった。

「なんだよ！」クリスがむっとして声を張りあげた。

「おまえは妊娠していないだろう、クリス」リモコンをカサンドラに渡す。

「わかったよ」クリスはぶすっとしていった。「ぼくもあんたのために、子どもをつくるとするかな」

「そりゃいい。でもそのころには、おれの子どもに孫ができているだろう」

クリスは目を白黒させた。「おい、おい、やめてくれよ。あんたの口からそんなセリフは聞きたかないね、ミスター角頭《つのあたま》」クリスはウルフをいらだたせたいときに、よくこのあだ名で呼びかける。カサンドラは最初なんのことかと思ったが、中世のヴァイキングは角のついた冑をかぶっていたという誤まった言い伝えからこういうあだ名をつけたんだとクリスに説明してもらって、納得がいった。

「そうだ」クリスは言葉を継いだ。「スタンフォード大学に転校しよう。どっちみち、ここの雪にはうんざりしているんだ。ぼくはあっちでもセックスしないだろうな。でも、大学の女の子たちはすくなくとも厚着はしていないだろうけど」

カットがリビングに入ってきて、あきれた顔をした。「わたしの気のせいかもしれないけど、あんたがたふたりは、顔を合わせるたびに小さな男の子みたいに口喧嘩しているわね」

「そう、子どもの口喧嘩」と、カサンドラ。「いじめをオリンピック種目にしようとしているんだと思う」

クリスがなにかいおうとして口をひらきかけたとき、インターフォンが鳴った。「ピザだ」彼は立ちあがった。

カサンドラはどういうわけか悪寒を感じた。首の後ろをさすって、周囲に目をやる。

「だいじょうぶ？」と、カット。

「ええ」なんとなく……いやな予感がする……。

カサンドラはソファに頭をもたせかけて、ピザの箱を手にしたクリスと宅配サービスの男性を見た。クリスが支払いをしている。

「すみません」宅配サービスの男性が、引っこもうとするクリスに声をかけた。「ちょっとなかにお邪魔して電話を貸してもらっていいですか？　つぎの配達のことで、店に電話しなきゃいけないんで」

クリスは首をかしげた。「携帯をもってきてやるから玄関ポーチでかけろよ」

「お願いしますよ。ここは寒いし。なかにお邪魔できませんか？」

ウルフが立ちあがってそくざに玄関に向かい、クリスはさらに引っこんだ。

「悪いな」と、クリス。断固とした口調だった。「知らない人間をなかに入れるわけはいかない、わかったか《カピーシ》？」

「クリス」ウルフが冷ややかな低い声でぴしゃりといった。「引っこめ」

ウルフが壁にかかっている剣を手にとったのと同時に、宅配スタッフに化けていたダイモンが大きな二本の短剣をピザの袋から引きだした。

ダイモンは短剣をまずクリスに投げつけて、つぎにウルフに飛びかかっていった。クリスは後ろによろめき、真っ青になって床に倒れた。

身を起こしてクリスに駆け寄ろうとしたカサンドラを、カットが引きとめた。「赤ちゃんのことを忘れちゃだめ。ここにいて」

カサンドラがうなずくと、カットがソファを飛び越えてクリスを助けにいった。カサンドラは壁から剣をとって、まんいちの場合にそなえて戦う構えをとった。

幸いなことに、カットが駆け寄ったときはクリスは無傷で立ちあがっていた。片手にもったピザは、すでに手の施しようがなくなっていた。このピザの箱が盾となって短剣をかわしてくれたのだ。

ウルフとダイモンはまだポーチで戦っていた。

「くそっ」クリスがつぶやいて、カットをしたがえてカサンドラのもとに走ってきた。「連中が大挙してこの屋敷に向かってきている」

「なんですって？」カサンドラはききかえした。想像するだけで、膝ががくがくふるえた。

ウルフはポーチのダイモンを始末して、玄関のドアをばたんと閉めた。

「ちくしょう。クリス、だいじょうぶか？」

クリスはうなずいた。

ウルフは部屋を横切ってくると、けがはないかどうかクリスの体を調べてから、腕を回して強く抱きしめた。

「おいっ、やめろ、ホモ野郎」クリスが毒づいた。「気持ち悪いんだよ。だれかを抱きしめたいんだったら、カサンドラを抱きしめたらいいだろうが」

ウルフは歯をぐっと食いしばってから、あらかた身を離した。それでも片手でクリスの肩をしっかり抱いたまま、かがみこんで目を合わせた。「今度だれかが来たときに玄関に出たら、愚かなおまえの首を引っこ抜くからな、クリストファー・ラース・エリクソン」廊下のほうへクリスを突きとばした。「遮蔽物《シールド》を下ろせ」

「なんなの、それ？　スター・トレックじゃあるまいし」大慌てでウルフの命令にしたがうクリスを見て、カットがいった。

「そんなんじゃない。この屋敷には、銃弾を跳ね返すシャッターがあるんだ。ダイモンたちがなにをたくらんでいるのかわからないが、火炎瓶みたいなものを窓から投げこまれないようにしたいんだ」

「それは賢明ね」カットがため息とともにいった。

クリスが剛鉄のシャッターを下ろすと、屋敷全体が揺れた。

ウルフは怒りにふるえながら、シャッターの具合をたしかめるために警備棟に電話をした。

「もしもし?」聞き覚えのない声。おまけに訛りが強い。当然のことながらガードマンはウルフのことを覚えていないが、ウルフはスクワイヤー議会がクリスを守るために派遣してくるガードマンをすべて知っている。

いやな予感がした。「だれだ?」

「だれだと思う、ダークハンター? だれだか知らないが、ピザを頼んでくれてありがとう。うまい夜食だった」

ウルフは受話器を強く握りしめた。「ガードマンはどこだ?」

「ああ、ひとりはここにいるが、あまり話をする気分じゃないそうだ。死はどんなにおしゃべりな人間も黙らせてしまうからね。で、もうひとりは……えっと……おやおや、待って、もう死んでるな。おれの子分たちがちょうど始末したところだ」

「この借りはかならず返すからな」

「そうか、だったら、ここに来て金を手渡ししたらどうだ?」

「いま、行く」ウルフは電話を切ると玄関に向かった。ストライカーを串刺しにするつもりだった。

扉をあける前にカットに引きとめられた。「どうするつもり?」語気荒くきいてきた。

ウルフは彼女をにらみつけた。「決着をつけてくる」

カットは目を白黒させた。「むりよ。ここを出たらすぐに殺されるわ」

「だったら、おれにどうしろというんだ?」

「クリスとカサンドラを守っててちょうだい。わたしはすぐにもどってくる」

カットはあっという間に、玄関から出ていった。


カットはストライカーのエネルギーが感じられるほうへ進んでいって、警備棟に彼を見つけた。床に遺体が二つ並んでいるのを見て、思わずたじろぐ。外にはダイモンがすくなくとも十名いて、なにかの箱をあけたり、戦いにそなえたりしている。

警備棟のなかにいるのは、四名のダイモンだけ。ストライカーとユリアン、イカロスとトラテスだ。

トラテスがモニターから目を上げて、青ざめた。

「どうやってここに入ったの?」カットはきいた。

ストライカーはゆっくりと慎重にふり返ると、カットと顔を合わせてあざけるような笑いを浮かべた。恐怖を感じている様子はない。ゆがんだ喜びに浸っているようだ。「みんなでピザの宅配スタッフを食べていたらガードマンがやってきて、食うのを阻止しようとした。連中のことは死んでからここへ運びこんだ」

ストライカーのセリフと、人殺しをしてもまったく意に介さない様子にカットは気分が悪くなったが、モニターのひとつに彼らと怪獣セレドンの姿が映っているのに気づいたときは、気分が悪くなるどころではなかった。

ということは、アポリミはセレドンは人間界に来てはならないというルールを変えたというわけね。やれやれ、まったくもう。

「あんたはひどく邪悪な男ね」歯を食いしばってカットはいった。

彼女の言葉に気をよくしたみたいに、ストライカーは笑った。「ありがとうよ。そういう点を自分でも誇りに思っているんだ」

カットはカロシスに向かうポータルをあけた。「そろそろ帰る時間よ」

ストライカーはぽっかりあいた穴を見て、笑った。「残念だがまだ帰れないんだ、お嬢さん。おれがここにいることを、ママが望んでいるからね。だから、その抜け穴をお嬢さんのえらく魅力的なその尻に、元どおりにしまっておくれ。おれはボスと協力して、やらなきゃいけないことがある。おれたちの仲間になるか、姿を消すか、どっちかにしてくれ」

カットは生まれてはじめて、恐怖に身をふるわせた。「帰りなさい。それが掟よ。ポータルがひらいたら、そこから出ていかなきゃいけないことになっているでしょ」

ストライカーは残忍で冷ややかな目をして、前に歩みよった。「いや、おれたちにその必要はない」

ポータルは閉じた。

状況がすこしずつ見えてきて、カットはぎょっとした。デストロイヤーことアポリミはこの男に鍵もあたえて、コントロールしているのだ。

ストライカーがひどく接近してきたので、カットは全身に悪寒が走った。彼は彼女の頬に手を当てた。「惜しいことに、あんたは女神にこれほどまでに守られているんだよな。そうじゃなかったら、数世紀まえに、あんたを味わっていたところなのに」

カットはストライカーをにらみつけた。「その手を離しな。じゃなかったら、その手を失うことになるよ」

おどろいたことに、ストライカーはその言葉にしたがったが、その直前にあつかましくもキスをした。

カットは悲鳴を上げて、ストライカーを平手打ちした。

ストライカーはげらげら笑った。「帰りな、お嬢ちゃん。ここにいたら、痛い目にあうかもしれないぜ」

カットは全身をふるわせながら、一目散に屋敷にもどった。カサンドラがリビングの真ん中にいて、ウルフが壁のつくりつけの戸棚から、武器を出して身につけていた。

「わたしがもてるような武器はある?」カットはウルフのそばに行って声をかけた。

ウルフはおどけた表情をして彼女を見た。「うまくいかなかったようだな」

「ええ。実際、防備をかためる必要がある。このさき、ほんとうにまずいことになりそうだから」

クリスがリビングに駆けこんできた。アメフトのヘルメットをかぶっている。

「どうしたの?」その姿に目を留めて、カットがいった。

ウルフがちらっと視線をやって、眉をひそめた。「今度はヘルメットをかぶっているのか」

「ああ」クリスはこたえると、スエットパンツの前にクッションを詰めた。「今度はヘルメットをかぶっているのさ。あんたたちふたりとも気づいてないかもしれないから教えてやるけど、われらがかわいいダイモンちゃんたちが、芝生でなにやら忙しくしてるぜ」

「知ってる」

「あっそ」クリスは戸棚に近づいて、防弾チョッキを出した。「ところで質問がある。うちのシャッターは火や銃弾には耐えることができる。ロケットとダイナマイトにはどうなんだろうね?」

ウルフがこたえようとしたとき、爆発音がして屋敷が揺れた。

10

「慎重にやれ」屋敷に向かってさらにまた一斉射撃をした手下の者たちに、ストライカーは注意した。「無理かもしれないが、屋敷が崩れる前に脱出するチャンスを連中にあたえたいんだ」

「どうしてです？」トラテスが口をひらいた。「女相続人を始末するのが目的だったはずですが」

ユリアンが〝おまえはばかか？〟とでもいうように、いらだたしげにトラテスを見た。「ああ、たしかにここに来たのはそれが目的だ。でも、そのさいにアバドンナを負傷させたりしたら、靴下みたいに体を裏返しにされる。文字どおりの意味でな。大抵の生き物はそうだが、皮膚が体をおおっている状態のほうが、おれは冗談抜きで居心地いいね」

「アバドンナは不老不死です」トラテスが反論した。「どんな爆弾を落としたって、死にはしない」

「不老不死といってもおれたちとおなじなんだよ、間抜け野郎」ユリアンはトラテスの手からロケットランチャーをひったくると、イカロスに渡した。「体をばらばらに吹き飛ばせば、彼女は死ぬ。そうなった場合、デストロイヤーがおれたちにどういう仕打ちをするかだれも知りたくはないだろうよ」

イカロスはさっきよりも慎重に照準を定めた。

ストライカーは息子のユリアンによくやったというようにうなずいてみせると、チームの残りの者たちに計画を伝えた。「出口に注意しろ。ダークハンターはこの家の裏から脱出するはずだ。連中が出てきたら、とらえろよ。準備しておけ」

スエットパンツの前にもう一枚クッションを詰めているクリスを見て、カサンドラは顔をしかめた。「なにしてるの?」

「財産を守っているのさ。カットから聞いたストライカーの話と、あのピザに刺さったナイフがあやうく命中しそうになったことを考えると、ぼくの大事なお宝をこれ以上危険にさらしたくないわけよ」

「うれしいね」ウルフが小声でいった。「この坊やも、ようやく頭をはたらかせるようになった」

クリスはむっとした様子でにらんだが、ウルフは取りあわなかった。

ウルフはテレビの電源をつけ、ダイモンたちの位置をたしかめるために、外の監視カメラのモニター画面に切り替えた。何人かが芝生のある庭を駆け回っている。

「爆発は東棟だったようだな」ウルフが静かにいった。

車庫でさらなる爆破が起きた。

クリスが興奮してワオと奇声を発した。「ハマーがやられちまったようだ。ぜったいそうだ！」

「クリストファー！」ウルフがぴしゃりといった。

「つい大声が出てしまったんだよ」クリスがいくぶん落ち着きを取りもどしていった。「ほんとにハマーが嫌いだからさ。前にもいっただろ。ハマーだって万全じゃないって。見ろよ。手榴弾が投げこまれたら一巻のおわりなんだ」

ウルフは首を横にふって、カサンドラが戸棚から武器を手にするのを見た。「なにをしている？」電光石火のいきおいで彼女に駆けより、武器を取りあげた。

カサンドラはいらだたしげに息をもらした。「武装したいの」

「とんでもない。きみの仕事は――」

「生き延びること」眦《まなじり》を決していった。それからウルフの腕にやさしく触れた。そっとなでられて、ウルフは胸がふるえた。世界の運命を背負う覚悟をかためてそこに立っているカサンドラは、あまりにもうつくしかった。

「心配しないで、ウルフ。わたしだってばかじゃない。連中と戦って、お腹を蹴られるような危険な真似はしないわ。同様に、ここで丸腰でいて、なす術もなく彼らに殺されるのはいや。あなたとおなじで武器をもっていないと落ち着かないのよ」

「彼女のいっていることは、ほんとうよ」カットが口をはさんで、カサンドラの後ろにきた。

「十五センチのカッターナイフと銃身の短い三十八口径スペシャルが彼女のお守り代わりなんだから」

ウルフはカサンドラに目をやった。瞳に決意が漲っている。たいした女だ。これまでいだいたことのない敬意を、彼女に感じた。

一歩後ろに下がりカサンドラが戸棚を見られるようにして、彼女の両腕にリストブレードをつけてやった。刃の出し方と使い方を説明する。

「そしてこれは……」小口径のベレッタ・パンサーを出す。弾丸を充塡《じゅうてん》した弾倉をハンドルにスライドさせて、安全装置をかける。「注意を引きつけるときにだけ使う」

ホルスターにベレッタを入れて、カサンドラの腰につける。

カサンドラは表情をやわらげてウルフを見上げた。どういうわけか、彼女のその仕草に全身がかっと火照った。「で、どうするつもり？」カサンドラがきいた。

「逃げる」

「どこへ？」と、クリス。「ほかのダークハンターの家に行っても、あんたたちのパワーが弱まってしまうだけだ。気を悪くしないでもらいたいんだが、今回相手にしている連中は普通のダイモンよりいくぶん強いだろ？　あんたがこてんぱんにされるのを見たくないんだよ。すくなくとも守らなきゃいけない者がいる今夜は」

あらたな爆発音がして、シャッターの内側の窓ガラスが粉々に割れた。

「迷っている暇はない、クリス」ウルフはこたえると、窓からできるだけ離れるようにカサンドラをうながした。「連中が朝まで待って、日中に逃げだすチャンスをあたえてくれるということはありえない。逃げなければ、連中はおれたちもろとも屋敷を爆破するだろう。逃げるしかないんだ」

　クリスは合点がいかない様子だった。「逃げるしかないといわれても、ぼくはぜったいに納得できない。みんな、ほかにもっといい案はないかい？」

　全員がカットに目をやったから、彼女はとまどって目を白黒させた。「この世界のことはよくわからないもの。かくれる場所も知らないし。ウルフについていくしかない」

「アルテミスはどうなの？」カサンドラがいった。「助けてくれないの？」

　カットは首を横にふった。「ごめんなさい。目下のところ忙しくしてるし、正直な話、この世がおわったところでアルテミスはまったく意に介さない。わたしがこの件で女神の手をわずらわせたら、彼女は癇癪をおこすでしょうね」

「だったらいい」と、ウルフ。「みんなできるだけ厚着をして、できるだけはやく脱出する準備をしてくれ」

　ストライカーは防犯カメラのモニターを食い入るように見ていた。女相続人と彼女の護衛たちがこれ以上屋敷に居つづけないことはわかっている。部下たちはすでに車庫をまるごと爆破していて、いまはゆっくりしたペースで爆弾を放って、屋敷を部分ごとに攻撃している。外側はかなりのダメージを受けたが、なかがどのていどなのかはあまりわからない。

どっちみち、それほど問題ない。うまくいかなかったら、全焼させるまでだ。火炎放射器はいつでも使えるようにしてある。

有能な者ならば、トンネルの出口を用意しているだろう。ウルフは有能な男だ。息子のユリアンがこれまでのところ、いくつか出口をさがしだしている。

ユリアンは獲物たちがこの敷地を出ていく前に、全員をしとめるだけでよかった。

「ユリアン」テレパシーを使って息子に声をかける。「所定の位置についたか？」

「はい。出口はすべてカバーしています」

「おまえはどこにいる？」

「裏庭の芝生です。どうして？　なにか問題でも？」

「いや。確実に連中をしとめられるようにしておきたいだけだ」

「もうわれわれの手に落ちたも同然ですよ、父上。そう気張らないで」

「女相続人を始末するまでは、そういうわけにはいかない」


ウルフは最後にいまいちど、自分が守らなければならない者たちに目をやった。みな、服を着こんで準備ができている。ウルフはというと、薄着だった。さらに戦わなければならない場合にそなえて、彼は動きやすい服装にしなければならなかった。

「オッケー、子どもたち」念を押すようにいう。「くれぐれも、静かに移動するように。連中は夜のほうが視界がきくから……」話しかけている相手がだれだったか気づいて、口をいったんつぐんだ。「ともかく、人間のクリスよりは視界がきく。おれが先頭を行こう。カット、きみはしんがりをつとめてくれ。なにかあったら、声を張りあげろ。消えるなよ」

「わかった」

ウルフは励ますようにカサンドラにほほえんだ。彼女の手をとって、ニットの手袋にキスをする。手袋の下の肌のぬくもりを感じられれば、これほどうれしいことはないのだが。

カサンドラはほほえみを返すと、顔にマフラーを巻きつけた。

ウルフは後ろ髪を引かれるような思いで手を離し、彼らを寝室に連れていった。階上でさらなる爆音がした。

なにかが砕ける音を耳にして、ウルフはうなった。「すべてストライカーに弁償させなきゃな」

「ともかく、警官はどこにいるのかしら」カサンドラがいった。「これだけの大きな音だもの。だれかが通報してくれたはずだわ」

「それはどうかな」と、クリス。「かなり辺鄙《へんぴ》な場所だからね。だれも気づいてないよ」

さらなる爆撃に、家が揺れた。

「いまのは、だれかに聞こえてるわよ」カサンドラはいいはった。「まるで戦闘地域だもの」

「ともかく、警官が来ないことを祈りましょう」後ろにいたカットが言葉を継いだ。

カサンドラはふり返った。「どうして？」

「だって警官が駆けつけたら、またダイモンの夜食になってしまうでしょ」

カサンドラは唇をゆがめた。「いやだ、やめて、カット。とんでもない！」

「でも、そのとおりだ」ウルフがいうと、三人をしたがえてベッドを通りすぎ、ウォークイン・クロゼットに入っていった。クロゼットといっても普通の寝室くらいの広さがある。「きみの考えには反するだろうが、ダイモンは実際、狂犬病にかかっただけだものなんだよ。安楽死させなきゃいけない動物なんだ」

カサンドラは身をこわばらせた。でも今回ばかりは、反論しなかった。ウォークイン・クロゼットに入って眉をひそめる。レールにかかっている衣類といい靴といい、すべてモノトーン。巨大なブラックホールみたいだ。「黒が好きなのね？」

ウルフは口の端を吊りあげた。「必要あってのことだ。明るい色の服では、凄みをきかせられない」

カサンドラはふふっと笑って、あなたは裸が一番すてきだといおうとしたが、やめておいた。ウルフと恋仲であることをクリスとカットが知らないわけではないけれど、みんなの前でそんなことをいうのは、さすがにはしたないと思ったからだ。

ウルフがキーパッドに一連の暗証番号を打ちこみ、奥にある秘密のドアをあけた。そこは、屋敷の下にウルフがつくったプライベートな墓地と、緊急事態のさいの避難所に通じている。

もっとも正直なところ、これをつくったときは、ダイモンに爆撃されることはまったく想定していなかった。

そのとき頭に描いていたのは、もっぱら日中の火災や牙のない普通のテロリストによる家宅侵入だった。

こんなことになるとは、まさか思っていなかった。

通路は中世の様式そのままに長く、二名以上の人間が同時に通れないように幅がせまくしてある。追っ手が来たときに簡単に閉鎖できるようにしたのだ。

病的なまでの心配症が、役立つこともある。

ウルフは懐中電灯をつかむと、一列でついてくるように命じて通路を入っていった。

数分歩くと、五差路があった。

「わお」クリスが声を上げて、カサンドラとウルフをちらっと見た。「これはみんなどこにつづいてるんだ？」

ウルフは右端の一本へ懐中電灯を向けた。「あれは車庫につながっている。つぎのは、南門の真向かいの野原まで。真ん中はさらに地中深くにある防空壕。つぎのは、メインゲートの外の道に通じている。で、これは」それから自分の左側の道を指し示した。「ボートハウスに行く道だ」

「おやおや。子どものころに教えてもらいたかったよ。きっと嬉々として、地下で遊んだだろうね」

「ああ。で、けがをしたり迷子になったりしても、だれにも気づかれなかっただろう」

クリスはウルフに向かって舌を出すと、ブーと音を出した。

ウルフは取りあわずに、屋敷の地下を走っている長くて曲がりくねった道を先頭きって歩きだした。ボートハウスははずれにあるから、不慣れな者の目にはこの屋敷内の建物には見えない。

それは、ボートハウスそのものの設計とともに、意図的なものだった。

四百五十平方メートルを上回るほどの広さのボートハウスは、水上から見ると、一階にボートのコレクションをたくさん置いている民家のように見える。二階にはキッチンとリビングとダイニングに寝室が四つ、さらには娯楽室まである。長年にわたって、このボートハウスはアケロンがここに来たときのゲストハウスとして使われていた。

屋敷からかなり離れたこの逃げ道を使うことを、ストライカーにそくざに見破られないことをいまは祈るのみだ。

トンネルの行き止まりに鉄ばしごがあって、天井の跳ねあげ戸につづいている。戸をあけると、ボートハウスの奥の倉庫に出られる。

なにがあってもだいじょうぶなように心の準備をして、最初にウルフがはしごを登った。跳ね上げ戸の錠は火災のときにそなえて手動になっている。ダイヤル錠を回して、かちっとはずれる音を待つ。

最悪の事態を予想して、そろそろと戸を押しあける。

室内も建物の外も、動きはいっさいなかった。だれかが歩きまわっている音はまったくしない。しばらく耳を澄ましたが、聞こえてくるのは氷がきしむ音と風の咆哮《ほうこう》だけ。

だいじょうぶのようだ……。

跳ねあげ戸の向こうへよじのぼってから、下に手を伸ばしてカサンドラが登るのを助けた。彼女はすこし離れた倉庫の隅に移動し、つづいてクリス、さらにカットがやってきた。

「よし」ウルフは小声でいった。「これまでのところは、順調なようだ。きみと」カサンドラに声をかけた。「クリスはここにいろ。なにかあったら、ただちに跳ねあげ戸からトンネルにもどって、赤いボタンを押して鍵をかけてくれ」

「あなたとカットはどうなるの?」と、カサンドラ。

「こっちは自分たちでなんとかする。きみとクリスは大切な身だから」

カサンドラの目が、納得できないと訴えていた。

「エアボートをハーネスからはずして結氷した湖に下ろすのに、数分かかる」カサンドラに説明する。「ダイモンに気づかれないことを祈ろう」

カサンドラはうなずいて、ウルフに軽くキスをした。「気をつけてね」

彼女をそっと抱きしめて、ドアをあける。一歩踏みだしたつぎの瞬間、立ちどまった。大きくかたいものが床にあって、足に当たったのだ。

いや、待て。

それは脱ぎ捨てられた服だった。ダイモンの死骸にどこか似ている。

ウルフが格納式の剣をブーツから抜きだしたのと同時に、小柄な者が暗がりのなかから近寄ってきた。彼は攻撃の態勢をとった。

「だいじょうぶ」女性の声がささやいた。「わたしは味方よ」

ウルフは緊張を解かなかった。

カサンドラがハッと息をのむ音がした。彼女のほうへ目をやったウルフは、カサンドラがとまどいの表情を浮かべて、戸口のところで立ちすくんでいるのに気づいた。

「フィービ？」カサンドラは小声でいった。「ほんとうにあなたなの？」

フィービは、母と一緒に亡くなった姉の名前だった。

人影が明るいところに踏みでてきて、顔がはっきりわかった。カサンドラに瓜二つだった。ちがうのは髪だけ。フィービのそれは金色のブロンドでストレートヘア、たいするカサンドラは赤みがかったブロンドで強い癖がある。フィービは黒いパンツスーツに身をかため、武器は身につけていない様子だった。「そう、わたしよ、カサンドラ。あなたを助けにきたの」

あとずさったカサンドラは、クリスと衝突した。クリスはあらたに登場した人物を、うさんくさそうに見ている。カットですら緊張していた。

カサンドラはキツネにつままれたような気分で、もういちど姉を見た。「姉さんは死んだはずでしょ」

「ええ、死んでるわよ」フィービはこたえた。

「ダイモンになったんだな」ウルフがとがめるような口調でいった。

フィービはうなずいた。

「ああ、姉さん」カサンドラは失望もあらわに、声を詰まらせた。「どうして？」

「責めないでちょうだい、カサンドラ。それなりの理由《わけ》があってのことだったの。いまはともかく、あなたを安全なところに避難させなきゃ」

「いかにもそれらしい話よね」カサンドラは体をこわばらせた。「デモス伯父さんのこと、忘れられないわ」

「わたしはデモス伯父さんとはちがう。あなたを自分とおなじようにするつもりはないわ」フィービはカサンドラに一歩近づいたが、ウルフがそれ以上近寄らせないようにした。なにをもくろんでいるのかはっきりさせるまでは、カサンドラに指一本触れさせるつもりはない。

フィービはいらだたしげにウルフを見やると、また妹に視線をもどした。「お願いよ、カサンドラ。わたしを信じて。あなたに危害を加える気は、これっぽっちもないのよ。お母さんの魂にかけて誓うわ」

さらなるダイモンがドアの向こうからやってきた。今度は男だ。長身のブロンド。ウルフはクラブでこの男に会ったことを、はっきり覚えていた。あのとき、この男にずいぶん痛い目にあわされた。

ストライカーのことを父上と呼んだダイモンだ。

カットが息をのんだ。

「いそげ、フィービ」あらたにやってきたダイモンが、カサンドラの姉に声をかけた。「ここを守るのも、もう限界のようだ」言葉を切って、ひるむことなくウルフとじっと視線を合わせた。ふたりの怒りと憎しみが手にとるようにわかって、カサンドラは身をふるわせた。いまにも一方がもう一方に飛びかかっていきそうだ。

「どうしておれたちを助けようとしているんだ？」と、ウルフ。

ダイモンは嫌悪もあらわに唇をゆがめた。「おまえのことなんかどうでもいいんだよ、ダークハンター。おれがここにいるのは、妹を守ろうとしている妻を手助けするためだ。この期におよんでも、なんてばかげたことをしているんだと自分でも思っているがな」フィービに目をやると、彼女はむっとした顔で視線を返した。

「明日になったら、納得いくはずよ」と、フィービ。

ダイモンはふんっと鼻を鳴らした。「よかったな、おまえはおれに愛されていて」

カットが呆気にとられた。「ユリアンにひとを愛する心があったなんて。知らなかったわ」

ユリアンはカットをにらんだ。「黙れ、アバドンナ」

ユリアンがフィービに近づくと、彼女の顔にいとおしそうな表情が浮かんだ。「お母さんが死んだとき、わたしを助けてくれたのはユリアンだった」フィービは説明した。「爆弾が爆発して火につつまれた車から、わたしを引きずりだしてかくまってくれた。お母さんとニアも救いだそうとしたけど、だめだった」

カサンドラはこの話をどう受けとめたらいいのかわからなかった。このダイモンはストライカーの息子だ。ストライカーが追いつづけているカサンドラたちを、彼の息子が助けるとはとうてい思えない。「どうして？」

「いまは説明している時間がない」ユリアンが吐き捨てるようにいった。「父上はばかではない。死んだ男ふたりから連絡がなければ、すぐにピンとくるはずだ」

フィービはうなずいてから、カサンドラに向きなおった。「お願い、わたしを信じて、カサンドラ。けっして後悔はさせないから」

カサンドラはウルフとカットと顔を見合わせた。ふたりとも彼女とおなじように眉をひそめている。「信じていいと思う」

ウルフはユリアンを一瞥してからカットに目をやった。「あんたは以前、連中はサディストだといってたな。おれたちの気持ちをもてあそんでいる、ってことはありうるか？」

ユリアンは苦い笑い声を低くもらした。「さあ、どうかな」

フィービは夫の腹部をぱしっとたたいた。「お黙り、ユリ。話を混乱させないで」

妻に向かって顔をしかめたユリアンはたたかれた場所をさすったが、反論はしなかった。

「信じてみましょう」カットがいった。「ユリアンが嘘をついていた場合にどうやって懲らしめたらいいか、その方法はわかっているしね」フィービに意味ありげな視線を向けた。

ユリアンは体をこわばらせた。「妻になにかしたら、おまえの命はないぞ、カトラ」

「じゃあ、われわれはおたがい理解しあっているわけだな」と、ウルフ。「カサンドラにまんいちのことがあったら、おまえの命はないからな」

ユリアンは一歩前に出たが、フィービに引きとめられた。「いそがなきゃいけない、ってさっきいってたでしょ」

フィービに目を向けたユリアンはけわしい表情をやわらげて、うなずいた。それ以上なにもいわずに、黒いエアボートに全員を誘導していった。ボートはすでに凍った湖に下ろしてあって、彼らに乗り込まれるのを待っていた。

最初にクリスが乗り込み、それにカットがつづいた。

カサンドラはみんなのあとをついていった。「カナダの騎馬警官隊が捜査や救助のときに使うのとおなじボートね？」ウルフにきく。

ウルフは気分を害したように、せきばらいをした。「おなじ会社の製品だが、うちのほうがいくぶん性能がいい」

実際そのとおりだった。ふかふかのクッションの椅子にいたるまで、贅をつくしたつくりになっている。

「ああ」クリスがいって、椅子に腰かけるとシートベルトをつけた。「ダドリー・ドゥー・ライト（アニメの主人公。カナダの騎馬警察隊の隊員でへまばかりしている）とは、われわれのことなり」

カサンドラがほほえみ、ウルフはヘルメットをかぶった。フィービがエアボートに飛び乗り、ふと足をとめて、夫のユリアンがあとにつづいて乗りこむ様子もなく桟橋にたたずんでいるのに気づいた。

ただでさえ血色のないフィービの顔色が、さらに悪くなった。「一緒に来て、ユリアン」懇願すると、夫のほうへ手を伸ばした。不安に満ちた、張り詰めた声。

カサンドラはユリアンが妻の手をとったのを見て、目を見張った。そこには、ふたりの強い絆が現われていた。

「これがばれたら、あなたは殺されるわよ」

妻を切なげに見つめるユリアンの顔に、苦悩が浮かんでいる。それを目にしたカサンドラは、姉夫婦の悲しみを思って胸を痛めた。「行けない。だめなんだ。きみだって承知しているはずだろう。ここに残って、きみの足跡を消さなきゃいけないから。でも、できるだけはやく合流する。かならずね」フィービに熱いキスをすると手にも口づけして、彼女の手を離した。「気をつけて」

「あなたもね」

ユリアンはうなずくと、もやい綱を最後まではずした。「妻をよろしく頼む、ダークハンター」

ウルフはフィービをちらっと見ると、うなずいた。「ありがとう、ダイモン」

ユリアンは冷ややかな笑いを浮かべた。「そういうセリフを口にするとは、自分でも思っていなかっただろうな」

ユリアンは桟橋につづくドアを引き上げ、それと同時にダイモンの一団がボートハウスになだれ込んできた。

フィービが息をのみ、夫のほうへもどろうとした。クリスが彼女を引きとめ、ウルフはエンジンを全開にして、北を目指して氷の上を飛ぶように走りだした。幸い、追い風が吹いていて、ボートはすぐに加速していった。

「だめよ！」ボートがスピードをあげて湖を渡っていくなか、フィービが叫んだ。「あのひとを置き去りにするわけにはいかない」

「こうするしかないんだ」クリスがなだめた。「すまないけど」

姉の顔に絶望が浮かんだのをカサンドラは見た。それでも、フィービは泣かなかった。ただたったいまあとにした場所をじっと見つめただけ。ボートハウスはすぐさま見えなくなり、彼女の目に不安が広がっていった。

カサンドラはシートベルトをぎゅっと握りしめた。心臓が激しく鼓動している。「時速何キロくらいで走ってるの？」クリスにきく。

「すくなくとも百六十キロ以上は出してるな」答えが返ってきた。「追い風が吹くと、二百二十キロ出せるんだ。でも、向かい風だとわずか六十キロていどしか出ない」

ワオ。姉を見ると、まだ後ろをじっと見ていた。ボートハウスはもう完全に視界から消えているのに。

「ユリアンはだいじょうぶよ、フィービ」カットがいった。「実の父親からほんとうに痛めつけられることは、ありえないもの。ストライカーは常軌を逸している男だけど、ユリアンのことは愛しているわ」

フィービがその言葉をまるっきり信じていないことは、彼女の表情からわかった。

「北に進んでいって」フィービがウルフにいった。「あなたたちをかくまうことができる、安全な場所があるのよ」

そのセリフが発せられたつぎの瞬間、ハリウッドのホラー映画さながらの耳をつんざくような悲鳴が轟いた。それにつづいて、翼をはばたかせるような音がはっきり聞こえた。

空を見上げたカサンドラは、ドラゴンが自分たちのほうへ向かってくるのに気づいた。

「ああ、なんてこと……」恐怖のあまり言葉がつづかなかった。

カットがそくざに行動した。カサンドラの上におおいかぶさって、彼女をかばったのだ。

カットの反応に怒ったのか、ドラゴンがさらに甲高い声で叫んだ。そして、ボートの舳先に向かって炎を吐いた。

ウルフはまったくスピードをゆるめなかった。銃を取りだし、ドラゴンに向かって発砲する。

ドラゴンは鋭い叫び声を発しながら、ボートに突進してくる。銃弾が命中した。敵は一瞬ひるんだが、動きをゆるめたり、それたりすることはなかった。

引きつづき、一心不乱に襲いかかってくる。

こっちに迫ってくる。

あっという間に迫って……。

一気に急降下して接近してきたから、ドラゴンの熱い息づかいをカサンドラは感じた。

ウルフは弾倉にさらに充塡して、つづけざまに発砲した。

みなドラゴンにむさぼり食われてしまうとカサンドラが観念した瞬間、ドラゴンはぱっと姿を消した。

ゆうに十秒間、だれも身じろぎひとつしなかった。

「なにがあったんだ？」クリスが口をひらいた。

「呼びもどされたのよ」カットがこたえた。「あの男がこんな風に攻撃をやめるのは、それ以外に考えられない」

ウルフがようやくスピードをいくぶんゆるめた。「呼びもどされたって、だれに？」

「デストロイヤーよ」フィービがこたえた。「デストロイヤーは、あの男がカットを傷つけるのを黙って見ていない」

「それは、結局のところなぜなんだ、カット？」ウルフがきいた。

カットはばつが悪そうにしている。「ストライカーとおなじで、わたしはデストロイヤーに仕えているからね」

「アルテミスに仕えているんだと思ってたけど」

「両方に仕えてるの」

カサンドラは小首をかしげて友人を見つめた。彼女とは数年来のつきあいだからよくわかっていたつもりだったが、ほんとうはなにもわかっていないことがいまはっきりした。

「質問があるわ」恐怖に胸をどきどきさせながら、話しかける。「利害の対立があった場合、どうするの？　そういうとき、あなたはどちらの命令にしたがうの、カット？」

11

カットは色をなしてカサンドラをにらんだ。「その答えは、いわなくても明らかだと思うけど。わたしはここにいるんだから。でしょ？」

「そうかしら」カサンドラはいった。怒りが一気に爆発した。「わたしは気がつくと、いつだってダイモンにつけられているような気がする。いまは一日おきに、あなたのほんとうの姿を知らされているわ。あなたがずっとこの……そう……五年間ものあいだ、うまくごまかしてわたしに語ろうとしなかった真実をね。もう、だれも信じられなくなった」

カットは傷ついた様子で、カサンドラから身を離した。「あなたに疑われるなんて、信じられない」

「カサンドラ――」フィービが声をかけてきた。

「やめて、フィービ」カサンドラは姉に嚙みつくようにいった。「生きていたことを、どうしてずっと知らせてくれなかったの。はがき一枚出すのは、そんなにたいへんなことじゃなかったはずよ」

フィービは怒りをあらわにして妹をにらんだ。「よくもそんなことがいえたものね。ユリアンとわたしが、あらゆる危険をおかしてあなたのために一肌脱いだのに。彼はたぶんいまごろ、あっちで殺されてるわ」

姉の声がふるえているのに気づいたカサンドラはハッとして、冷静さを取りもどした。

「ごめんなさい、フィービ。カットもごめんなさい。わたし、ともかく恐くて」

カットはカサンドラが立ちあがるのに手を貸したが、彼女はそのままウルフの席に向かった。彼はボートのスピードをちょっとゆるめて、カサンドラが彼の膝にすわれるようにした。すくなくともここにいれば、守られていると感じることができる。安全だと思える。彼のことは無条件に信じていた。

「だいじょうぶだよ、カサンドラ」ボートの音に負けないように、ウルフが耳元でいった。

彼に寄り添い、男らしくてあたたかい香りを吸いこむ。カサンドラがしっかりしがみつくと、ウルフは彼女を脅かす未来に向かって、スピードを上げて彼らを運んでいった。

夜明けが近づいている。大胆に改造した特注のランドローバーを運転するウルフの横で、カサンドラは黙ってはいたが空が白みはじめていることに気づいていた。彼女自身は日の光を浴びても平気だが、ウルフと姉はちがう。クリスは後部座席でカットとフィービにはさまれて眠っている。彼はカットの肩に頭を乗せているが、カットのほうは不安で仕方ない様子で窓の外を見ている。

ボートを乗り捨てたのはゆうに一時間前。いまはこうして、どんな地形でも走破するランドローバーに乗って、フィービがはっきりとは教えてくれない場所へ向かってひた走っている。彼女はただ、方角を指示しただけだった。

「どのくらいかかるの?」カサンドラがきいた。

「それほど遠くないわ」フィービのなんとなく心もとない口調が、彼女の言葉が嘘であることを語っていた。

カサンドラはウルフの手を握った。彼は元気づけるように握りかえしてくれたが、口はつぐんでいた。

「日の出までに着ける?」姉にきく。

「もうすぐだから」そうこたえてから、さらに声をひそめてつぶやくようにフィービはいった。「ほんとにすぐだから」

カサンドラは運転をするウルフを見つめた。雪の反射を避けるためにサングラスをしているが、夜はひどく暗い。ほんとうに、ものが見えているのだろうか。無精ひげが伸びた顎をかたくこわばらせている。彼はなにもいわないけれど、ダッシュボードの時計をずっと気にしていることにカサンドラは気づいていた。

彼が太陽にやられてしまう前に、どうか、どうか、目的地に着きますように。

カサンドラは心が押しつぶされてしまう前に不安をなんとか外に追いやって、ウルフと繋がっている手を見た。彼女の手は黒いニットの手袋につつまれている。ウルフのむきだしの指は、長く男らしい。やさしく守ってくれる戦士の手。

カサンドラの種族アポライトにとって不倶戴天の敵とされているダークハンターの男性が、彼女の友人であり恋人でもある存在になろうとは、いったいだれが想像できただろうか。

それでも彼女はいまこうして、自分のお腹のなかにいる子どもを救って守ってくれるのは、このダークハンターしかいないと思いながら彼の横にすわっている。子どもを守るためなら、このひとは自分の命をためらうことなく投げだすだろう。それを思うと胸が痛んだ。空が白みはじめているのも、気がかりでならない。

ウルフが死ぬようなことがあってはならない。運命の女神たちだって、そこまで残酷ではないだろう。

カサンドラはちょっと手を離して手袋を脱ぐと、またウルフの手を握った。直接肌と肌を触れあわせていたかった。

ウルフがちらっと横を向いて、心強い笑みを浮かべてくれた。

「そこを右に曲がって」フィービが声をかけてきた。カサンドラとウルフのあいだに身を乗りだして、道路とはとてもいえない獣道《けものみち》を指さした。

ウルフは疑問を差しはさまなかった。時間がない。彼は指示されるまま、曲がっていった。

ウルフとて、この女のいうことを信じた自分を愚かしいと思っていた。しかし、指示にしたがう以外になかった。それに、いまのところフィービはおれたちを裏切っていない。

裏切ったら、かならずその報いは受けさせてやる。カサンドラの命をねらったほかの連中もろとも。

彼らは森に分けいっていった。装甲SUVであれば、低木をなぎたおして雪上や氷上や瓦礫だらけの悪路を行くのも比較的簡単だ。ウルフは視界がきくようにライトを消し、ランドローバーは森のでこぼこの地面をバウンドしながら走っていった。

クリスが目を覚まして舌打ちした。「ストライカーがもどってきたのか？」

「いいえ」カットがこたえた。「獣道に入ったのよ」

ウルフはSUVの普通のタイヤの代わりに取りつけた無限軌道がはずれないように、いくぶんスピードをゆるめた。無限軌道はこの極寒の気候でも普通のタイヤとはくらべものにならないほど頑丈だが、それでも故障知らずというわけにはいかない。日の出が迫ってきているいま、この森のど真ん中で立ち往生するのだけは避けたかった。

山の頂から曙光が射してきたのと同時に、ウルフは木々をなぎ倒してとある洞窟《どうくつ》の前に出た。

入り口に三名のアポライトが立っている。彼らを待っていたようだ。

カサンドラが歯の間からシーッと音を出して、ウルフの手を離した。「そう、そこよ」フィービがいうと、ドアをあけて車から一気に駆けだした。

ウルフはためらいながら、フィービが男たちのもとに走っていって車のほうを指さすのを見守っていた。

「なるほどな」山の頂上から徐々に日が射しはじめてくると、ウルフがつぶやくようにいった。「これは決定的瞬間だな。われわれはもう逃げられない」

「わたしは最後まで一緒にいるわ」後部座席からカットが小声で呼びかけた。

クリスがうなずいた。「ぼくもだ」

「ここにいてくれ」ウルフはカサンドラとクリスに命じると、剣の柄《つか》に手をかけてそろそろと外に出た。

カットがそのあとにしたがった。

クリスがカサンドラと頭がおなじ位置になるくらいにかがみこんだ。「あの連中って、やっぱり例のやつらなの？」

「ええ」カサンドラは息をひそめてこたえた。「アポライトよ。わたしたちを歓迎しているようには見えないわね」

アポライトたちはうさんくさそうにカットとウルフを見ている。ボートハウスでウルフに対面したときのユリアンよりもさらに激しい憎しみを、目にたぎらせている。

カサンドラは血が凍る思いがした。

フィービが昇りかけの太陽を身ぶりでしめして、男たちになにかいっている。それでも彼らはびくともしない。

しかし、じきにウルフがふり返ってカサンドラを見た。視線がからみあい、ウルフはかすかにうなずいた。

それから、なにを考えているかわからない表情を浮かべて、武器をすべて相手に渡した。

カサンドラの胸の鼓動がはやくなった。「彼を殺すつもり？」

ウルフが敵に武器を渡すことはぜったいにない。最後の最後まで戦う男なのだから。でも、わたしのために降伏した。

アポライトたちがウルフをなかに連れていき、フィービもそのあとをついていった。カットが車に引きかえしてきた。

「なにがあったの？」と、カサンドラ。

カットは疲れたため息をもらした。「アポライトたちはウルフが自分たちに危害を加えないように、彼を拘留するの。ほらっ、来て。なかにお医者様がいて、あなたを待ってるわ」

ウルフたちが消えていったほうを見ながら、カサンドラは二の足を踏んだ。「あなたはあのひとたちのこと、信じてるの？」

「わからない。あなたは？」

カサンドラは思いをめぐらせたが、答えは見つからなかった。「フィービのことは信じているわ。とりあえず」

カットは声を上げて笑った。

カサンドラはいそいで車を降りると、クリスと一緒にカットに導かれるままにウルフが連れられていった洞窟に向かった。

入ってすぐのところにフィービがいた。「だいじょうぶよ、カサンドラ。あなたとあなたの赤ちゃんがいかに大切な存在か、みんなわかっているから。あなたと赤ちゃんに危害を加える者はいない。ぜったいにね」

姉の話がほんとうであることを、祈るばかりだ。「〝みんな〟って？」

「ここはアポライトのコミュニティーでね」フィービはこたえて、彼らを奥に案内した。

「北米で一番古いコミュニティーなの」

「でも、どうしていまごろになってわたしの味方に？　わたしがずっとダイモンたちに追われていたこと、知らないわけじゃないでしょ」

妹の言葉にフィービはつらそうな顔をした。「あなたが生きていることは知っていたし、わたしたちの血をどうかつぎの世代に伝えてほしい、ってわたしはずっと思ってた。生き延びたことを伝えられなかったのは、あなたにどう思われるか恐かったからなの。このまま黙っているままのほうがいいって、そのときは思っていた」

「でも、どうして気が変わったの？」

「スポーンって名前のアポライトが数日前に電話をしてきて、いまの状況を教えてくれた。ユリアンにその話をして、彼の父親のストライカーのたくらみを知ったとき、わたしはそくざにあなたをこれ以上ひとりにしておけないと思った。わたしたちは姉妹なんだからね、カサンドラ。あなたの赤ちゃんにまんいちのことがあってはならないのよ」

洞窟の突き当たりで、フィービは石のひとつに手を置いた。すると、ばね仕掛けの機械が作動して、エレベーターのドアがひらいた。

クリスは大げさなまでに口をあんぐりさせた。「『モンティ・パイソン・アンド・ホーリー・グレイル』か『バットマン』かっていう世界だね。ここはコウモリの洞窟なんだな」

カサンドラが苦笑いを浮かべて、クリスを見た。

「いやだな、もう」クリスはつづけた。「この状況に笑ってしまうのは、ぼくだけじゃないはずだろ？」しらけた顔をしたほかの三人を見回した。「いや、ぼくだけのようだね」

最初にエレベーターに乗ったのはカサンドラだった。「外にいた男性たちは？　あのひとたちは何者？」

フィービがそのあとにつづいた。「このコミュニティーの運営を行なっている委員会のメンバーよ。あのひとたちにじかに承認してもらわなければ、ここではなにもできないの」

カットとクリスも乗りこんだ。エレベーターのドアが閉まった。

「ここにはダイモンも暮らしてるのか？」と、クリス。フィービがボタンを押し、エレベーターは下へ向かっていった。

「このコミュニティーのダイモンといったら、わたしだけよ」おどおどした口調でこたえた。「このコミュニティーを支援をしているユリアンに借りがあるから、みなわたしがここで暮らすのを許してくれているの。目立つまねをしたり、アポライトの生活をせんさくしたりしないかぎり、わたしはここに置いてもらえる」

エレベーターは下降しつづけている。アポライトのコロニーがどういうものか、カサンドラは見当もつかなかった。姉の気持ちもわからない。かなり昔だったら、ためらいなくフィービを信じただろう。でもフィービは変わってしまった。いまの姉は、人間の生命《いのち》をうばわなければ生きていけないダイモンなのだ。

生まれ変わったフィービは、脅威でしかない。

耳鳴りがする。山の地中深くにもぐっているようだ。

エレベーターのドアがひらいて外に一歩踏みだしたカサンドラは、ＳＦ映画のセットに迷いこんだ気分になった。

どこを向いても未来都市を思わせる光景が広がっている。スチールとコンクリートでできた建造物、陽光と麗人をモチーフにした色あざやかな壁画がほどこされている壁。

彼女たち一団は、サッカー場ほどの広さの中心部に出ていった。周囲にはところどころに開口部があって、べつの区域に伸びている回廊が見えた。

その中心部には、あらゆる種類の店が並んでいた。ないのは飲食店だけ――アポライトがたがいの血を吸って栄養を摂《と》るようになって以来、その手の店は必要なくなったのだ。

「ここはエリシアという街なの」フィービが説明しながらカサンドラたちを案内すると、通りすがりに足をとめて遠慮のない目を向けてくるアポライトが数名いた。「ここに住むアポライトのほとんどは、一生を地中で送る。地上に出て人間や人間の暴力を見てみたい、とは思わないのよ。自分たちの種族が迫害されて惨殺されるのを、見たいとも思わないの」

「異議あり」クリスがいった。「ぼくは暴力的じゃない。すくなくとも、自分とはちがう者をだましたりしない」

「大きな声を出さないで」フィービが注意した。「人間たちがわたしたちに親切にしてくれたことは、まったくなかった。ダークハンター以上に、わたしたちを迫害して虐《しいた》げた。人間のあなたはここでは少数派だわ。わたしたちをおどすようなことをしたら、ここのアポライトたちはすぐさまあなたを殺すでしょう。あなたが暴力的かどうか確認することなくね」

クリスは口をぎゅっとつぐんだ。

フィービに導かれるまま左にあるホールに向かうあいだ、道を行き交う人々からあざけりや鋭い視線を向けられるのを、カサンドラはいやというほど意識していた。

「ダイモンに生まれ変わったアポライトは、どういうあつかいを受けるんだ？」いまいちどすれちがったアポライトたちが遠ざかると、クリスがそくざにきいた。

「ダイモンはつねに人間の魂を必要とするから、いっさい大目に見てもらえないの。ダイモンになろうと決心したアポライトはここを去ることは許されるけど、二度ともどってくることはできない。ぜったいに」

「でも、あなたはここで暮らしている」と、カット。「それはどうして？」

「さっきもいったように、ユリアンがここの住人を守っているから。地底都市のつくりかたを教えたのも彼なのよ」

「どうして？」カットがなおもきいた。

フィービは足をとめて、カットにさぐるような目を向けた。「あなたはどう思っているのか知らないけどね、カトラ、夫はいいひとなのよ。彼は自分たちの種族にとって最善なものを、望んでいるだけ」フィービはカサンドラに視線を移した。「ユリアンは呪われた運命を背負って生まれてきたアポライトの元祖なの」

カサンドラはぎょっとした。「ということはユリアンの年齢は——」

「一万一千歳以上になる」フィービが言葉を継いだ。「ユリアンと一緒に旅をしている戦士はみな、そのくらいの年齢よ。アポライトの歴史の黎明期《れいめい》にさかのぼるひとたちだから」

クリスが低く口笛を吹いた。「そんなことありうるのかな」

「デストロイヤーが彼らを守っているからね」カットがこたえた。「ダークハンターがアルテミスに仕えるように、ほんもののスパティはデストロイヤーに仕えているのよ」アルテミスとデストロイヤーの確執に頭を悩ませているのか、カットがため息をもらした。「あのふたりはしょっぱなから反目しあっていた。デストロイヤーはアルテミスにだまされて監禁の身になったから、いつだってアルテミスを拷問して死にいたらしめる計画を立てている。アポリミは自由の身になったあかつきには、あの女神を殺すでしょうね」

カサンドラは眉をひそめた。「デストロイヤーはどうしてアルテミスを憎んでいるの？」

「愛よ。それ以外に考えられないでしょ」カットがあっさりいった。「愛、憎しみ、復讐はこの地上で、もっとも強い感情だわ。アポリミがアルテミスに復讐したがっているのは、この宇宙で一番愛していた者を殺されたからなのよ」

「で、それは？」

「話したらふたりを裏切ることになるから、ぜったいにいえない」

「宣誓書にそう記したのかい？」クリスがいった。

カットはむっとして目をむいた。

カサンドラとフィービは首を横にふった。

「なんだよ、あんたらだってそう思ってるんだろうが」クリスは口をとがらせた。

フィービがいまいちど、自分についてくるように身ぶりで示した。ドアが並んでいる回廊を歩いていく。「ここはアパートメントがある地域なの。あなたがたは寝室が四つある広い住まいをあてがってもらえたから。わたしの住まいからはちょっと遠いわ。あなたがたにはできればうちの近所に住んでもらいたかったけど、三人が生活できる広さのアパートはここしか空いていなかったし、三人べつべつに住むのは賢明じゃないって思ったのよ」

カサンドラもフィービの家の近所に住めればよかったのに、と思った。積もる話がたくさんある。「ウルフはもうそこにいるの？」

「いいえ」フィービは視線をそらした。「彼は待機房に連れていかれたわ」

カサンドラは耳を疑った。つぎの瞬間、怒りが込みあげてきた。「なんですって？」

「あの男はわたしたちの敵なのよ、カサンドラ。どうしろというの」

「彼を解放して。いますぐに」

「できないわ」

カサンドラはその場で足をとめた。「だったらここから去るための出口を教えて」

フィービの顔は、おどろきをそのまま映しだしていた。「なんですって？」

「聞こえたでしょ。彼がひどい目にあっている以上、ここにはいたくない。あのひとは命がけでわたしを守ってくれている。彼の住まいはわたしのせいでめちゃくちゃになった。お腹の赤ちゃんの父親が罪人のようなあつかいを受けているのに、自分だけのほほんと暮らすことはできない」

後ろにいただれかが拍手をした。

ふり返ると、雲衝《くもつ》くばかりの大男が立っていた。身長は二百十センチ以上はあるだろうか、たいへんなハンサムだ。スレンダーな体つきのブロンドで、歳はカサンドラとおなじくらいに見えた。

「ご立派な演説だね、お姫さま。そんなことをいっても、なにも変わらないが」

カサンドラはけわしい目をして男を見た。「痛い目にあわせてあげましょうか？」

なんと男はげらげら笑った。「あんた、妊娠してるんだろ」

「まだ初期だから、なんだってできる」カサンドラは手首につけた短剣を男に投げつけた。

それは男の頭をかすめて、壁に突き刺さった。

男の顔からおもしろがっていた表情が消えた。

「おつぎはあんたの心臓に命中するわよ」

「カサンドラやめて！」フィービが命じて、妹の腕をつかんだ。

カサンドラは姉の手をふり払った。「いやよ。わたしはおとなになってからずっと、わたしの後をつけてくる愚かなダイモンやアポライトを殺してきたんだから。いくらウルフを解放するためだとはいえ、カットとわたしがこの場所を破壊することはまさかないだろう、ってすこしでも甘く見ていたとしたら、考えなおしたほうがいいわ」

「で、あんたが死んだら？」男がいった。

「そしたら、人類はすべてを失う」

男はなにやら考えこんでいる様子で、カサンドラをじっと見た。「ずいぶんと大きくでたな」

カサンドラは眦《まなじり》を決して、カットと視線を交わした。

「わたしは血の気が多くてね、いつでも喧嘩したくてうずうずしているのよ」カットはコートのポケットから戦闘用の道具を出して広げた。

男は鼻腔《びくう》をふくらませて、自分に飛びかかろうと身構えている相手を見た。「かくまってやった恩を仇で返すつもりだな？」

「ちがう」と、カサンドラ。心のなかとは裏腹におだやかな声だった。「わたしを守ってくれる男に、恩返しをするのよ。あれだけのことをしてくれたウルフがこんな目にあっているのを、放っておけないもの」

男が飛びかかってくるのを覚悟したが、案に反して、彼は一歩下がって恭《うやうや》しくお辞儀をした。

「スパティの勇気をもっている方だ」

「だからそういったではありませんか」すばらしい妹をもった誇りに顔を輝かせて、フィービがいった。

男は全員にかすかな笑みを向けた。「フィービとなかにお入りなさい、お姫さま。そうしたら、私がそなたのダークハンターを連れてこよう」

カサンドラは目の前の男を信じていいのかどうかわからず、疑いのまなざしを向けた。

「誓うのね？」

「ええ」

それでもまだ半信半疑で、姉に目をやる。「信じていいのかしら？」

「だいじょうぶ。シャヌスはわたしたちの最高評議員なの。嘘はぜったいにつかないわ」

「フィービ」カサンドラは真剣な表情でいった。「わたしの目を見て」

フィービはそのとおりにした。

「ほんとうのことをいって。ここいれば、わたしたちは安全なの？」

「ええ。わたしがもっているものすべてにかけて、そう誓えるわ。なんだったら、ユリアンの命をかけてもいい。あなたをここに連れてきたのは、さすがのストライカーもあなたがアポライトのコミューンに来ているとは、よもや思わないからよ。ここにいるわたしたちはみな、あなたの赤ちゃんが死んだら、世界も死ぬことを知っている。わたしたちの人生はこんなものだけど、それでもわたしたちにとってはかけがえのないものだわ。二十七年しかない人生でも、ここのアポライトにとっては、ないよりましなのよ」

カサンドラは深呼吸をしてうなずいた。「わかった」

フィービがアパートメントの扉をひらいた。シャヌスはちょっと失礼するといって姿を消し、カサンドラたちにあたらしい住まいを自由に探検させてくれた。

この上なく居心地のよさそうなリビングに足を踏みいれる。四十平方メートルはあるだろうか。ひとが暮らす家にあってほしいものはすべて完備されている。ふかふかのカウチ。ふたりがけの小さなソファ。テレビ、ステレオ、ＤＶＤプレイヤーもひとところにまとめて置いてある。

「これ、ちゃんと動くの？」クリスが機械を見ながらいった。

「ええ」フィービがこたえた。「人間界のラジオやテレビをこの地下に伝える、継電器とデータ通信技術があるのよ」

カットがリビングの奥にある、寝室とバスルームにつづくドアをあけた。「キッチンはどこ？」

「わたしたちにキッチンは必要ないの」フィービがこたえた。「ここに電子レンジと冷蔵庫を運べるように、議会が手配してくれてるわ。あと食料品もね。じきに食事ができるようになるはずよ」

フィービはさらに、小さなテーブルに置いてある濃い緑色の小ぶりな箱をしめした。「なにか必要になったら、インターコムがここにあるから。ボタンを押せば、オペレーターが要件を聞いてくれるわ。わたしを呼びだしたいときは、ユリアンの妻をお願いしますといってね。そうすれば、どのフィービにつなげばいいかオペレーターがわかるから」

ドアをノックする音がした。

フィービは玄関に向かったが、カサンドラはカットとクリスとともにそこに残っていた。

「どう思う？」

「問題ないんじゃないかな」クリスがこたえた。「うさんくさいものは感じない。きみたちはどう？」

カットは肩をすくめた。「クリスとおなじ意見だわ。でもまだ、心から信用できないのよね。気を悪くしないでね、カサンドラ。でも、アポライトが正直者だって話は聞いたことないから」

「いわれなくとも、わかってるわよ」

「カサンドラ？」

名前を呼ばれてふり返ると、カサンドラとおなじくらいの年頃の女性がフィービとともにやってきた。ブロンドの髪を後ろでシニヨンに結い、パステルカラーのセーターとジーンズという格好だった。

「医師のラキスです」カサンドラに握手を求めてきた。「もしよかったら、検診をして赤ちゃんの様子を診たいんですが」

そのころ、ウルフは独房にすわっていた。おれはいったい、どうしてこんな状況に追いこまれたのか。カサンドラが殺されるのではないかと危惧して、おとなしく彼らに身をゆだねた。

「戦うべきだった」

悪態をつきながら、アポライトたちに入れられたせまい独房のなかを歩きまわる。うす暗くじめじめしていて、ベッドとトイレしかなかった。人間界の刑務所に入ったことはないが、映画やテレビで見たことはある。アポライトはあれを真似てこの独房をつくったのだろう。

外から足音が聞こえてきた。

「ダークハンターを連れにきた」

「ここに置いておくように命じられたんですが」

「女相続人が恋しがっているんだ。ダークハンターを解放しないかぎり、彼女はわれわれの庇護のもとにいないだろう」

ありがたい言葉を耳にして、ウルフはほほえんだ。いかにもカサンドラらしい。こうときめたら、ひどく頑固になるのだ。

そこがまた、たまらなく魅力的なところでもある。

そう思った瞬間、心臓がとまりそうになった。彼女には好ましい面がたくさんある。

恋しくてたまらない面が……。

「気はたしかですか？」外にいる守衛が引きつづき異をとなえている。「われわれ全員を殺すかもしれない男ですよ」

「知ってのとおり、あの男はアポライトを殺すことを禁じられている。こっちがダイモンに生まれ変わらないかぎり、ダークハンターがわれわれを殺害することはない」

「ご自身の命にかけて、そうだといいきれるんですか？」

「いや」ウルフはふたりに聞こえるように声を張りあげた。「この男は自分の命じゃなくて、あんたの命にかけてそういいきるだろうよ。さあ、ここから出してくれ。カサンドラが危害を加えられていないことをたしかめられるように」

扉がおもむろに開いて、おどろくほど長身の男が姿を現わした。これほどの大男はめったにお目にかかれるものではない。

「で、おまえは彼女をほんとうに守っているんだな」男が静かにいった。

「ああ」

そのアポライトは奇妙な目でウルフを見た。「おまえはあの女を愛しているわけだ」それは質問ではなく、事実の陳述だった。

「彼女のことはほとんど知らない」

男はかすかな笑みを浮かべた。「時の長短など、愛情には関係ない」手を差しだしてきたから、ウルフはしぶしぶ握手を交わした。「私はシャヌス。彼女の安全のためならあんたはなんでもしてくれるようだな。うれしいよ。いいことだ。さあ、一緒にきてくれ。彼女が待ってる」

カサンドラはベッドに横になっていた。看護師が輸血の準備をしている。ありがたいことに、妊娠の検診のついでに輸血をしてくれる、とのことだった。以前から体は弱かったが、ストライカーに襲われて興奮したために、今夜はすっかり消耗していた。

医師からTシャツを渡され、点滴をしやすいようにセーターからこれに着替えてくださいといわれた。カサンドラが血を飲むのを拒むと、医療スタッフは当初困った顔をした。アポライトは血におびえたりはしないようだが、人間的な部分ももちあわせているカサンドラは血を飲むのがいやだった。

というわけで、短いあいだではあったが激しい議論をしたあと、ついに医療スタッフはカサンドラの言い分をのんだ。

カサンドラは着替えをして、医師は超音波診断機の準備をした。

「これからは、赤ちゃんに栄養を送るためにいつも以上に血液が必要になりますよ」カサンドラが診察台に横になると、ドクター・ラキスが説明した。それからカサンドラのシャツをたくしあげた。かすかに膨らんだ腹部があらわになった。「ここに来てよかったですね。アポライトの血液は人間のより濃いから、赤ちゃんが必要とする栄養素がふくまれているはずです。あなたは人間の血も流れているから、鉄やカルシウムももっと必要になりますよ。ビタミンが強化された機能食品をたくさん食べられるように取りはからっておきますから」

カットがドアの向こうでなにかを話しているのが聞こえる。肘をついて上体を起こし、頭をかたむけて耳を澄ましたが、聞きとれなかった。

妙だ。クリスとフィービは、それぞれの寝室でもう休んでいるのに。

つぎの瞬間、ウルフがドアをあけて入ってきた。

身長二メートルの引き締まった体つきの男性を目にして、安堵がどっと込みあげてきた。

疲れた顔はしていないが、どこもけがはしていないようだ。彼のゴージャスな肉体と端正な顔立ちに、カサンドラは見とれた。

しかし医師は疑わしげにウルフを見ている。「赤ちゃんのお父さん？」

「はい」ウルフとカサンドラが同時にいった。

カサンドラが差しのべた手をとったウルフは、彼女の指の関節にキスをした。

「だったら、ちょうどよかった」医師はいうと、緑色のジェルをカサンドラの腹部にまんべんなく塗った。それからひやっとするプローブを押しあてた。

カートに乗った機械が、ブーンと音を立てはじめた。

どきどきしながらモニターを見つめていたカサンドラの目に、脚をばたばたさせているほんの小さな胎児が入ってきた。

彼女の手を握るウルフの手に力がこもった。

「ここに映っていますね」医師がいった。「元気な男の子ですよ。この世に生まれてくる準備がきちんと整いつつあるわ」

「男の子だとどうしてわかるんですか？」体をもぞもぞさせている息子をながめながら、カサンドラは息を殺してきいた。彼女の目には、おたまじゃくしにしか見えない。

「ええ、まだたしかなことはわからないんですけど」ドクター・ラキスは機械で胎児のサイズを測っている。「男の子だと感じるんです。強い子ですね。両親に似た、闘志あふれる子」

カサンドラは右目の目じりから涙が流れ落ちるのを感じた。ウルフがキスで涙をぬぐってくれた。

「これまでのところ、なにもかも順調です」胎児の写真をプリントアウトしながら医師がいった。「いまはともかく、これまでになくのんびりして、栄養のある食事を摂ることが肝心です」

医師が腹部のジェルをぬぐっているあいだ、ウルフとカサンドラはその小さな写真に目を凝らしていた。

「天使みたいな子ね」カサンドラがささやいた。

「そうかな。おれにはカエルかなにかにしか見えない」

「ひどいわ！」

「うーん、まあそうだね。天使かもしれない」

「ラキス先生？」医師が手をとめて、こっちに顔を向けるのを待ってカサンドラは言葉を継いだ。「先生はどうお考えですか？　この子もやはり……」最後までいうことができずに、口ごもった。

「アポライトのように早死にするかってこと？」

不安のあまり息苦しさを感じながら、カサンドラはうなずいた。

ラキスの目には同情の色が浮かんでいた。「正直なところ、わかりません。生まれてからいくつかの検査をすることはできますが、遺伝子というのは気紛れで、予想不可能だから」

喉に感じるしこりのようなものをのみこんで、カサンドラは勇気をふりしぼってもうひとつの質問をした。どうしても答えをききたい質問を。「わたしが長生きできるかどうか、おわかりになりますか？」

「その答えをあなたはもう知っているはずですよ、カサンドラ。ほんとに残念ですけれどね。あなたは幸運にも人間の特性をもっている。でも、アポライトの遺伝子もしっかり受け継いでいる。こうして輸血を受けているのがその証拠です」

最後の希望が潰《つい》えたような気がして、カサンドラの目に涙が込みあげてきた。

「われわれになにかできることは？」ウルフがいった。

「生き延びる方法はただひとつ、ダイモンになることです。あなたがそれを彼女に許可するとは、なんとなく思えませんけれどね」

カサンドラは赤ん坊の写真を握りしめた。どうしてこの子はアポライトにならなくてはいけないのか？　この子もまた、生まれつき呪われているのか？

医師と看護師がまだ部屋に残っているあいだ、カサンドラはそれ以上なにも話さなかった。ウルフとふたりきりになると、彼に手を伸ばして抱き寄せた。

未来が恐くて、彼をぎゅっと抱きしめる。なにもかもが恐かった。

「きっとうまくいく、ヴィルカット」ウルフがささやいた。

ほんとうにそうだったら、どんなにいいか。それでも、すくなくともウルフがごく普通の問題をかかえた、ごく普通の恋人同士のようにふるまってくれたのは、うれしかった。

ドアをノックする音がした。

カサンドラがさきに身を離すと、ウルフが戸口に向かった。

フィービだった。彼女はウルフに挨拶もしないで、カサンドラがすわっているベッドにまっすぐに向かった。「清潔な服が欲しいんじゃないかと思って」

カサンドラが礼をいうと、フィービは畳《たた》んだ数枚の服をベッドのすみに置いた。「ユリアンから連絡はあった？」カサンドラはきいた。

フィービは悲しげに首を横にふった。「数日間連絡がないことは、けっこうあるの。数カ月ってことも……」

カサンドラは姉が気の毒でならなかった。カサンドラはウルフと出逢ってまだ日は浅いけれど、彼と言葉を交わすことができない日々は想像できなくなっている。彼の言葉に笑わせられることがない生活は、もう考えられない。姉のいまの状況は、それよりもずっとつらいはずだ。「どうして彼と一緒に暮さないの？」

フィービは〝なにをいまさらそんなことを〟といわんばかりの顔で、カサンドラを見た。

「わたしはかつてユリアンのお父さんに殺されそうになったのよ、カサンドラ。お父さんは外見で見抜くのよ、わたしたち」自分とカサンドラを指さした。「アポライトを。わたしたちがつねに一緒に住んで、それがお父さんにばれたら、ユリアンは殺されるでしょうね」ウルフがフィービのそばに近づいた。「あんたがまだ生きていて、結婚したとなれば、アポロンの血筋は絶えないということじゃないのか？」

「いいえ」フィービは物思いに沈んだ声でこたえた。顔色が悪く、悲しげだった。「ダイモンは子どもをつくれないのよ。ダークハンターとおなじでね。わたしたちは生きる屍《しかばね》。だから父とカサンドラにも、わたしはすでに死んでいると思われたままにしておいたの。わたしがこんなダイモンになったことで、父や妹をさらに悲しませる必要はないもの」

「それで姉さんはすごく変わった?」カサンドラがきいた。「わたしたちがいつも聞かされていたダイモンみたいになったの?」

「変わったともいえるし、変わってないともいえる。殺人願望を抑えこむのがむずかしいわ。魂をうばうときは、気をつけなくてはだめよ。その魂の一部はあなたのなかにも溶けこむのだから。殺しをするダイモンとわたしのような種族とでは、また話がちがってくるだろうけど」

「〝あんたのような種族〟っていうのはどういう意味だ?」ウルフが尋ねた。

「お姉さんはアナイミコスのダイモンだってことね」カサンドラがいった。

フィービはうなずいた。

ウルフはいまやすっかり混乱していた。アナイミコスなどという言葉は、これまで耳にしたことがなかった。「それはなんだ?」

「おなじダイモンから栄養を摂るダイモンのこと」フィービが説明した。「わたしはユリアンから栄養を摂っているのよ」

ウルフはぎょっとした。「そんなことができるのか?」

「ええ」

いま耳にしたことの意味を頭のなかで整理しながら、彼はあとずさってカサンドラとフィービから離れた。ウルフにとってダイモンは二種類しか存在しなかった。追いかければ逃げる普通のダイモンと、攻撃したら反撃に出るスパティだけだった。カサンドラに出逢って、さらにもう二種類のダイモンがいることを知った。邪悪な人間だけを餌食にするアグケロスと、ほかのダイモンから栄養を摂るアナイミコスだ。

おれ以外のダークハンターはこのことを知っているのだろうか？　この二種類についてこれまでだれも教えてくれなかったのはなぜなのか？

「ユリアンとはどうやって知りあったの？」フィービがもってきた服を扉のそばの大きな化粧だんすにしまいながら、カサンドラがきいた。

「みんなでスイスに住んでいたころ、わたしたちを狙っていた連中のなかにユリアンがいたのよ。わたしたちを殺害するために情報を集めるのが彼の仕事だった。でもね、わたしを一目見るなり恋におちた、と彼はいってるわ」カサンドラの姉は頰を染めた。夫をこれほど愛している姉を見て、カサンドラは幸せな気分になった。「ある晩、大学のことでママと大喧嘩して家を飛びだしたとき彼に会ったの。物陰にひそんでいた彼を踏みつけたのよ」

その夜のことはカサンドラもよく覚えていた。フィービと母が喧嘩をすることはめったになかったけれど、あの夜は壮絶にやりあった。普通のティーンエイジャーを装って夜の授業を受けたいと、フィービがいったのが原因だった。母は頑として、それを許可しなかった。

フィービはため息をもらした。「すごくハンサムだった。ダイモンだってわかったけど、恐くなかった。その夜は彼と三時間一緒にいたわ。それ以降、毎晩会うようになった」

「それで、夜に抜けだすようになったのね」こっそり外出する姉に協力したときのことを思いだしながら、カサンドラがいった。

フィービはうなずいた。「ユリアンと知りあってわずか半年で、痺れを切らした彼のお父さんが車に爆弾を仕掛けた。あの夜は外出しなければよかった。あなたと一緒に留守番をしているべきだった。覚えてる？」

その夜のことは、忘れたくても忘れられなかった。いまでも細部まではっきりと思いだすことができる。その日、カサンドラは病気だった。母に横になっていなさいと言われて、家にいたのだった。

「姉さんはニアと一緒に飛行場に行きたがった」カサンドラは胸苦しさを感じながらいった。

姉のニアはチャーター便でパリに飛び、父に会うことになっていたのだ。ニアはパリで一週間過ごし、父と一緒に帰ってきて、親子そろって短い休暇の残りを過ごす予定になっていた。

フィービはうなずいた。「ユリアンは車から意識不明のわたしを引きずりだし、自分の血をあたえて助けてくれた」

カサンドラは姉の言葉にたじろいだ。「姉さんの意思を無視して、ユリアンは姉さんをダイモンにしたの？」

「いいえ、わたしがみずから選んだことよ。死ぬのはこわくなかったけど、彼と別れるのはいやだった」

ウルフは首をかしげた。「ユリアンはどうやってあんたをダイモンにしたんだ？」

姉妹ふたりはびっくりした顔で、ウルフを見た。

「アポライトはダイモンの血を飲むと、しぜんにダイモンに変わってしまうのよ。知らなかったの？」とカサンドラ。

「ああ。知らなかった。人間の魂を盗んだアポライトだけが、ダイモンになると思っていた」

「そうじゃないのよ」フィービがこたえた。「わたしは人間を殺したことはいちどもない。それができるとも思わない」

カサンドラはそれを知ってうれしかったが、ダイモンが人間を殺害しないで生き延びていくのは、むずかしい。危険でもある。「ユリアンと長いあいだ離ればなれになるような場合は、どうするの？」

「アポライトの仲間が、はやく帰ってきてほしいっていうわたしのメッセージをユリアンに伝えてくれるの。あのひとはとても強いから、彼の血を飲む間隔がひらいてもだいじょうぶなのよ。それに、もしものときにそなえて、病院につねに血を一パイント保管しているの。ユリアンはもどってくるたびに、あたらしい血を補充してくれるのよ」

「それでほんとうに効くの？」カサンドラはきいた。アポライトとちがって、ダイモンが生きながらえるのに必要なのは、血そのものではない。血のなかにある生のエネルギーや力強さを取りこんではじめて、ダイモンは生きていけるのだ。

「効き目はそう長くはつづかないけど、ユリアンがあと一、二時間でもどってくる状況であれば、そのあいだはなんとか切りぬけることができるわ」

「つまり、ユリアンは自分と妻であるあんたのために人間を襲っているんだな」

フィービはうなずくと、カサンドラの両手をにぎった。「わたしをかわいそうだなんて思わないで、カサンドラ。わたしには、この地球上のだれよりもわたしを愛してくれる男性がいる。彼がいなかったら、あなたは死んでいたわ。彼とわたしが強い愛情で結ばれていることを、あなたは知っててくれさえすればいい」

フィービは妹の頬にキスをした。「横になったほうがいいわ。長い夜だったから。だれかに食事をもってこさせましょうか？」

「ううん、いいわ。いまはちょっと眠りたい」

「じゃあ、ふたりともゆっくり休んでね」彼女は部屋を出ていった。

ウルフはドアの鍵をかけてから服を脱ぎ、カサンドラはフィービがもってきてくれた緑のシルクの寝巻に着がえた。おどろいたことに、かすかにお腹が出てきているカサンドラの体にぴったりのサイズだった。

ウルフがベッドにあがって、あたたかい腕で彼女を抱き寄せた。「実際のところ、気分はどうなんだ、ヴィルカット？」

「さあ、なんともいえないわ。刺激的な奇妙な夜だったわね」様々な出来事が、胸によみがえった。たくさんのことを学び、おどろきの連続だった。ともかくいまは疲れきっている。

「あなたのお屋敷、あんなことになってしまってほんとに残念ね」

ウルフが肩をすくめたのを、カサンドラは感じた。「家はまた建てればいい。けがをしなくてほんとうによかった」

「たしかにそうね」

ウルフはカサンドラがリラックスするのを感じた。目を閉じて、彼の胸に顔を擦りよせている。彼女の髪に顔をうずめ、女性らしいやわらかな香りをかぐ。今夜の出来事の一部始終が頭をかけめぐる。

なによりも鮮明によみがえったのは、モニターに映ったわが子の姿だった。カサンドラの腹部に手を当てて、そのなかで赤ん坊が成長していく様子を想像する。

おれたちの息子。

おれたちふたりの分身。ダークハンターとアポライトのあいだの子。結ばれてはならなかったのに、いまこうして結ばれてしまったふたつの種族。もはや敵ではない彼女は、おれにとってどういう存在なのか。恋人か？　それとも友人？

友人という言葉が浮かんだとたん、愕然とした。彼女はおれにとって、ほんとうの友だちだ。数世紀ぶりにできた友人。この三週間、よく一緒に笑いあった仲間。彼女の話に、不安に、ずっと耳をかたむけてきた。生まれてくる赤ん坊の幸せを願う彼女の気持ちを、聞いてきた。

しかしじきに、おれは彼女を失う。

怒りと痛みが胸に込みあげてくる。第二のチャンスをあたえられた三人のダークハンターのことを思うと、嫉妬も感じた。

キリアンとタロンが愛する女性と結ばれたことを、喜んではいる。ふたりともすばらしい男なのだから。

そんな幸運が自分にもあたえられたら、どんなにいいか。

カサンドラを失うかもしれないという心の痛みは、耐えがたいものがあった。自分がわがままだということは、よくわかっている。カサンドラと赤ん坊の両方を、自分のそばに置きたいと思っているのだから。

はつらつとして、元気一杯のカサンドラと赤ん坊を。

二十七歳の誕生日を過ぎてもカサンドラが生きながらえる方法を知っていれば、どんなにいいか。

しかしそういう方法はかならずあるはず。神々は抜け道をかならず用意するのだから。これでおれたちの関係をおわらせるわけにはいかない。どれだけ困難であっても、抜け道をさがさなくては。

そうすること以外、考えられなかった。

12

カサンドラが目覚めたとき、すでに夜の六時近くになっていた。部屋にはだれもいなかった。ベッドを出て、フィービが用意してくれたウールの黒いマタニティーズボンと大きめの灰色のセーターに着替える。

部屋のドアをあけると、クリスとウルフとカットが居間の床にすわって食事をとっていた。旺盛な食欲で様々なごちそうを口に運んでいる三人を見て、カサンドラはおどろきに目を見張った。

「お腹空いてる?」戸口でためらっているカサンドラにクリスが声をかけた。「こっちに来なよ。こんな宴会は古代スカンジナビアの蜜酒の館《ミードホール》で見たとき以来だって、ウルフがいってる」

カサンドラは三人が囲んでいるコーヒーテーブルの前にすわった。大皿がたくさん並んでいる。アポライトたちはびっくりするほどバラエティー豊かな料理を用意してくれていた。ステーキ、魚、ローストチキン。卵料理、ポテト、バナナ、リンゴ、などなど。

カットが指をしゃぶった。「人間がなにをどのくらい食べるかわからないからちょっと用意しすぎた、ってシャヌスがいってた」

「これで、ちょっとなの？」カサンドラはふふっと笑った。ダークハンター全員に行き届きそうな量なのに。

「たしかにね」カットがにんまりした。「でも、どれもすごくおいしいわ」

ジューシーなラムローストを口にしたカサンドラは、たしかにそのとおりだと思った。

「はい、ローストにかけるミントソース」カットがソースを差しだした。「まずあなたに味わってもらいたくて、まだ手をつけてないのよ」

ウルフが手を伸ばして、カサンドラの顎をぬぐった。「脂がついてる」

「ありがとう」

彼はやさしくうなずいた。食べおわってお腹が一杯になったカサンドラは、食べすぎを解消するために、散歩に行きたくなった。ウルフはまんいちのことを考えて彼女をひとりで行かせたくなかったので、つきあうことにした。

アパートメントを出て、ウインドウショッピングを楽しむために商業地域に向かう。しかしこの地下都市の住人アポライトたちが、通りすがるたびにウルフにあからさまな敵意を投げつけてきた。

ブロンドで長身のアポライトのなかに、ウルフが溶けこむはずもない。ここに彼の居場所がないことは、あきらかだった。

カサンドラがベビー服のディスプレイを見ているとき、人間だったら十六歳くらいに見える若い男が通りがかった。アポライトの実年齢からすると、おそらくまだ十一、二歳だろう。

「ちょっといいかな」ウルフが若い男に声をかけた。

青年はおびえた目をした。

「だいじょうぶだよ、危害を加えるつもりはない」ウルフはやわらかい口調でつづけた。「きみがスエットシャツにつけている記章についてききたいんだが」

カサンドラは視線を移して、青年のシャツの胸についているバッジに目を留めた。重なり合う輪の模様がしるされている。

青年は不安げに喉をごくりとさせた。一歩まちがえば目の前の男にやられてしまう、と心配しているようだ。「ポルックス崇拝の記章さ」

ウルフの瞳が暗く翳った。「ということは、ここにダイモンをかくまっているんだな」

「ちがう」青年はいっそうおびえた表情を浮かべた。

「どうしたの?」

カサンドラが青年の後ろに目をやると、彼女とおなじ年代の女性が近づいてきた。クリーム色の制服を着ている。アポライトの警察官が非番のとき身につける服だ。とはいえ、〝警察〟という言葉は人間の世界のそれとはちょっと意味が異なる。アポライトの警察が取りしまるのはダイモンだけ。アポライトはめったに争いごとを起こさないし、自分たちの法をけっして破らないからだ。

ダイモンに変身する直前のアポライトをこの街から連れだして金を渡し、人間界へ向かう交通手段をあたえることで、エリシアの警察は収入を得ているのだと、カサンドラは以前フィービから聞いていた。

「なんでもないんです」ウルフを冷ややかに見つめている警官に、カサンドラはこたえた。

青年はその場を走りさり、その婦人警官はウルフにあざけるような視線を浴びせた。「わたしはあんたにおびえて暮らす子どもじゃないのよ、ダークハンター。どっちみち今夜からさき、あんたはわたしになにかをしたくてもできなくなるけどね」

「どういう意味？」

「わたしは明日、死ぬから」

女性の言葉に、カサンドラは心臓が縮んだ。「お気の毒だわ」

女性はカサンドラを無視した。「で、どうしてわたしの息子をおどかしていたの？」

ウルフはまったくの無表情だったが、彼をよく知っているカサンドラは、ウルフもまた自分とおなじように目の前の女性を気の毒に思っていることがわかっていた。彼の黒っぽい瞳と口調に深い思いやりがただよっているのを、敏感に察していた。「シャツの模様について、知りたかっただけだ」

「あれはわたしたちのマークなの」唇をいまだにゆがめたまま、女性がこたえた。「ここのアポライトはみな成人に達すると、ポルックスの掟を守る誓いを立てるのよ。古代の神々とおなじように、わたしたちは結束している。自分たちの共同体や仲間を裏切ることはけっしてない。臆病な真似もけっしてしない。ほかのアポライトみたいに、二十七歳の誕生日の前に自殺をはかりはしない。アポロンはわたしたちに苦しんで死ぬ運命を授けた。それに逆らったりはしないの。わたしの親類や息子があの記章をつけているのは、親の代から伝わっている運命から逃げようとしない自分たちを称えてのことなのよ」

ウルフの目が疑いもあらわにきらりと光った。「しかし、あの記章をおれはちがう場所で見たことがある。一年ほど前に殺した、ことのほか邪悪なダイモンが、あれを身に着けていた」

婦人警官の顔から冷やかな笑いが消えて、悲しげな表情になった。「ジェイソン」小声で名前をいった。「どうなったかずっと気になっていた。苦しまずに死んだ?」

「ああ」

警官はぜいぜいあえいだ。「だったらよかった。兄はやさしいひとだった。でも明日死ぬというときに、怖ろしくなってここから脱走したの。家族は引きとめようとしたけど、兄は聞く耳をもたなかった。外の世界を見るまでは死ねない、といってたわ。兄を外に連れていって脱出させたのは、わたしの夫だった。地上にひとりで行くのが心細かったんでしょうね」

ウルフはあざわらった。「心細い思いをしているようには見えなかったけどな。殺した人間全員に、バッジの模様の焼印を押していた」

婦人警官は親指と人差し指で、顎を三回たたいた。アポライトが祈りをささげるときの仕草だ。「神よ、兄に平和を授けたまえ。兄はきっと、邪悪な魂を襲ったんでしょうね」

「どういう意味だ？」

「そのひとは、罪のない人間は殺さない主義のダイモンだったのよ」カサンドラが説明した。「だからもっぱら犯罪者を餌食にしていた。どっちみち、犯罪者の魂は怒りや憎しみによって増大したパワーに満ちている。唯一の問題は、犯罪者の魂は腐っているということなの。抵抗力の弱いダイモンは、犯罪者の魂の毒素をまともに浴びて、その犯罪者本人とおなじくらいに邪悪になってしまうのよ」

女性の警官はうなずいた。「ジェイソンもそうだったんでしょうね。あなたに殺されるころには、自分でも死を願っていたはずよ。餌食にした人間の魂に心を乗っとられて行動をコントロールされるようになるのは、ほんとにつらいことだから。実際にはわからないけれど、すくなくともそう聞いてるわ」彼女はため息をもらした。「さて、もう行っていいかしら？できるかぎり長く家族と過ごしたいから」

カサンドラは警官の幸せを祈った。

警官はうなずくとその場を去って、息子のあとを追った。

ウルフは暗く悲しい目で、彼女の後ろ姿を見た。「いまのダイモンの話は嘘ではないんだな」

「ええ、もちろんよ」

ウルフは考えこんだ。ダイモンはダークハンターが知らない特性を、あまりにたくさんもっている。実際のところ、おどろかされてばかりだ。

カサンドラの言うとおりかもしれない。ダークハンターはダイモンを滅ぼすことにこれだけの長い時間を費やしているのだから、ダイモンについてもっと理解を深めるべきだろう。いや、そうでもないか。へたに同情心をもたないほうが、あっさり殺せる。物事は黒か白かの観点から見たほうが、スムーズに運ぶ。

つまり、善か悪かのどちらかに分類するほうが。

「フィービに会いにいきましょう」カサンドラがウルフの手をとって、べつの回廊へ引っ張っていった。「いつでも来てちょうだい、っていってたから」

ほどなくして姉のアパートメントに着いた。フィービが住んでいる地域は、カサンドラたちの住まいがある場所よりもだいぶにぎやかだった。

ウルフが足早に通り過ぎていくアポライトたちを片隅でながめているあいだ、カサンドラはフィービの部屋の暗証番号を押した。

カサンドラは未来のことをできるだけ考えないようにしていた。そして、最後の夜を家族と過ごすさっきの警官のことも。近い将来カサンドラもウルフとそのような夜を過ごす、ということも。

ウルフをなんとかして遠ざけなくては。わたしの死にウルフがひどく心を痛めることがないように、彼とは一定の距離を保たなければ。

自分にはまだ姉がいてくれるという事実に、気持ちを集中させる。

カサンドラは姉の家に足を踏みいれて、その場に凍りついた。フィービはカウチにいた。

ユリアンの上に乗っている。部屋中に置かれたキャンドルのぼんやりとした灯りのなか、なにもまとっていない素肌がくっきり浮かびあがっている。

姉夫婦の極めてプライベートな場面を目撃して、カサンドラは息をのんだ。

ハッとして顔を上げたフィービの口は、血で濡れていた。

カサンドラは決まり悪い思いをしてあとずさり、玄関のドアを閉めた。「タイミングがまずかったわ」

「どういうことだ?」ウルフが彼女のほうを向いてきいた。

いまの場面をウルフが見ていないことにほっとしつつ、アポライトの栄養摂取の方法におぞましさを感じながら、カサンドラはウルフの手をつかんだ。「また今度にする」

ウルフはそう簡単に引き下がらない。「なにがあったんだ?」

いま目にした場面をダークハンターに話したくはなかった。彼はきっと、血を吸って生きている姉を激しく非難するだろう。

アパートメントのドアがひらいた。

「カサンドラ?」フィービが顔を出した。厚手の青いバスローブを着ている。口についた血はきれいにぬぐわれているが、髪はぼさぼさに乱れている。「なにか用事があったの?」

「ううん、あとでいいわ」カサンドラはあわてて姉にいった。「お姉さんの用事をさきにすませてちょうだい。またあとで来るから」

フィービはさっと顔を赤らめて、なかに引っこんだ。

ウルフがいきなりげらげら笑いだした。「当ててみようか。ユリアンが一緒にいたんだろ？」

カサンドラの頬が真っ赤になった。フィービ以上に赤くなった。

ウルフがさらに大きい声で笑っている。

「笑うような話じゃないわよ、ウルフ」嚙みつくようにいう。「わたしたちが愛しあっているときにだれかが入ってきたら、どう思うのよ」

「殺してやらなきゃ気がすまないね」

「でしょ。ユリアンもきっとおなじように思ってるはずよ。このさき数カ月は、ふたりが裸で抱きあっている悪夢に苦しめられるんだろうけど、はやくそのことは忘れたいから帰りましょう」

回廊を歩いていると、小さな女の子がウルフのところへ走ってきた。顔を上に向けて彼を見ると、恐い顔をしていった。「耳の裏を洗わなかったからって、ほんとに今晩あたしの妹を殺すつもりなの？」

カサンドラとウルフは目を白黒させた。

「なんだって？」とウルフ。

「お行儀の悪い男の子や女の子は、ダークハンターに殺されちゃうんだってママがいうの。アリシアを殺さないで。あの子は悪くないの。耳の裏を濡らすのがいやなだけなのよ」

ウルフは幼い少女の前にしゃがむと、顔にかかった髪を後ろに払ってやった。「お嬢さん、きみの妹に暴力をふるったりしない。ほかのひとたちにだって、そんなことしないよ。約束する」

「ダキア！」男性が叫んで、駆け寄ってきた。「髪の黒い連中と口をきいてはならないといったろ」娘をすくいあげるようにして抱くと、ウルフが娘をほんとうに殺すのではないかとおびえているように走り去った。

「ちくしょう」ウルフは小声で罵った。「おれを怖がるやつといえば、クリストファーぐらいだとこれまで思っていたがな」

通りすがりの男が、ウルフの靴に唾を吐きかけた。

「ちょっと！」カサンドラが叫んで、男を追いかけた。「失礼じゃないの」

男は感じの悪い視線をカサンドラの全身に向けた。「あんた、こんな男によく体をさわらせるな。ダイモンに命を狙われているあんたのことは、見殺しにするべきだった。あんたみたいな売女には、それがお似合いだ」

ウルフは目を暗く翳らせて、そのアポライトをなぐった。アポライトはよろよろとあとずさったが、つぎの瞬間にはウルフに突進してきた。

ウルフの腹部に体当たりして、後ろの壁にたたきつけた。カサンドラは悲鳴を上げた。ふたりをとめたい。でも赤ん坊にもしものことがと思うとできなかった。

四方からアポライトたちがそくざに集まってきて、ウルフと男を引き離した。ユリアンすらいつの間にか駆けつけていた。

ユリアンはほかのアポライトとともに、ウルフを後ろに押しやった。ユリアンの顔色は悪く、ひどく消耗しているのが一目でわかる。それでもウルフとアポライトのあいだに割ってはいって、ふたりの腕をつかんでいる。

「いい加減にしろ!」ユリアンがふたりに怒鳴った。

「だいじょうぶか?」ウルフはユリアンにきいた。

ユリアンはふたりの男から手を離した。ウルフと喧嘩をしたアポライトは仲間たちに連れられてその場を離れたが、最後にいまいちどウルフとユリアンに悪意に満ちた視線を向けた。

「人目のつかないところに身をひそめていろ、ダークハンター」ユリアンがいった。その口調はついさきほどにくらべて、かなりやさしかった。彼は額ににじんでいる汗をぬぐった。

「おまえ、ほんとに具合がよくないようだな」とウルフ。ユリアンの忠告については、なにもいわなかった。「手を貸そうか?」

ユリアンは頭をはっきりさせようとするかのように、かぶりをふった。「しばらく休めば元気になる」ウルフに向かって口をとがらせた。「そのあいだは、おとなしくしていられるか?」

「ユリ?」フィービがやってきた。「わたし、いただきすぎた?」

ユリアンの表情がそくざにやわらかくなった。彼女を自分の横に抱き寄せると、頭にキスをした。「そんなことないさ。疲れているだけだよ。じきに回復する」

彼は身を離すと、家に帰ろうとした。が、足元がおぼつかない。

「強がるな」とウルフ。カサンドラは目の前で展開している光景が、とっさには理解できなかった。ウルフがユリアンの腕を自分の肩に回したのだ。彼は自分のアパートのほうへ、ユリアンを連れていった。

「どうするつもりだ？」ユリアンが腹立たしそうにいった。

「カットのところに連れてってやる。おまえが意識を失う前に」

ユリアンはあわてた。「なぜだ？　あの女はおれを嫌っているのに」

「おれもおまえが嫌いだ。でもカットもおれも、おまえには借りがある」

カサンドラは黙ったまま、フィービとともに男たちのあとについてアパートに向かった。

家に着くと、カットとクリスがカード遊びをしていた。

「あらあら、なにがあったの？」ユリアンに目を留めるなり、カットがきいた。

「わたしがこのひとの血を飲みすぎたんだと思う」フィービがこたえた。心配するあまり、うつくしい顔に皺が刻まれている。

ウルフはユリアンをソファに横たえた。「助けてやってくれるか？」カットにきく。

カットはウルフをわきに押しやった。指を二本立ててユリアンの顔の前に出す。「これは何本？」

「六本」

カットはユリアンのわき腹を軽くたたいた。「やめて。真剣にきいてるんだから」

ユリアンは目を見ひらいて、カットの手に視線を向けた。「三本……かな」

カットは首を横にふった。「じきにもどってくるから」

カットがユリアンを連れて一瞬のうちに姿を消すのを、カサンドラは畏《おそ》れ入って見つめた。

「ぼくたちがストライカーに追いかけられたとき、どうしてカットはいまみたいにしなかったのかな？」

「彼女はユリアンをカロシスに連れていったのよ、クリス」フィービがこたえた。「そんなところに行きたいとは思わないでしょ。あの領域を支配しているのは、ほかのだれでもないスパティのダイモンと、全世界の滅亡をもくろんでいるとんでもない古代の女神なんだから」

「だったら」とクリス。「ここにいたほうがいいや。おまけに、カットのカードを見ることができるし」彼女のカードを手にして舌打ちした。「なんだよ。悪いカードばかりなのに、はったりかましてたな」

カサンドラは姉をしげしげと観察した。不安な表情を浮かべているものの、以前とくらべものにならないくらい元気そうだ。血色がよく、肌がつやつやしている。

「さっき、いきなり家に行ったりしてごめんなさい」カサンドラは詫びた。いきなり顔がかっと熱くなる。

「いいのよ。でもまあ、こんどからは気をつけてよ。だけど、あなたが来なかったら、彼を殺していたかもしれない。わたしが血を飲み過ぎても、困ったことに彼は黙っていることが多いのよ。ときたま怖くなるわ」

ウルフは胸の前で腕を組んだ。「血を大量に失えば、ダイモンは死ぬってことか？」

「だれかに吸われたときだけね」カサンドラがこたえた。

フィービは眉を吊りあげてウルフを見た。「その手を使って、ダイモンを退治しようと思ってるの？」

ウルフはかぶりをふった。「男の血を吸うくらいなら、死んだほうがましさ。気色悪い。ところで、アポライトがどうやったらダイモンになるのか、あんたは以前話してくれたじゃないか。あの論法でいけば、ダークハンターは魂をもたないから、ダイモンに血を吸われたらやはりダイモンに変わるんじゃないか？」

「ああ。でもダークハンターの血はダイモンには毒なんだ」クリスが手持ちのカードをシャッフルしながらいった。「それはダイモンがダークハンターの血を吸うのを防ぐためじゃないのか？　ダークハンターがダイモンになったらたいへんだからね」

「たぶんね……」とフィービ。「でも、肉体をもたない魂がダークハンターに取りつくことはある。ユリとわたしがおなじ魂を共有しているとなると、ダイモンとダークハンターがおなじ魂を共有できるんじゃないかと思うのも当然よね」

「そういう魂にこのさき会わないことを、祈るよ」ウルフはそういうと、クリスの前にあるソファに腰を下ろした。

フィービはカサンドラに向きなおった。「さっきはなんでうちに来たの？」

「お腹の子どものために、思い出の箱をつくっているの。わたしの手紙や写真を入れるのよ。

この子に家族のことを知ってもらうためのささやかな記念の品々とか。で、よかったら姉さんもなにかそういう品を入れてくれないかなと思って」

「なんでそんなものが必要なの？　その子が実際に興味を示したことを、そのつど教えてあげたほうがずっと楽しいのに」

カサンドラは姉の気持ちを傷つけたくなくて、ちょっとためらった。「この子をここで育てるのは無理よ。ウルフと一緒に人間の世界で生活させないとだめなの」

つぎの瞬間、姉の目に怒りの炎がともった。「どうしてここで育てるのは無理なの？」強い口調でいった。「わたしたちだって、ウルフとおなじくらいにその子のことを守れるはずよ。ううん、ウルフよりも守れるはず」

ウルフはカードを配っているクリスをちらっと見た。「おれたちの息子が、カサンドラよりもかつて人間だったおれに似てたらどうする？　ここで安全に暮らしていけるか？」

フィービの顔に浮かんだとまどいの表情が、すべてを語っていた。

ウルフとカサンドラの息子は、ここでは安全に暮らしてはいけないだろう。今夜ウルフが受けたあつかいが、なによりもその証拠だった。人間はアポライトをひどく嫌うが、アポライトもまた人間におなじ感情をもつのだ。

もっとも、敵を柱にくくりつけて火あぶりにするようなことは、いまはもうアポライトも人間もしないけれど。

というか、そう頻繁にはしないけれど。

　ウルフは意味ありげな視線をフィービに向けた。「おれはあんたよりもはるかにたやすく、息子とその家族を守ることができる。この地下都市には、人間の魂が欲しいという衝動が満ち溢《あふ》れすぎている。あんたたちがそれをうまくさばくのは、無理だろう。ここの住人が心底ダークハンターを嫌っていることを思えばとくにね。ここの住人にしてみれば、おれの息子は願ったりかなったりの存在だ。息子を殺せば人間の魂を得られるし、さらにはあんたたちがもっとも嫌っているダークハンターに復讐することができるんだからな」

　フィービはうなずいた。「あなたのいうとおりでしょうね」彼女はカサンドラの手をとった。「わたしもあなたの息子に、授けたいものがあるわ」

　ウルフとクリスがカードをしているあいだ、カサンドラは寝室に行って銀を象嵌《ぞうがん》した大きな箱と、紙とペンを出した。その箱はダイモンから逃げるさいに、ウルフの家からカットがもってきたものだった。

　カサンドラは姉とふたりで、生まれてくる子どもに宛てて手紙を書いた。しばらくして、すぐに帰ってくるといい残してフィービが外出し、カサンドラはひとりになった。

　部屋にひとりすわって、息子のために書いた手紙をぱらぱらめくっていく。赤ん坊の成長を見届けることができれば、どんなにいいか。成人した息子を一目見られるのなら、なにを手放してもいい。

　ひょっとしたらウルフがウェアハンターに頼んで、わたしに未来を見させてくれるかもしれない。ほんの一瞬だけでも。実際には会えない悲しみに胸が引き裂かれることはわかっているけれど、成人した息子を見させてほしい。

しかし、余計に悲しみが募るだけかもしれない。それはべつとしても、妊娠していると時空を旅することはできない。

「あなたがお父さん似だといいんだけど」腹部をやさしくなでて語りかけながら、お腹のなかにいる小さな赤ん坊の様子を想像した。ウルフとそっくりの黒っぽい癖のある髪の毛が、頭に浮かんでくる。背が高い子だ。きっとたくましい子のはず。

この子は母の愛を知らずに生きていかなければならない。ウルフがわたしの死を看取らなければいけないのとおなじように……。

嗚咽《おえつ》をもらしながら、あらたな便せんを手にとる。涙をこらえながらすばやくペンを走らせ、母親としての深い愛情をつづっていく。実際にそばにいることはできないけれどお母さんはいつでもあなたのそばにいる、と息子に知らせる。

お母さんはなにがあってもあなたを見守っています。いつも見守っていますからね。

手紙を書きおえて箱にしまい、それをリビングにもっていく。男性ふたりはまだカードをしていた。ひとりでいるのが怖かった。ひとりぼっちになると、考えが暗い方向に流れていって、くよくよ思い悩むのがつねだからだ。

カサンドラの気持ちを未来からそらすことにかけて、クリスとウルフはすばらしい力を発揮してくれる。笑うような気分じゃないときでも彼女を笑わせてくれることにかけて、このふたりほど頼もしい者はいなかった。

クリスがカサンドラにカードを配ったとき、フィービが本を手にもどってきた。

「これは？」ソファにすわっていたカサンドラは、横に置いた箱にその本を入れてきいた。

「アポライトのおとぎ話よ。わたしたちが子どもだったころ、お母さんがよく読んでくれた本、覚えてる？　ドニータの店でそういう本をあつかっているから、あなたの赤ちゃんのために買ってきたのよ」

ウルフはいぶかしそうに本を手にとり、眉をひそめてページをめくった。「おい、クリス」本を渡した。「おまえ、ギリシア語が読めるんだよな？」

「ああ」

「どういう話なんだ？」

クリスは本を黙読したが、しばらくしていきなり笑いだした。腹をかかえて笑っている。

カサンドラは子どものころに母が読んで聞かせてくれたお話を思いだして、身をすくませた。

クリスはなおも笑いつづけている。「自分の息子にこれを読ませたいとは、あんたは思わないんじゃないかな」

「なるほど、だいたいわかったぞ」ウルフはフィービにけわしい視線を向けた。「おれの息子が父親に首をちょんぎられる悪夢にうなされるようになる、ってわけだな」

「まあ、そんなところだね。これがとくに気に入ったね――〝巨大なる悪アケロン〟」言葉を切って、べつの話を目で追ってる。「あっ、待て……あんたの気に入りそうな話がある。

スカンジナビアの凶暴なダークハンターについての話。魔女と竈《かまど》が出てくるおとぎ話『ヘンゼルとグレーテル』を覚えてるかい？　この話では、魔女の代わりにあんたが登場している」

「よくもこんな本を！」ウルフが吐き捨てるようにいって、フィービをにらんだ。

「どうして？」カサンドラの姉はとぼけた。「このおとぎ話は、わたしたちアポライトの遺産なのよ。あなたたちダークハンターだって、〝邪悪なアポライト、アンディ〟やら〝殺人鬼ダイモン、ダニエル〟やらの話をするでしょう？　わたしは人間の映画を見たり、彼らの本を読んだりしたこともある。そのなかでも、アポライトは好意的にあつかわれていないわ。人間たちはわたしたちアポライトを、同情心や感情をいっさいもたない魂を失った殺人鬼として描いている」

「ああ、そうだな」ウルフがいった。「それと同時に、きみたちは魂を吸いとる悪霊《デーモン》でもある」

　フィービはあきらかに気分を害した様子で、首をかしげた。「あなた、銀行家か弁護士に会ったことある？　そういう連中と、わたしの夫のユリアンとでは、どっちが腹黒いかしら？　わたしたちは生きる糧を得るために、ひとを犠牲にする。銀行家や弁護士は利鞘《りざや》を得るためにそうするのよ」

　カサンドラはふたりの冗談めかした言い争いに、声を上げて笑った。クリスの手から本を受けとる。「アポライトのおとぎ話には心を惹かれるけどね、お姉さん。ダークハンターを悪魔みたいにあつかっていない本はないのかしら」

「ないと思う。あったとしても、見たことないわ」

「すばらしい」ウルフがつぶやいて、もう一枚カードをとった。「すばらしいかぎりだ。おれの哀れな息子は、悪夢にうなされる少年時代を過ごすんだな」

「だいじょうぶだよ」クリスはウルフにたいして賭け金を上げた。「その本が子どもに悪影響をあたえることはまずない。悪影響をあたえるのは、むしろ父親のウルフのほうだ」

「どういう意味？」

クリスはカードを下に置いて、カサンドラと目を合わせた。「ぼくが子どもだったころ、眠るときもお付きの者がいたことは知ってるだろ？　ベッドに就くときは特注のヘルメットをかぶせられてね。四歳までずっとそうやっていた」

「それはおまえに、癇癪を起すと頭を打ちつける癖があったからだ。頭に障害を負ってしまうのではないかと、気が気じゃなかったんだよ」

「頭は問題ない」とクリス。「自尊心と対人関係はめちゃくちゃになった。息子にもああいうことをするのかと思うと、ぞっとするね」

クリスは声を低くして、ウルフの歯切れのいいスカンジナビア訛りを真似た。「おとなしくしていろ、けがするぞ。おっ、くしゃみをしたな。ベルギーの専門医を呼ぼう。頭が痛いのか？　なんてことだ、腫瘍《しゅよう》かもしれない。ぐずぐずしてはいられない。ＣＴスキャンで検査しなくては」

ウルフはふざけ半分でクリスの肩をこづいた。「でも、おまえはこうしてぴんぴんしている」

「子どもをつくるためにね。あんたのために」クリスはカサンドラと視線を合わせた。「ひどい人生だぜ」それから、なにやらしばし考えこむように視線を落とした。「でも、もっと悲惨な人生を送っているひともいるんだよな」

クリスのいまのセリフに自分たちふたりのどっちがよりおどろいたか、カサンドラはわからなかった。自分なのか、ウルフなのか。

クリスは立ちあがって玄関ホールに向かった。そこのテーブルに軽食や飲み物が用意されている。コーラをさらにグラスにそそいでポテトチップスの袋をつかんでもどってくると、またウルフとカードをはじめた。

深夜の十二時近くになって、ユリアンが彼らに加わった。彼は格段に元気になっていた。日に焼けた小麦色の肌が健康的に輝いている。目も生きいきとしていて、めずらしく長いブロンドを肩に垂らしている。姉はたしかにすてきな伴侶をもったと、口には出さなかったけれどカサンドラは思った。ユリアンはめったにいないハンサムだった。

さらに彼は黒ずくめの装いをしていて、そういう格好だとダークハンターとかぎりなく似て見えた。ただ、生きていくために糧とするものが、ちがうだけだ。

フィービが近づいてくるユリアンにほほえんだ。

ウルフは笑わなかった。それどころか、彼とユリアンのあいだにいっそう張りつめた空気がただよった。

「どうした、ダークハンター？」ユリアンがフィービの肩を抱いていった。「おれが死ぬことを望んでいたのか？」

「いや。回復するために、おまえがだれを殺したのか気になっただけだ」

ユリアンはおかしそうに、かすかに笑った。「あんたが食べる牛も、殺されるときはかならずしも幸せな気分じゃないだろうな」

「牛は人間じゃない」

ユリアンはばかにしたように鼻を鳴らした。「気づいてないのなら教えてやるがね、ダークハンター。この世にはほんとは人間じゃないのに人間の皮をかぶっている者がたくさんいるんだよ」

ユリアンはフィービの手をとって、玄関へ向かった。「おいで、フィービ。またすぐカロシスにもどらなきゃいけないんだ。貴重な時間を敵と一緒に過ごしたくはない」

ユリアンとフィービが帰るとすぐに、クリスが寝室に引きあげた。

カサンドラとウルフのふたりきりになった。

「カットはだいじょうぶなんだろうか？」クリスのグラスをとって、ポテトチップの袋をしばりながらウルフがきいた。

「ええ。じきにもどってくるわ」カサンドラは姉が赤ん坊に宛てて書いた手紙を、箱にしまった。

「きみの姉さんはあんな本を買ってきたぐらいだ。手紙にどういうことを書いているのかと思うと、ぞっとするね」

「そうねえ」カサンドラはまた箱に視線をもどした。「わたしがさきに読むべきかも……」

「おれのことを角《ホーンド》のあるデーモンだと書いてあったら、すばらしいな」

カサンドラは視線をウルフの腰に落とした。すでにすっかり大きくなっている。「さあ、どうかしらね。わたしにしてみれば、あなたは欲情《ホーニー》したデーモンだけど」

ウルフは眉を吊りあげた。「そうか？」

「うん、そう。ものすごくホーニー」

ウルフは声を上げて笑うと、カサンドラにキスをした。ゆっくりと、激しく。「レモンの味がする」唇を重ねながらささやく。

魚料理にレモンをかけたのを思いだして、カサンドラは自分の唇をなめた。

ウルフは芳醇《ほうじゅん》な味がした。野性的で荒々しい芳醇な味わいに、カサンドラの胸は轟いた。

「あら、目がつぶれてしまいそう！」

カットの声に、ウルフはカサンドラから身を引いた。

カサンドラは彼の肩の向こうに目をやって、部屋の入口に立っているカットを見た。

カットはドアを閉めた。「まだ服を着ててくれて、助かったわ」

「三秒遅れてたら、裸になってたがね」ウルフが悪い冗談をいった。

「いやだ！」カットは身をすくめた。「そんなことまで教えていただかなくて、結構よ」

カットは部屋に入ってきて、ふたりの向かいにすわった。軽口をたたいているものの、やつれた顔をしている。

せっかく盛りあがっているところをカットに邪魔されて、ウルフはいくぶんむっとしていた。

カサンドラはウルフから離れて、カットに顔を向けた。「なにかあったの?」

「ちょっとね。あなたの行方がわからないから、ストライカーはご機嫌ななめだった。デストロイヤーこと女神アポリミも、わたしに腹を立ててたわ。ものすごくね。でも幸い、わたしにかんしては〝不干渉のルール〟を取り消さなかった。だからここしばらくは居場所を突きとめられることはないわ。でも、ストライカーがこのルールをいつまでも守っているとは思えない」

「そのルールを取り消すとき、向こうはあらかじめ知らせてくるのか?」ウルフがきいた。

「わからない」

「ユリアンは?」カサンドラがいった。「彼がわたしたちを助けたことが、ストライカーたちは気づいたの?」

「ううん。気づいてないと思う。でも、ストライカーがそのことに気づいたら、ただではすまないでしょうね。ストライカーはあなたとお腹のなかの赤ちゃんを、なんとしてでも殺害しようとしているんだから」

カサンドラは喉をごくりとさせると、話題を変えた。「で、あなたたちふたりは、向こうでなにをしてたの？」

「ユリアンを家まで送りとどけただけ。わたしが彼を助けたことが、だれにもばれないようにね。ユリアンと一緒にいるところをだれかに目撃されたら、すぐさまあやしまれる。わたしとユリアンはこれまでずっと仲がよくなかったから。ふんっ、心を許しあえるような関係じゃないのよ」

「どうして？」とカサンドラ。「感じのいいひとなのに。いくぶんぶっきらぼうだけど、それはもともとの性格なんだろうし」

「あのね、カサンドラ、この世界でのユリアンは普段とは別人なのよ。この一万一千年のあいだ、わたしが知っている彼じゃないの。わたしが知っている彼は、父親の命令とあらば、だれでも、なんでもためらうことなく殺せる男なのよ。意に沿わないダイモンの首をユリアンが折るのを、何度も見たことがある。彼らにそむいたウェアハンターには、口では説明できないようなひどい仕打ちをするのよ」

ウルフはコーヒーテーブルに置いてある飲み物に手を伸ばした。「スパティがいるから、ダークハンターはポータルを使わないんだな？」

カットはうなずいた。「ポータルはそのまま、カロシスの宴会場の真ん中につながっている。ダークハンターがそこにたどり着いたら、すぐさま殺される。ウェアハンターは一回だけチャンスをあたえられる。デストロイヤーに忠誠を誓って見逃してもらうか、もしくは死を選ぶか」

「ダイモンは？」

「スパティの訓練を受けて戦士のルールを守りさえすれば、歓迎される。ただし、弱味をみせればその場で殺される」

ウルフはゆっくりと息を吐いた。「あんたの出身地はひどいところだな、カット」

「わたしの出身地ではないわ。生まれたのはオリュンポスなの」

「だったら、どうしてデストロイヤーに仕えるようになったんだ？」

それはカサンドラも知りたいことだった。

カットはおどおどしている。「それについては、勘弁してちょうだい」

「どうして？」とカサンドラ。

カットは肩をすくめた。「それは、だれも口にしない話題なの。すくなくともわたしは、なにもいえない」

それではまったく答えになっていない。いらだたしい気分になるだけだった。しかし、カサンドラには、ほかに気になることがあった。「ストライカーはわたしたちをさがしだすと思う？」

「正直なところ、わからないわ。あの男はアポライトとウェアハンターのコミュニティーに、スパイをたくさん送りこんでいる。そうやって、わたしたちの居場所を突きとめてきたのよ。〈インフェルノ〉にもウェアハンターのスパイがいるようね。店にやってきたわたしたちに気づいて、すぐにストライカーに知らせたんでしょう」

ウルフは玄関のドアを指さした。ドアの向こうには、地下都市が広がっている。「つまりこの都市にも、おれたちがいることをこっそり報告する者がいるかもしれないってことか？」

「ノーと嘘をつく気はない。その可能性はじゅうぶんあるわね」

恐怖に胸苦しさを感じながら、カサンドラは喉をごくりとさせた。「どこか安全な場所はあるのかしら？」

「いまのところ、ないわ」

13

カサンドラは寝支度をしていた。ウルフはまだカットと外にいて、エリシアからただちに脱出しなければならなくなったときの逃亡計画について、話しあっている。

カサンドラとしては、もう逃げるのはいやだった。追われるのにうんざりしていた。

物事のいい面を見なきゃ。そう、どんなにうんざりしていても、なにもかも二十七歳の誕生日におわるんだから、よしとしなきゃね。

そう思っても、心は一向に晴れない。ため息をもらして、思い出の箱に入れる数通の手紙をなでる。そのなかにカサンドラが使ったクリーム色のものではない、封印した模造皮紙の手紙があって手をとめた。

この手紙を入れた覚えはない。姉のフィービが手紙になにを書くかわからないとウルフが心配していたのを思いだし、カサンドラはひどく好奇心を覚えた。

眉間に皺を寄せてその封書を手にとり、よくながめる。破れないようにそっと封をはがし、便せんをひらく。

男らしいけれど流麗な文字を目にして、心臓がとまりそうになった。

息子へ
名前で呼びかけたいが、おまえのお母さんがまだ考えている最中なんだ。アルバート・ダルバートなんてふざけた名前にするといったりしてるけど、どうかお母さんのジョークでありますようにと祈るばかりだ。

カサンドラは声を上げて笑った。それは、ウルフとよくいいあっている他愛もないジョークだった。ときとして本気でその名前にしようかと思うこともあるけれど、大抵は冗談のつもりだった。
笑いがおさまり、また読みすすめた。

ここ数週間、おまえのお母さんはこの箱に入れる形見の品を、一生懸命に集めていた。おまえがお母さんのことをまったく知らないで大きくなることを、お母さんはなによりも怖れている。父さんが大いに心を痛めているのは、おまえがお母さんの力強さを実際に知ることなく成長することだ。この手紙を読みおわるころには、父さんが伝えられるお母さんの情報を、おまえはすべて知ることと思う。
でも、おまえがお母さんを実際に知ることはけっしてない。それが父さんには一番つらい。おまえのことを語るときお母さんがいつも浮かべる表情を、見せてやりたい。お母さんが必死でかくそうとしている悲しみを。その表情を見るたびに、父さんはいつも身を切られるような思いがする。

お母さんはおまえのことを、だれよりも大切に思っている。話すことも、おまえのことばかり。おまえの子育てにかんしては、それはもうたくさんの指示を父さんに出している。クリスおじさんにしたみたいに、過保護にしてはいけません。くしゃみをするたびに医者を呼んではいけません。友だちと取っ組み合いの喧嘩を自由にしてもいいと、お母さんはいってるぞ。それで友だちがおまえにけがをさせても、父さんはその友だちを叱りとばしてはならないとお母さんは注文をつけてる。

結婚しろだの、子どもをつくれだのいって、おまえを困らせるようなこともしないと誓った。ぜったいにな。

なによりもまず、十六歳になったら、おまえが好きな車に乗っていい。無理やり軍用車に乗せるようなことはしないからな。それについては、あとでまた話しあおう。この件についてだけはまだ、お母さんの指示を了解していないんだ。おまえのことがまだよくわからないうちは、なんともいえないからな。とはいえ、父さんは最近のドライバーのマナーをこの目で見ている。だから、やはり軍用車にしておけば――おっといけない。父さんほどの年齢になると、これまでのやり方を変えるのがむずかしくなってくるな。

おまえと父さんの未来に、なにが待ち受けているかはわからない。結局のところ、おまえが父さんよりもお母さんに似ることを、いまはひたすら願っている。お母さんはいい女性だ。やさしい女性だ。悲しい経験をたくさんしてきた苦労の多い人生だったけれど、愛情と思いやりにあふれている。お母さんは傷をかかえながらも、父さんには欠けている気品と威厳とユーモアの精神をもっている。

なによりもまず、お母さんには勇気があるんだ。あれほどの勇気をもった人物に出会ったのは、数世紀ぶりだ。おまえが父さんの悪い部分ではなく、お母さんのすばらしい特質を受け継ぐことを心から祈っている。

これ以上なにをいったらいいのか、よくわからない。

愛をこめて

父より

ウルフの綴った文字を読むカサンドラの頬に、涙が伝った。「ああ、ウルフ」小声でつぶやく。彼がけっして口には出さない想いを知って、胸が張り裂けるように痛む。ウルフの目に自分はこのように映っているのかと思うと、ひどく不思議だった。自分がことのほか勇敢だと思ったことはいちどもない。強いと思ったことも。

闇の世界に生きる戦士に出会ったあの夜までは。

便せんをたたんで封筒に入れてふたたび封をしながら、あることに気がついた。

わたしはウルフを愛している。どうしようもなく深く。

わたしはいつ彼に愛情をもつようになったのだろう。はじめて彼に抱きしめられたときかもしれない。それとも、渋い顔をしながらも、彼が自宅にわたしを受けいれてくれたときかもしれない。

ううん、ちがう。彼が力強くたくましい手をわたしのお腹に当てて、この子はおれの子なんだなといったときだ。

ダークハンターであろうとなかろうと、古代の蛮族ヴァイキングだったとは思えないほど彼は誠実ですばらしい男性だ。

ドアがひらいた。

「だいじょうぶか？」ウルフがベッドに駆け寄ってきた。

「だいじょうぶよ」カサンドラはせきばらいをした。「妊娠のせいでホルモンバランスが崩れてるんだわ。帽子が落ちただけで泣けてくるの。いやになる！」

ウルフは彼女の頬の涙をぬぐった。「いいんだよ。わかってるから。以前は、妊娠している女性が周りにけっこういたからな」

「スクワイヤーが妊娠してたのね？」

ウルフはうなずいた。「赤ん坊を取りあげたことだって、すくなくない」

「ほんとに？」

「ああ、そうさ。道路が整備されて病院ができる前の時代がなつかしいよ。胎盤《たいばん》の始末に追われていた日々がね」

カサンドラは笑った。でも彼がそばにいると、わたしはいつも楽しくて笑っている。わたしを明るい気分にさせる微妙な呼吸を、彼は心得ているのだ。

ウルフはカサンドラの片付けを手伝った。「眠ったほうがいい。きのうはあまり休めなかったんだから」

「わかってる。横になって休むわ」

パジャマに着替えると、ウルフが布団をかけてくれた。彼は照明を消し部屋を出ていった。暗闇のなか、ひとり横になると、様々な考えが浮かんできた。

目を閉じて、自分とウルフが彼の家にいるところを想像する。子どもたちがそばを駆け回っている。

われながら不思議だ。以前は子どもをひとり産むことすらあきらめていたのに、いまは長生きをして、できるだけ子どもをたくさん産みたいと思っている。

ウルフの子ども。

わたしの子ども。

でも、アポライトはみな、すこしでもいいから長生きをしたいと願うのだ。母もそうだったし、姉ですらそうだった。

わたしにも、ダイモンになるという道が残されている。

たしかに残されているけれど、わたしがダイモンになったら、愛する男はダークハンターの面目にかけてわたしを殺さなければならなくなる。

だめ。ダイモンになるわけにはいかない。ウルフもわたしも大きな苦しみをかかえるだけだ。ここに住むアポライトがみなそうしているように、自分の死を威厳をもって受けいれよう。ウルフの手紙にも、お母さんは威厳に満ちていると書いてあったのだから。

ひとり残されたウルフが涙にくれることになっても……。

それを思うと、カサンドラはたじろいだ。彼に死に際《しぎわ》を見せないように、どこかへ姿を消す勇気があればどんなにいいか。彼の知らないうちに、息をひきとることができれば。それがウルフにとって、耐えがたくつらいことであっても。

しかし、もう逃げることはできない。ウルフの庇護を必要としているわたしは、彼の前から姿を消すことはできない。できるのはせいぜい、彼がわたしをそれほど愛さないように仕向けることくらいだ。わたしは彼をこの上なく愛しているけれど。


それからの三日間、カサンドラはなにかが起こっているとはっきり感じとっていた。ウルフとカットが一緒にいるところに近づいていくと、ふたりはいつもいきなり口をつぐんで落ち着かないそぶりを見せるのだ。

クリスはアポライトの女の子たちのグループと仲良くなった。退屈をまぎらわす電化製品を買うためにフィービに連れられて街に出たとき、彼女が紹介してくれたのだ。アポライトの女の子たちの目にはクリスの黒髪が〝エキゾティック〟に映り、さらに彼女たちはコンピユータとハイテクに強いクリスにあこがれの視線を向けた。

「ここは勇敢に戦った戦士が死後に行くヴァルハラだな！」ある晩、彼女たちと会うことになっているクリスが叫んだ。「ヴァルハラの女性たちは頭のいい男が好きだから、ぼくみたいな色白の男をばかにしない。ここの女の子たちもそうなんだ。最高だよ！」

「彼女たちはアポライトなんだぞ、クリス」ウルフが警告した。

「それがなにか？　あんただってアポライトの女性とのあいだに子どもをつくっただろ。ぼくもアポライトの女性の子どもが欲しい。ひとりといわず、ふたり、三人、四人でも。これほどうれしいことはないよ」

ウルフは首を横にふってクリスを彼女たちにまかせたが、最後に一言釘をさすのを忘れなかった。「その子たちがおまえの頚に近づいてきたら、走って逃げるんだぞ」

五日目になると、カサンドラの懸念は本格的なものになっていった。彼女が目覚めてから、ウルフはずっと緊張している。さらには、きのうの夜カットと一緒に夜に数時間どこかに行っていたのに、ふたりともなにをしていたのか話そうとしない。

ウルフはまるで、臆病な仔馬みたいだ。

「わたしが知っておくべきこと、あるんじゃない？」カサンドラはリビングでウルフをつかまえて詰め寄った。

「ちょっとフィービをさがしてくるわね」カットが玄関へ走っていく。

彼女はあわただしく出て行った。

「じつは、その……」ウルフが口ごもった。

カサンドラはそのつづきを待った。

「なに？」さきをうながす。

「ちょっと待ってくれ」ウルフはカサンドラをそこに残して、クリスの部屋に向かった。

数分後にもどってきた彼の手には、古いヴァイキングの剣が握られていた。ウルフの屋敷の地下室に、特別なガラスケースに入れて置いてあったものだ。カットとウルフは昨晩、これをとりに屋敷に行ったにちがいない。それにしても、どうやってそんな危険なことができたのか？　カサンドラは想像もつかなかった。

両手にもった剣をカサンドラの前にかかげて、ウルフは深呼吸をした。「千二百年以上のあいだ、これをすることになるとは思っていなかったから、やりかたを思いだしているところなんだ。ちょっと待ってくれ」

カサンドラはウルフの口調に不吉なものを感じた。眉間に深い皺を寄せる。「なにをするつもり？　わたしの首をはねる気？」

ウルフはいらだたしげに彼女を見た。「ちがう。そんなんじゃない」

カサンドラが見守るなか、ウルフはポケットから金《きん》の指輪をふたつ出して、刃に通した。それから剣を彼女に差しだした。

「カサンドラ・エレイン・ピーターース、きみと結婚したい」

ウルフのプロポーズに、カサンドラは言葉を失った。結婚を考えたことはこれまでいちどもなかったのだ。「え？」

ウルフの黒っぽい瞳が、燃えるような視線をカサンドラの目に向けている。「おれたちの息子が普通ではない方法でできたことも、この子がまずまちがいなく尋常ではない人生を送ることも、おれはわかっている。でも、せめて誕生するときは昔ながらの形で迎えてやりたいんだ。結婚した男女のあいだに生まれた子としてね」

涙がいっきに溢れてきて、カサンドラは両手で顔をおおった。「わたしをこうやっていつも泣かせるあなたって、何者なの？　あなたに会うまで、わたしはけっして泣かない女だったのに」

ウルフはカサンドラになぐられたような顔をした。

「責めているんじゃないのよ、ウルフ。あなたがしてくれたことに心の底から感動して、泣いてるだけ」

「だったら結婚してくれるね？」

「ばかね、もちろんよ」

ウルフはキスをしようと前に出た。剣がかたむき、刃に通していた指輪がはずれて床を転がっていった。「しまった」部屋の向こうへ転がっていった指輪を見て、彼は吐き捨てるようにいった。「失敗する予感はしてたよ。待っててくれ」

ウルフは床に四つん這いになると、ソファの下から指輪を取りだした。それからまたカサンドラのもとにもどると、唇に熱いキスをした。

カサンドラはウルフの味を心行くまで楽しんだ。彼女がこれまで望んだり、夢見たりしていたものをはるかに上回るものを、ウルフはあたえてくれた。

カサンドラの唇を嚙んでから、ウルフは身を離した。「古代スカンジナビアの習慣では、現代とは正反対のことをする。婚約のときはシンプルな指輪を交換する。女性がダイヤモンドの指輪をもらうのは結婚するときだ」

「わかったわ」

ウルフはカサンドラのふるえる手に小さいほうの指輪をはめ、大きいほうを彼女に渡した。高度に様式化されたドラゴンがあしらわれたスカンジナビアの複雑な模様を目にして、カサンドラはいっそう手がふるえた。それを彼の指にはめて、手にキスをする。「ありがとう」

ウルフはやさしくカサンドラの頰をつつんで、口づけをした。つぎの瞬間、カサンドラはめまいを覚えた。

「きみさえよければ、金曜日の夜に式をとりおこないたい。いまからその準備をしよう」ウルフが静かにいった。

「どうして金曜日の夜なの？」

「われわれヴァイキングは、女神フリッガをたたえて金曜日に結婚するのが常だった。この慣わしときみたちの習慣を、融合させるのはどうかと思ったんだ。フィービは今週は特別な用事がないから、きみもかまわないだろうといってた」

カサンドラはウルフを引き寄せて唇を重ねると、むさぼるようなキスをした。古代の蛮族がこんなに気配りするとは、だれが想像できただろうか。

この上、結婚式に父を呼ぶことさえできればより完璧になるのだが、カサンドラはだいぶ以前から不可能なことは求めないようになっていた。

「ありがとう、ウルフ」

彼はうなずいた。「さて、カットとフィービがきみを連れだして、街にウェディングドレスを買いに行きたがってる」

ウルフが玄関のドアをあけると、フィービとカットが転がりこむように入ってきた。

ふたりともつくり笑いを浮かべて、姿勢を正している。

「おっと」カットが叫んだ。「なにもかも計画にしたがって、スムーズに運ぶようにしたかっただけなのよ」

ウルフはさかんに首をふっている。

「なるほど」とカサンドラ。「そういうことだったのね」

彼女はあれよあれよという間に、姉とカットによって街の中心にある小さな店に連れて行かれた。ウルフはひとりアパートメントに残った。

ウルフがアポライトたちの〝あたたかい〟歓迎を受けて、カサンドラがフィービとユリアンのおぞましい現場を目撃した日以来、ふたりはずっと街へ出ていなかった。それどころか、アパートメントにほとんど引きこもっていた。アパートメントのなかは安全で、ウルフが侮辱されることもない。

ひさびさの外出は楽しかった。たとえ、ここの空気が新鮮なものでなく、再生したものであっても。フィービは妹を友人が経営するドレスショップに連れていった。その友人は彼女たちを待っていた。それどころか、店にいる女性スタッフ全員がおどろくくらいにカサンドラに親切にしてくれた。

これはおもに、彼女たちがフィービの夫のユリアンに恩義を感じているからなのだろう、とカサンドラは思った。

彼女たちの担当になった販売員のメリッサは、二十歳くらいの痩せたブロンドの女性だった。ダイモンにしては小柄な彼女は、身長百八十センチにも満たなかった。

「これでしたら、金曜日までに十分お直しが間に合います」メリッサがいって、かすかな照明のもとで光沢を放つしなやかな薄手のドレスを手にした。玉虫色に光る白いドレス。「ご試着なさいますか？」

「ええ」

ドレスをまとって姿見で全身を映したカサンドラは、その場でこれ以上試着する必要はないと思った。すごくすてきだわ。おとぎ話のなかのお姫さまになった気分。ドレスの生地はたとえようもなくやさしい感触で、カサンドラの肌に官能的なまでになめらかになじんでいる。

「すごくきれいよ」フィービが鏡を見ながらささやいた。「お父さんとお母さんに見せることができたら、どんなにいいか」

カサンドラは姉にほほえんだ。お腹がかなりせり出している自分は、どう見てもきれいとは思えない。でもすくなくとも、食べすぎでこうなったわけではないことははっきりしている。

「かわいいわ」床までの長さの裾を調節するのを手伝いながら、カットもいった。

「いかがでしょう？」とメリッサ。「なんでしたら、ほかの——」

「これをいただくわ」

メリッサはほほえんで試着室に入ってくると、カサンドラが外に出るのに手を貸してから、直しの寸法どりをはじめた。カットとフィービは試着室を出て、アクセサリーを見にいった。

「お客さまには」メリッサがカサンドラのウエストを測りながらいった。「ほんとうに感心してしまいます」

カサンドラはぎょっとして彼女を見た。「どういうこと？」

「守ってくれるダークハンターを見つけたんですもの」電子手帳にメモを入力しながらメリッサはこたえた。「死んでから子どもたちの面倒をみてくれるひとが、あたしにもいればいいんですけど。夫は三カ月前に死んだんです。あたしにはまだ二年残されているけれど、子どもたちのことが心配でならない」

二年……。

メリッサはもっと若く見える。この若々しく健康な販売員にそんな短い命しか残されていないとは。

彼女はすでに夫を亡くしている。こういう理由から、大半のアポライトは生年月日が最長でも数カ月しか離れていない配偶者と結婚する。生年月日がおなじ者と結婚することは、思いがけない幸福と見なされている。

「やっぱり……苦しむの？」ためらいがちにきく。アポライトの〝自然死〟を、カサンドラはこれまで見たことがなかった。

メリッサはまた電子手帳に入力している。「ここに住むあたしたちアポライトは、仲間の死を看取る誓いをたてています」

「それじゃ、わたしの質問の答えになってないわ」

メリッサはカサンドラと目を合わせた。彼女の目には言葉にならない様々な想いがあふれていたが、カサンドラはそこに恐怖を感じとり、ぞくっとして身をふるわせた。「ほんとのことを知りたいですか？」メリッサがいった。

「ええ」

「耐えがたかった。夫は強い男だった。その夫が、あまりの痛みに赤ん坊のように一晩中泣き叫んでいました」

メリッサは彼女自身も耐えがたいほどの痛みをかかえているかのように、せきばらいをした。「二十七歳の誕生日の前夜に自殺するアポライトがあれほど多いのも、わからなくもないと思うことがあります。子どもたちをべつのコミュニティーで暮らさせようかと考えたこともありました。そうすれば選択肢が広がるから。でも地上の世界は危険な者たちがたくさんいる。ほかのアポライト、ダイモン、ウェアハンター、人間、あたしたちの親戚とでもいえるダイモンを狩るダークハンター。わたしはまだ幼いころ、母に連れられてここに来たんです。でも、地上の世界はよく覚えている。この地下都市のほうが格段に安全だわ。すくなくとも、素性がばれないかとおびえることなく伸び伸びと暮らせますから」

カサンドラは胸がふさがるような思いがして、息苦しさを感じた。快いものではないことは知っていたけれど、いまメリッサから聞いた話は、想像をはるかに上回るほど凄惨《せいさん》だった。

わたし自身がそういう目にあうだけでもつらいのに……このお腹のなかの子どもまで？この子にはなんの罪もないのに。こんな過酷な運命をさずけられるいわれはないのに。でも、ほかのアポライトだってこんな運命をさずけられるいわれはない。

「まあ、どうしましょう」メリッサがあわてていった。「お客さまを不安にさせるつもりはなかったんですよ」

「いいのよ」喉につかえている塊をのみこんで、カサンドラはいった。「質問したのはわたしですもの。正直に話してくれて感謝してるわ」

寸法取りをおえたとたん、カサンドラはすでに楽しい気分が消えていることに気づいた。買い物をつづける気にもなれない。ウルフにたしかめなければならないことがある。

アパートメントにもどると、ウルフは寝室にいてテレビのチャンネルをせわしなく変えていた。カサンドラに気がつくと、すぐにテレビを消した。「どうした？」

カサンドラはベッドの端のほうに立ったまま、ためらった。ウルフは枕を背にあてて上体を起こしている。脚はむき出しで、片方の膝を曲げている。彼女を心から気づかうその視線に、カサンドラはたまらない喜びを感じた。それでもまだ安心できない。

「わたしの子どもも退治するつもりなの、ウルフ？」

ウルフは顔をしかめた。「なんだって？」

「成長したわたしたちの息子が、二十七歳で死なないことを選んだ場合のことをいってるの。そうやって息子がダイモンになったら、あなたは始末するつもり？」

ウルフは息を殺して、しばし考えこんでいた。「わからない。ほんとうになんともいえない。おれの道義心はそうすることを命じるだろう。しかし、実行できるかどうかはわからない」

「息子のことは手にかけないと誓って」カサンドラは、彼のシャツをつかんで強く握った。恐怖と苦悩が込みあげてくる。「わたしたちの息子が大きくなってダイモンに変身したとしても、見逃してやるって約束してちょうだい」

「できない」

「だったら、わたしたちがこうして一緒にいる必要なんかないわ」カサンドラは金切り声でいった。「どっちみち殺してしまうのなら、父親づらしてここにいないでちょうだい」

「カサンドラ、お願いだ。冷静になってくれ」

「あなたこそ冷静になりなさいよ！」彼女は怒鳴った。「わたしは死ぬのよ、ウルフ！　死んでしまうの！　激痛にのたうちまわりながら。おまけに、その時は迫ってきているの」カサンドラはウルフのシャツを放すと、肩で息をしながら部屋のなかを行ったり来たりしはじめた。「わからないの？　死んだらもう、なにも覚えていられないのよ。わたしは消えるんだわ。この世から。あなたたち全員の前から」取り憑かれたような顔で、部屋を見まわした。「ここにある様々な色も見えなくなる。あなたの顔も。なにもかも見えなくなってしまうの。わたしは死ぬんだから！　死んでしまうんだから！」

ウルフがカサンドラを両腕で抱くと、彼女は胸にすがって泣いた。「だいじょうぶだよ、カサンドラ。おれがついている」

「だいじょうぶ、っていうのやめて。だいじょうぶじゃないわ。なにをしようと、この運命は変えられないんだから。どうすることもできないわ。わたしはわずか二十六歳なのよ。理解できない。どうして自分がこんな目にあうのか。子どもの成長を見届けることができないのか」

「助かる方法はかならずある」ウルフがきっぱりといった。「カットに頼んで、アルテミスに直訴してもらうとか。どんなものにも、抜け穴はかならずあるんだから」

「あなたはどうなの？」ヒステリックに声を張りあげた。「あなたがダークハンターをやめられないのとおなじで、わたしはアポライトであることから逃げられないのよ。こんなふたりが、どうして結婚しようとしてるのかしら？　意味ないじゃない」

ウルフは燃えるようなまなざしを、カサンドラの瞳に注いだ。「そういう風におわらせたくないからだ」けわしい口調でこたえた。「おれはこれまで、大事にしていたものをすべて失ってきた。きみと子どものことを、今回のことで失うつもりはない。聞こえてるか？」

カサンドラの耳には、ちゃんと聞こえていた。でも、それでなにが変わるわけでもない。

「具体的にはどうするの？」

ウルフは荒々しくカサンドラを胸に抱き寄せた。「わからない。でも、解決策はかならずあるはずだ」

「もしなかったら？」

「きみを救うためならば、天上界のオリュンポスの神殿であろうと地獄のハデスであろうとなんであろうと、めちゃくちゃにしてやる。きみを死なせるつもりはない。そのためには断固、戦う」

カサンドラはウルフを抱きしめたけれど、心のなかでは、なにをしても無駄だと思っていた。ウルフと過ごす日々がいつまでもつづくことはない。彼女は刻一刻と、あともどりできない死へと近づきつつあった。

14

金曜日当日になるころには、カサンドラは結婚式のことはもう忘れたいような気分になっていた。この一週間は準備に余念がない姉とカットの指示のもと、目が回るくらいにいそがしかった。一方ウルフは、つねに一歩離れたところにいて、知らぬが花を決めこんでいる。女性たちから意見を求められるたび、ウルフはいつでも「三人の女性の言い争いに巻きこまれるほど、おれはばかじゃない。思いだしてもくれよ、トロイ戦争は三人の女神のいさかいからはじまったんだ」というのだった。

クリスはウルフほど賢くなかったから、最終的にできるだけアパートにいないほうがいいということを学んだ。もしくは、三人が近づいてくるのに気づいたら、即刻その場から逃げだすことを学んだのだった。

そしていま、カサンドラはウェディングドレスをまとって、寝室で出番を待っていた。赤みがかったブロンドの長い髪は、ウルフの部族の習慣にしたがって、肩に垂らしたままにしてある。頭に載せている銀の冠《かんむり》には生花が飾られている——これもまたヴァイキングの習慣だ。クリスの話によると、その冠はウルフが義理の姉から譲りうけたもので彼の家に代々伝わっているものらしい。

その冠を頭にいただくことは、カサンドラにとってとても大切なことだった。ウルフの過去と繋がったような気がした。

ウルフもまた代々伝わる剣を身にまとっている。カサンドラとウルフの息子がやがて結婚するときに、息子もまたこの剣を腰につけるのだろう。

ドアがゆっくりとひらいて、ユリアンが現われた。長いブロンドの髪を肩に垂らして、仕立てのいい黒いシルクのタキシードを着ている。「用意はいいかな？」

長い話し合いの結果、カサンドラの父親代理役《スポンサー》にはユリアンが適役ということになった。アポライトは人間とは異なる習慣をもっている。結婚式のさい花嫁の両親はすでに死亡していることが多いので、教会で花嫁をエスコートして結婚の誓いの言葉を新郎新婦にうながすスポンサー役が必要となるのだ。

カサンドラとしてはほんものの牧師を呼びたかったのだが、このコミュニティーに牧師を連れてくるのは危険だといわれて、彼女もウルフもその意見にしたがった。そういうわけで、結婚式はアポライトの風習にしたがってとりおこなわれる。

ユリアンははじめカサンドラのスポンサーになるのをためらったが、彼らの願いをきいてやることはユリアン本人のためになるとフィービに説かれて、承諾した。

「この役を引き受けてウルフのために一肌脱いでくれるか、さもなければ夫婦の寝室をべつにするかのどちらかよ。このさきずっとね。それに、あなたの年齢を考えれば、これは意味のあることなんじゃないかしら」

「ウルフは準備できた？」カサンドラはユリアンにきいた。

彼はうなずいた。「メイン会場でクリスと一緒にきみを待ってる」

カットが一輪の白いバラをカサンドラに差しだした。バラには、紅白のリボンが結ばれている。これもまたアポライトの風習だった。

カサンドラはバラを受けとった。

カットとフィービがカサンドラの前に立って所定の位置につき、先頭を歩く。カサンドラとユリアンは腕を組んで、彼女たちのあとを歩いていった。

スカンジナビアの風習では、婚礼は外でおこなわれる。でもそれは牧師を呼ぶ以上に危険なことなので、商業地区の一画を借りていた。シャヌスと議会のメンバーが水栽培の植物と花をわざわざもってきて、にわか仕立ての庭をつくってくれた。

小さな噴水まである。

カサンドラは会場の入り口で、かすかに二の足を踏んだ。

まだ水がきれいに流れている急ごしらえの噴水の前に、ウルフとクリスが立っていた。ウルフはスカンジナビア風の出で立ちだろうとカサンドラはなんとなく想像していた。しかしそうではなく、ウルフもクリスもユリアンのものとよく似たタキシードを着ていた。

ウルフは長い髪をしばらずにそのままにして、後ろになでつけていた。シルクのタキシードは彼の体にぴったりで、隆起した筋肉を強調していた。カサンドラはこれまで、これほどうつくしい男性を目にしたことがなかった。

どこをとっても、ゴージャスな男性。

「ここからは、私にまかせてくれ」

後ろで父の声がして、カサンドラはハッとした。

「お父さん？」さっとふり返ると、にっこりほほえんでいる父がいた。

「かわいい娘の結婚式に父さんが欠席するとは、まさか思ってなかっただろ？」

カサンドラは父の爪先から頭のてっぺんまで視線を向けた。胸の鼓動が激しくなっている。

父がここに来てくれるなんて信じられなかった。「でも、どうしてここを？」

父はウルフのほうを顎でしゃくった。「きのうの夜、ウルフがやってきて連れてきてくれたんだよ。私が出席してはじめて、カサンドラは結婚式をあげられるんだってね。フィービの話もしてくれたよ。だからきのうはフィービのところに泊ったんだ。積もる話もあったし、おまえをおどろかせたくもあったからね」彼は目に涙を浮かべて、カサンドラのお腹に目をやった。「きれいだよ」

カサンドラは父の胸に飛びこんだ。大きくなったお腹を圧迫しないように気をつけながら、できるかぎり体を寄せあって父を抱きしめる。父の登場は、ウルフからのこの上なくすばらしいプレゼントだった。

カサンドラは赤ん坊のように泣いた。

「あなたの涙でわたしたちが溺れてしまう前に、結婚式を中止するべきかしらね」カットがいった。

「まさか！」カサンドラは鼻をすすりながら、冷静さを取りもどした。「だいじょうぶよ。ほんとに」

父は彼女の頬にキスをして、手をとって腕を組むとウルフのところへ連れていった。カットとフィービがクリスの後ろに立ち、ユリアンはフィービの横に向かう。もうひとりの出席者シャナスが、後ろのほうで彼らを見守っていた。この婚礼の証人になれたことが光栄でならないとでもいうように、あたたかい笑みを浮かべている。

「ありがとう」カサンドラが声には出さずに口を動かしてウルフに伝えると、彼は切ないくらいにすてきな笑みをかすかに浮かべた。

その瞬間、ウルフへのかぎりなく深い愛をカサンドラは感じた。このさき数カ月、彼はよき夫になってくれるだろう。そしてすばらしい父になってくれるだろう。

クリスがなんといおうと。

娘の未来の夫の前に立つと、カサンドラの父は娘の手をウルフの手に重ねた。それからバラの花に結ばれている紅白のリボンを解くと、ふたりの手に巻きつけた。

カサンドラはウルフを見つめた。きらきら光る目。やさしさに満ちた視線。情熱と誇りで静かに燃える瞳が、彼女をじっと見下ろしている。カサンドラは身ぶるいした。体がかっと火照る。

ウルフの視線に、全身をなでられている。

カサンドラの手を握るウルフの手に力がこもる。彼女の父親が結婚の誓いの言葉をはじめた。「われわれは夜《ナイト》を通じて――」

「夜じゃなくて、光《ライト》ですよ」ユリアンが周囲に聞こえるような声でささやいて、さえぎった。

父親はすこし顔を赤らめた。「すまない。短時間で覚えなきゃいけなかったものだから」せきばらいをして、ふたたび切りだした。「光を通じてわれわれは生まれ、そして……そして……」言葉がつかえた。

ユリアンが前に出て、父の耳元でなにやらささやいた。

「ありがとう」と、父。「人間の婚礼の儀とはまったくちがうんだよ」

ユリアンは首をかしげて一歩後ろに下がったが、すぐさまカサンドラにウインクをしてみせた。ユリアンらしからぬ仕草だった。

「光を通じてわれわれは生まれ、夜を通じてわれわれは旅をする。光はこの世にわれわれを迎えて歓迎してくれた両親の愛。そして生涯の伴侶の愛を得て、われわれは旅立つ」

「ウルフとカサンドラはともに暮らし、残りの人生を手をたずさえてあゆみ、夜が来ればともになぐさめあう決意をした。そして最後を迎えるときには……」涙ぐんで言葉に詰まった。

父はカサンドラに目をやった。父の目に嘆きと恐怖を見てとったカサンドラもまた、涙が込みあげてきた。

「だめだ……」父が静かにいった。

「お父さん？」

父は一歩下がった。頰に涙が伝っている。

フィービが前に出て、父を抱きしめた。

カサンドラも近づこうとしたが、フィービにとめられた。「このあとをお願いするわ、ユリアン」

カサンドラは父と姉のもとに行きたかったけれど、娘の結婚式で失態を演じたことを父がそれでなくとも恥じているのは手にとるようにわかっていた。だから、あえてウルフのそばにとどまった。

ユリアンが新郎新婦の横に来た。「最後の夜を迎えるときは、かならずさきに旅立つ相手に寄り添って、安らかに旅立てるよう力をつくすことを誓う」

「われわれは魂と魂を触れあわせ、肉体と肉体とで語りあう。ふたりが別れるのは、この世での人生をおわらせなければならないときだけだが、やがて、カトテロスでふたたび夫婦となる運命の夜がめぐってくる」

ユリアンがアトランティス語で〝天国〟を意味する単語を口にしたとき、カサンドラは頰に涙が伝うのを感じた。

ユリアンは台に近寄った。そこには、精巧なつくりの金杯が置いてあった。運命の三女神が彫刻されている杯だ。ユリアンはそれをカサンドラに差しだした。「普通だと、このなかには新郎新婦の血が混ぜて入れてあるのだが、きみたちはふたりとも生粋のアポライトではないからワインにしておいた」

ユリアンに渡された杯のワインをカサンドラは一口飲み、杯をウルフに渡した。ウルフは彼女にならってワインを飲んだ。アポライトの習慣にしたがって、ウルフはふたりが口にしたワインが混じりあうようにかがみこんでカサンドラにキスした。

ユリアンは杯を台にもどしてから、儀式の締めくくりに取りかかった。「ここにいるのは、新婦のカサンドラ。この世の唯一無二の存在。その美貌、気高さ、魅力は彼女の祖先が残した遺産であり、このさき彼女の血を受け継ぐ者へ授けられていくであろう。

「一方、われらの目の前にいる新郎ウルフの生みの親は……」ユリアンは顔をしかめて、言葉をちょっと切った。「つまり、その、彼の生みの親は、アポロンの子どもたちが地球を支配することをぜったいに許さない性悪女だ」

「ユリアン、口を慎んでちょうだい！」父に寄り添っていたフィービが、きびしく注意した。

ユリアンは妻に命令されて気色ばんだ。「おれはダークハンターを全滅させてやる、と誓いを立てているんだ。なのにそのダークハンターときみの身内をこうして結びつけるなんて、自分はほんとうに立派な男だと思うよ」

フィービはユリアンをにらんだ。その視線は、このさきすくなくとも一週間は夫婦の寝室はべつよと断固として語っていた。

もしかすると一週間以上かもしれない。

ユリアンはウルフに向かって唇をゆがめた。妻のフィービが怒ったのはこの男のせいだとユリアンが考えているのはあきらかだった。「いいさ。ほんとはもっとひどいことを考えてたけど、口にしなくてよかったよ」つぶやくようにいった。

それから大きな声で、また儀式にもどった。「新郎新婦を引き合わせたのはたがいの共通点であり、新郎新婦の人生に彩りと活気をあたえるのは、たがいの相違点である。どうかふたりの結びつきを神が祝福し、ご加護をあたえてくださいますように。そしてまた……」また言葉を切った。「子宝にはすでに恵まれたのだから、つぎの部分は省略しよう」

フィービが喉の奥で低くうなり、カサンドラもユリアンをじろっとにらんだ。

ユリアンはいまいちど、ウルフに殺気立った視線を投げた。「新郎新婦が、残りの人生を幸せに過ごせますように」

ユリアンはそれから、ふたりの手に巻きついているリボンを二重結びにした。そのリボンを一晩ずっと結んだままにしておいて、翌朝に切って土に埋めれば新郎新婦は幸せになれるといわれている。

クリスとカットが先頭になって、アパートメントにもどることになった。

カサンドラのそばに父がきて、彼女の腰に両腕を回した。「最後までつづけられなくて、すまなかった」

「いいのよ、お父さん。わかってるから」

実際、カサンドラはよくわかっていた。父に別れをいうことを考えると、彼女もまた胸が痛むのだから。

アパートメントにもどると、スカンジナビアの習慣にしたがってウルフはカサンドラを抱きあげて敷居をまたいだ。カサンドラが目を見張るなか、ウルフは片方の腕だけで彼女を抱きあげた。もう片方の手は、リボンで彼女の手とつながっていたからだ。

クリスが参加者全員に酒をふるまった。「結婚式のあと、ウルフの部族の人々はその昔、一週間も飲めや歌えやの宴会をつづけたんだ。われらが祖先、ヴァイキング万歳！」

「ひとりで宴会していろ」ウルフがいった。「おれはおまえが飲んだくれているのを、見たくない」

クリスはあきれて目をぎょろつかせると、かがみこんでカサンドラのお腹に話しかけた。「きみはそのなかにとどまっているほうがいいかもよ。生まれてきたら、ミスター神経質の王さまに楽しみをすべてうばわれてしまうからね」

ウルフは首を横にふった。「あたらしくできたお友だちの女の子がここにいないのは、おどろきだな」

「ああ、わかってるさ。いますぐ見つけて連れてくる。カイラはあたらしいプログラムを開発中でね、ぼくがテストすることになってるんだ」

ユリアンが鼻を鳴らした。「そういう言い方もできるな」

クリスの顔が真っ赤になった。「ところで、この男のことを」親指でウルフをさした。「ぼくは悪いやつだと思ってたけどね。どうしようもない男にばかり惚れるピータースの姉妹って、なにか問題あるのかな？」

「その発言、聞き捨てならないな」カサンドラとフィービの父親がいった。

ウルフは笑った。「これ以上墓穴を掘る前に、とっととカイラをさがしにいったほうがいいぞ」

「ああ、たしかにそのとおりだ」クリスは席をはずして、出ていった。

カットが後ろから近づいてきて、カサンドラの冠をはずした。「ちゃんとケースにしまっておかなきゃね」

「ありがとう」

不意に、いくぶんきまずい空気が流れた。

「お父さん？　うちにまた来ない？」フィービがきいた。

「もちろん」父はカサンドラの頰にキスをした。「披露宴は盛りあがりそうもないが、新郎新婦をふたりきりにしてあげたほうがいいからな」

フィービ夫婦と父とともに、カットも出ていった。

そしていま、カサンドラとウルフはふたりきりになった。ウルフはポケットから一粒ダイヤのすばらしい指輪を出すと、カサンドラの指にはめた。指輪そのものにはスカンジナビアの繊細な格子柄が一面にほどこされている。これほどうつくしい指輪をカサンドラは見たことがなかった。

「ありがとう、ウルフ」カサンドラはささやいた。

ウルフはうなずいた。薄明かりのなか彼女を見つめる。その瞳はやさしく輝いていた。

おれの妻。

自分にはぜったいに手に入らないだろうと思っていたもの。すくなくともこの千二百年はそう思っていた。

ハネムーンに出かけた新郎新婦は普通、ふたりの将来のことを考えるものだ。これからどういう人生を歩んでいくかについて……。

しかしウルフは、将来のことを考えたくなかった。ふたりの未来は、あまりにも暗すぎる。つらすぎる。彼女をおれの心から遠ざけておくべきだった。そうしようと毎日努力するのに、そのたびに彼女はおれの心のさらに深いところに入ってきて、いつの間にかそこに住みついてしまった。

「カサンドラ・トリュグヴァソン」彼女のあたらしい名前を、小声で呼ぶ。

「いい響きじゃない？」

ウルフはカサンドラの唇を指で触れた。彼女本人とおなじで、やわらかく繊細な唇。セクシーな唇。「幸せか？」

「ええ」それでも彼女の緑の瞳は、悲しみをたたえている。

この悲しみを永遠に消すことができればどんなにいいか。

カサンドラは爪先立ちすると、ウルフにキスをした。彼女の唇の感触に、ウルフはうめいた。うなじを手でさぐられ、髪を優美な長い指でまさぐられる感触に吐息がもれる。

体にしみこんだバラの匂いにウルフは酔い、熱くなった。「きれいだよ、おれのカサンドラ」

ウルフの低い声に、カサンドラはぞくっとした。おれのカサンドラと呼びかけられるのが、たまらなくうれしい。

ウルフはリボンで結ばれているカサンドラの手をとって、寝室に誘《いざな》った。

カサンドラは唇を嚙みしめてウルフを見た。まれにみる長身で、怖いくらい魅力的だ。彼はカサンドラをそっとベッドに横たえて、ちょっとためらった。

「手がつながっている状態で、どうやって服を脱げばいいのかな？」

「わたしのドレスはファスナーがついてるわ」

「おれのはそうじゃない」

「だったら、一晩中タキシードを着てるわけね。いやね！」

「いやね？」冗談めかしてウルフがいった。「急におれがいやになった？」

それからカサンドラの顎に手を当てて、唇を嚙んだ。彼女は甘い吐息をもらした。「ものすごくいや」息を切らしながら、からかう。

ウルフがおもむろに背中のジッパーを下ろすのを感じて、生まれたままの姿になるときめきに酔う。

「ヴァイキングの伝統どおりにいけば、おれたちは証人の立会いのもと初夜を迎えているはずだった」

あらわになった肌をあたたかい手でそっとなでられて、カサンドラは身をふるわせた。

「悪く思わないでほしいんだけど、いまはあなたがヴァイキングとして活躍していた時代じゃなくて、ほんとによかったわ」

「おれもさ。きみのこのきれいな体を見た男は、それだけで殺してやらなきゃいけない。きみに会うたびに、男たちがよからぬ妄想をいだくなんて、ぜったいに許せない」

目を閉じていまの言葉に酔っていると、ドレスを脱がされた。

ウルフはちょっと動きをとめて、大きくなりつつある腹部に口づけをした。唇がかすかに触れた瞬間、カサンドラは腹部がかすかに動くのを感じた。

「まあ、すごいわ」ハッと息をのむ。「赤ちゃんを感じた！」

ウルフは身を引いた。「なに？」

カサンドラは涙ぐみながらウルフの唇が触れた部分に手を置いて、また赤ん坊を感じることを願った。「坊やを感じたのよ」繰り返す。「たったいま」

ウルフは父親としての誇りに目を輝かせて、かがみこんでまた腹部にキスをした。むきだしの腹部に無精ひげをそっとこすりつける。

妊娠で大きくふくらんだ体を完璧な肉体の男性に愛撫されたら当惑しそうなものなのに、そうは感じなかった。彼が寄り添ってくれると、この上なく心地よかった。

ウルフはわたしのヒーローだ。命を救ってくれたからではない。こうやってそばにいてくれるのだから。涙にくれるわたしを抱きしめてくれるのだから。なぐさめてくれるのだから。

ウルフはわたしの力。わたしの勇気。

こうして一緒にいられることが、なににもましてうれしい。ひとりで死ぬのはいや。

ウルフはわたしをひとりで逝かせはしないだろう。彼はずっとわたしのそばにいてくれるはず。わたしの死を看取ることで胸が張り裂けるような思いをしても。ずっとわたしの手を握って、わたしが死んでもずっと覚えていてくれるだろう。

「わたしはお祖母さんの名前すら知らないの」

ウルフは眉をひそめた。「うん？」

「わたしはお祖母さんの名前を知らないの。それをきく前に、母が亡くなってしまったから。フィービも、きこうと思ったことすらなかったっていってたわ。お祖母さんのこともお祖父さんのことも、わたしは知らない。父方のお祖母さんとお祖父さんは、写真で見たことがあるだけ。わたしもお腹のなかの子に写真しか残せないんだって、ずっと思ってた。わたしが父の両親を写真で見ていたみたいに、この子もわたしの写真を見るのよね。画像だけの血の通っていない存在」まるっきり現実味がない」

ウルフの目がきらっと光った。「きみはこの子にとって血の通った現実的な存在になる、カサンドラ。約束するよ」

それがほんとうなら、どんなにいいだろう。

ウルフが両腕をカサンドラに回して、抱き寄せた。カサンドラはウルフにしがみついて、彼のあたたかみを求めた。悲しみと苦悩を胸の外に追いやる。

わたしにできることはなにもない。避けられない運命は、どうやっても避けられないのだから。いまはただ、この一瞬一瞬を生きていくしかない。

カサンドラはいきなり笑いだした。笑いながら、同時に泣いていた。

ウルフが身を引き、困ったような顔でカサンドラを見た。

「ごめんなさい」込みあげてくる感情をなんとか抑えようとする。「たわいもない歌が頭に浮かんだのよ『そよ風のバラード』。ほら、〝ぼくたちは喜び、楽しんだ。四季折々の太陽のもとで〟。やだわ。わたし精神的にどうかしてる」

ウルフはカサンドラの涙をぬぐって、頬にキスをした。彼のあたたかい唇に、カサンドラの頬はかっと火照った。「きみはおれが知っているどの戦士よりも力強い女性だ。おれの前でおびえている姿を何度か見せたからって、もう謝ったりしないでくれ、カサンドラ」

ウルフへの愛が込みあげて、悲しみ以上に胸に迫ってきた。「愛しているわ、ウルフ」小声でいう。「だれかをこんなに深く愛したのは、はじめてだと思う」

カサンドラの心からの言葉を耳にして、ウルフは呼吸ができなくなった。その言葉はこなごなになったガラスのように、彼の全身に突き刺さった。

「おれも愛している」真実の言葉を口にして、胸が苦しくなった。彼女を手放したくない。永遠に。

でも、彼女の死を阻止するためにできることはなにもない。

ウルフが情熱的な口づけをすると、カサンドラはあえいだ。それから彼は、熱に浮かされたように一気に彼女のドレスを脱がせた。一方カサンドラはウルフのシャツのボタンをはずしたが、シャツもジャケットもどうしても脱がせることができず、最後にウルフがその両方を引きちぎった。

その光景を見てカサンドラは笑った。しかし、火照った頑丈な体がのしかかってきてまた唇をふさがれたとたん、笑いはやんだ。

ウルフはあおむけになって下になると、彼女を自分の体に乗せた。腹部を圧迫して彼女と赤ん坊に負担をかけないように、極力気をつかっている。

彼女を自分の腰にまたがらせたウルフの目に、欲望の焔《ほむら》が燃えている。

彼女のなかに割ってはいったのと同時に、ふたりともくぐもった吐息をもらした。激しく愛しあう。おわりが近づきつつあることは、ふたりとも気づいていた。

一日が過ぎていくごとに、コントロールすることも逃げることもできない結末に着実に近づいていくことに、気づいていた。

怖ろしい結末。

熱く溶けた情熱の波とともに昇りつめたカサンドラが、高い声を上げた。ウルフは彼女を抱きよせて、同時に果てた。

ひとつに結ばれている手と手が、ふたりの頭上に投げだされていた。ウルフは彼女の指に自分の指をからませて、息をはずませながら誓った。「きみの死を食いとめるために、おれは断固戦う」

15

それからの数週間はあわただしく過ぎていき、カサンドラは息子に残す箱に必要なものをすべて詰めおえた。彼女は生まれてはじめて、安心感を得ることができた。

それは、すばらしい感覚だった。

クリスとカイラ（クリスが見つけてきた、アポライトのかわいい子ちゃん）はアパートメントでデートをしていることが多い。カイラは愉快な子で、ウルフを覚えていないふりをして彼をからかうことがよくあった。

背が高くひょろっとした彼女は、無邪気な顔できくのだ。「どこかでお会いしませんでしたか？」

そうされるとウルフはいらだつのだが、ほかのひとたちはおもしろがった。

妊娠後期に入ったカサンドラは、ダイモンが子どもをつくれないべつの理由がわかってきた。日が経つにつれ血がますます必要となってきたのだ。週に二回の輸血がいまでは毎日になり、この二週間は一日に二、三回必要になっている。

輸血の回数の増加には、不安を禁じえなかった。これはつまり、生まれてくる子は人間よりもアポライトの特質を多くもっているということだろうか？

輸血の量の増加と赤ん坊の特徴とはなにも関係がないから安心しなさい、とドクター・ラキスはいっている。でもそれはむずかしかった。カサンドラは長い夜を鬱々と過ごした。あまりにも疲れていて、動くこともできなかった。ほんの数分でもいいから体を休めて楽になりたい一心で、はやめに、ときには夜明け前にベッドに就くこともある。

ウルフが来て彼女を起こし、調子はどうかときくこともある。

「眠いのよ」カサンドラは不機嫌にいうのだった。「ほっといて」

そんなときウルフは参ったというように両手をあげてほがらかに笑い、彼女を抱きしめて一緒に丸くなる。機嫌が悪いカサンドラだったが、そんなときの彼の体の感触は心地よかった。お腹に当てられた彼の手のぬくもりが、うれしかった。

お腹のなかの赤ん坊も、ウルフの手のぬくもりを感じているようだった。じきにより活発に動くようになった。〝パパ、パパに会うのが待ちきれないよ〟と伝えようとしているみたいに。

父親の声にも反応するようになった。

そしていま、カサンドラは目を閉じて眠りの世界にもどろうとしたが、お腹のなかのちびっこギャングがファンダンゴを踊って肋骨を膝で蹴るものだから、なかなか眠れない。

そのまま一時間ほど横になっていると、腰が痛みだした。二十分もしないうちに、痛みが本格的な陣痛になってきたことに気づいた。

ぐっすりと眠っていたウルフはカサンドラに起こされた。

「産まれそう」カサンドラがあえぎながらいった。

「だいじょうぶか？」しかし彼女のいらだたしげな顔を見た瞬間、自分の愚かな質問の答えを知った。

「わかった」ウルフは寝起きのぼんやりした頭をなんとかはっきりさせようとした。「じっとしていてくれ。応援部隊を呼んでくるから」

いそいで寝室を出てカットを起こし、クリスに医師を呼んでくるように命じた。それからカサンドラのそばにいるために寝室にもどったが、彼女は起きて部屋を歩きまわっていた。

「なにをしているんだ？」

「痛みをやわらげるために行ったり来たりしてるのよ」

「そうか、でも――」

「だいじょうぶよ」カットがドアから入ってきていった。「赤ちゃんは頭から産まれないから」

ほんとうだろうかと思ったが、妊娠しているカサンドラに逆らってはならないということはすでに学んでいる。彼女はひどく張りつめて、感情的になっている。それで気がすむのであれば毒舌を吐かせてやろう。

こちらは彼女がしたいようにさせてあげるまでだ。

「なにか必要か？」とウルフ。

カサンドラはぜいぜいあえいでいる。「わたしの代わりにこの子を生んでくれるひとを、連れてきてくれるかしら」

ウルフは声をあげて笑った。が、カサンドラに殺気のこもった視線を投げかけられて、口を閉じた。

まじめな顔になって、せきばらいをする。「それができたらいいんだけどな」

医師のラキスが来るころには、ウルフはカサンドラの後ろに立って彼女の腰を抱き、陣痛の合間にすこしでもうまく呼吸ができるように力を貸していた。陣痛が起きるたびウルフの掌に収縮が伝わり、その直後にカサンドラが痛みに毒づくのが正確に予想できた。

こんな思いをしなければならないカサンドラが、かわいそうでならなかった。陣痛の痛みですでに汗だくだが、まだ本格的な出産ははじまっていないのだ。

時間がやけにゆっくりと過ぎていく。それぞれがみな力を合わせてがんばった。カサンドラはウルフに、男性全員に、とくに神々にありとあらゆる罵詈雑言《ばりぞうごん》を浴びせかけた。

ウルフは彼女の手を握り、濡れたタオルで額をぬぐってやった。一方医師は、ふたりに細かく指示をあたえた。

午後の五時過ぎに、ようやく息子が誕生した。

ウルフは医師が取りあげた生まれたての赤ん坊を見つめた。赤ん坊は肺の奥から大きな産声を上げている。健康そのものの子どものようだ。

「ようやく生まれてきた」カサンドラは涙声でいうとウルフの手を握って、自分がたったいま産んだ赤ん坊を見た。

「ああ、生まれてきた」ウルフは笑って、汗がにじんだカサンドラの額にキスした。「かわいい子だ」

医師は赤ん坊の体をふいて全身を調べてから、母親に手渡した。

わが子をはじめて抱いたカサンドラは、息がとまるような思いがした。息子は小さな拳をかため、大声を張りあげて自分の存在を主張している。顔は老人のように皺だらけだけど、それでもカサンドラの目にはハンサムに見えた。

「この髪、見て」もつれているふさふさした黒髪をなでた。「パパ似ね」

ウルフはほほえんだ。赤ん坊が小さな手で父親の人差し指を握っている。「すごい大声だ。肺活量はきみに似たようだね」

「もうっ、失礼ね！」カサンドラはむっとした。

「まじめな話」ウルフはカサンドラと目を合わせた。「きみはさっきここで、おれのことを口に出すのもはばかられる言葉で罵った。あと、今夜を乗り越えたら、おれの男性のシンボルをちょんぎってやるともいってたな。ここにいるアポライトたちが証人だ」

カサンドラは赤ん坊を抱いたまま声をあげて笑うと、ウルフにキスした。

「ところで、カサンドラ、本気でそのおつもりなら」医師が目をきらっと光らせた。「外科用メスをお貸ししますよ」

カサンドラはまた笑った。「本気になっちゃうからやめて」

ウルフはカサンドラから赤ん坊を受けとると、その大きな手で慎重に抱いた。おれの息子。喜びそのもの。ウルフのなかの恐れが消えていく。これまでの人生、このような存在に出会ったことはなかった。

信じられないくらいに小さいわが子。人生の奇跡。こんな小さな存在が、ちゃんと大きくなるのだろうか？　この子を脅かす者がいたら、殺してやる。殺すとまではいかなくとも、一生消えないような傷を体につけてやる。

「名前はどうする？」ウルフはカサンドラにきいた。この数週間、あえて彼女の決定に口をはさまずにいた。ウルフとしては、名前をどうするかは赤ん坊の母親にまかせたかったのだ。それはカサンドラが、母の記憶をいっさいもたない息子にあたえる永遠の遺産となる。

「エリック・ジェファーソン・トリュグヴァソンはどう？」

ウルフは耳を疑って、まばたきをした。「本気か？」

カサンドラはうなずいて、赤ん坊の頬をそっとつついた。

「ハイ、おチビのエリック」ウルフはそっと呼びかけた。赤ん坊を弟の名前で呼ぶと、胸が締めつけられた。「ようこそ、わが家へ」

「赤ちゃんはそろそろおっぱいを飲みたいはずよ」ドクター・ラキスがお産の片づけをおえていった。「息子さんを奥さんにちょっと返してあげて」

ウルフはいわれたとおりにした。

「母乳育児指導の看護師は必要ですか？」ドクター・ラキスがカサンドラにきいた。「アポライトは普通、粉ミルクは使わないんです。とくに複数の種族の血が入っている赤ちゃんの場合はね。その子のなかに、アポライトと人間の割合がどのくらい入っているかわからないから、その子に合う安全な調合の粉ミルクがあまりないんですよ」

「看護師さんならいいアイディアを出してくれると思うわ」とカサンドラ。「ここで失敗して、この子の成長をとめたり、突然変異体にしたりしたくないもの」

医師の顔に奇妙な表情が浮かんだ。〝あなたがたのお子さんは、突然変異体だと思ってましたけど〟と、無言で語っている表情。

それでも賢い彼女は、口をつぐんでいる。

ウルフはドクター・ラキスとともに、寝室から出た。「ありがとうございます」居間に入りながらウルフはいった。そこにはクリスとカットが控えていた。

「ほらっ！」カットがウルフを見るなりいった。「無傷のまま出てくるって、さっきもいったでしょ」

「ちぇっ」クリスは口をとがらせると、カサンドラに二十ドル札を渡した。「てっきり大事なところをちょんぎられたんだって、思ったんだけどな」

ふたりは赤ん坊を見に、われさきにと寝室へ向かった。一方ウルフは医師と話をした。

ドクター・ラキスは悲しげな笑みをうかべた。「偶然とはいえ、ふさわしい気がする」

「ふさわしいって、なにが？」

「わたしがこの世界に生まれてくるのを手伝った最後の赤ん坊が、この世界を守る運命を背負った子どもだってことです」

ウルフは顔をしかめた。「どういう意味です？　最後の赤ん坊っていうのは」

ハルマゲドンの重荷を背負っているかのように、ドクター・ラキスはため息をついた。

「木曜日が誕生日なの」

その言葉が意味することに、ウルフはぞくっとした。「二十七歳の？」

ラキスはうなずいた。「奥さんと赤ちゃんのことは、ドクター・カサスが引き継いでくれるわ。四週間後の健診は彼女がやってくれますし、なにもかも問題なく運ぶようにしておきますから」

ドクター・ラキスは玄関に向かった。

「ドクター、待ってください」

彼女はふり返った。

「なんというか――」

「お気の毒とは、いわないでください。あなたにとってわたしは、大勢のアポライトのひとりにすぎないのだから」

「いや」ウルフは本心からいった。「それはちがう。あなたはおれの妻を守って、息子を出産するのを手伝ってくれたひとだ。このご恩は忘れません」

ドクター・ラキスはおどおどした笑みを浮かべた。「息子さんの誕生、おめでとう。お父さんみたいな男性になるといいですね」

去っていく医師の背中を見ながら、ウルフは悲しみに沈んだ。この地下都市の住人とは、できるだけ距離を置くように心がけてきた。アポライトたちがじつはとても人間的であることを、気にとめたり注目したりしないようにしていた。でも、それは不可能だった。カサンドラと離れていることが不可能なのとおなじように。

ウルフの意思と常識を無視して、アポライトたちは彼の心を乗っとっていた。

このさきまたダークハンターの任務にもどることが、果たしてできるのだろうか？

アポライトたちのことをこれほどまでに知ったいま、またダイモンを殺すことができるのだろうか？

ウルフがもどってくるころには、カサンドラはぐったり疲れはてていた。彼女が休めるように、赤ん坊の面倒はカットと看護師がみていた。つぎの授乳の時間になったら、当然また起きなければならないが、ここしばらくは、カサンドラも心安らかに休息をとれそうだった。

「目を閉じて」ウルフがいった。

理由はきかずにいわれたとおりにしたカサンドラは、ウルフが彼女の首になにかをかけるのを感じた。目をあけると、複雑な模様がついたアンティークのネックレスが目に入った。あきらかにスカンジナビアのデザインだ。サイドにひし形の琥珀《こはく》が四つちりばめられている。真ん中には丸くカットした琥珀が埋めこまれ、そこから小さなヴァイキングの船が下がっている。船の帆はやはり琥珀でできている。

「きれいだわ」

「エリックと一緒におなじものをデンマークの商人から買ったんだ。ビザンティウムでね。このネックレスを見て、故郷を思いだしたんだ。エリックは妻にこれをプレゼントした。おれは妹のブリュンヒルドにプレゼントするつもりだった」

「どうしてそうしなかったの？」

「受けとろうとしなかったんだ。親父が亡くなったとき帰ってこなかったおれに、すごく腹を立てていてね。襲撃を繰り返していたおれに怒っていたんだ。兄さんの顔は二度と見たくないと言われた。だからおれは妹の前から姿を消して、ずっとこのネックレスをもっていた。カットと一緒に剣をとりに帰ったとき、金庫からもってきたんだ」

ウルフの悲しみに、カサンドラは胸を痛めた。この数カ月で、ウルフがきょうだいをどれだけ大切に思っているかはわかっていた。「つらかったわね、ウルフ」

「いいんだ。そのネックレス、きみにとても似合うよ。もともと、きみの胸元を飾るべくつくられたものだったようだ」ウルフはカサンドラの頭をなでた。「おれにはソファで眠ってほしい？」

「どういうこと？」

「さっき、ベッドにおれを二度と近寄らせないっていってたからさ」

カサンドラはふふっと笑った。「お産のときなにを口走ったのか、半分も思いだせないわ」

「問題ない。クリスがべつの部屋できみの言葉を記録していたから。後世に伝えるためにね」

カサンドラは両手で顔をおおった。「冗談よね」

「いや、本気さ」

カサンドラはウルフのやわらかい髪に手をやって、さらさらした髪を指にすべらせた。「そうね、でももう出産はおわったから、あなたのこともだいぶ大目にみてあげられるわ。だから、こっちに来て添い寝していいのよ。そうしてもらえると、わたしもうれしい」

ウルフはすぐさまカサンドラの願いをきいてやった。

カサンドラはふうっと疲れきった長い息をもらし、やがて寝息を立てはじめた。

ウルフはカサンドラの寝顔を見つめながら、彼女の体のあたたかい心地よさが、そのまま心に染みこんでいくのにまかせた。彼女の手をとって、その優美な指を見つめる。

「おれをひとりにしないでくれ、カサンドラ」小声でいう。「息子を育てるのには、きみが必要なんだ」

しかし、彼女にこの世にとどまってほしいと望むことは、魂を返してほしいとアルテミスに願うのとおなじくらい非現実的な考えなのだった。

木曜日の朝、ウルフは眠れなかった。カサンドラとエリックはふたりとも幸せそうに眠っている。しかしウルフは気分が昂ぶって休めないのだった。

起きあがって服を身につけ、アパートメントを出る。街にはアポライトの姿があまりなかったから、冷笑や憎しみのこもった視線をそれほど向けられずにすんだ。目的地に向かって歩いているあいだ、余計なおせっかいをしていることは自分でもわかっていた。しかし、自分でもとめられない。

ドクター・ラキスに一言さよならをいいたかった。この数週間カサンドラとエリックの健康を見守りつづけてくれたドクター・ラキスは、いつの間にかウルフとカサンドラの小さな応援部隊の一員になっていたのだ。

ラキスはフィービのアパートメントからそう遠くない場所に住んでいる。通してもらえるかどうかわからないまま、ラキスのアパートメントの玄関をノックする。

十歳ほどの男の子が出てきた。

「きみはタイかな?」ドクター・ラキスが長男の話をしていたのを思いだして、ウルフはきいた。

「ママはダイモンにならないよ。だからほっといてくれよ」

怒りのこもった少年の言葉に、ウルフはたじろいだ。「それは知ってるさ。ほんのちょっとでいいから、お母さんに会いたいんだ」

「ミリセントおばさん」少年はウルフを家に上げずに声を張りあげた。「ダークハンターがママに会いたがってる」

クリスほどの年齢のうつくしい女がドアの向こうから出てきた。「ご用件は?」

「ドクター・ラキスに会いたい」

「こいつ、ママを殺す気だよ！」女性の後ろにいた少年が叫んだ。

女性は少年に取りあわなかった。けわしい目つきのまま、一歩下がってウルフをなかに通した。

ほっとして息を吐いたウルフを、女性は左の部屋に案内した。ドアがひらくと、部屋には幼い子どもが五人と、ミリセントとおなじくらいの年代の女性がもうひとりいた。ドクター・ラキスはベッドに横になっていたが、ウルフは最初、彼女だとわからなかった。息子を取りあげた溌剌とした若い女性の姿はそこになく、彼女は五十歳に見えた。

ミリセントは子どもともうひとりの女性を部屋の外に追いやった。

「五分だけよ、ダークハンター。わたしたちはできるだけ長く姉さんと一緒にいたいんだから」

ウルフはうなずいた。ドクターとふたりきりになると、すぐにベッドのそばに行った。

「どうしてここへ、ウルフ？」ドクター・ラキスがいった。彼女が彼を名前で呼ぶのは、はじめてだった。

「自分でもわからない。いまいちど、お礼をいいたかった」

彼女は目に涙を一杯ためて、さかんに瞬きをしている。さらにまた十歳、老けこんだように見えた。「これはまだ序の口なのよ」小声でいった。「ほんとうに苦しいのはこのあと、肉体は崩れ去ったけれどまだ生きている状態のときなの。運がよければ体の器官がすぐに動かなくなって死ねる。そうでなければ、拷問のような苦しみが数時間もつづく」

ラキスの言葉がウルフの胸を引き裂いた。カサンドラもおなじような目にあうのだ。エリックを産んだときよりもさらに激しい痛みに見舞われるのだ。「ほんとうに、つらい話です」

ドクター・ラキスはウルフに同情を示さなかった。「ひとつ質問していいかしら？」

「なんなりと」

ラキスは煮えたぎる鉄のような熱い視線を、ウルフの目にじっと注いだ。「あなたはわかっているの？」

ウルフはうなずいた。アポライトがどういう試練を受けるかは知っているし、なぜダイモンがひとの魂をうばうようになったかもわかっている。アポライトとダイモンのことは、だれも責められない。

ラキスは両手を伸ばして、ウルフの手に触れた。「あなたの息子は、こういう目にあわないですむことを祈っているわ。ほんとうに心から祈ってる。あの子のためにも、あなたのためにも。こんな死に方はだれもしてはならないのよ。だれもね」ウルフはドクターの手を見た。いまや皺と老人斑が目立っている。ほんの数時間前は、ウルフとおなじくらいなめらかだった手。

「おれになにかできることは？」ウルフがきいた。

「家族を大事にしてちょうだい。カサンドラをひとりで逝かせてはだめよ。たったひとりでこれを耐えることほど、苦しいものはないから」

ドクターの家族が部屋にもどってきた。

ウルフは立ちあがって、部外者の自分は去ることにした。ドアの手前で、ドクター・ラキスに呼びとめられた。

「知りたいかもしれないから教えてあげるわ、ウルフ。わたしの名前はマイアというの」

「よい旅を、マイア」ウルフはいった。込みあげてくる感情をこらえているせいで、声が低かった。「来世では、神の御加護がもっとあることを祈ってます」

ウルフが最後に見たのは、ラキスにすがって泣く子どもの姿だった。

ウルフは自分のアパートメントへもどった。家に着いたころには、怒りが鬱積していた。寝室に入っていくと、カサンドラがエリックと並んで眠っていた。

ふたりの姿はとてもうつくしかった。カサンドラはまだ若い。このさきまだ人生がたっぷりあってしかるべきだ。赤ん坊をかかえているのだから。母のことを知る必要のある赤ん坊を。

なによりも、ウルフ本人が彼女を必要としている。

こんな形でおわらせるわけにはいかない。ぜったいに。

このまま手をこまねいているわけにはいかない。

ウルフは携帯電話を手にしてリビングに向かい、アケロンに電話をした。

おどろいたことに、最初のコールでアケロンは出た。

「もどってきたのか？」とウルフ。

「どうやらそのようだな」

アケロンのいつもの曖昧な物言いを無視して、すぐに目下の問題について切りだす。「あんたが留守にしていたあいだ、なにが起こったか知ってるか？」

「知ってる」アケロンが思いやりのこもった口調でいった。「結婚と息子のエリックの誕生、おめでとう」

息子の話題が出てウルフはハッとした。結婚と息子誕生の両方をどうやって知ったのかは、あえて尋ねなかった。きいたところでこたえてくれないだろうし、アケロンに得体の知れないところがあることは、だれもが知っている。

「ところで、質問があるんだが……」カサンドラと自分がともに生きていく望みはあるかどうかききたかったが、言葉がつづかなくなった。

「その答えを聞く準備が、おまえにはまだできていない」

ウルフは怒りを爆発させた。「ずいぶんな言い方だな、アッシュ。どういう意味だ。準備ができていないっていうのは」

「いいから聞け、ウルフ」むずかる子どもを相手にする親のように、忍耐強く言葉を継いだ。「よく聞くんだ。もっとも欲しいものを手に入れるために、自分が信じているものをすべて手放さなくてはいけないときもある。おまえはまだそうする心の準備ができていない」

受話器を握るウルフの手に力がこもった。「なんの話なのか、まったくわからない。素朴な質問にどうしてこたえられないんだ？」

「素朴な質問をされたら、素朴な答えを返しただろう。だが、おまえの今回の質問はあまりにも複雑だ。おまえはアルテミスがおまえに望むとおりのことをした。自分の血統とアルテミスの兄の血統が途絶えないようにしたんだ」

「で、どうしてあんたは、そのことについて憂鬱そうな声を出しているんだ？」

「だれかがもてあそばれたり、利用されたりしているのを見るのはつらい。おまえがいま苦しんでいることは、よくわかる。怒っていることもな。それももっともだろうと、私も思う。いまおまえの胸のなかで入り乱れている様々な激しい感情は、いだいて当然なものだ。でも、それで話はおわらない。おまえの心の準備ができたら、質問の答えを教えてやろう」

ろくでなしのアケロンは、そこで電話を切った。

ウルフはその場に立ちつくした。さらにいっそう裏切られた気分になっていた。アケロンを痛めつけてやりたい。いや、一番痛めつけてやりたいのはアルテミスとアポロンだ。他人を虫けらのようにもてあそぶあの連中が、信じられなかった。

寝室のドアがひらき、カサンドラが姿を現わした。心配しているのか、額に皺が寄っている。

「ハイ」やつれた顔でいった。

「休んでなきゃだめじゃないか」

「あなたもよ。目が覚めたらあなたがいなくなっていたから心配になって。だいじょうぶ？」

どういうわけか、カサンドラがそばにいてくれると、なにがあってもだいじょうぶという気にいつだってなれる。だからこそ、いまは彼女と一緒にいるのがとてもつらかった。

目の前でどんどん歳をとっていくカサンドラの手を握っている情景を、想像してみる。彼女が崩れ去って塵となる光景を……。

身を切られるような耐えがたい苦痛を感じる。それを表情に出さないようにするのが精一杯だった。オリュンポスの神殿を揺るがすほどの怒号を発しないようにするのが、精一杯だった。

彼女が欲しかった。彼女のなかに身を沈めたいと思うあまり、ほとんどなにも考えることができない。

しかしそれは性急すぎる。息子を出産した直後で、カサンドラはまだ体が癒えていない。彼女の体にどれだけ慰めてもらいたくても、ウルフはそんな自分勝手なことを求める男ではなかった。

カサンドラはウルフにいきなり抱きあげられ、後ろの壁に押しつけられた。彼は唇を重ねてキスをしてきた。このさきキスをするチャンスが二度とないかのような激しさだった。

カサンドラはあえぎながら、古代の戦士の香りをかいだ。腰に回されたウルフの腕の感触が、現実に迫っている避けられない運命を忘れさせてくれるのにまかせた。

彼が欲しがっていることはわかっていた。彼本人は認めないだろうけれど。カサンドラもウルフが欲しかった。このひとはとても強いから、自分の弱さをぜったいに認めない。おびえている気持ちを口に出していうことが、ぜったいにない。でも、内心ではおびえているはず。

息子が人間とアポライトのどちらの特性を強く受け継いでいるかは、いまの時点ではわからない。予備検査で結果は出なかった。父と母のどっちの遺伝子が優勢かを調べる検査をふたたびするには、三カ月待たなければならない。

それでどういう結果が出ても、エリックに必要な処置をほどこすのはひとり残されたウルフだけ。

ウルフはわたしを失う。

カサンドラはウルフの手をとって、一緒に寝室にもどった。彼をベッドにすわらせて、上半身を後ろにそらすようにうながす。

「なにをするつもりだ？」とウルフ。

カサンドラはウルフのズボンのジッパーを下ろした。「数十世紀たっても、あなたは自分を誘惑している女を一目で見抜けるみたいね」

カサンドラの両手のなかに、ウルフの男性自身が弾けでてきた。ペニスをさきまですっとなでる。すでにかたくなっている、液が出ている。先端にさわって、指先に液体をからませた。

ウルフは息を殺してカサンドラをながめていた。それから両手で彼女の頬をつつむと、彼女はかがみこみ、口でウルフをやさしくくじらした。

息を弾ませてカサンドラを見つめる。彼女は根元から先端までなめて、片手で睾丸をもてあそんでいる。自分をよく知っている女性に愛してもらうことほど、うれしいものはない。さわってもらって、やさしく愛撫されるのが好きなことをよく知ってくれている女性に愛してもらうのは、たまらなくよかった。

ちゃんと覚えていてくれる女性に。

ここ数世紀のあいだ、ウルフの体をさわったのは初対面の女ばかりだった。だれもこんな風にはしてくれなかった。ウルフの心のなかの冷え冷えとした部分をあたため、そのことで彼を弱気にした女はひとりもいなかった。

そういうことをしてくれたのはカサンドラだけ。

やさしく吸ってなめるうちに、ウルフの体がリラックスしてきたのをカサンドラは感じた。

じきにウルフは、雄たけびを発して昇りつめた。

精を放って完璧に満たされたウルフは、目を閉じてあえぎながらベッドにあおむけになった。その一方で、カサンドラは彼にまたがって、胸に体を重ねた。ウルフに抱きしめられたカサンドラは、彼の心臓の音を聞いた。

「ありがとう」ウルフが静かにいって、カサンドラの髪をなでた。

「どういたしまして。すこしは気分が楽になった？」

「いや」

「そっか、がんばったんだけど」

ウルフがいくぶん困ったように笑った。「きみのせいじゃないさ。実際、きみが悪いんじゃない」

すると突然エリックが目を覚まして、泣きだした。ウルフはズボンをあげ、カサンドラは赤ん坊を抱きあげてあやした。

ウルフが見守るなか、カサンドラはシャツをたくしあげて赤ん坊に乳を飲ませた。ウルフは畏敬の念に打たれてその光景に見入った。みずからの種を栄えさせようとする野生のオスとしての部分を、あますところなく感動させる光景だった。ここに、おれの妻と息子がいる。生き物の営みの根源的な姿がそこにあった。守り守られる共存があった。妻と息子を脅かす不届き者はだれであれ生かしてはおくまいと、ウルフは心に誓った。

ベッドにすわりなおして、授乳するカサンドラを抱きしめる。

「今朝からわたしの母乳を冷凍することにしたわ」

「どうして？」

「エリックのために。おそらく六カ月までは母乳が必要になるだろう、ってドクター・ラキスがいったの。子どもが乳離れする前に死ぬ女性がとても多いから、アポライトの世界では母乳の保存技術が発展しているわ」

「そんなことするな」ウルフはカサンドラのこめかみに口づけをしながらささやいた。彼女の死を思うと、耐えられない気分になった。「その……そのことについてはずっと考えていた。ありとあらゆることを」

「で？」

「ダイモンになってほしい」

カサンドラは身を離すと、ぎょっとしてウルフを見た。「ウルフ。本気なの？」

「ああ。完璧に理にかなった話だ。きみがダイモンになれば――」

「それはできない」カサンドラはウルフをさえぎった。

「いや、できるはずだ。そんなにむずかしいことじゃない。きみはただ――」

「なんの罪もないひとを殺すわけでしょ？」カサンドラは恐怖に青ざめた。「そんなことできない」

「フィービはだれも殺していない」

「でも姉さんは、殺しをしている者から栄養を補給しているのよ。そのひとの血を吸ってるの。悪気はないけど、ぞっとする！　それに、細かいことだけれど、わたしにはもはや血を吸うための牙はないし、あったとしてもユリアンの首に牙を突きたてるのだけはごめんよ。たとえ首尾よくダイモンになれたとしても、だれかを狩りにエリシアの外に一歩出たら、あなたのお仲間のダークハンターに追われる身になるってことを忘れちゃならないわ」

「いや、ダークハンターに追われることはない」ウルフが断固としていった。「おれがそうはさせない。きみのことはおれがかならず守るから、カサンドラ。嘘じゃない。きみはおれと一緒に地下室に住めばいい。そのことはだれにも知らせる必要はない」

カサンドラの表情がやわらいだ。そして、あたたかくやわらかい手をウルフの頬に置いた。

「でもわたしは知ってるわ、ウルフ。エリックだって。クリスも……」

「お願いだ、カサンドラ……」ウルフは懇願した。ドクター・ラキスの変わり果てた姿がまぶたに浮かぶ。いきなり歳をとった姿。顔に浮かんでいた苦悩。「きみを死なせたくない。とりわけ、いまみたいなときには――」

「わたしも死にたくない」カサンドラがウルフの言葉をさえぎった。「これはほんとうよ、信じて」

「だったらおれのために戦ってくれ。エリックのためにも戦ってくれ」

カサンドラはたじろいだ。「それはあまりフェアじゃないわ。あなたがわたしを死なせたくないと思うのとおなじくらい、わたしだって死にたくない。でも、あなたはわたしに不可能なことを望んでいる。あなたがいま望んでいることは、あなたのこれまでの信念やダークハンターとしての大義に反することなのよ。わたしがダイモンになったら、あなたはダイモンのわたしを憎むはずよ」

「きみを憎むことは、ぜったいにありえない」

カサンドラは信じられないというように、首を横にふった。「妻を憎むことはぜったいにありえないって新婚当初は思っていた男性が、離婚裁判所にはあふれかえっているわ。いまから一年後、罪のないひとたちの命をうばったわたしにたいして、あなたはどういう感情をもつかしら？」

そのことについて、ウルフは考えたくなかった。いまはただ、カサンドラと息子をふくめた自分の家族のことだけを考えたい。今回くらいは、自分勝手にふるまいたかった。千二百年あまり、人類をずっと守ってきたのだから。

せめて一年だけでいい、幸せな時が欲しい。これまでずっと人類のために働いてきたのだから、このていどのことを望んでもばちはあたらないように思う。

「おれのために、とりあえず考えてみてほしい」静かに頼んだものの、彼女の言い分のほうが正しいことはわかっていた。

〝願望を口にするときは、くれぐれも慎重にな。現実になってしまうこともあるから〟タロンの言葉が脳裏をよぎる。

「わかったわ」カサンドラは小声でこたえたが、そういいながらも、ダイモンになるのは無理だとわかっていた。

そのとき電話が鳴って、ふたりともびくっとした。

ディスプレイに相手のＩＤも電話番号も表示されないからアケロンだろうと思いつつ、ウルフは携帯をベルトからはずして応答した。

「やあ、ヴァイキング」

記憶にあまりにも鮮明に残っているギリシア訛りを耳にして、ウルフは血の凍るような思いがした。「ストライカー？」

「そうだ。たいへんよくできました。さすがだな」

「どうやっておれの電話番号を知った？」

ユリアンが裏切ってストライカーに力を貸したのであれば、ユリアンの心臓をえぐりとってストライカーにくれてやる。

「なるほど、おもしろい質問だな。あんたもなかなかどうして大したもんだ。このめっぽう楽しい追いかけっこで、おれは街じゅうを駆けずりまわるはめになったよ。でもな、おれにもちゃんとした情報提供者がいる。幸運なことに、そのひとりがおまえがいまいる街にいるんだ」

「だれだ？」ウルフはきいた。

ストライカーはチッと舌うちした。「あれこれ考えると、気がへんになりそうだろ？　スパイはだれなのか、おれの狙いはなんなのか、おれがいま人質にとっている人間を殺す気でいるのか、とかね」いったん言葉を切って、うれしそうに鼻を鳴らした。「まあ、あんたには慈悲をかけてやろう。利口なあんたのこと、おれがなにを追い求めているかはわかっているはずだ」

「おまえにカサンドラは渡さない。おまえがだれを人質にとっていようが、こっちの知ったことではない」

「いやいや、おれが求めているのは、もはやカサンドラじゃないんだよ、ヴァイキング。頭をはたらかせろ。どっちみち、彼女はあと数週間の命なんだから、死んだも同然。おれが欲しいのは、あんたの息子だ。いまはあんたの息子が欲しい」

「ふざけるな！」

ストライカーはまた舌打ちした。「それがあんたの最後の答えか？　おれがいまだれの魂をむさぼろうとしているか、知りたくないのか」

息子とカサンドラのことを守るのに必死で、それ以外の者のことは考えられない。実際、どうでもよかった。ウルフにとって息子とカサンドラ以上に大切な存在は、この世になかった。しかし、やはりだれを人質にとっているのか気になった。「だれだ？」

数秒間の沈黙がつづき、ウルフは息を殺した。ストライカーが人質にとっているのは、カサンドラでも、エリックでも、クリスでもないはずだ。だとしたら、ほかにだれがいる？

その答えを知ったとき、血が凍りついた。

「ウルフ？」

カサンドラの父の声が聞こえてきた。

16

ウルフは電話を切った。心が千々に乱れている。青ざめているカサンドラに目をやる。

「あの男はなんて?」

嘘をつこうかとも思ったが、できなかった。彼女とは、嘘をついてごまかすような浅い関係ではない。これまで彼女にはかくしごとをいっさいしたことがなかった。だから、いまさらそういうことをする気はない。なにが起こっているか知る権利がカサンドラにはあるのだから。

「エリックと引き換えにきみのお父さんを解放する、とストライカーがいってきた。拒んだら、お父さんを殺すと」

エリックを渡してもお父さんの命はないだろう、とはいわなかった。ウルフの知っているストライカーは、そういう男だ。ウルフの予想は、まずまちがいなく当たっているはずだった。

カサンドラは手で口をおおった。大きく見ひらかれた目に、恐怖が満ちている。「どうすればいいの。お父さんを見殺しにはできないし、赤ちゃんを引きわたすこともぜったいにできない」

ウルフは立ちあがって、カサンドラをこれ以上動揺させないように、おだやかな声で会話をするようにした。彼女は自分とエリックの健康をなによりも気づかわなければならないのだ。あとのことはすべておれがなんとかする。「ここを乗りきる方法がひとつだけある。ストライカーを殺すんだ」

カサンドラは疑わしそうな顔をしている。「それはもう、何度も試したわ。覚えてるでしょう？　でも、うまくいかなかった。ストライカーとその手下たちが、あなたとウェアハンターとコービンをこてんぱんにしていたのをわたしも覚えているわ」

「たしかにそうだ。でも、われわれヴァイキングの伝統で、奇襲攻撃をしかけて敵を混乱させるのはお手のものなんだ。おれが攻撃をしかけるとは、ストライカーもよもや思っていないだろう」

「いいえ、そんなことはない。あの男は賢いわ。自分の敵のことはよくわかってるはずよ」

「だったら、きみはおれにどうしてもらいたいんだ？」ウルフはいらだってきいた。「エリックを差しだして、どうぞ召し上がれ《ボナペティ》とでもいえばいいのか」

「まさか！」

「だったら、べつの解決策を教えてくれ」

カサンドラは必死になって頭をはたらかせた。でも、やっぱり彼のいうとおりだ。ストライカーを殺す以外に方法はない。

ユリアンに相談できればいいのだが、あいにく数日前から行方をくらましていて、どこにいるかは妻のフィービでさえもわからない。

「いつ、どこでストライカーと会うことにしたの?」カサンドラはきいた。

「〈インフェルノ〉に今夜だ」

「それまでには、対策を思いつくわよね」

ウルフもそれを願った。もうひとつの選択は、とうてい受けいれがたいものなのだから。


「ぼくも一緒に行って、戦うよ」

ウルフとカットは、まじまじとクリスを見た。クリスは気でもおかしくなったのだろうか?

「おまえがなんの役に立つっていうんだ、クリス?」ウルフがきいた。「おまえをテニスの球みたいに、連中に投げつけるとか?」

クリスは気分を害して気色ばんだ。「ぼくは赤ん坊じゃない。戦いの方法は自然と身についてるさ。あんたを相手にボクシングのスパーリングをずっとしてきたんだから」

「ああ。でも、おまえに本気でパンチを見舞ったことはない」

クリスはさらにいっそう、むっとした。

カットが彼の腕をやさしくたたいた。「心配しないで、クリス。ソニーのプレイステーションが世界を全滅させると脅しをかけてきたら、あなたにすぐ助けを求めるから」

クリスはうんざりしたように鼻を鳴らした。「やなこった」

ウルフは深いため息をもらして、剣を身につけた。「カサンドラとエリックを守るのがおまえの仕事だ。ここにいてくれ」

「はいはい。どうせぼくは一生、役立たずですよ」

ウルフはクリスの襟首をつかんで、そばに引き寄せた。「おまえを役立たずと思ったことなど、おれはいちどもない。そんなセリフはもう二度と口にするな。わかったか?」

「わかったよ」クリスは怒りをしずめて、襟首を強くつかんでいるウルフの手から逃れようとした。「あたらしい跡取りができても、ぼくの子づくり能力はまるっきりだめになったわけじゃないみたいだからね」

ウルフはクリスの頭をなでて髪をくしゃくしゃにすると、カットのほうを向いた。「用意はいいか?」

「ええ。連中はわたしを見たらすぐに逃げだすわ」

「よろしい。連中を大いに刺激してくれ。あんたを退治することに一生懸命になれば、おれをめった切りにすることに集中できなくなるからな」

「いい作戦ね」

玄関に向かおうとしたウルフを、カサンドラがとめた。彼女はウルフを自分のほうに引き寄せ、強く抱きしめた。「ぜったいに帰ってきてね、ウルフ」

「もちろんそのつもりだ。神のおぼしめしがあればね」

カサンドラはウルフにキスして、身を離した。

ウルフは最後にもういちどふり返って、妻とわが子を見た。赤ん坊は今夜なにが起こるかなにも知らずに、床の上で眠っている。すべてがストライカーの思いどおりになったら、エリックは死んで世界は終末を迎える。でも当のエリックはそんなことはなにも知らない。

おれもなにも知らなかったらどんなによかったか、とウルフは思った。

でも、知らずにすますわけにはいかない。おれにはやるべきことがある。これに失敗したら失うものはあまりにも大きい。

心の奥底では、おなじ質問が何度も繰り返されている——ストライカーはどうやってカサンドラの父の情報を得たのか？

ユリアンがおれたちを裏切った？　まさかそうなのか？

まったくの偶然だと思いたかった。でも、その一方で、ユリアンが寝返ってストライカーに協力したのではないかとどうしても疑ってしまう。ストライカーはユリアンの父親なのだから……。

アパートメントを出たウルフとカットは、アパートの建物の正面玄関でフィービに会った。彼女はネックレスをかかげて、ウルフの首にかけた。「このエリシアにもどってきたとき、これがあれば門がひらくわ。ユリアンと連絡がとれないのが、心配でしょうがないの。彼がわたしたちを助けていることを、連中がかぎつけてないことを祈るばかりだわ」

「彼はだいじょうぶ」カットがなだめた。「わたしのいうことを信じて。ユリアンはたいした役者よ。これまでは完全にだまされて、悪人だと思ってたけど。じつはそうではなかったのよね。ストライカーは彼の演技にだまされつづけているはずよ」

カットの言葉にフィービはむっとしたようだった。

「いまのは冗談よ、フィービ」カットは言葉を継いだ。「元気を出してちょうだい」

フィービは首を横にふった。「ひとの命がかかっていることなのに、よくもそう平然としていられるわね」

「あなたたちとちがって、わたしは夜の闇をどうにかこうにか生きぬけるからね。地球が破壊されたり、連中にばらばらに切断されたりしないかぎり、わたしはだいじょうぶ。わたしが心配しているのは、あなたたちのことだけよ」

「だったらおれの近くに寄ってくれ」ウルフが冗談半分にいった。「テフロン加工した、頑丈な甲冑《かっちゅう》が必要だからな」

カットは出口のほうへウルフをこづいた。「はいはい。わたしの後ろには、図体の大きいヴァイキングのディフェンダーがいて、いざというとき助けてくれるわけね。ちょっと目を離した隙に、逃げちゃうかもしれないけど」

ウルフが先頭に立って、地下都市から地上に出た。ここに来るときに乗ってきた車はすでに近くの洞窟に移動させてある。洞窟には、アポライトがダイモンとなって人間界に行く必要が出たときにそなえて、様々な車が置いてあった。

うんざりするような話だが、ウルフも今回ばかりは地下都市の人々のダイモンたちへの

〝心づかい〟をありがたく思った。

春の到来とともに雪解けがはじまっていて、地面もここに来たときのように凍っていなかった。

目的地にもっともはやく到着できそうな車を自由に選べるように、シャヌスはあらかじめ数本の鍵をウルフに渡してくれていた。ウルフはネイビーブルーのマーキュリー・マウンテニアを選んだ。

カットがさきに乗りこんだ。ウルフはいま来た道をふり返り、いまいちど残してきた家族を思った。

「きっとうまくいくわ、ウルフ」

「ああ」小声でこたえた。うまくいくに決まっている。なにがなんでもそうするつもりだった。

ウルフは運転席に乗り、街に向かった。最初に寄るのは自宅だ。いや、ダメージを受けて廃墟となったかつての自宅というべきかもしれない。ともかく今回の戦いにそなえて、重装備したかった。

ゆうに一時間以上かかってようやく屋敷に着いた。ウルフは私道に車を駐めて、とまどった。戦闘のあとがすっかり消えている。車庫も窓もすべて傷ひとつなかった。

正門すらちゃんとある。

「ストライカーが修理したんだろうか？」ウルフはカットにいった。

彼女はいきなり笑いだした。「あの男にかぎって、それはありえないわよ。ぜったいに。自分が壊したものを修理するようなタイプじゃないもの。どういうことだか、見当もつかないわね。スクワイヤー議会がやってくれたのかもしれないわよ」

「いや。この事件そのものも知らないはずだ」

正門の錠に鍵を差しこみ、最悪の事態を覚悟しながら車をゆっくりと運転して屋敷へ向かう。

もうすぐ玄関というところで、ウルフは車をストップさせた。

家の横で人影が動くのを、目がとらえたのだ。

湖から立ちのぼる霧があたりに渦巻いている。ウルフは光によって視力が弱まらないように車のライトを消し、シートの下に置いてある格納式の剣に手を伸ばした。

とても背が高い黒ずくめの格好の男が三人、おれたちにはいくらでも時間があるといわんばかりに、偉そうな態度でゆっくりと近づいてきた。パワーと力強さを団結させた三人で、全身から闘志をにじませている。

全員ブロンドだった。

「ここにいてくれ」カットに命じ、一戦交える心づもりで車から降りる。

霧につつまれながら、三人がさらに近づいてくる。

なかのひとりは身長百九十センチほどで、ズボンとセーターにウールのコートといった出で立ち。コートが後ろにまくれて、鞘におさまった古代の刀が見えている。ギリシアのデザインのものだ。真ん中の男はそれより五センチほど背が高い。その男もまたウールのズボンにセーターという姿で、黒いレザーのロングコートをまとっている。

残りのひとりは髪が短くて、ほかのふたりより肌がいくぶん黒い。バイク乗りのように全身レザーで決めていて、左のこめかみから結った髪を二本垂らしている。

つぎの瞬間、ウルフはその男が何者か思いだした。

「タロンなのか？」

バイク乗りの男がにっこりした。「そんな風に剣をかまえているから、こっちのことを忘れてしまったんじゃないかと思ったぞ、ヴァイキング」

ウルフが声を上げて笑うと、古い友人のタロンは近づいてきた。顔を合わすのは実に一世紀以上ぶりだった。ウルフは嬉々として、ケルト人と握手を交わした。

それから真ん中の男に目を向けて、彼のことも思いだした。百年以上前、マルディ・グラの季節にニューオーリンズにわずかなあいだ滞在したときに知りあった男だ。

「キリアン？」とウルフ。古代トラキア王国の将軍だったキリアンは、最後に会ったときとかなりちがった感じになっていた。

あのころのキリアンは髪を短く刈りこみ、ひげを伸ばしていた。いまの髪は肩までの長さで、ひげはきれいに剃っている。

「また会えてうれしいよ」キリアンは握手をした。「で、こちらは友人のマケドニアのジュリアン」

ジュリアンという人物のことを、ウルフは噂でしか知らなかった。戦と戦闘についてのすべての知識をキリアンに授けたのが、ジュリアンとのことだった。「はじめまして。で、三人そろってここでなにをしてるんだ」

「おまえの援軍だ」

声が聞こえたほうに顔を向けると、アケロン・パルテノパイオスが彼らの話に加わっていた。ダークハンターたちがこうして顔を合わせていることもおどろきだが、アケロンが赤ん坊を後ろ向きにしてスリングで胸に抱いている光景にもびっくりさせられた。

ウルフは目を白黒させた。「キリアン？　あんたの子か？」

「まさか、ちがうさ」とキリアン。「マリッサをここに連れてくるなんて、とんでもない。そんなことを考えただけで、アマンダにあそこをちょん切られて殺されてしまう」それからアケロンのほうへ首をかしげた。「アケロンの子だ」

ウルフは眉をひそめた。「ルーシー」『アイ・ラブ・ルーシー』のルーシーの夫の声を真似ていう。「どういうことか説明してくれ」

アケロンはうめいた。「ストライカーはばかじゃない。赤ん坊の人形を連れて行くというアイディアは、それなりに名案だがうまくいかないだろう。人間ではなくて人形だということを、匂いで見破られてしまう」彼はスリングを動かして、ウルフに赤ん坊の顔が見えるようにした。黒髪の小さな赤ん坊だった。「だからほんものの赤ん坊をもってきた」

「けがをしたらどうするつもりだ」

赤ん坊がくしゃみをした。

つぎの瞬間、赤ん坊の鼻の穴から火が噴きでてきて、ウルフの脚を焼き焦がしそうになった。ぎょっとして飛びすさる。

「ごめんね」赤ん坊が抑揚のない口調でいった。「もうすこしでダークハンターのバーベキューをつくってしまうとこだった。でもバーベキューをつくってもがっかりしてたでしょうね。いま、バーベキューソースのもちあわせがないから」赤ん坊は後ろにそりかえって、アケロンを見上げた。「ダークハンターの丸焼きって味がしなくておいしくないんだよね。そのままじゃ、とてもじゃないけど食べ――」

「シュミ」アケロンが小声で注意して、赤ん坊をさえぎった。

赤ん坊はまたアケロンを見上げた。「うわっ。忘れてた、アクリ。ごめん。バブ、バブ」

ウルフは額をもんだ。「なんだこれは？」

「その男から聞いてるだろ。シュミはそいつの赤ん坊……デーモンなんだ」

強いギリシア訛りの禍々しい低い声がして、五人はいっせいに声が聞こえたほうへ顔を向けた。暗がりからひとりの男が姿を現わした。アケロンとおなじくらいの長身で、黒髪と明るい青い瞳の持ち主だった。

アケロンは眉をひそめた。「ようやく来たな。ゼット。参加してくれてうれしいよ」

ザレクは鼻を鳴らした。「しょうがないだろう。これくらいしかやることがないんだから。大暴れするのもいいかなと思ったのさ。連中に個人的な恨みがあるわけじゃないがね。ただ、血に飢えているだけだ」

「あんたがザレクだな」アラスカのフェアバンクスに島流しされていた、悪名高き元ダークハンターにウルフは目をやった。

ひねくれ者の雰囲気を毛孔《けあな》という毛孔から発しているが、つねにゆがんでいる口元を見てもあつかいづらい男だとすぐにわかる。さすがのビリー・アイドルもエルヴィスも、この男にはかなわない。

「そうだ」ザレクはこたえると、ひとをこばかにしたような笑い声をさらに上げた。「それにしても凍えそうだ。おれの居場所のビーチにはやく帰れるように、どっかの間抜けを片付けてさっさとこの内輪のパーティをおわらせてしまおうぜ」

「ここがそんなにいやなのなら」とタロン。「どうして来ることを承諾したんだ?」

タロンに向かって中指を立てるふりをちょっとすると、ザレクは眉毛を中指でかいた。指には、長くて鋭い金属製の鉤爪がついている。「友だちをつくれとアストリッドがいうんだ。その理由はわからない。女って妙なことを考えるもんだな。おれを社交的にしようとしているんだ」

アケロンがめずらしく、ぷっと吹きだして笑った。

ザレクがやはりおもしろがっているような訳知り顔で、アケロンをちらっと見た。「あんたには笑われたくないね、偉大なるアケロン。おれをここに呼び寄せたのは、そもそもあんたなんだぜ」それからザレクは、ひどく意外な行動に出た。かがみこんで赤ん坊の顎をなでたのだ。「元気にしてたか、かわいいシュミ？」

赤ん坊はスリングのなかで、うれしそうに飛びはねた。「あたしに凍った豆をもってきてくれた？　あんたと一緒にアラスカにいたときが、なつかしいな。すごく楽しかったもの」

「いまは食事をしている場合じゃないんだ、シュミ」アケロンがこたえた。

赤ん坊は舌を出して、ブーとうなった。「だったらダイモンどもを食べていい？」

「つかまえられたらな」アケロンは約束した。この男は自分がかかわっていないダイモンのことを知っているのだろうか、とウルフはいぶかった。

「それはどういう意味だ？」ザレクがきいた。「また、曖昧な物言いだな」

アケロンはいたずらっ子のような目をして、ザレクを見た。「私はいつでもそうだ」

ザレクはうんざりしたように鼻を鳴らした。「おれとしては、ここにいるみんなで一致団結して、あんたをたたきのめしてやるべきだと思うよ。あんたが腹のなかのかくしごとをすべて吐露するまでね」

キリアンがなにやら考えこんで、顎をかいた。「それもいいかも――」

「もうやめろ」アケロンが吐き捨てるようにいった。それからウルフのほうへ向きなおった。「武器をもってこい。約束の時間があるんだから」

ウルフはアケロンの横で立ちどまった。「応援に来てくれたこと、恩に着る」

アケロンはウルフにかすかにうなずくと、胸に抱いた赤ん坊をあやしながら後ろに下がった。

ウルフはカットを待たせている車にもどったが、彼女は姿を消していた。「カット？」名前を呼ぶ。「どこなんだ、カット？」

「どうかしたのか？」タロンの声がして、全員が車のそばに来た。

「おれと一緒にいた女を見なかったか？」

全員が首を横にふった。

「どういう女だ？」とタロン。

ウルフは眉をひそめた。「身長が百九十センチをちょっと上回るほどで、ブロンドだ。いきなり消えるなんてことはありえ――」言葉を切って、しばし考えこんだ。「そうじゃないか。彼女はいきなり姿を消すことができる数すくない連中のひとりだ」

「あんたの妻なのか？」キリアンがきいた。

「いや、アルテミスの侍女で、おれたちにずっと力を貸してくれている」

アケロンはけわしい顔をした。「アルテミスは自分よりも背が高い女をコリにはしない。これはほんとうだ。あの女神はほかの女に見おろされることに、我慢がならないんだ」

ウルフは恐怖が込みあげてくるのを感じながら、アケロンを見た。「あんたの言い分がまちがっているといいんだが。もしまちがってないとすれば、カットがアルテミスに仕えているというのは嘘で、ずっとストライカーと共謀《ぐる》だったということになる。そして、あんたたちが予告なく援軍として駆けつけたことを、ストライカーに報告しに消えた可能性が高い」

アケロンは聞き耳を立てるかのように、首をかすかにかしげた。「その女の気配は感じないな。もともと存在しないみたいに」

「どういうことだ？」キリアンがいった。

アケロンは彼の股間をさかんに蹴っている赤ん坊を抱きあげ、腰のほうへ移動させた。赤ん坊は彼の三つ編みをいじって、やがてしゃぶりだした。

ウルフは眉間に皺を寄せた。彼に分別がなければ、この赤ん坊は牙が生えていると口に出していってただろう。

「どう考えていいものか、私もわからない」アケロンはこたえると、三つ編みを引っ張って赤ん坊から取りあげた。「カットはアポライトもしくはダイモンの特徴をもっている」

「でも、昼間でも外を歩ける」ウルフがいいたした。

ザレクが語気荒くいった。「日中の殺し屋《デイスレイヤー》がまた野放しになっている、なんていうなよ」

「それはない」アケロンがきっぱりいった。「アルテミスはいまのところデイスレイヤーをつくっていないから、わかるんだ。このさきもつくらないだろう。すくなくともいましばらくは」

「デイスレイヤーというのは？」タロンがきいた。

「知らないほうがいいような男だ」ジュリアンがこたえた。

「そうだな」ザレクがうなずいた。「まったくもってそのとおり」

「よし、わかった」ウルフはいうと、自分の家に向かった。「私物をもってくる。それから目的地に行こう」

歩きだそうとしたとき、タロンがアケロンの隣に移動するのがウルフの目に入った。「いまは、各自がするべきことをしさえすれば、なにもかもしかるべき形にうまく運ぶって、あんたが普段いうような場面だな。ちがうか?」とタロン。

アケロンは無表情だった。「普通だったらそうだ」

「でも?」

「われわれは今夜、運命の三女神よりも手強いものを相手にする。正直なところいまの私にいえるのは、血みどろの戦いになるだろうということだけだ」

ウルフは笑いながら、ふたりの会話が聞こえる場所から離れていった。おれとしては問題ない。戦いはウルフのようなヴァイキングにとってはお手のものなのだから。


彼らは〈インフェルノ〉に夜中の十二時ちょっと前に着いた。奇妙なことに、店には常連客がまったくいなかった。

ドアのところで彼らを出迎えたダンテは、黒いレザーの服を着ていた。今夜はヴァンパイアの牙をつけておらず、ひどく機嫌が悪かった。

「アッシュ」アトランティス人のアケロンに挨拶をした。「あんたがうちの店に来るのは、ほんとに久しぶりだな」

「しばらくだったな、ダンテ」握手を交わした。

赤ん坊に目をやって、顔をしかめた。「シュミ?」

赤ん坊は笑った。

ダンテは低く口笛を吹くと、一歩後ろに下がった。「参ったな、アッシュ。デーモンを連れてくるんだったら、一言いってくれればよかったものを。大食いマシーンが来た、ってうちの連中に警告する必要はあるか？」

「いや」アケロンは赤ん坊を軽く揺すりながらこたえた。「この子がここでむしゃむしゃ食べるのはダイモンだけだ」

「ほかのみんなはどこにいる？」ウルフがきいた。

ダンテは右手の壁にちらっと目をやった。「今夜は物騒なことが起こりそうだという気がなんとなくしたから、店を閉めた」

ウルフはダンテの視線をたどっていって、ヒョウの毛皮がかかっているのに気づいた。赤い縞模様がついているのを見て、ウルフはだれの毛皮か気づいた。「あんたの弟か？」

ダンテは肩をすくめた。激しい怒りを感じているのか、目の色が濃くなっている。「あのろくでなしは、ダイモンの手先だったんだ。われわれとあんたがたの情報を向こうへ流していた」

「やれやれ」タロンがため息をついた。「血をわけた兄弟を殺すとは、冷酷だな」

ダンテはタロンのほうへ顔を向けると、野生動物そのままの唸り声をもらした。ダンテが人間ではないことが、いやでもわかった。「弟はおれと仲間たちを裏切った。ほんとはもっと冷酷になりたかった。やつの毛皮を床に敷いて、みんなに踏みつけられるようにしてやりたかったさ。でもあいにく、ほかの兄弟たちがそれはあんまりだと怖気づいたから、妥協して壁にかけることにしたんだよ」

「なるほどわかった」アケロンがいった。「残りの連中は？」

「奥の部屋にいる。おれたちは巻きこまれるつもりはない。自分とおなじ種族を手ずから殺すのはいやだ」

ザレクが鼻を鳴らした。「弟はべつだがな」

ダンテがザレクに近づき、ふたりは顔を突きあわせてたがいをあざ笑った。「ジャングルにはな、掟があるんだ。裏切り者は裏切られた者に食われる、っていう掟がな」

ザレクはおどけた顔をして目をむいた。「おれにはおれのジャングルの掟がある。とりあえず全部殺しちまって、あとのことは冥府の神ハデスにまかせよう、っていう掟がな」

するとなんと、ダンテは声を上げて笑った。「この男、気に入ったよ、アッシュ。おれたちのことがよくわかってる」

「これはこれは、ゼット」アケロンが冗談めかしていった。「なんだかんだいって、あたらしいお友だちができたみたいだぞ。アストリッドもさぞ喜ぶだろうな」

ザレクはアケロンに向かって中指を立てた。

アケロンは取りあわなかった。「よし、みんな、気を引きしめていこう」

ダンテは正面出口に向かって警備の目を光らせ、アケロンはスリングから赤ん坊を抱きあげてウルフに渡した。彼はためらいがちに小さな女のデーモンに触れた。

デーモンはなにやら思いをめぐらしている様子でウルフをじろじろ見ていたが、やがてにっこりした。「シュミはあんたのこと嚙まないよ。落とさないようにしてくれればね」

「だったら、きみのことを落とさないようにするよ」

シュミは牙をちらっと見せると、ウルフの腕のなかで丸くなった。その姿は安心した赤ん坊そのものだった。

「かくれたほうがいいか？」ジュリアンがきいた。「敵の不意を突いたほうがいいだろうか？」

「かくれてもすぐに見破られる」アケロンがこたえた。「ストライカーは普通のダイモンじゃないんだ」

「デシデリウスよりも手強いのか？」キリアンがきいた。

「さらに邪悪だ。実際のところ、おまえたちへの一番のアドバイスは」アケロンは警告するような鋭い視線をザレクに送った。「ストライカーのことは私にまかせろ、ということだ。このなかでやつが殺すことができないのは、私だけなんだから」

「それはなぜなんだ、アケロン？」ザレクがきいた。「あっ、ちょっと待った。いいよ、わかってるさ。アラスカのフェアバンクスが一月に摂氏百十度になることがぜったいないのとおなじで、あんたが質問にこたえることはありえないんだよな」

アケロンは胸の前で腕を組んだ。「だったらなぜ質問する？」

「ただあんたを怒らせたいからさ」ザレクは店の奥へ歩いていった。「ところで、連中はいつ来ることになっているんだ？」

　ダンスフロアのあたりがきらきら光って、ざわめいた。

　ザレクは歯をむきだしにして、にやっとした。「わお、すごいぜ。大量殺戮《さつりく》のはじまり、はじまり」

　キリアンが刀を抜いて刃をさっと伸ばし、タロンは円盤状のスラッドを手にした。ジュリアンはギリシアの剣を鞘から抜いた。

　ザレクとアケロンは武器を手にとらなかった。

　ウルフもそうだった。彼のいまの目的はシュミとエリックとカサンドラを守ることにある。

　抜け穴が閃光とともに現われて、一秒後にストライカーがそこから出てきた。かなりの数のダイモンの軍隊が、それにつづく。そこにはユリアンの姿もあった。

　ユリアンは淡々とした表情で、ウルフと目を合わせた。この男がカサンドラとの結婚式を仕切ってくれた人物だとは、とても思えない。ユリアンの表情も目も、ウルフと知り合いであることをいっさい語っていなかった。カットがいっていたとおり、ユリアンは大した役者だ。

「すばらしい」ストライカーが邪悪な笑みを浮かべた。「うちの部下にディナーをたくさんもってきてくれたな。この世のだれもがこんなに親切であれば、いいんだがね」

　数人のダイモンが笑った。

　ザレクも笑った。「この男のこと、なんだか気に入ったよ、アケロン。殺さなきゃいけないとは残念だ」

ストライカーは横目でザレクをにらんでから、アケロンにひたと視線を当てた。ふたりは言葉もなく無表情のまま、たがいに目を凝らしていた。

しかしウルフは、アケロンに気づいたユリアンの顔に一瞬動揺が浮かんだのを見逃さなかった。

「父上？」ユリアンがストライカーに声をかけた。

「大丈夫だ、ユリアン。このアトランティス人のことはよくわかっている。だろ、アケロン？」

「わかってないさ。おまえがそう思っているだけだよ、ストライケリウス。一方、私はおまえの弱点をすべて知ってる。あまりにもおめでたい性格だから、デストロイヤーを本気で信じているってことにいたるまでね。デストロイヤーはおまえをおもちゃにしているだけなのに」

「そんなことはありえない」

「まあそうかもな。そうでないってこともありうるが」

ああ、まただ。曖昧な物言いで相手をとまどわせることにかけて、アケロンの右に出る者はいない。アケロンのたくみな話術にはまると、なんら具体的な証拠を示されたわけでもないのに、ひとはこれまで当たり前と思っていた物事にたいして疑問を抱いてしまう。

ストライカーがようやく視線をそらして、ウルフに目をやった。抱いている赤ん坊に視線を転じる。彼は首をかしげてほほえんだ。「なんて、かわいいんだろう。わざわざここまで骨を折って来てくれたんだな。ほかのみんなもそうだ。おれは光栄に思うべきだろうな」

いやな予感がウルフの全身を駆け抜けた。なにかがおかしい。

このダイモンは、シュミがおれの子どもではないことを知っているのだろうか？

ストライカーはユリアンの横に移動した。息子の肩を抱いて、頬にキスしている。

ユリアンは顔をしかめて身をこわばらせた。

「子どもというのは、生きがいだよな」ストライカーがいった。「われわれ親に喜びをあたえてくれる。苦しみをもたらすこともあるがね」

ユリアンのブロンドの三つ編みをしばっている革紐を、ストライカーは手でもてあそんでいる。ユリアンはいっそう顔をしかめた。

「もちろん、この苦しみはおまえにはわからないだろうがね、ウルフ。おまえの息子は、父親を裏切る年齢まで生きはしないから」

ストライカーは一瞬のうちに、ユリアンの喉を手で搔き切った。その手はもはや人間のものではなかった。ドラゴンの鉤爪だった。

彼はユリアンを押しやった。あえぎながら床に倒れたユリアンが出血をおさえようと両手で頸を押さえているあいだ、父親のストライカーはダークハンターたちに顔を向けた。

「こんな罠におれがまんまと引っ掛かるとは、まさかあんたも思っていなかったはずだ。それはわかっていただろ？」ウルフに射抜くような視線を当てている。さらに口をひらいたが、聞こえてきたのはストライカーの声ではない……カサンドラの父の声だった。「あんたが自分の赤ん坊を連れてくるとは、こっちも思っていなかったさ。エリシアを一時的に、守り手がいない状態にしたいだけだったんだから」

ストライカーの言葉にウルフは罵り言葉を吐くと、飛びかかっていった。

ストライカーは黒い煙のなかに消え、ダイモンたちが襲いかかってきた。

「アクリター、ター！」アケロンが叫んだ。

ポータルがひらいた。

ダイモンのひとりがげらげら笑った。「われわれに、こんなものは通用しな――」言葉の途中で、そのダイモンは穴のなかへものすごい勢いで吸いこまれていった。

ほかのダイモンも、つぎつぎとつづいていった。

アケロンはフロアを横切って、血の海のなかに横たわっているユリアンに駆け寄った。

「なにもいうな」小声で話しかけて、ユリアンの両手を握った。

ユリアンは目に涙を一杯ためて、アケロンを見上げた。

「肩の力を抜いて、浅く呼吸するんだ」アケロンは低い声でなだめるようにいった。

ウルフたちがおどろきに言葉を失って見守るなか、アケロンはユリアンの傷を治した。

「どうして？」ユリアンがきいた。

「あとで説明する」アケロンは立ちあがると、シャツをまくってかたく引き締まった腹部をあらわにした。「シュミ、おれのなかにもどれ」

赤ん坊はウルフの腕のなかからすぐさま飛びだした。人間の子どもから小さなドラゴンに変身すると、アケロンの肌に入りこんで、左のあばら骨のあたりの刺青となった。

「あんたの刺青がどうして移動するのか、いつも不思議に思っていたんだ」キリアンがいった。

アケロンは無言だった。こたえる代わりに、両手をふり上げた。

つぎの瞬間、彼らは〈インフェルノ〉から地下都市エリシアの中心部に移動していた。

ウルフとカットが出ていってから、エリシアは阿鼻叫喚《あびきょうかん》の地獄と化していた。宙を引き裂く、絶えることのない悲鳴。累々と散らばっている、アポライトの男女や子どもの死体。二十七歳の誕生日に死ぬときはべつとして、彼らは殺されたときダイモンのように崩れ去ることはないようだ。

ウルフは不安と恐怖に見舞われた。

「フィービ！」ユリアンが叫んで、自宅のアパートメントに走っていった。

ウルフは声を張りあげなかった。悲鳴の声にかき消されて、どうせ聞こえないだろう。だから、妻と息子のもとに全速力で走っていった。

何人かのダイモンに行く手をふさがれそうになった。ウルフは激しい怒りに目をぎらつかせながら、彼らを切り倒していった。

おれと家族を引き裂ける者はいない。ぜったいにいない。

アパートメントに着いたとき、玄関の扉が蹴り破られていることに気づいた。リビングを入ってすぐのところにシャヌスの遺体があった。

恐怖に息がとまりそうになったとき、奥の寝室から争うような物音が聞こえてきた。とりわけ、息子のむずかる声が耳に届いた。

リビングを突っきって寝室の前までいったところで、足をとめた。部屋の奥のほうで、クリスが胸に赤ん坊を抱いて立っている。クリスのアポライトの女友だちカイラとアリエラのふたりが、クリスとエリックを守る防壁のように、その前に立っている。

ストライカーと三名のダイモンが、カットとカサンドラを相手に戦っていた。女性ふたりはすばらしい身のこなしと技で、敵を寄せつけなかった。

「いつまでも遮蔽物《シールド》はもっていられないぞ、カトラ」ストライカーが怒鳴った。

カットはウルフを見て、ほほえんだ。「いつまでももってる必要はないもの。あんたに受難をもたらす男がおとずれるまで、もってるだけでよかったのよ」

一瞬立ちどまって後ろを向いたストライカーに、ウルフは向かっていった。

ダイモンをひとり始末し、ストライカーに襲いかかる。ストライカーはさっと体の向きを変えて稲妻を放ち、ウルフを吹き飛ばして壁に激突させた。

ウルフは痛みにうめきながら、目の隅で人影をとらえた。

アケロンとザレクが駆けつけてくれたのだ。

カットがすぐさま姿を消し、ストライカーが罵り言葉を吐いた。

ウルフとザレクが残る二名のダイモンを追いかけ、アケロンがストライカーと向きあった。

「生まれ故郷に帰れ、ストライカー」アケロンはいった。「戦いはもうおわったんだ」

「おわることはない。父上が」ちょっと言葉を切って、吐き捨てるようにあとをつづけた。「生きているかぎりは」

アケロンは首を横にふった。「うちの家族は機能不全だとは昔から思ってはいたが……まあ、仕方ない。おまえはもうだめだ。おまえは実の息子を殺したんだぜ。いったいなんのためにあんな真似をしたんだ」

ストライカーは怒声を発して、アケロンに突進してきた。

ウルフがクリスから自分の息子を受けとったのと同時に、ザレクがカサンドラを自分のうしろに引き寄せた。ウルフは彼らを安全な場所に避難させたかったが、アケロンとストライカーがドアの前で戦っているので、外に出られなかった。

ストライカーが稲妻をアケロンに放ったが、彼はまったくたじろがなかった。それどころか、お返しに痛烈なパンチを見舞った。ストライカーは飛ばされて、壁にたたきつけられた。

ウルフは低く口笛をふいた。アケロンに力があることは知っていたが、こういう場面を目の当たりにしたのははじめてだった。

ストライカーはいまいちど攻撃をしかけた。しかしどういうわけか、アケロンは彼を殺さなかった。ふたりの男はくんずほぐれつ格闘している。とっくみあいの喧嘩をしている様子はまるで人間のようだ。実際のところ、このふたりは……。

このふたりは、一体何者なんだろう。

ストライカーは顔じゅう血だらけにして、いまいちど稲妻をアケロンに放った。

アケロンは稲妻をうまくかわして、片手を上げた。と、同時に、ストライカーは襟首をつかまれて床からもちあげられていた。

ストライカーはさらに稲妻を放ち、その拍子に後ろによろけたアケロンは、彼をつかんでいた手を離した。

ストライカーは勢いにのって、激しい攻撃に出た。アケロンの体をがっしりつかんで、壁にたたきつける。

しかしさらなる一撃を加える前に、どこからともなく黄色い肌の女のデーモンが現われた。そのデーモンは目をぎらぎらさせながらストライカーの体に両腕を巻きつけると、そのまま消えた。

アケロンがそれを見て、罵り言葉を発した。

「ついでに」アケロンはどなった。「その男をそっちの世界にずっと留めておいてくださいよ、アポリミ」

「あんた、何者なんだ？」ダークハンターたちのほうへ顔を向けたアケロンに、ウルフがきいた。

「答えを聞きたくない質問はするな」ザレクがアケロンの口調をまねていった。「はっきりいわせてもらう。おまえはまだ、真実を知る心の準備ができてない」

「ストライカーは消えたの?」カサンドラがいった。

アケロンはうなずいた。

カサンドラはウルフに近よって、彼の腕からエリックを受けとると、泣いている息子を胸に抱いてあやした。「よしよし、恐かったわよね」やさしく声をかける。「でも、恐いひとはもう行っちゃったからね」

「あのダイモンをさらっていったのは、何者?」カイラがいった。「あのふたりはどこに行ったの?」

アケロンはその質問にはこたえなかった。「ともかく危険は去った。すくなくとも、当分のあいだは」

「ストライカーはもどってくるの?」とカサンドラ。

アケロンは妙に気が抜けた笑いをもらした。「わからない。あいつは私の力がおよばない数すくない連中のひとりだから。でもやつがさっきいったように、これでおわりではない。数カ月後か数世紀後かはわからないが、あの男はもどってくるかもしれない。あいつが生きている場所は、時の流れがここことはちがうんだ」

キリアンとタロンとジュリアンが部屋に入ってきた。

「ダイモンはみな消えた」とタロン。「おれたちが始末して崩れさったのもいるが、残りはみな……」

「問題ない」アケロンはいった。「力を貸してくれてありがとう」

彼らはうなずいて寝室を出ると、めちゃくちゃに荒らされたリビングに入っていった。

「うわっ、片付けるのに数日かかりそうだ」クリスが目を白黒させていった。

つぎの瞬間、彼らの目の前で、荒れた部屋はきれいに片づけられた。残っているのは、いくつかの遺体だけとなった。

ザレクは鼻を鳴らした。「うまくいってるうちにやめといたほうがいいぜ、アケロン。失敗してかっこ悪いところを見せる前にな」

「うまくいってるわけじゃない、ゼット。今夜のダメージは、もはや修復することはできない」シャヌスの遺体に目を向けた。

ウルフは首を横にふってシャヌスを抱きあげると、街の中心に運んでいった。

親しいものを亡くして涙にくれ、悲痛の叫びを上げているアポライトたちがあちこちにいた。

「こんな目にあういわれはない人々なのに」ウルフはアケロンにいった。

「こんな目にあういわれのある者などいないさ」アケロンはこたえた。

ひとりの女性がウルフのそばに来た。高貴な物腰の女性で、何者であるか気づくのにそう時間はかからなかった。

「シャヌス?」声をかけてきた。目に涙を一杯にためている。

ウルフはシャヌスを彼女の前に横たえた。「シャヌスの奥さん?」

涙で目を光らせながら、女性はうなずいた。膝にシャヌスの頭を乗せて髪をなでながら、声もなく泣いている。

カサンドラは前に進みでた。「ほんとにお気の毒です」

女性が顔を上げたとき、その目には憎しみがこもっていた。「出ていって。あなたたち全員！　あなたたちはもう、ここでは歓迎されていないのよ。こっちは力を貸してあげたのに、あなたたちはわたしたちを滅ぼしたんだから！」

ザレクはせきばらいをした。「いまのはまんざら悪くない忠告のようだぜ」ウルフにいって、ダークハンターたちに殺意のこもった視線を向けている人々を見まわした。

「たしかに」アケロンもうなずいた。「おまえたちはウルフが家族と一緒にここを出るのを助けてやってくれ。私はある人物のことで用事がある」

ユリアンのことだとウルフはすぐにわかった。「それが片づくまで待っていようか？」

「いや、いい。地上にSUVを何台か用意してある。それに乗ってさきに家にもどれ。私はあとから行くから」

「SUVだって？」キリアンがききかえした。

「いいか、もういちど繰り返す。答えを聞きたくない質問はするな」ザレクがいった。「アケロンは生まれつきの変人だから仕方がないという事実を、受けいれるしかないんだ」

アケロンはおどけた顔でザレクを見た。「たしかに変人かもしれないが、すくなくとも自分の兄弟に稲妻を放ちはしない」

ザレクは悪意のこもった笑いをもらした。「すくなくとも兄弟に稲妻は放っていない……

いまのところは、ってことだろ」

アケロンはダークハンターたちがザレクを先頭に街を出ていくのを見守った。

街の中央に立ったまま周囲に目をやって、被害の様子をつぶさにながめる。じきに、ウルフの屋敷やアパートメントのリビングにしたように、すべてを修復しはじめたが、途中でやめた。悲しみに暮れてばかりもいられないような仕事を、きっとアポライトは必要とするだろうからだ。

街の再建作業は、悲しみを忘れるのに役立つはずだ。すくなくとも一時のあいだは。

心の奥底では、アケロンもほかのアポライトと一緒に泣いていた。

一瞬のうちに街を再建できるからといって、そうしなければならないということにはならない。

なにもかも修復したいという内なる欲求に負けることなく、アケロンは自分を叱咤して回廊を歩いていった。

ユリアンのアパートメントに着くころには、大量虐殺をおこなうストライカーがアポリミの名のもとに活動していることに苦々しいものを感じていた。

そんなことをしても無駄なのに。でも、アポリミが破壊の女神であることは事実だ。だからアケロンも、アポリミが幽閉されている場所からぜったいに解放されないようにしているのだった。

ユリアンのアパートメントに入っていくと、彼は自宅のリビングの真ん中で膝をついていた。小さな金のロケットを両手で握りしめて、静かに泣いている。

「ユリアン？」アケロンはしっかりした口調で、そっと声をかけた。

「出てけ！」ユリアンは怒鳴った。「ほっといてくれ」

「おまえはもうここにはいられない」アケロンはいった。「いずれ、アポライトたちが攻撃をしかけてくる」

「知ったことか」彼は顔を上げた。アケロンはユリアンの苦悩に胸が痛み、思わず一歩後ろに下がった。これほどまでに絶望的な悲しみを目の当たりにしたことは、久しくなかった。

「どうしておれも死なせてくれなかった？　どうして助けたんだよ」

アケロンは深呼吸をして、ユリアンに説明した。「もし助けなかったら、おまえは魂をアルテミスに売って、今回の復讐をするために父親を殺すだろうからだ」

「こうやって助けられても、おれは父上を殺して今回の復讐をするつもりだ」アケロンのほうを向いて怒声を上げた。「彼女はあとかたもなくなってしまった。あとかたもなく消えたんだよ！　遺体を埋めることすらできない。おれは……」言葉がつづかなくなって、すすり泣きがもれた。

「わかるよ」アケロンはユリアンの肩に手を置いた。

「わかるものか！」

アケロンはユリアンの顎に手を置いて、上を向かせた。ふたりの視線が絡みあう。「わかるさ、ユリアン。嘘じゃない」

ユリアンは肩で息をしながら、アケロンの渦を巻く銀色の瞳に揺らめいているイメージを見つめた。そこにはあまりにもたくさんの痛みがあった。あまりにもたくさんの懊悩《おうのう》と知恵があった。

アケロンとそのままずっと目を合わせているのは、むずかしかった。

「フィービのいない人生は考えられない」上ずった声でユリアンがいった。

「わかっている。だからこそ、おまえにこのさき取りうる道をあたえたいんだ。私はおまえの父親をいつも追跡して、監視することはできない。だからその役目を引き受けてもらいたい。遅かれはやかれ、アポロンの子孫を求めて親父さんはまた現われる」

「なぜおれが連中を守らなければならないんだ？　フィービは連中のせいで死んだのに！」

「彼らのおかげでフィービは生きてこられたんだぞ、ユリアン。忘れたか？　彼女の親族はみな、おまえとおまえの親父さんに殺された。自分が犯人だと、フィービにいったことはあるか？　おまえだったんだろ？　彼女のお祖母さんを殺したのも。いとこを殺したのも」

ユリアンは恥いって顔をそむけた。「ちがう。おれひとりだったら、彼女を傷つけるようなことはしなかった」

「でも実際には傷つけた。おまえやおまえの親父や手下のスパティがフィービの親族を殺すたびに、彼女はおまえがいま感じているような心の痛みを経験した。とりわけ母親と姉妹の死は、彼女を打ちのめした。だからおまえはカサンドラを助けたんじゃないのか？」

「そうだ」

アケロンが一歩離れると、ユリアンは涙をぬぐった。

「さっき、おれに取りうる道があるといったな」

「あるいは、私がおまえの記憶をすべて消すという選択もある。そうすれば、おまえはすべてのものから自由になる。苦しみから解放される。過去からも現在からも。何事もなかったかのように生きていけるんだ」

「お願いだから殺してくれと頼んだら、おまえはおれを殺してくれるか?」

「ほんとにそうしてほしいのか?」

ユリアンは床をじっと見つめた。彼がなにを考えているか、人間だったらおそらくわからないだろう。でも、アケロンにはよくわかった。まるで自分のことのように、ユリアンの気持ちをはっきりと聞くことができた。

「おれはもうダイモンではないんだな?」しばらくしてユリアンはいった。

「ああ。正確にはアポライトでもない」

「だったら、おれはなんなんだ?」

アケロンは深呼吸をして、嘘いつわりのない真実を伝えた。「この世でほかに類を見ない、特異なものだ」

アケロンが特異な存在である自分に居心地の悪さを感じるのとおなじように、ユリアンもひどく落ち着かない気分になった。しかし、けっして変えることのできないものがこの世にはある。

「おれはあとどのくらい生きるんだ？」

「おまえは不死身だ。死を禁じられている」

「そんなのは筋がとおらない」

「人生というのは、得てしてそんなものだ」

ユリアンのいらだちをアケロンは感じた。しかしすくなくとも、これで悲しみはいくらか軽減される。「日が出ているときに、外出することはできるのか？」

「それが望みなら、そうしてやる。すべて忘れることを望む場合は、完全な人間にしてやってもいい」

「そんなことができるのか？」

アケロンはうなずいた。

ユリアンは苦笑すると、アケロンの全身に冷ややかな視線をじっと向けた。「いいか、アケロン、おれは父上ほどばかじゃないし、鈍くもない。父上はあんたがいつも連れているデーモンのことを、知っているのか？」

「ちがう、シュミはデーモンではない。私の一部だ」

ユリアンは射抜くような視線をアケロンの目に向けた。「父上も気の毒だよな。すっかり頭に血がのぼって、そんなことすら知らないんだから」ユリアンの目が、燃えるようにぎらぎら光った。「おれはおまえさんが何者なのか、知ってるんだよ、アケロン・パルテノパイオス」

「で、わかっているだろうとは思うが、もしその真実を他言したら、きっと後悔させてやるからな。永遠に」

ユリアンはうなずいた。「でも、おまえがそれをかくす理由がわからない」

「かくしているわけじゃない」アケロンはあっさりといった。「おまえが知っている私にかんするその真実は、ひとの役に立たない。なにかを壊して、傷つけるだけだ」

ユリアンはそのことについて、しばし頭をはたらかせた。「おれはデストロイヤーからは、足を洗うつもりだ」

「だったら、どうするんだ？」

ユリアンはこの夜の出来事を、頭のなかでたどった。妻を失って悲鳴を上げている、自分の心の痛みを想った。アケロンにこの記憶を消してもらうという選択に、たまらない魅力を感じた。でもそうすると、いい思い出もすべて失うことになる。

フィービと暮らしたのはわずか数年だったけれど、彼女はこの上ない愛情を注いでくれた。とっくに死んだはずだったユリアンの心を動かしてくれた。

彼女のいない人生はつらいけれど、彼女にかんするものをすべて失うのもいやだった。

ユリアンはフィービのロケットを自分の首につけると、ゆっくりと立ちあがった。「おまえの部下になることにするよ。ただし、これだけは最初にいっておく。ストライカーを殺すチャンスがきたら、おれはあいつを殺す。その結果、どんなことになろうとも」

17

デストロイヤーの謁見室《えっけんしつ》に連れてこられたストライカーは、怒りをむき出しにして怒鳴った。「もうすこしで殺せるところだったのに。どうして阻止したんです！」

デーモンのサビナは、まだストライカーを羽交《はが》い締めにしている。

今回、ジドリックスは母のアポリミに侍《はべ》っていなかったが、あのデーモンがどこにいるか考える余裕はストライカーにはなかった。憎しみといらだちで頭が一杯だった。

　母のアポリミは玉座に落ち着きはらってすわっている。まるで謁見式の最中のように。丹念に計画を練ってきたあの年月を、まるで忘れたかのように。

「声を荒らげるでない、ストライケリウス。わたしは反抗的な態度には、耐えられない」

ストライカーは怒りで頭に血がのぼりながらも、なんとか冷静な口調をたもつようにした。

「どうして邪魔を？」

アポリミは黒いクッションを膝に置いて、その隅を手でもてあそんだ。「エレキティと戦っても、おまえはかなわない。前にもいっただろ」

「私だったら、やつを打ち負かせたかもしれないのに」ストライカーは断固としていった。

だれもこの男をとめられない。それはストライカー自身よく承知していた。

「いいえ、おまえには無理」アポリミはきっぱりいった。いまいちど視線を手元に落として、黒いサテンを優雅になでた。「息子に裏切られることほどつらいものはないね、ストライケリウス。おまえは息子たちにすべてをあたえた。で、彼らはおまえの話に耳をかたむけたか？　おまえを尊敬したか？　ぜんぜん。息子たちはおまえの心臓をずたずたにして、おまえの気づかいに唾を吐きかけた」

胸のうちの思いをすべていい当てられて、ストライカーはぎゅっと目をつむった。おれは息子のユリアンにすべてをあたえたのに、息子はその恩を裏切った。ひどく徹底的な裏切り行為だったから理解するのに数日かかった。

ストライカーは心のどこかで、真実を語るアポリミを憎んでいた。その一方で、感謝をしてもいた。

ストライカーはいまも昔も、ヘビを胸に抱いてかわいがるタイプではなかった。「これからは母上がおっしゃることをよく聞きます」

アポリミはクッションを胸に抱いて、疲れたようなため息をもらした。「よろしい」

「で、これからどうしましょう？」

彼女はストライカーに目をやって、うつくしい笑みをかすかに浮かべた。そして短い言葉を口にしたが、その口調はどこまでも邪悪な響きがあった。「待ちましょう」

ウルフはカサンドラと並んでソファにすわった。エリックはその夜の暴力と死をすっかり忘れて、母の腕に抱かれて安らかに眠っている。

自分が生まれてきた世界が終末を迎えそうになったことも、すっかり忘れて。

ウルフは屋敷に帰ってから、妻と息子をつねに自分の目の届くところにいさせた。

ダイモンのひとりに腕を切り裂かれたタロンが、クリスに手伝ってもらって包帯を巻いている。ジュリアンは後頭部に氷枕をあてがい、キリアンはボウルに手を入れて、血がにじんでいる指関節にオキシドールをかけている。

ザレクはキッチンに通じる廊下の壁際に、彫像のようにじっと立っていた。彼だけは、さきほどの乱闘で傷を負っていないようだった。

「なあ」と、キリアン。オキシドールで消毒した関節にアルコールをかけながらちょっとうめき声をもらして、彼はつづけた。「不死身だったときのほうが、なぐりあいはずっと楽だったな」

タロンが鼻を鳴らした。「こっちはまだ不死身だが、かなりひどいけがをした。さっきのは壮絶な戦いだったな」

電話が鳴った。

クリスが受話器をとった。

「ストライカーじゃないといいんだけど」カサンドラが息を殺していった。

ストライカーではなかった。彼女の父親だった。

クリスはカサンドラに受話器を渡した。彼女の手はふるえていた。「お父さん？　だいじょうぶなの？」

ウルフがカサンドラを胸に抱いた。彼女は泣きながら言葉を交わし、数分後に電話を切った。

「あなたのいっていたとおりだった」ウルフに声をひそめていった。「お父さんを誘拐したわけじゃなかったんだわ。カットの声を真似てわたしのアパートに来たときとおなじ手を使って、あなたがこの地下都市を出て行くように仕向けたのよ。とんでもない男！」

電話がまた鳴った。

「なんなんだよ？」クリスが受話器をとった。「満月だからか？」

「かもな」その場にいた男たち全員が声をそろえていった。

「ああ、はいはい」クリスは電話に出ると、キリアンに受話器を渡した。

「もしもし？」とキリアン。「ああ、きみか。いや、だいじょうぶだ」ちょっと身をすくめた。「いや、ヴァンパイア・ハンティングはうまくいった。だから……その……明日には帰るから」

ちょっと口をつぐんで、ジュリアンに目をやった。「頭のけがって？」さらにいっそう身をすくめた。「いや、グレイスに伝えてくれ。ジュリアンはぴんぴんしてるって。たいしたこぶじゃないし。みんな元気だ」

元ダークハンターがびくびくしているのを目にして、ウルフは声を上げて笑った。

「ああ、わかった。そうするよ。おれも愛してる。じゃあ」キリアンは電話を切って、部屋にいる全員に目を向けた。「まいるよ。超能力のある女とは結婚するもんじゃないね」最初にタロン、つぎにジュリアンを見た。「やばいことになってるぞ。女房たちは、おれたちがヴァンパイア・ハンティングに行ったわけじゃないことを知ってる」

ザレクはばかにしたように、鼻を鳴らした。「考えてもみろ。そんな嘘をつくなんて、ばかもいいとこだ」

「私はばかじゃない」タロンが噛みつくようにいった。「それに、嘘をついたわけでもない。なにをどこでハンティングするのか、いわなかっただけだ」

ザレクはまた、納得できないというように鼻を鳴らした。「おまえらの女房はそんなにばかなのか？」キリアンに目をやった。「ここにいるミスター・アルマーニが、値札がついているもの以外のなにかを最後にハンティングしたのはいつなんだろうな？」視線をジュリアンに移した。「そうか、なるほど。そのローファーとズボンはいかにも普通ぽくて、ダイモンの目をあざむくのに格好のカムフラージュになるわけだ」

「黙れ、ザレク」タロンが注意した。

ザレクがいいかえそうとして口をひらいたとき、ドアをノックする音がした。

クリスがぶつぶついいながらドアをあけにいき、アケロンとユリアンが入ってきた。ふたりに気づくと、ウルフはすぐに立ちあがった。

ユリアンは具合が悪そうだった。顔色は悪く、服にはまだ血がついている。でもなにより痛々しかったのは、色の薄い目に浮かんでいる抑えこんだ怒りと痛みだった。

　ウルフはユリアンにかける言葉がなかった。彼はすべてを失ったのだ。得たものは、なにひとつない。

「みんな、あんたのことを心配してたんだよ、アッシュ」キリアンがいった。

「おれは心配してなかったぜ」とザレク。「でも、ここにこうして来たってことは、ほかにまた、なにかやれっていうのか？」

「いや、ゼット」アケロンは静かにこたえた。「応援に駆けつけてくれてありがとう」

　ザレクはかすかにうなずいた。「なにかをばらばらにするのにおれの力を借りたくなったら、いつでも電話してくれ。でもこれからは、もっとあったかい場所を選んでくれればありがたいがね」だれにも反応する暇をあたえずに、ザレクはぱっと姿を消した。

「それにしても」タロンが口をひらいた。「ザレクが神になったとは、ほんとに腹が立つよ」

「くれぐれも、あの男を怒らせないようにな」アケロンが警告した。「でないと、ヒキガエルにされてしまうから」

「まさかそこまでは」

　キリアンが鼻を鳴らした。「でもザレクだからな」

「ああ、そうだな」とタロン。「まあ、いいさ」

　キリアンは立ちあがって、うめき声をもらした。「さてと、この部屋にいる者の大部分は不死身だがおれはそうじゃない。だから、ベッドで休ませてもらうよ」

タロンが包帯をした腕を曲げた。「私も、横になりたいんだが」

クリスはプラスティックの箱に、薬品を放りこんでもどした。「よし。だったら、寝室に案内しよう」

カサンドラはエリックを抱いたまま立ちあがった。「わたしは――」

「ちょっと待った」ユリアンが彼女を引きとめた。

妻と息子のほうへダイモンが近づくのを見て、ウルフは緊張した。ユリアンの邪魔をしないように、アケロンがウルフの腕に手を置いた。

「抱かせてくれるか？」

カサンドラもウルフも眉をひそめた。以前のユリアンは、この子を見ようともしなかったのに。

カサンドラがアケロンのほうへ目をやると、彼はうなずいた。

仕方がなくユリアンにエリックを渡す。彼はこれまで赤ん坊を抱いたことがないようだった。カサンドラはユリアンの手に自分の手を重ね、エリックの頭を支えて、やさしく抱く方法を示した。

「ほんとに、壊れてしまいそうだな」あどけない瞳でユリアンを見つめる赤ん坊を見て、彼は小声でいった。「坊やはまだ生きているんだな。おれのフィービは亡くなったが」

ウルフが前に一歩出たが、アケロンが引きとめた。

「ここにとどまって、家族を守っていく気はあるか？」アケロンが静かにきいた。

「おれの家族は死んだ」ユリアンは吐き捨てるようにこたえると、アケロンに憎しみのこもった視線を投げかけた。

「いや、それはちがう、ユリアン。この赤ん坊はフィービの甥だ。彼女の血がエリックに流れているんだ」

ユリアンは耐えがたいほどつらいといわんばかりに、目を閉じた。「妻はこの子を、それはもうかわいがっていた」ややあって口をひらいた。「エリックの話をするたびに、彼女がどれほど自分の子を欲しがっているかわかった。彼女に子どもを授けられなかったことが、心残りでならない」

「赤ちゃん以外はすべてあたえたじゃないの、ユリアン」カサンドラがいった。姉の話をすると彼女の目も涙で一杯になった。「姉さんはそれをわかっていたし、そうしてくれたあなたを愛していたわ」

ユリアンはカサンドラの体に手を回して、彼女を抱き寄せた。彼女の肩に顔をあずけて、声もなく泣いている。カサンドラも一緒に涙を流し、おなじようにずっと抑えこんでいた悲しみを吐きだした。

悲嘆にくれているふたりを見て、ウルフは落ち着かない気分になった。カサンドラは激しく泣きじゃくっている。フィービが亡くなった悲しみはウルフも感じていたが、このふたりほど強くはなかった。

しかしじきにおれも、ユリアンの悲しみを身をもって理解できるようになる。

しばらくするとユリアンは身を離し、エリックをカサンドラに返した。「この子のことは死なせないよ、カサンドラ。ぜったいに。この子はだれからも傷つけられない。おれが生きているかぎりは」

カサンドラはユリアンの頬にキスをした。「ありがとう」

彼はうなずいて、カサンドラから離れた。

「まれにみる協調関係だな」カサンドラが寝室に引きあげたあと、ウルフがいった。「ダークハンターとスパティが手を組んで、アポライトの赤ん坊を守るってわけだ。想像もつかないような話だよ」

「愛の力があれば、反目しあう者同士も手を組むんだ」アケロンがいった。

「それは愛の力じゃなくて、政治だろうが」

「政治もそうだが、愛の力もそうなんだよ」

ユリアンは胸の前で腕を組んだ。「ボートハウスで眠ってもかまわないだろうか?」

「どうぞ」フィービとの思い出の場所に行きたいユリアンの気持ちを察して、ウルフはこたえた。「そうしたければ、あそこは自分の家だと思っていいぞ」

ユリアンは静かな幽霊のように、屋敷からふらふらと出ていった。

「おれもああいう状態になるのかな」ウルフはアケロンにきいた。

「人生というのは、みずからの選択という糸によって織りこまれたタペストリーだ」

「妙に格言めいた戯言《たわごと》は、勘弁してくれよ、アッシュ。今夜はたいへんだったし、カサンドラとエリックとクリスのことはまだ心配だし、ほんとに最悪の気分なんだ。頼むから今回ばかりは、ちゃんと質問にこたえてくれ」

アケロンの目が赤く光った。ほんの一瞬のことだったから、ウルフは目の錯覚ではないかと疑った。「自由意志や運命を私は勝手に変えるつもりはない、ウルフ。おまえのためにそうする気はないし、だれのためにもそうする気はない。この地球にも、それ以外の空間にも、私にそういうことをするパワーはない」

「それがカサンドラとどういう関係があるんだ？」

「すべてと関係がある。彼女の生死は、おまえたちふたりがすることや、しないことによって決まる」

「どういう意味だ？」

その質問にたいするアケロンの答えは、ウルフが予想もしていなかったものだった。「彼女の命を救いたいのなら、彼女の生命力をおまえの生命力に結びつけなくてはならない」

それほどむずかしくはなさそうだ。数カ月ぶりにウルフは希望の光が見えてくるのを感じた。「なるほど、わかった。具体的にどうすればいいのか、ヒントをくれるか？」

「おまえがカサンドラから栄養を摂り、カサンドラもおまえから栄養を摂る」

ウルフはぞっとして胃が縮みあがった。「栄養を摂る？」

アケロンの渦を巻く銀色の目がウルフの目と絡みあい、その双眸《そうぼう》に浮かんでいる表情を見て、ウルフは心底ぞっとした。「答えはもうわかっているようだな。いましがた、おまえの心に最初によぎった考えだよ」

アケロンの読心術ほど、うんざりさせられるものはない。

「血を吸うことをおれがどれだけきらっているか、知ってるだろう？」

アケロンは肩をすくめた。「それほど悪いものでもない」

ウルフはぎょっとして耳を疑った。「なんだって？」

アケロンはくわしくは説明しなかった。「すべておまえ次第だ、ヴァイキング。とにかく試してみる気はあるか？」

このアトランティス人が提案したことは、とうていできるものではなかった。「彼女に牙はない」

「必要ならば、生えてくる」

「ほんとうに？」

アケロンはうなずいた。「きわめて簡単なことだが、そう簡単でもない。おまえは彼女の頸から血を吸い、彼女はおまえの頸から血を吸う」

この最年長のダークハンターことアケロンのいうことは、たしかに的を射ている。最初は、とても簡単なことのように思える。でも、ウルフとカサンドラが信じているものすべてが血を吸うことを禁じているのに、ふたりはほんとうにそんなことができるのだろうか？

「おれの血を飲んだら、彼女は死ぬんじゃないのか？　ダークハンターの血は、たしか――」

「おまえはダークハンターではないんだ、ウルフ。実際にはそうじゃない。おまえは死ななかったのだから。おまえはずっとほかの者とはちがう異質の存在だったんだ」

ウルフは鼻を鳴らして、皮肉っぽい笑い声をもらした。「あんたは例によってまた、おれがずっと前に知っておくべきだった事柄をいまさら教えてくれるんだな。感謝してるよ、アッシュ」

「物事はそれを必要としたときはじめて、われわれにもたらされるものだからな」

「ほんとにそうだろうかね」とウルフ。

「ほんとにそうなんだよ。おまえはただ、それをつかみとってものにするだけの強さと勇気が自分にあるかどうか、決めるだけでいい」

普段のウルフであれば、自分の強さや勇気にかんしてはまったく疑いをもたなかっただろう。

しかし今回にかぎっては……。

強さと勇気のふたつが求められている。

おれがもうすでに捨ててしまった、ひたすら信じる心を求められている。

ウルフがその解決策をカサンドラに話すと、彼女は呆然として口をつぐんだ。

「それでうまくいくと、あなたは確信してるの?」

ウルフはふうっと息を吐いた。「なにを信じていいのか、おれはもうわからない。でも、それでうまくいく可能性があるのだったら、やってみるべきじゃないだろうか？」

「例のアケロンがわたしを殺そうとしているわけじゃないことも、たしかなのね？」

ウルフはほほえんで、大笑いしたくなるのをこらえた。「それは、おれがまちがいなく確信している唯一のことだろうな。アッシュは信頼できる男だ。すくなくとも、大抵はね」

「だったらわかった。やりましょう」

ウルフは眉を吊りあげた。「ほんとに？」

彼女はうなずいた。

「よし、わかった」ウルフはカサンドラの前に立った。彼女は小首をかしげて、頸から髪を払った。

ウルフは彼女の腰を両手で抱いた。

それからしばし、とまどった。

「さあ」カサンドラはうながした。

ウルフは口をあけて、彼女のあたたかい頸に唇を押しつけた。目を閉じて彼女の血の脈動を感じながら、歯で肌を味わう。

ああ、なんて味わい深いんだ。唇にふれる彼女の肌の感触が、たまらなくいい。

カサンドラは両手でウルフの頭をつつみこんだ。「ああ」ささやいた。「ぞくぞくする」

その言葉に、愛しあったときの一糸まとわぬ彼女の姿がよみがえり、ウルフの体はいきなりかたくなった。

彼女の肌を突き破るんだ……。

歯に力をこめる。

ウルフの髪をつかんでいる手を、カサンドラはかたく握りしめた。

やるんだ！

「できない」ウルフは身を離した。「おれはダイモンでもアポライトでもない」

カサンドラは睫の下からウルフを見上げた。「一線を越えてダイモンになることがどうしてもできないといったときのわたしの気持ちが、ようやく理解できたでしょ」

たしかに、理解できた。

しかし、ふたりとも血を吸うことをためらっているかぎり、カサンドラは死ぬ運命にあるのだった。

18

ウルフは息子のエリックと一緒に育児室にいた。眠っている息子を胸に抱いてアンティークのロッキングチェアにすわり、目の前の壁をぼんやり見つめる。壁にはこの二百年間にウルフの家に生まれた赤ん坊たちの写真が飾ってある。

思い出が一気によみがえってくる。

ウルフは自分に抱かれているエリックを見下ろした。ふさふさした黒い髪。おだやかな小さな顔。眠ったまま口を動かして、赤ん坊らしい笑みを浮かべる。幸せな夢でも見ているのだろうか。

「ダリア、この子と話をしているのか?」ドリームハンターのダリアが自分とおなじように息子を見守っているような気がして、ウルフはいった。

エリックの鼻先に触れる。すると、眠っているのにウルフの指をしゃぶりだした。

ウルフはほほえんだ。じきに、バラとパウダーのかすかな匂いが赤ん坊の肌からただよってきた。

カサンドラの香り。

彼女のいない世界を想像してみる。なにもかも明るくしてくれる、彼女がいない一日を。絹のようにやわらかい手でウルフの体をさわって、優美な長い手で髪をまさぐってくれる彼女がいない日を。

痛みが胸を引き裂いた。視界がぼやけた。

そなたは存在しない平安を求めて、ひたすらさまよい歩く運命にある。内なる真実を見つけるまで迷いつづける。われわれは自分自身からはけっして逃げられない。唯一の希望は、それを受けいれることだけだ。

かつて告げられた皮肉に満ちた予言の意味が、いまでは理解できる。

「そんなのできっこないだろ」低い声で言う。

これまでの人生で手に入れた一番の宝物を手放すことは、できそうもない。

だったら勇気を奮いおこさなくては。

ウルフ・トリュグヴァソンは唯一無二の存在。

そう、おれはは野蛮人《バーバリアン》。

カサンドラはウルフの寝室にいた。エリックのためにつくった箱をさがしているとき、後ろでドアがひらく音がした。

物思いに耽っていた彼女は、二本の力強い腕に腰を抱かれたかと思うと、いきなりくるりと回転させられた。すると目の前に、以前ちらっとだけ見たことがある男の顔があった。

はじめて会った夜のウルフの顔が。

素手でダイモンたちを八つ裂きにすることができる、危険な戦士が目の前に立っている。彼は両手でカサンドラの顔をつつみこむと、いきなり口づけをした。思いつめたような激しいキス。それはカサンドラの心の奥底に達して、血管に火を放った。

「きみはおれのものだ、ヴィルカット」ささやいた。独占欲をむきだしにした口調。「永遠に」

ウルフは彼女を引き寄せて、抱きしめた。彼は体を求めているのだろうと、カサンドラは思った。でもちがった。彼女の頚に牙を沈めたのだ。

カサンドラはハッと息をのんだ。一瞬の痛みのあと、これまで経験したことのない昂ぶりがいきなり込みあげてきた。

彼女は激しくあえぎながら口をひらいた。頭がくらくらする。目の前で様々な色彩が渦を巻き、心臓の鼓動がウルフのそれと重なりあって、なにもかもが霞がかかったようにぼんやりしてくる。快感が一気に弾けて昇りつめたカサンドラは、そのあまりの激しさに叫び声を上げた。

声を張りあげながら、前歯が大きくなっていくのを感じた。牙がもどってくるのを……。

ウルフはカサンドラを味わいながら、喉の奥で低くうめいた。だれかとこれほどまでの一体感をもったことは、かつてなかった。カサンドラと一心同体になったような、心臓の鼓動をひとつにするひとりの人間になったような気がした。

彼女の気持ちを、つぶさに感じとることができる。彼女の願いを、恐れをすべて。彼女の心が目の前にそのままひらかれていて、ウルフを圧倒した。

つぎの瞬間、肩を嚙まれるのを感じた。予想もしていなかった感覚に、ハッと息をのむ。ペニスがかたくなって、彼女のなかに体を沈めたくなった。

カサンドラはウルフの血を吸いながら、下に手をやって彼のズボンのジッパーを下ろした。そのままウルフを自分のなかに導くと、彼はかすかにうなった。

ふたりはまったく同時に、突き抜けるようなめくるめくオーガズムに達した。

ぐったりと疲れ果てたウルフは、カサンドラの頸から離れた。彼女はウルフを見上げた。目をうるませて、唇をなめている。牙は普通の歯にもどっていた。

ウルフは濃《こま》やかなキスをして、カサンドラを抱きしめた。

「ふうっ」彼女は小声でいった。「まだ、目の前で星がまたたいてるわ」

ウルフは笑った。彼もまた星がまたたいていた。

「ほんとに効果があると思う？」とカサンドラ。

「もし効果がなかったら、ザレクのアドバイスどおりにアケロンを呼びだして、ぼこぼこにしてやろう」

カサンドラは笑ったが、顔はおびえていた。「数週間後にはわかるわ」

しかしそんなに長くはかからなかった。カサンドラがいきなり目をむいて、苦しそうにあえぎはじめたのだ。

「カサンドラ？」

反応がない。

「カサンドラ？」

カサンドラは激しい痛みを目で訴えながら片手を伸ばして無精ひげが生えている頬に触れ、全身を痙攣《けいれん》させた。

三秒もたたずして、彼女は死んだ。


「アケロン！」

頭のなかで甲高い悲鳴が聞こえ、アケロンはぎょっとして眠りから覚めた。彼は引き締まった体に黒い絹のシーツを巻き付けて、裸でベッドに横になっていた。

私は疲れて眠ってたんですよ、アルテミス。宇宙のかなたのオリュンポスにあるアルテミスの神殿に、できるだけ失礼のないような口調で、メッセージを送る。

「ともかく起きて、こっちに来なさい。いますぐ！」

アケロンはやれやれと長いため息をついた。いやです。

「あんなことをやらかしておきながら、また横になって寝なおしたら承知しないわよ」

あんなこと？

「わたしに相談もなく、ダークハンターをまた解放したでしょ！」

アルテミスの激昂《げっこう》の原因を知って、アケロンは唇の端をひくひくさせた。ウルフがカサンドラの血を吸ったんだな。

ほっとして笑みを浮かべる。ウルフが賢い選択をしたことが、なによりうれしかった。

「こんなことは、あってはならないことだわ。そっちだって、わかってるはずでしょう。よくもこんな勝手な真似を！」

ほっといてください、アルテミス。あなたはダークハンター以外にも、もっているものがあるでしょう。

「まあ、いいでしょう」冷ややかな口調で女神はいった。「あなたはわたしたちが同意したルールを曲げた。だったらわたしもそうさせてもらうわ」

アケロンはさっと上体を起こした。「アルテミス！」

答えはなかった。

アケロンは舌うちをして服を身につけると、カトテロスの自分の住まいからウルフの屋敷へ一瞬で移動した。

遅すぎた。

ウルフがカサンドラを腕に抱いて、リビングにいた。彼女の顔は蒼白で、土気色になりつつあった。

ウルフはアケロンに目を留めるなり、涙で腫れた目に憎しみの炎をともした。「嘘をついたな、アッシュ。おれの血は彼女には毒だった」

なにが起きたのかわかったのか、エリックが泣きだした。まるで母の死を察したみたいに。

アケロンは心臓がとまる思いがした。

昔から、赤ん坊が泣きじゃくる声を耳にするとどうにも居たたまれない気分になるのだ。

「息子のところへ行ってやれ、ウルフ」

「カサンドラが――」

「エリックのところに行ってやれ！」アケロンは怒鳴った。「いますぐに。それで、この部屋から出ていけ」

幸運なことに、ヴァイキングは素直にしたがった。

アケロンはカサンドラの頭を両手に抱くと、目を閉じた。

「死者をよみがえらせることは、あなたでもできないわよ、アケロン」いきなりリビングに現われたアルテミスがいった。「運命の三女神が許してくれないわ」

アケロンはアルテミスを見上げて、けわしい目をした。「ちょっかいをかけないでください、アルテミス。これはあなたには関係のないことだ」

「あなたがすることはすべて、わたしに関係があるわ。わたしたちが交わした約束、お忘れじゃないでしょう。あなたはウルフの魂と引き換えに、わたしになにもよこさなかった」

アケロンは目をぎらぎらさせながら、おもむろに立ちあがった。

アルテミスはあとずさった。アケロンは彼女と軽口をたたく気分ではないようだ。

「あなたはウルフの魂をもっていない、アルテミス。そのことは自分でもご存じのはずだ。あなたはアポロンの血を絶やさないために、ウルフを利用した。ウルフを解放して不死身のカサンドラと一緒に暮らしてもらい、やはり不死身の子どもたちをつくってもらうことほど、アポロンの血を絶やさないようにするのにいい方法はないはずだ。強い子どもたちができますよ。彼らの死を願う者たちよりも長生きする子どもたちがね」

「ウルフはわたしのものよ！」

「ちがいます。これまでだって、彼はあなたのものじゃなかった」アケロンは目を閉じて、カサンドラの額に手を触れた。

彼女のまぶたがふるえて、ゆっくりと目がひらかれた。

「だめよ！」アルテミスが叫んだ。

アケロンが顔を上げた。目が赤く光っている。「これでいいんです」嚙みつくように小声でいった。「彼女を地獄に送ることを望んでいないのなら、引っこんでいるほうが身のためですよ」

アルテミスはぱっと消えた。

カサンドラがゆっくりと上体を起こした。「アケロン？」

「しーっ」アケロンは彼女から離れた。「なにも問題ない」

「すごくへんな感じだわ」

「わかってる。じきにその違和感も消える」

カサンドラは眉をひそめて部屋を見まわした。

ウルフがもどってきた。カサンドラが上体を起こしているのを見るや、彼は愕然とした。

つぎの瞬間、アケロンがまばたきするよりもはやく、駆け寄って彼女を抱きしめた。

「だいじょうぶなのか？」

カサンドラはいきなりおかしくなった人間を見るような目でウルフを見た。「もちろんよ。ぴんぴんしてるのに、どうしてそんなことというの？」

ウルフは彼女にキスをして、信じられない思いでアケロンを見た。「どんなことをしたのかはわからないが、ありがとう、アッシュ。恩に着る」

アケロンはうなずいた。「どういたしまして、ヴァイキング。私が望んでいるのは、おまえたちふたりが末永く仲良く暮らして子どもをたくさんつくることだけだ」胸の前で腕を組んだ。「ところで結婚祝いとして、日光のもとに出られない呪いを解いてやろう。おまえだけじゃなく、子どもたちもな。夜に活動することを余議なくさせられる子どもは、おまえたちのあいだには生まれない。本人がそれを望まないかぎりは」

「わたし、なにか記憶が飛んでるの？」カサンドラがまたきいた。

アケロンは口の端を吊りあげた。「その説明はウルフにまかせよう。当分のあいだ、おれはベッドに行ってる」アケロンは消えた。

ウルフはカサンドラを抱きあげると、自分のベッドに運んだ。

アルテミスはアケロンの寝室で彼がもどってくるのを待っていた。アケロンは彼女の表情を一目見て、この女神がきょう一日彼をいたぶるつもりでいることを察した。

「なんです、アルテミス?」アケロンはいらだってきいた。

女神は手にしていたメダルを揺らしてみせた。「だれのメダルだか、知ってる?」

「モルギンのメダルですね」

「ウルフのよ」

アケロンは悪意に満ちた笑みを浮かべた。「モルギンですよ。ウルフの魂をもっているのはロキだ。考えてもみてください、アルテミス。魂にかんする第一の戒律はなんでしたっけ?」

「魂は自由にあたえられるものでなければならない」

アケロンはうなずいた。「しかしあなたはモルギンの魂を手放そうとしなかった。だからモルギンはダイモンの毒をウルフに飲ませた。彼が自分でも気づかないうちに、魂をロキにあたえてしまうようにね。ウルフとモルギンが魂を交換するようにロキが使った魔法は数カ月後には効力が薄れて、モルギンの魂はあなたのところにもどり、ウルフの魂はロキがもっている魔よけにもどった」

「でも――」

「〝でも〟はなしですよ、アルテミス。ウルフを不死身にして彼にパワーをあたえたのは、この私です。あなたがいま手にしている魂をだれかのなかに入れたいのなら、ロキを呼びだして、モルギンをあなたに引きわたしてもらえるかどうかきいてみたほうがいい」

アルテミスは癇癪を起して叫んだ。「あなたはわたしをだましてたのね!」

「ちがいますよ。そうなる運命だったんです。あなたはアポロンの相続人を産むだれかを必要としていた。私はあなたの弟のアポロンを憎んでいますが、カサンドラが生きつづけているからこそ、アポロンが死なずにすんでいるのはわかっています」

「最初っからあなたが仕組んだことだったのね」アルテミスはアケロンをなじった。

「いいえ」アケロンは訂正した。「私はただ、そう望んでいただけです」

アルテミスは彼をにらんだ。「自分のアトランティス人のパワーの源について、あなた自身まだわかっていないんでしょ？」

アケロンは荒々しい溜息をもらした。「いいえ、わかってますよ、アルテミス。あなたが理解できない形で、私は理解しているんです」

そういうと、アケロンは女神の横をさっと通りすぎ、ベッドに横になった。大きな仕事をおえたあとだから、一眠りしたかった。

アルテミスもベッドに乗り、アケロンの背後に四つん這いで近づいていって背中にすり寄った。アケロンの肩に鼻をこすりつける。「だったら、いいわ」彼女はそっといった。「今回の勝負は、あなたがわたしとアポリミに勝った。さすがだと思うわ。でもね、アケロン……わたしたちふたりをいつまで打ち負かせるかしらね」

アケロンは後ろをふり返り、玉虫色に輝くアルテミスの緑の瞳に宿っている邪悪な光を見た。「できるかぎり打ち負かしますよ。できるかぎり」

エピローグ

二十七歳の誕生日、カサンドラはこれは夢なのかもしれないとなかば思いつつ目を覚ました。

ウルフも彼女のそばを離れようとしなかった。ちょっと目を離したらカサンドラが消えてなくなってしまう、と心配しているように。

日が暮れるまで、ウルフは暇を見つけては彼女のところに走ってもどってきた。「まだ、そこにいるな」

カサンドラは笑ってうなずいた。「いまのところは、なにも消えてないわ」

日が落ちても、カサンドラは朝となんら変わっていなかった。そのときはじめて、カサンドラは真実に気づいた。

おわったのだ。

わたしたちは自由になった。

ほっとして、胸が躍るような気分だった。ウルフはもうダイモン狩りをしなくていいし、カサンドラも誕生日におびえずにすむ。

もう二度と。

完璧だった。


三年後。


完璧とはとてもいいがたかった。

カサンドラは唇を噛みしめて裏庭に立ち、腰に手を当てていた。ウルフとクリスとユリアンが、エリックのために彼女が置こうとしているブランコをめぐって言い争いをしている。ブランコをもってきた業者は屋敷の表に避難してしまい、三名の男たちは裏庭で議論を戦わせている。

「だめだ。見ろよ、横についている滑り台が高すぎる」ウルフがいった。「落ちて、脳震盪《のうしんとう》を起こす」

「問題はそんなんじゃない」クリスがぴしゃりといった。「このシーソーにエリックがはさまれたらどうするんだ」

「シーソーじゃないって」とユリアン。「ブランコは窒息する危険がある。こんな遊び道具を置くなんて、だれのアイディアだよ」

カサンドラは呆れて目をむいた。エリックは彼女の手を握り、男たちがブランコ付きの遊具を撤去しようとしているのを見て泣き叫んでいる。

カサンドラは大きくなったお腹を見下ろして、ため息をもらした。「お腹のなかの赤ちゃん、お母さんのアドバイスをよく聞いてね。できるだけ長くお腹のなかにいるのよ。あの三人があなたのことをめちゃくちゃにしようとするから」

カサンドラはエリックを抱きあげて、父親のもとに連れていった。ウルフに泣きじゃくるわが子を無理やり抱かせる。「この子によくいってきかせてちょうだい。わたしはうちに入って、育児室の壁にクッション材をもっと貼るから」

「ほらね」とクリス。「カサンドラの言い分は正しいよ。クッション材はもっと必要……」

三人の男たちは、こんどはクッション材の話題に移っていった。

カサンドラは声を上げて笑った。かわいそうなエリック。でも、すくなくとも愛されていることは実感しているだろう。

スライド式のガラス戸をあけて、屋敷にもどる。

二秒後、ウルフがやってきて彼女を腕に抱きかかえた。「あんなものを置こうとするなんて、気はたしかか？」

「たしかよ。あなたこそ、完全にいかれてるわよ」

ウルフは笑った。「転ばぬ先の杖さ」

「すくなくとも十年は、精神科にかからなきゃだめね」

ウルフは喉の奥でうめくと、彼女を屋敷のなかに連れていった。「ほんとにブランコ付きの遊具をエリックにあたえたいのかい？」

「ええ。わたしがもっていなかったものを、エリックにはあたえてやりたいの」

「それは？」

「ごく普通の幼少時代よ」

「わかった」ウルフはため息をもらした。「ブランコは置いてやろう。それがきみにとってそんなに大事なことなら」

「大事なことよ。でも、心配しないで。あの子がすこしでも父親に似ているなら、というか、実際に父親に似ているから、ちょっとやそっとのことじゃ脳震盪を起こさないわよ。頭蓋骨が分厚いからね」

ウルフは気分を害したふりをした。「なんだよ、おれをばかにしてるのか？」

カサンドラはウルフの首に抱きついて、肩に頭をあずけた。「まさか、そんなことありない。ばかにしてなんかいないわ。すばらしい男性だって思ってる」

ウルフはにっこりした。「よろしい。無難な受け答えだ。でも、ほんとうにおれのことをすばらしいと思っているのなら、もっといいことをしてあげよう」

「まあ、いいわね。なんなの？」

「ベッドで裸になってすることだ」

訳者あとがき

シェリリン・ケニヨンのダークハンターシリーズ第四弾（原題 *Kiss of The Night*）をお届けします。今回のヒーローは第二弾『闇を抱く戦士――タロン』でタロンの友人役として登場した、元ヴァイキングのウルフです。

ウルフはダークハンターのなかでも、いささか異質な存在です。ダークハンターとは通常、生前の復讐を果たすのと引き換えに人間をダイモンから守るという契約を女神アルテミスと交わした者たちのこと。女神アルテミスは彼らに不死をさずけるのと同時に、その魂をあずかります。しかしウルフは自分の意思でダークハンターになったわけではありません。その昔、人間だったころ、モルギンと呼ばれる女性のダークハンターと一夜をともにしたさいに彼女に魂をうばわれ、意図せずしてダークハンターになったのです。ウルフはさらにモルギンから、出会った人間のだれからも忘れられてしまう、という呪いをかけられます。しかし幸い、ウルフに同情したアケロンことダークハンターのリーダーが、血が繋《つな》がった者だけはウルフのことを忘れないように取り計らってくれました。

ヒロインのカサンドラは、人間の父親とアポライトの母をもつ二十六歳の大学生。アポライトとは、太陽神アポロンがはるか昔にニンフとのあいだにつくったあたらしい種族のこと。人間よりもはるかにすぐれた知性と美貌をもつアポライトは、アトランティス大陸に住んで繁栄していましたが、彼らの生みの父アポロンの怒りを買い、呪いをかけられます。それは、日光に当たると死んでしまう、二十七歳の若さで死ぬ、というものでした。二十七歳よりも長生きしたいアポライトは、人間の魂をうばいダイモンになることを余儀なくされます。彼らは生き延びるために、ずっと人間を襲いつづけなければなりません。ちなみにそのダイモンを狩るのが、ダークハンターの仕事です。

ヒロインのカサンドラは人間の血が流れているので、日が照っている昼間も外出でき、ごく普通の暮らしをしています。しかし、彼女はただのアポライトではなく、アポロン直系の子孫の最後の生き残りでした。アポライトたちの世界には、アポロンの直系の子孫が滅びると世界は終末を迎え、冥府《カロシス》に監禁されているアトランティスの女神アポリミが解放されるという伝説があります。そのためカサンドラは、アポリミがかかえる戦闘集団スパティに命をつねに狙われています。

そんなある日、ダイモンに襲われたカサンドラを助けたのが、ダークハンターのウルフでした。だれの記憶にも残らない呪いをかけられたウルフのことを、カサンドラはすぐに忘れます。しかし翌日の夜、夢のなかにウルフが登場し、カサンドラは彼が自分を助けてくれた男性だったことを思いだします。カサンドラの夢にウルフが登場したのは、単なる偶然ではありませんでした。その夢は、アポリミと対立関係にあるギリシアの女神が世界の終末を阻止するために意図的にカサンドラに見せたものだったのです。

ダイモン狩りを仕事にするダークハンターと、ダイモンの前身のアポライトは犬猿の関係にあります。実際、ダークハンターの掟《おきて》は、いずれダイモンに変身する可能性があるアポライトとの恋愛を禁止しています。一方アポライトはダークハンターをとても怖れています。カサンドラも人間の魂をうばうダイモンを軽蔑しつつも、自分たちの親戚筋にあたるダイモンを殺すダークハンターを快く思っていません。アポライトのカサンドラと、ダークハンターのウルフ。けっして結びつくことのない敵対関係にあるふたりに、ギリシアの女神はどういう役割を担わせたのか？　神々の謀略に巻きこまれたふたりの運命はどうなっていくのか？　さらには彼らを取り巻く人物たちは果たして敵なのか、味方なのか？　謎が謎をよび、物語はスリリングに展開していきます。

本書のテーマは〝血〟です。みずからの血族が絶えてしまうと、だれからも忘れてしまう運命にあるウルフ。アポロンの直系という血筋ゆえに、地球の滅亡をもくろむダイモンの戦闘集団スパティに追われるカサンドラ。ふたりはともに、個人の意思を超えた血の重みに苦しんでいます。連綿とつづく一族の重圧は耐えがたいもの。愛憎や非業の死などの悲劇を繰り返してきた家系であれば、なおさらそうでしょう。しかし、そういう歴史を経ていまの自分が誕生した現実を受けいれ、あたらしい生命《いのち》をつくりだすことによって試練は乗り越えていける、と著者はカサンドラとウルフのサバイバルの戦いを通じて強く訴えています。ダークハンターシリーズの大きな魅力のひとつは、非の打ちどころのない容姿をもつヒーローと純粋なヒロインの官能的なベッドシーンですが、それが生々しく下品なものにならないのは、ひと組の男女の恋愛を通じて家族愛の深さがしっかりと描きこまれているからにほかなりません。本家アメリカでベストセラーとなったのは、シリーズの全作品を通じて土台となっているのが家族の絆《きずな》という普遍的なテーマだったからなのでしょう。

ダークハンターシリーズの第五弾は、『闇を抱く戦士——タロン』に登場したヴェインとブライドが主人公です。人間とオオカミに自在に変身できるヴェインと、コンプレックスをかかえて男性不信におちいったブライドとの切ない恋の行方をどうぞお楽しみに。

二〇一〇年七月　佐竹史子

真夜中の太陽――ウルフ
2010年８月17日　初版第一刷発行

著……………………………シェリリン・ケニヨン
訳…………………………………………佐竹史子
カバーデザイン………………………小関加奈子
編集協力 ……………………アトリエ・ロマンス

発行人……………………………………高橋一平
発行所 ……………………………株式会社竹書房
〒102-0072 東京都千代田区飯田橋2-7-3
電話：03-3264-1576（代表）
03-3234-6208（編集）
http://www.takeshobo.co.jp
振替：00170-2-179210
印刷所 ………………………凸版印刷株式会社

ISBN978-4-8124-4303-3 C0197
Printed in Japan